KB113910

피시스케이프

이용준 장편소설

FISHSCAPE

피시스케이프

이용준 장편소설

아시아

1부
출조 09 수몰 30 신촌블루스 46 밤 72
바늘 93 낮 125 짝밥 148 꿈 176 소야 199

2부
싱크홀 225 이별 255 붙여넣기 278 봉헌 304
서울, 한붓그리기 324 퍼포먼스 349

에필로그·380

작가의 말·386

1부

출조(出釣)

1

윤삼월, 저수지 풍경은 이미 봄을 넘어서고 있었다. 따스한 햇살과 푸르스름한 녹음 한가운데 산 자와 망자들이 뒤섞여 거닐었다. 산등성이에는 알록달록한 옷을 입은 사람들이 꼼지락거렸다. 물가에서도 사이사이 죽은 자들이 눈에 띄었다. 각종 낚시장비며 취사도구를 널어놓은 꾼들이, 얼핏 보기에 죽은 자들과 구분되지 않았다. 어머니의 산소는 다른 곳에 비해 한적하고 고즈넉했다. 평화롭기까지 했다.

올해 첫 출조는 십 년간 개교기념일마다 치러오던 봄맞이 세리머니였다. 공휴일과 맞닿아 2박 3일 동안 대를 드리울 수 있어 벌써부터 기대감에 들떴다. 새로 바꾼 자동차로 여기까지 시원한 바람을 맞으며 드라이브한 것만으로도 이미 호사를 누렸다. 나는 선착장에 웅크리고 앉아 배를 기다렸다. 담배를 세 대째 피우고 있는데 배는 감감무소식이었다. 멍하니 물가를 보고 있는데 월척급 붕어 한 마리가 비실대고 있는 게 눈에 들어왔다. 배를 옆으로 하고 겨우 아가미를 벌름댔다. 잔챙이들이 다가오다가 붕어를 발견하고는 급히 도망쳤다. 오래지 않아 수면 아래로 가라앉아…… 고기밥이 될 것이다. 꾼들이 짐을 잔뜩 들고 속속 물가 선착장으로 내려왔다. 저 멀리 들어오는 배가 보였다.

짐을 싣고 배에 올랐다. 배가 물살을 가르며 나가면서 물가에 군데군데 꾼들이 진을 치고 있는 게 눈에 들어왔다. 잠시 후 배가 모퉁이를 돌았다. 물과 숲과 하늘만으로 이루어진 세계가 펼쳐졌다. 해오라기 한 쌍이 꽥꽥 소리를 내며 물을 가로질렀다. 산에는 개나리와 진달래가 함께 흐드러져 있었다. 늦장을 피웠으니 괭이눈, 노루기, 얼레지, 꽃마리 모두 스쳐갔겠다. 물결은 고기떼가 한꺼번에 등지느러미를 세운 듯했다. 해가 져야 바람과 물결이 잠들 것이다. 야트막한 산은 군데군데 아직 누런 털로 남은 겨울이 봄의 눈치를 보고 있었다. 그 눈빛은 모가 나 있는 게 세월을 원망하는 눈치였다.

저 멀리 물가에 좌대 석 대가 오두막집처럼 옹기종기 햇살을 받으며 떠 있었다. 몇 년 만에 돌아와 멀리서 고향집을 바라보는 것 같았다. 좌대에 올라 짐을 부리고는 바닥에 퍼질러 앉았다. 양말을 벗고 의자에 앉아 전경을 바라보았다. 좌대로 들어오는 쪽만 빼고는 모두 숲에 둘러싸여 있었고, 수초와 버드나무 잔가지들이 새싹으로 푸르스름했다. 현실 세계가 아닌 듯했다. 빨리 대를 꺼내 펴고 싶은 마음을 짐짓 모른 척하며 햇살에 몸을 맡겼다. 바람도 따스하고 풍광은 아늑했다. 내 자리는 물과 뭍의 중간이다. 흥분을 가라앉히고 한껏 늑장을 부리며 대를 꺼내 손질했다. 한 대 한 대 펴서 포인트에 던져 넣었다. 찌는 면봉 끝의 솜만 한 크기로 적당하게 고개를 내밀었다. 떡밥을 꺼내 물에 개어 놓고 다시 의자에 깊숙이 등을 대고 앉았다. 땅거미가 질 때까지 빈둥거리며 지낼 심산이었다. 밑밥 던져 주는 일도 뒷전이었다. 딱히 더 해야만 하는 일도 없으니, 몸과 마음이 원하는 대로 내버려 두고 싶었다. 어차피 어두워지면 낚싯대 앞에 앉을 터였다.

2

해가 이울더니 사위는 점차 흑백으로 변해갔다. 나는 최면에 걸린 듯이 잘 보이지 않을 때까지 찌를 응시했다. 세상이 막 어둠으로 기우는 저녁뜸에 치르는, 그 제의의 순간을 기다렸다. 낮과 밤이 교차하는 순간, 잠깐 딴 데를 보고 있다가 읽던 신문이라도 다시 읽을라치면 이미 볼 수 없게 만드는 그 짧은 찰나, 케미(chemical light)를 꺾어 찌에 끼웠다. 몸과 마음이 가벼워졌다. 그동안 마음이 불편했던 건 주로 고병도의 보증 문제 때문이었다. 은행에서 시도 때도 없이 걸려오는 대출금 독촉 전화 때문에 항상 마음이 불안했다.

정호길에게서 곧 들어오겠다는 전화가 걸려왔다. 밥도 이미 먹었다니 나 혼자 저녁을 먹으며 막걸리로 자작을 했다. 배가 몇 대 들어왔지만 그는 보이지 않았다. 그는 완전히 어두워져 들어왔다. 그는 나와 한 키쯤 떨어져 앉아 부지런히 떡밥을 던졌다. 한 시간가량 별 말이 없었다. 붕어들이 먹이활동을 하는 시간, 그는 꼭 낚아서 집에 가져가기라도 해야 하는 사람처럼 미련하게 집중했다. 우리는 어둠 속의 사냥꾼, 아니 보초였다. 그가 입을 떼었다.

"고기 입질이 없으니 우리 입질이라도 해야지?"

아무런 잡음 없이 사람의 목소리를 듣는 게 매번 신기했다. 그 목소리에는 조금 있다가 먼저 나가봐야 해서 서두르는 것 때문에 미안해하는 마음이 배어 있었다. 나는 태연한 척 대답했다.

"이바구 입질?"

"커피부터 한 잔 할까?"

"보온병에 있어. 아니 따끈하게 한 잔 끓여 마시자. 내가 끓여줄게."

"입질 얘기한 사람이 끓여야지."

정호길이 자리에서 일어났다. 조심해서 움직여도 좌대는 삐꺽대며 흔들렸다. 주전자에 물을 따르는 소리가 나더니 조용했다. 고개를 돌려보니 아까의 나처럼 무연히 그가 숲을 바라보고 있었다. 다시 정적이 찾아왔다. 내가 물었다.

"나 혼자 있기 적적한데 새벽에 나가는 게 어때?"

"아니, 가 봐야 돼. 농성하느라 다들 모여 있거든."

정호길이 대답하고는 주전자를 버너 위에 올려놓았다. 오늘따라 커피 한잔 마시기까지 유난히 시간이 걸렸다. 그의 마음속에 도사리고 있는 근심거리에 신경이 쓰였다. 나는 그가 타 주는 커피를 좋아했다. 물의 온도와 양을 세심하게 조절하는지 맛이 좋았다. 그런 노력으로 낚시를 하기 때문에 가끔씩 월척을 낚는 것이리라. 그가 장난스럽게 커피를 건네주는데 목소리와 몸짓이 영락없는 마담이었다. 내가 점잖게 물었다.

"잘 섞었지?"

"여부가 있습니까, 손님 취향대로 우로 좌로, 아주 정석대로 잘 돌렸습니다."

"이 사람 좌우밖엔 모르네그려. 세 번은 짧게 세 번은 길게……."

"손님, 그건 마시는 사람이 알아서 하는 겁니다. 깐깐할수록 거시기가 부실하던데."

후후, 정호길이 웃음 반, 한숨 반, 신음처럼 내뱉었다. 그의 야광찌가 수초 사이에서 까딱까딱했다. 1센티가량 올리다가 말았다. 그가 급히 다가와 몸을 앞으로 숙이며 낚싯대를 잡고 2, 3센티만 더 올려라 하는데 찌가 왼쪽으로 한 뼘가량 선을 긋고 있다. 붕어는 아니리라. 그래도 낚싯대를 쥔 손에 힘이 들어갔다. 찌가 다시 올라왔다. 조금만 더. 찌가 빠르게 내려앉더니 미동도 하지 않았다. 잠시 엉거주춤한 상태로 있다가 대에서 손을 뗐다. 눈은 미련을 버리지 못한 채 별빛 같은 찌를 응시했다. 가버렸는가 보네, 그가 중얼거리더니 허전한지 양손을 비볐다. 어둠과 고요가 깊었다. 바람도 없어 수면은 잔잔했다. 물, 수초와 숲을 지나 하늘을 올려다보았다. 손으로 달을 가리고 보니 창창한 별들이 검푸른 하늘, 우주의 저수지에 야광찌처럼 수도 없이 박혀 있었다. 가끔씩 헬리콥터가 빨간빛을 깜빡이며 바쁘게 길을 재촉했다. 대를 던지거나 챌 때 허공을 긋는 케미의 잔영처럼 별똥이 하늘을 그었다. 오랜만에 보는 광경이었다.

정호길은 대학에 강의 나가는 틈틈이 환경운동연합회 일을 보고 있었다. 그는 그 일을 봉사활동이라고 말했다. 몇 년 동안 사패산 터널 반대 운동에 진저리치도록 매달리더니 요즘은 지친 기색이 역력했다. 그전에는 파주 신도시 건설 예정 지역에 박혀 있던, 수령이 오백 년이 된 물푸레나무를 보호수로 지정하려는 일에 거의 2년 이상 미쳐 있다시피 했었다. 자유로 안쪽 여기저기 도로와 택지를 조성하면서 그 나무를 이식하려는 도로공사 측과 절대 옮길 수 없다는 환경운동연합 측이 팽팽히 맞섰다. 파주 출신인 나도 그 나무를 알고 있었기에 내 주변의 선후배나 친구들에게서 반대 서명을 받아 부지런히 그에게 날라다 준 적이 있었다. 하지만 사패산 터널 반대 운동은 나무 한 그루와 씨름하던 때와는 차원이 달라 보였다. 나도 몇 차례 정호길을 따라 터널 반대 농성장에 가보곤 했지만 자세한 내막에 대해서는 제대로 알지 못했다. 한 번은 공부를 해서라도 제대로 알고 넘어가겠다고 마음먹기도 했던 내용이었다. 망루 위의 대형 현수막에 세로로 쓰여 있던 'NO TUNNEL'이라는 시뻘건 문구가 또렷이 떠올랐다. 채 마르지 않은 상태에서 걸었는지 붉은 페인트가 피처럼 아래로 타고 내려 동적인 강렬함을 뿜어냈다. 농성장 건물은 나무로 지었는데 조야하기가 꼭 산적들의 본거지 같았다. 화염방사기로 몇 번 휘두르면 잿더미로 변하기에 맞춤인 영화세트장처럼, 또 좌대를 몇 대 얼기설기 엮어 놓은 듯했다.

"처음 낚시 다니기 시작했을 때 한참 방황했어."

나는 물끄러미 정호길 쪽으로 고개를 돌렸다. 그가 말을 이었다.

"귀국하고 나서 나 혼자 이 근처를 어슬렁댔어. 너한테 낚시 배우던 시절 떠올리면서. 바로 결심했지. 여길 고향으로 삼자고."

"그리고 다시 나를 꾀었구나."

"아냐, 넌 이미 준비가 되어 있었어."

"그랬었나."

"근데 순진한 독신남, 처녀 귀신한테 끌려가면 어쩌나 한참 걱정됐지."

"극과 극인데. 처녀와 귀신이라니."

귀신은 난데없는 표현이 아니었다. 헛것이 보이고 환청이 들려 걱정이었기 때문이다. 한동안 괜찮더니 고병도 보증 문제가 잘못되는 바람에 괴로웠는지 병이 도지듯 증세가 심해졌다. 아까 선착장에서도 혼란스러웠다. 그렇잖아도 혼자 낚시하기에 을씨년스러워 정호길을 부른 참이었다. 밤낚시는 두 사람이 적당하다. 셋은 너무 많고. 혼자 있다가 헛것과 환청을 만나면 대책이 없었다. 그것들은 보증 잘못 섰다 패가망신하게 생겼다느니, 가버린 아내와 아들이 그리워 죽어버릴 지경이라느니, 무엇보다 새 여자 하나 사귀지 못하는 멍청이라든지 하면서 나를 괴롭혔다. 나는 셋이라는 숫자에 신경 쓰다가 대답할 타이밍을 놓치고 말았다.

잠깐 쉬는 사이 우리는 동시에 커피를 한 모금씩 홀짝홀짝 마시고 담배도 한 개비씩 피워 물었다. 커피와 담배는 궁합이 맞는다. 특히 공기가 좋을 때 그렇다. 담배 맛이 유난히 좋았다. 그는 가라앉은 목소리로 부드럽게 말했다.

"계속 그래?"

이 친구는 심상하게 물었지만 난 요즘 심각했다.

"요즘 또 심한데."

정호길이 급히 자기 자리로 돌아가 대를 챘다. 헛챔질이었다. 그가 랜턴을 켜서 수초 사이를 이리저리 비췄다. 포인트로 어쩌냐는 듯 내 쪽으로 얼굴을 돌렸는데 눈빛이 무섭게 빛났다. 나는 깜짝 놀라 급히 얼굴을 돌리고 가만히 있었다. 그가 상황을 알아차린 듯했다. 그가 아무 말 없이 랜턴을 하늘로 향하게 해놓고 조금 전에 탐색하던 수초가로 대를 던졌다. 나는 잠자코 지켜보고 있다가 하던 얘기를 이어갔다.

"제일 무서운 건 대물림이야."

"그건 그 자체로 무서운 얘기지."

"아버지 밑에서 어머니가 고생했던 게 가슴이 아팠거든. 그러면 나중에 나부터라도 아내에게 더 잘해줬어야 하는데 나도 완전히 똑같이 굴었어. 자식한테도 그렇고."

정호길이 자리에 앉으며 휴우, 하는 한숨을 쉬었다. 찌가 제대로 조금씩 자리를 잡았다.

"잊어. 잊고 새 사람 만나서 살아."

"그러게, 그게 대물림이라니까."

"……."

찌는 계속 까닥대기만 했다. 찌를 제법 올리기도 했지만 징거미가 분명했다. 녀석이 긴 팔로 먹이를 들어 올리면 노련한 꾼도 자꾸 속는다. 정호길이 결국 포기하고 일어나더니 모퉁이를 돌았다. 졸졸졸, 소변 떨어지는 소리가 났다. 잠시 후 그가 안주를 찾는지 비닐봉지가 사각거렸다. 정호길이 소주 한 병을 들고 내 자리로 왔다. 그는 신문지 위에 오징어를 찢어 놓았다. 겨우 낚시를 시작했는데 다시 이바구 입질이나 하자는 이 친구가 정말 징거미 같았다.

나는 식은 커피를 한 모금 더 마시고 살짝 자리를 틀어 앉았다. 정호길이 내 잔과 자기 잔에 한 잔씩 따랐다. 내가 조금 이따가 마시겠다고 하자 그는 제 잔을 한 번에 털어 넣고 오징어 다리를 한 개 입에 넣었다.

그때 정호길의 휴대전화가 울렸다. 상대방이 무슨 말을 할 것인지 미리 알고 있다는 듯 전화기를 귀에 대자마자 말했다.

"알았어. 바로 나갈게."

들어오기 전에, 나가기로 약속이 되어 있었던 모양이었다. 바로 전화를 넣어 배를 대달라고 하는 게 들어올 때부터 사장에게도 미리 귀띔을 해놓았던 게 분명했다. 내가 다소 비아냥대듯 말했다.

"뭐야, 정말 나 혼자 두고 나가겠다는 거야?"

"알았어. 봐서 이따 들어올게."

3

황소개구리 울음소리가 갑자기 멈췄다. 밤의 정적엔 불청객인 녀석이 조용해지자 기분이 묘했다. 나는 눈동자를 이리저리 굴렸다. 번쩍 정신이 들었지만 이미 늦었다는 생각이 들었다. 분명 아직 봄인데 갑자기 여름이 되어 개구리가 울 리 없었다. 빠른 속도로 가위에 눌리고 공포 속으로 말려들어갔다. 두통이 찾아오고 속이 메슥거렸다. 이명이 생기고 사물이 굴절되어 어둠의 결이 뒤틀려 보였다. 저만치, 좌대 끝에 누군가가 와 앉았다. 몸이 더 격렬하게 반응했다. 어지럽고 사지가 마비되기 시작했다. 뱀의 독니에 물려 꼼짝 못하고 있는 생쥐 같으리라. 소리라도 지르고 고개를 돌리고 싶었지만 뜻대로 되지 않았다. 녀석이 뭐라고 말을 건넸다. 인간의 목소리와 언어가 아니었다. 그러면서도 정신을 바짝 차리려고 애썼다. 이미 녀석의 정체를 파악하고 있으니 수작 부리지 말라고, 한마디 해줄 기회를 잡으려고 마음먹고 있었다.

부스럭대는 소리가 들렸다. 나는 몸을 움직이지 않은 상태에서 귀를 기울였다. 두런거리는 소리가 속세를 빙자하고 있지만, 그건 분명 이쪽 세상의 것들이 아니었다. 여전히 등골이 오싹했지만 목소리만은 결연해야 했다.

"왜, 무슨 할 말이라도?"

"마치 기다렸다는 투네."

"예전의 이현태가 아니다. 빨리 사라져 줄래?"

"두려워할 필요는 없다."

"두려워하긴……. 당황스러워하는 건 너 아니냐?"

누군가가 또 녀석 옆으로 미끄러져 들어왔다. 녀석이 반기는 게 역력하게 느껴졌다. 녀석은 나와 얘기하면서 그를 기다리고 있었던 듯했다. 둘이 나누는 대화는 소리도 작을 뿐더러 알아들을 수 있는 부분도 거의 없었다. 한숨 돌렸다고 판단이 섰는지 고개를 돌릴 수가 있었다. 슬쩍 곁눈질을 해보니 반인반어의 형상이었다. 아니 그렇게 부를 수도 없었다. 온전한 모양의 커다란 물고기 입 위에 별도로 또 온전한 사람 형상이 하나 앉아 있었다. 붕어는 입을 오물거릴 수가 없으니 천생 그 사람 형상이 말을 하는 것이리라. 두통이 조금 가시면서 사물도 제자리를 찾아갔다. 조금 전에 나와 대화를 하던 녀석이 내게 말했다.

"이분이 바늘을 찾고 계시다."

"바늘? 보다시피 물속에 박아 놨는데."

녀석이 뭐라고 자기 옆에 대고 말했다. 녀석은 인간의 언어와 어어(魚語)를 이어주고 있었다. 내게 다시 말했다.

"아니, 그런 바늘이 아니다."

"쳇, 모르겠는데."

둘이 속닥속닥했다. 사람 물고기가 몸의 일부를 진동시켜 파장을 일으키는 게 눈에 들어왔다. 내가 선수를 쳤다.

"근데 그 옆에 계신 분은 누구시냐?"

이 녀석, 옆에 있는 물체에게 눈짓을 했다. 그러자 큰 입이 움직이고 눈동자들이 진동하며 허공에서 소리가 들렸다. 녀석이 몸을 돌리더니 말했다.

"마츠야 님이시다."

"그게 누구지?"

허공에 'Matsya'라는 글씨가 붉은색으로 한 자 한 자 또박또박 쓰였다. 녀석이 뭐라고 투덜대는 소리가 들렸다. 사람 물고기가 고개를 끄덕이더니 내게 빛을 쏘았다. 내 눈앞에서 슬라이드 영상이 펼쳐지더니 내레이션이 시작됐다. 마치 텔레비전에서 성우가 다큐 필름을 해설해 주는 것 같았다.

마츠야는 인도 신화에서 인류를 구원하기 위해 이 세상에 온 신이라고 했다. 말하자면, 세상을 유지시켜 주는 신인 비슈누의 최초 아바타였다. 어느 날 물고기 한 마리가 인류 최초의 조상인 마누에게 와서 살려달라고 애원해서 살려주었는데, 그 물고기가 바로 비슈누의 아바타인 마츠야였다. 비슈누는 자기를 구해준 대가로 마누에게 부지런히 배를 만들라고 일러주었다. 마누는 훗날 성경에 나오는 노아의 방주 같은 배를 만들어 홍수를 이기고 살아남았다. 이제 마누와 마츠야가 이 세상을 구원하러 와야 하는데 바늘을 잃어버렸다는 것이다.

나는 냉소적으로 답했다.

"마츠야? 구원은 뭐고, 바늘은 또 뭐야?"

사실, 그런 구원에 대해 회의적이기도 했다. 녀석은 다행히 그 냉소에 대해 침착하게 대응하려고 애쓰는 듯했다. 목소리에 다소 풀이 죽어 있었다.

"조만간 바늘이 당신에게 나타날 거라는 게 마츠야 님의 예언이다."

공격은 바로 방어인 게 분명했다.

"조만간이라……."

나는 느긋하게 말을 이었다.

"그래? 혹시 보면 알려주마. 오늘은 그만 가주시지. 아직도 속이 미식거리니까."

두 손님은 떠날 채비를 하는 것 같았다. 멀리 있던 객은 어찌 된 일인지 위아래가 뒤바뀌어 있었다. 아래쪽 사람의 모습 위에 붕어의 형상이 올라가 있었다. 사람이 두 발로 바닥을 딛고 있으니 아까보다 안정된 모습이어서 보기에 좋았다. 그것도 잠시였고, 목 위에 사람의 얼굴 대신 붕어가 앉아 있으니 생각보다 흉측했다. 물속으로 들어가려는지 원래의 모습으로 되돌아갔다. 통역관이 갑자기 돌아섰다.

"부탁한다. 바늘을 보면 알려다오."

"앞으로 너 하는 거 봐서."

"당신들이 죽고 사는 문제다."

"그건 그렇고, 그분한테 나부터 좀 도와주십사 전해 다오."

녀석은 엉뚱하게 통역했다. 마츠야 님도 당연히 딴소리를 했다. 내가 소리쳤다.

"나부터 좀 구해달라니까! 통역도 잘 못하는 주제에!"

둘 다 흠칫 놀라는 게 눈에 들어왔다. 내가 둘 사이의 대화를 어떻게 알아들었는지 신기한 모양이었다. 칼자루는 내가 쥐고 있다고 믿었다. 나는 한마디 더 보탰다.

"뭘 그렇게 놀라. 다 들리게 말들 해놓고선."

그때 휴대전화 벨소리가 길게 이어지며 현실과 환상을 갈랐다. 속도 편해지고 기분이 개운해지자 오롯한 케미가 혹시 녀석들의 통로는 아닐까 하는 생각이 머리를 스쳐갔다. 벨소리는 몇 번에 걸쳐서 이어졌다 끊어졌다 했다. 한참 만에 마비가 풀려 힘겹게 전화를 받았다.

"뭐 이렇게 늦게 받아?"

"……."

"마구 입질해대?"

"……."

녀석들은 이미 자리를 털고 어둠 속으로 사라졌다. 비로소 평화가 찾아왔다. 다시 찌를 응시하려 했지만 긴장했던 탓인지 몸이 녹아드는 듯했다.

술에 취한 정호길의 목소리에서 낚시에 대한 아쉬움이 한껏 묻어났다. 나는 그의 음성이 눈물겹도록 반가웠다. 하지만 금방 들어올 수 없다는 말만 남기고 전화를 끊었다. 나는 엉덩이를 의자 깊숙이 들이밀었다. 시간을 보니 열 시가 넘어 있었다.

아무래도 배를 대 달라고 해야 할 것 같았다. 나가서 술이나 한잔하고 싶었다. 정호길에게 가면 아는 얼굴도 더러 있을 것이다. 그 친구는 독일에서 박사학위를 끝내고 들어와 서너 대학에서 일주일 평균 열두 시간에서 열여섯 시간 강의를 한다. 바쁘기만 했지, 경제적으로는 늘 부족했다. 물론 가난이 새삼스러울 것도 없었다. 벌어서 저축해도 모자랄 돈을 유학 경비로 다 써버렸으니 저축은커녕 먹고사는 것도 빠듯했다. 박사학위를 받은 뒤 귀국할 때부터 무일푼이었다. 그래도 지금 짓고 있는 농사 덕에 기본적인 의식주는 해결된다며 초조한 기색은 보이지 않았다. 살기가 팍팍하냐고 물으면 그는, 소주 한 병이야 입술, 이빨, 혀, 목구멍을 지나다 보면 위장으로 넘어갈 게 없어, 하며 넉살을 부렸다. 나도 그 넉살을 배우고 싶었다. 그래도 나는 나은 편이었다. 적어도 그에게 술 한잔은 살 수가 있으니까.

그는 그전부터 벌이던 사패산 터널 반대 시위의 핵심인물 중 한 명이었다. 나도 그 시위에 참가하느라 새벽에 들어와 잠깐씩 눈을 붙이고 출근하곤 했다. 터널이 뚫리고 서울외곽순환도로가 완성되면 가까워지려나, 평촌에서 의정부까지는 아직 서울 외곽의 극과 극이었다. 오고가는 데만 서너 시간씩 걸렸다. 여름방학에는 아예 저수지에 텐트를 치고 보름씩 지냈다. 낚시터와 농성장 사이를 오갔고 집에는 옷을 갈아입거나 잠깐씩 쉬러 들어왔다. 그러면서도 아내와 자식에겐 더 무관심했다.

나는 평촌의 산수유 군락을 보존하기 위한, 환경운동연합회 회원들의 농성에 참여하기도 했다. 금촌에서 온 환경단체 회원들이 우리 팀에 합류했다. 외곽순환도로가 지나갈 평촌 외곽 지역의 피해를 최소화하겠다고 벌인 싸움에서 노란색 산수유는 캐치프레이즈에 불과했다. 도로를 놓지 말자는 게 아니었다. 시간을 두고 천천히 여러 가지를 고려해 가면서 일을 추진하자는 거였다. 지속가능한 발전이라는 말은 새빨간 거짓말이었다. 그들의 작업 속도는 회원들의 몸과 마음을 깔아뭉갰다. 이 지역의 환경보존 운동 역시, 이미 사패산 터널에서처럼, 지고 말 것이라고 다들 수군댔다. 의정부 옆인 사패산보다야 비교할 수 없으리만치 가까웠지만, 그래서 오히려 농성과 시위 강도가 강해 무척 피곤했다.

4

동이 틀 무렵 눈을 떴다. 낚시에 몰두하느라 꺼두었던 휴대전화를 켰다. 정호길에게서 문자가 하나 와 있었다.

― 대물 낚으시게나.

아침뜸이 막 지난 시간이었다. 두두두두, 모퉁이 뒤쪽에서 모터 소리가 났다. 아직 배를 움직일 시간이 아니었기에 몇 번이고 뒤를 돌아보았다. 그 소리의 정체가 궁금했다. 가까이 오는데, 바로 정호길이었다. 수완 좋게 보트를 몰고 있었다. 어쩌면 슬쩍 타고 왔을지도 모르겠다. 안개 자욱한 도로 위를 달리는 것 같았다. 나는 멍하니 바라다보고만 있었다. 문자와 배가 도달한 속도는 거의 맞먹었다. 마치 문자를 보내자마자 거의 그 전송 속도로 배를 달려온 듯한 느낌이 들었다. 쿵, 배를 대자 좌대가 크게 흔들렸다. 나는 급히 일어나 그의 짐을 받고 손을 잡아 그가 좌대에 오르게끔 도와주었다. 술기운에다 푸석푸석한 얼굴이 피곤에 절어 있었다. 쇠기둥에 밧줄을 묶으려 몸을 수그리자 상의 주머니에 꽂혀 있는 돋보기 안경알이 삐죽이 고개를 내밀었다. 정호길이 빨개진 얼굴로 낚싯대부터 뽑아 들었다. 성큼성큼, 발과 눈으로 이곳저곳 포인트를 탐색하다가 한마디 했다.

"어디 던질까?"

"네 왼쪽에."

나는 수초 안쪽을 가리켰고 그는 아무 말 없이 고개를 끄떡였다. 흥분해서 그런지 목소리가 살짝 떨렸다.

"입질 어때?"

나는 실망스러워하는 표정을 얼굴에 담아 보이며 고개를 저었다.

"그렇지? 예상대로네."

나는 개어 놓았던 떡밥 한 주먹을 그의 미끼통에 넣어 주었다. 그가 좌대 위를 왔다 갔다 하며 몇 번 대를 던졌다. 내가 말했다.

"거기 말고 조금 더 이쪽 수초가로 옮겨 봐."

"오케이. 그래, 거기가 좀 낫겠다."

내친김에 나는 커피를 타서 그의 발치에 놓아주었다. 내 자리에 돌아와 담배를 피워 물었다. 정호길도 자리를 잡고 앉았다. 아까 통역관과 물고기 신이 머물던 그 자리였다. 왠지 그 자리가 허전했었다. 거리 역시 아까보다 더 떨어져 보였다. 배가 지나가자 수면은 커다란 붕어의 아가미처럼 가쁜 숨을 내쉬었다. 좌대가 삐꺼덕거렸다. 그가 말했다.

"어제 일산 쪽으로 해서 왔지?"

"응."

"외곽순환도로 타면 금촌까지 금방이지?"

"한 시간 좀 더 걸리던데."

"통행료 내고 시간을 산 거지. 길 가지고 돈 장난질하고. 여하튼 축하한다. 초보가 혼자 여기까지 왔으니."

"근데 진짜 혼난 건 지난밤이야…… 우리 어젯밤 통화한 거 맞지?"

"아니, 난 회의하느라 휴대전화 꺼놓고 있었는데."

표정으로 보아 정말 아닌 모양이었다. 분명 휴대전화 벨소리가 현실과 환상의 세계를 갈랐고, 어신(魚神) 일행이 거짓말처럼 사라져 버렸다고 믿었는데. 어찌된 영문인지 알 수가 없었다. 그가 나를 힐끔 쳐다보았다.

"언제 나갈 거야?"

나는 마츠야 일행이 이 친구로 변신해서 나타난 거 아닌가, 하는 생각에 정신이 팔려 있었다.

"언제 나갈 거냐니까?"

"한잠 자고."

"이번엔 의정부 쪽 사패산 터널로 가보지."

낚시터로 오가는 코스는 둘 중 하나였다. 평촌에서 외곽순환도로를 타고 정반대의 방향으로 각각 일산이나 의정부를 경유하게 되어 있다. 당연히 평촌으로 갈 때도 마찬가지였다. 정호길은 그 길을 훤히 꿰고 있었다.

"서울을 한 바퀴 돌아서 다시 집에 가는 거네. 그러지 뭐. 서둘 것도 없는데."

해가 동산 위로 떠올랐다. 고기들이 제법 텀벙댔다. 망할 녀석들, 밤새 소식 없더니. 정호길도 마음이 급해지는 모양이었다. 그가 바늘을 몇 번 물속에 던졌다 꺼냈다 하며 찌를 맞추고는 비닐봉투에서 뭔가를 꺼냈다. 하얀 스티로폼 지렁이 통이다.

"집 앞에서 캐왔어."

그가 대를 던지고 자리에 앉았다. 바로 입질이 왔다. 제법 굵은 붕어를 몇 수 했다. 밑밥 뿌리는 사람과 낚는 사람이 따로 있나 싶어 은근히 속이 상했다.

"붕어들이 입질하기로 너하고 약속했냐?"

그 마음을 짐작했는지 그가 한마디 덧붙였다.

"네가 밤새 밑밥을 잘 준 덕분이겠지."

낚시에 대해서는 별 관심이 없어졌다. 궁금한 건 따로 있었다.

"근데, 우리가 통화 안 한 거 확실하냐?"

"이 친구, 오늘 유난 떠네."

"했지? 한 거 맞지?"

"나 참, 이 친구하고는. 했어, 했다, 됐냐? 자꾸 물으면 붕어가 짜증낸다."

"맞구나. 그럼 됐다. 그래 많이 잡아라."

정호길이 헛챔질을 한 뒤 다시 낚싯대를 담그고 자리에 앉았다. 찌가 근사하게 안착했다. 내가 한마디 더 던졌다.

"근데 배는 어떻게 타고 왔냐?"

"환경운동가가 좀 둘러보고 오겠다고 하는데."

"와, 사기도 칠 줄 알고."

"후후, 이 사람아. 나야 업무 중이지."

"다시 낚시하고 싶어지는데."

"자동차에 '초보, 낚시로 날밤 샜음' 하고 써 붙이고 다닐 거야?"

"알았다."

나는 방에 가서 누웠다. 눈은 저절로 감겼지만 잠은 오지 않았다. 이제 혼자 운전해서 집에 갈 걱정과 앞으로 이곳저곳 낚시터를 구석구석 누빌 기쁨이 교차했다. 차가 없을 때는 보이지 않던 부호들이 눈앞에 어른거렸다. 바둑에 한참 재미를 느낄 때 눈앞에 선한 바둑판 위의 바둑돌들, 당구에 맛을 들였을 때 눈을 감아도 천장에 그려지는 희고 붉은 당구알들처럼, 신호등과 교통 표지판들이 감은 눈 속에서 뒤섞였다. 나는 곧 잠 속으로 빠져들었다.

수몰

1

중학교 3학년 말, 어머니가 돌아가신 후 내 인생은 예상치 못했던 세상으로 발을 디뎠다. 그 세상이 내 좌우나 앞뒤, 또는 위아래, 어디에 있었는지는 그 이후로 내겐 크나큰 숙제였다. 숙제를 풀기는커녕, 나는 그저 두 세상 사이를 헤매고 다녔을 뿐이다. 약이나 술에 취한 사람처럼. 그 숙제는 내내 마음의 짐이거나 멍이었다. 사방에서 시도 때도 없이 육신과 영혼을 괴롭히는데도 탈출하고자 하는 시도조차 하지 못했다. 그 정체를 알 수 없으니 뭔가 해볼 도리가 없었다. 미궁은 그래도 나았다. 그건 그래도 뭔가 시도는 하고 있는 것이니까. 미궁이라는 단어를 사용해보자면, 훗날 미궁에서 나가고자 하는 시도가 내게 소설을 쓰게 했는지도 모른다. 소설은 그 안에서 헤맨 기록이다.

그 시작은 아무래도 수몰이리라. 수몰 전, 내가 살던 곳은 이십여 호 정도 남아 있는 작은 마을이었다. 마을 한가운데로는 제법 수량이 풍부한 개울이 흘렀고 양쪽 산등성이에는 집과 논밭이 있었다. 비교적 높은 지대에 있던 우리 집 마당에서 오십 보쯤 내려가면 돌다리가 하나 있고 그 위쪽으로는 보를 막아서 물이 제법 깊었다. 거기서 여름에는 수영을 하기도 했다. 겨울에는 썰매를 타거나 팽이를 치며 놀았다. 어른들은 여름에는 개울에서 천렵을 하고, 겨울에는 웅덩이를 파서 물고기를 잡아 매운탕 잔치를 벌였다. 시뻘건 국물과 함께 먹던 수제비 맛은 일품이었다. 나는 동네잔치를 할 때면 이웃마을에서 막걸리를 받아오는 길에 홀짝홀짝 마시다가 취해서 논두렁에 처박히기도 했다.

내 친구, 고병도의 집은 개울 저편 상류 쪽에 있었다. 그의 아버지는 작은 웅덩이를 파놓고 고기들을 넣어놓았다가 끓여 먹곤 했다. 물고기는 대개 임진강에서 잡아왔다. 물웅덩이는 작은 연못이 되더니 나중에는 소운동장만큼 커졌다. 양어장이 만들어지면서 사람들이 한둘 모여들었고 주말이면 승용차를 탄 사람들까지 꽤 들락거렸다. 아저씨는 식당도 짓고, 방도 몇 개 들여 본격적인 영업을 시작했다. 나는 아저씨 가게에서 잔일을 하곤 했다. 주로 낚시점과 꾼들 사이를 오가며 심부름을 하는 정도였다. 내 인생, 첫 번째 모델은 그였다. 나는 낚시나 하면서 살면 인생이 행복하겠다고 생각했다. 아저씨는 그 속내를 알아차리고는, 저기 저 옆에다가 낚시점을 내려무나, 하셨다. 나는 아저씨의 독심술에 감탄했었다.

아저씨는 장사 수완이 좋았다. 낚시꾼들이 오다가다 묻곤 했다.

"고기 커요?"

"크다마다요!"

꾼들은 대개 큰 걸 잡고 싶어 했다. 아저씨는 오른팔을 앞으로 내밀면서 왼손을 겨드랑이에 가져갔다. 한쪽 팔만 하다는 제스처였다. 나는 아저씨가 그다음 단계에 어떤 쇼를 벌이는지 알고 있었다. 그걸로는 양이 안 찬다는 듯 우스꽝스러운 표정을 지으면서, 이번에는 오른팔 대신 오른발을 들어 올리고 양손을 사타구니에 갖다 댔다. 그 정도면 1.5미터는 족히 됐다. 지켜보는 손님들은 모두 호기심에 낚시하고 갈 마음을 굳혔다. 다음에라도 찾아오곤 했는데, 그럴 때는 거꾸로 아저씨에게, 아저씨가 했던 제스처를 해보이며 함께 웃곤 했다. 손님은 단골이 됐다. 실제로 1미터급 잉어가 종종 낚였다. 꾼들이 속속 모여들었다.

어머니는 수몰 소식이 전해질 무렵 병석에 눕는 일이 잦아졌다. 아버지는 수몰 건에 대해서 어머니와 상의는커녕 윽박지르느라 바빴다. 어머니는 당신이 태어나고 자라난 곳을 떠나기 싫다고 아버지에게 큰소리를 내곤 했다. 좀처럼 언성을 높이는 일이 없었는데. 어머니는 툭하면 짜증을 내거나 소리를 지르기 일쑤여서 부부 싸움이 잦아졌다. 나중에는 어머니가 아버지를 압도했다.

"나는 여기서 죽을 테니 알아서 해요."

"마누라가 정말 미쳤군. 나라님이 하시는 일을 어떡하라고?"

"나라가 사람을 그렇게 잡아도 된대요!"

"다른 여편네들은 다들 가만히 있더구먼."

어머니는 이사 나온 금촌에서도 며칠씩 자리를 보전하며 병을 앓다가, 툭하면 살던 마을로 되돌아가 며칠씩 지내다 오곤 했다. 아버지가 여러 차례 역정을 내고 또 찾아가면 가둬 놓겠다고 을러 댔지만 어머니는 아랑곳하지 않았다. 자진해서 수몰 전의 폐가에서 유령처럼 지냈다. 아버지는 금촌으로 나오면서 다른 형제들을 모두 서울로 전학 보냈고, 나도 졸업하는 즉시 부모님과 함께 상경하여 온 식구가 모여 살기로 되어 있었다.

어머니는 막 수몰되기 직전의 한 폐가에서 주검으로 발견되었다. 그게 어떤 상황이었는지는 어른들이 쉬쉬해서 정확히 알지 못했다. 소문이 돌던 초기에 이미 어머니가 마을에서 죽겠다고 소리를 지르던 기억을 떠올릴 수 있었다. 아버지조차 어머니 앞에서는 꾼 앞의 붕어였다. 꾼의 바늘에 물려 이리저리 끌려다니는 붕어. 돌이켜 보면 어머니는 평생 그렇게 한번 아버지를 이겨보고는 이 세상을 하직한 것이다. 나는 나대로 입시 준비에 정신이 없어 어머니가 가슴 아파하던 상황을 나 몰라라 했으니 아버지만 탓할 일이 아니었다. 난 두고두고 어머니에게 미안했다.

상을 치르고 나서도 어머니의 모습과 목소리가 들렸다. 고모가 우리 집에 오셨지만, 내 공포를 더는 데 별 도움이 되지 못했다. 어머니가 내 옆에 달라붙어 뭐라고 할 때마다 고모한테로 달려갔다. 고모에게도 보이지 않을까 눈치를 살폈지만 고모는 전혀 알아차리지 못한 듯했다. 예전에는 도서관에서 밤늦게까지 입시 준비를 하다가 돌아오곤 했는데, 그 이후로는 동트기 전에는 집 앞의 골목길이 무서워 집에 돌아올 수가 없었다. 도서관 책상에서 엎드려 자다가 동이 트고 나서야 부랴부랴 집에 와서 씻고 등교하는 일이 비일비재했다. 밤이고 낮이고 점점 더 그 골목길이 무서워져서 사람들이 지나갈 때까지 기다렸다가 뒤따라 와야 했다. 막상 집에 들어와도 어머니의 환영은 화장실에서든 부엌에서든 다락에서든 무작위로 출몰했다. 내가 어디로 갈 건지 미리 알고 있어서, 특히 밤에는 도망칠 데가 없어 괴로웠다.

어느 날인가, 나도 노려보기로 작정했다. 도망갈 수가 없다는 걸 깨닫고 나서였다. 그러나 이젠 몸이 굳어버렸다. 환영으로 나타난 어머니의 모습 중에 눈이 가장 무서웠다. 특히 어두운 밤에 어둠과 극명한 대조를 이루며 나를 쏘아보았다. 눈동자 없이 흰자위만 광채를 뿜어댔다. 낮엔 주로 투명한 흰색 계통의 옷을 입고 있어서 눈에 잘 띄지 않았지만 환영이 방안을 이리저리 돌아다니는 것은 감지할 수 있었다. 밤엔 주로 검은 옷을 입고 있었다. 낮이고 밤이고 이상하게도 주변의 사물을 왜곡시키거나 삭삭, 하는 소리를 통해 나는 그것을 알아차렸다. 앞에 있던 것들이 잠깐씩 사라졌다. 이를테면, 장롱의 한 귀퉁이, 책상 한 모서리, 출입문의 문고리, 꽃무늬가 그려진 벽지 등이 그랬다. 나중에 정신을 차리고 그 궤적을 살펴보면 환영이 안방을 가로질러 다니느라고 그런 것들이 부분적으로 지워지곤 했다는 사실을 유추할 수 있었다. 무엇보다도 커다란 검정색 망토를 두르고, 난데없이 어둠 그 자체로 나를 덮치기도 했다.

먼저 내 아픔을 눈치챈 사람은 고모였다. 그때 고모는 예순두 살인가 그랬다. 내게 몇 차례 이렇게 묻곤 했다.

"너 어미가 보여 무서운 게로구나?"

나는 어머니의 환영을 무서워한다는 사실을 들키고 싶지 않았다. 그런데 너무 정확하게 의중을 찔러서 그랬는지 나는 그만 울고 말았다. 사내자식은 울음을 보여서는 안 된다는 강박관념의 둑이 일시에 무너졌다. 정말이지 나는 그때, 한 사흘쯤 울었던 것 같다. 학교에도 나가지 못했다. 울고 나니 좋았다. 고모가 가끔 나를 다독여주었다.

"어미가 너 보고 싶어서 그러는 거야."

나는 눈을 크게 뜨고 고모를 바라다봤다. 다정다감하면서도 목석같은 고모는 영적인 존재처럼 보였다. 고모가 내게 눈을 마주하며 말을 이었다.

"그럼, 그럼. 무서워하지 않아도 된단다."

그러마고 했지만 그건 말뿐이었다. 환영은 발길을 끊지 않았다. 눈물을 글썽일 때마다 고모가 "괜찮아, 괜찮아" 하며 꼭 안아주곤 했다. 고모가 이런 말을 하며 눈을 껌벅껌벅할 때, 사람과 사람이 그런 일에 대해서, 또 다른 세계가 엄연히 공존하고 있다는 사실에 대해 마음이 통할 수도 있다는 게 참 신기했다. 다 큰 녀석이 무서울 때마다 고모 품에 꼭 안겼다가 잠이 들곤 했는데 그것만으로도 큰 위안이 됐다. 잘 모르던 고모를 알게 되었지만 아버지와는 점점 더 멀어졌다. 고모가 내 상황에 대해 말했을 때 아버지는 사내 녀석이 심약한 탓이라고 나를 구박했다. 내 아픔을 일러바친 고모가 이중인격자 같아서 서운했다. 깊이 생각하지 않고 감정적으로 처신하는 아버지의 성격이라는 걸 이해하고 나서야 고모와의 오해가 풀렸다. 오죽하면 어머니가 자결까지 했을까, 하는 생각을 하면 아버지 역시 공포감의 대상으로 다가왔다.

내가 고등학교 입시에 실패하고 나서는 호통도 심해졌다. 날마다 늦잠이나 퍼질러 잔다고 핀잔을 주었고 방안에 있던 소설책이나 잡지를 찢어 내던졌다. 아침 일찍 일어나 마당이라도 쓸거나 집안 청소라도 하면 어디 덧나느냐고 불같이 화를 냈다. 변명하거나 대들어 봐야 소용없는 일이었다. 차라리 아버지가 친구들을 불러와 술자리를 갖거나 마작을 하는 게 좋았다. 그럴 때마다 남하고만 어울리는 아버지에게 짜증이 나면서도 그런 날은 어머니가 나타나지 않아서 좋았다. 대신 새로운 환영이 나타났는데, 그건 아버지의 얼굴을 한 다른 환영이었다. 나는 아버지에게서도 멀어져야 했다. 이미 나는 가출을 작정하고 있었다. 나 나름의 살 방도를 찾아야 했기에.

내가 생기를 되찾지 못하고 있던 어느 날, 고모가 동네 사람들과 함께 어머니의 옷가지를 태웠다. 교회 신자들이 와서 그런대로 쓸 만한 옷이나 값나가는 물건들을 가져가기도 했다. 나는 고모 뒤에서 고개만 내밀고 그 광경을 지켜보았다. 나는 고모가 너무 고마웠다. 나를 위해 그러는 것일 테니까. 그것들이 타면서 모든 환영과 환각이 떠나가는 줄로 알았다. 속으로는,

'엄마 잘 가.'

했다. 이젠 나타나지 않겠지, 그렇게 여겼다. 그러나 언제나 엄마가 근처에 있다는 느낌은 사라지지 않았다. 나는 고모 몰래 내 중학교 교복과 책가방을 태웠지만 쓸모없는 일이었다. 그 겨울, 아버지는 어떤 여자와 연애 중이었다. 고모가 전하는 말로는 자식들을 위해 새어머니를 들인다고 했지만, 그건 거짓말이었다. 그게 내게 위안이 될 리가 없었다. 그때 나는 이미 죽어가고 있었으니.

2

어느 날 밤인가 집에 혼자 있다가 견딜 수 없는 공포에 사로잡히고 말았다. 고모가 없어서 그런가 하고 괜찮을 거라고 마음을 굳게 먹었지만 그 느낌은 새삼스러운 것이었다. 방심한 탓도 있었으리라. 요사스러운 소리와 반투명 괴물체들이 우는 듯한 기괴한 소

리가 섞여서 들려왔다. 그리고 사방의 벽이 조금씩 내게 다가왔다. 나는 소리를 지르며 밖으로 뛰쳐나갔다. 소용없었다. 조금 전의 그 소리와 형상들이 기다렸다는 듯이 이미 내 앞에 포진해 있었다. 돌아서서 다시 방으로 들어와야 했다. 그러나 들어올 수가 없어, 망설이는 척하다가 갑자기 속도를 내서 밖으로 튀어나갔다. 담을 넘었다. 뛰어내리다가 무릎과 정강이가 까졌지만 바로 일어나 눈을 감고 달렸다. 다시 눈을 떴지만 감은 거나 매한가지였다. 수십 차례 넘어지고 뒹굴어 온몸에서 피 냄새가 진동했다. 다리를 절면서도 아픈 줄을 몰랐다. 다행히 집안에 있을 때부터 한기를 느껴 하나둘 껴입은 옷 덕분에 그리 춥지는 않았다. 어둠 속이었기 때문일까, 공간을 이동했다는 느낌은 별로 없었다. 그저 가만히 있을 수 없어서 끝없이 걸음을 옮겼다. 배가 고팠지만 뒤를 돌아보지는 못했다. 앞을 바라보면서도 끝없이 눈동자를 굴렸다. 하늘엔 별이 총총했다. 나는 북극성을 보고 그쪽을 향해 가고 있다는 것을 알았다. 두려움이 조금씩 희석되어 갔다. 공포의 중력과 밀도가 점점 희박해지고 있다고 느꼈다. 이윽고 나는 예전에 살던 마을 입구에 와 있었다. 어떻게 해서 거기까지 달려갔는지는 정말 모르겠다. 통행금지가 있던 시절인데 불침번에도 한 번 걸리지 않았다. 그 십여 시간의 공포를 비가 어루만져 주었다. 쏴아. 겨울비가 그렇게 장하게 내리다니. 세상에, 눈앞엔 아무 것도 보이지 않았고 땅바닥에 부딪히는 빗소리를 들으며 터벅터벅 걷는데, 아, 그 소리가 나에게 얼마나 평안함을 주었는지 몰랐다. 진통제 같다고나 할까. 이후 빗소리는 세상에 태어나 처음 듣는 소리인 양 각인되었다. 갓 태어난 동물이 처음 만나는 존재를 어미로 여기는 것처럼. 영적인 세계로 오는데 불침번이 있을 리 없었다. 한숨을 돌리고 나니, 내 양손에는 각각 밤과 밝음의 세계가 비치고 있었다. 몸도 그렇게 양쪽으로 나뉘었다. 밤을 뚫고 들어선 새벽, 신기한 신세계가 펼쳐졌다. 마을에 발을 내디뎠을 때 나는 멀리 여명 한구석에서 모르스 신호처럼 깜빡이는 주황색 불빛을 보았다. 낚시꾼이 켜놓은 칸델라 불빛이었다. 무서운 생각이 들 만도 했는데 그게 신세계의 입구임을 알리는 사인쯤으로 여겨졌다. 나는 그게 아저씨라고 믿었던 것이다. 양어장에서 낚시를 하고 있던 아저씨가 자리에서 일어났다.

"인석 봐라. 밤새 왔겠네?"

사람의 말이 부드럽고 반갑게 느껴졌다. 그러면서도 나는 아저씨 눈치를 보며 어색하게 서 있었다. 아저씨가 나와 저수지 너머 언덕을 번갈아 보더니 천천히 다시 입을 열었다.

"뭐, 먹을 걸 좀 줄까?"

나는 고개를 끄덕했다.

"그래, 근데 우선 어디 좀 보자."

아저씨가 수건으로 얼굴과 목, 손을 닦아주고 담요로 어깨를 감싸주었다. 아저씨가 버너 위에 물을 올려놓고 난로를 가져오겠다며 집으로 들어간 사이 나는 저수지 너머 산등성이를 한참 바라다보았다. 거기, 어머니 무덤이 있었다. 무덤은 여기 있는데 어머니의 혼은 왜 집까지 찾아와서 나를 괴롭히며 집에서부터 이곳까지 몰고 왔는지 모를 일이었다. 한참 동안 더 물끄러미 쳐다보고 있는 사이 동이 텄다. 아직 세상은 온통 흑백이었다. 나는 아저씨가 끓여준 라면을 네댓 젓가락에 먹어치우고, 국물까지 싹 비웠다. 그릇들을 옆으로 밀어 놓고 나서 아저씨는 나와 엄마의 무덤이 있는 쪽을 번갈아 힐끔댔다.

"아저씨, 엄마의 영혼이 찾아온 거 맞죠?"

"멀리 가기 전에 너하고 함께 보내고 싶은 게다."

"엄마 산소에 같이 한번 가주실래요?"

"그러자꾸나."

그다음에 내가, 언제요?, 죽었는데 어떻게 다시 나타나요? 하고 물었는데 내가 하는 소리를 제대로 알아듣지 못했는지 아저씨가 그랬다.

"인석아, 아무리 엄마가 보고 싶어도 그렇지."

내가 원하는 답은 아니었지만 따질 계제가 아니었다. 나는 나도 모르는 걸 질문이랍시고 중얼거렸을 터였다.

"근데, 무서워요."

"애야, 조금 지나면 괜찮아진단다."

"정말이요?"

아저씨가 고개를 끄떡끄떡했다. 잠시 침묵을 지키더니 말했다.

"조금만 참고 지내면 모두 다 그렇게 할 수 있단다."

"네."

나는 아버지에게 말하지 말아 달라고 하고 싶었으나 내내 입을 떼지 못했다. 아저씨라면 구태여 그러지 않을 거라고 여겼다. 눈은 맞은편 산등성이에 있는 어머니의 무덤을 향했다. 아저씨도 내 옆에 앉아 나와 같은 곳을 보았다. 간간히 서로 고개를 돌리다가 눈이 마주쳤다. 내 눈길과 마주칠 때마다 아저씨는 고개를 끄떡여 주었다. 정말, 어머니는 죽었고 아저씨가 아버지 같았다. 그 새벽에 온몸에 옥도정기를 발라주고 마을의 노인에게 부탁해서 다리와 발목에 침을 맞게 해주었다. 아저씨의 애초 걱정과는 달리 다행히 아무 데도 부러지거나 하지는 않았다.

수몰이 되면서 아저씨네 양어장은 일부 구간이 물에 잠겼다. 보상받은 돈으로 양어장을 근사하게 개축하고 몇 년에 걸쳐 낚시터로 조성했다. 꾼들이 멀리서도 찾아왔다. 나는 그 이후로도 마음이 불편할 때마다 아저씨를 찾곤 했다. 그때마다 따뜻하게 맞아주는 아저씨가 아버지면 좋겠다는 생각을 여러 번 했다.

3

내가 밤새 걸어 저수지로 찾아갔던 날, 아저씨를 못 만났다면 나는 살아남지 못했을 것이다. 어머니를 만나겠다고, 저수지 너머에 있는 무덤으로 가겠다고 깊은 물속으로 들어갔을 테니까. 이미 나는 홀려 있었으니까. 무덤에서 죽은 애인을 만났다는 어떤 소설가에 대한 이야기가 실제로 있었다는 걸 나중에 알았다. 독일 낭만주의의 대표주자인 노발리스라고 했다. 노발리스를 더 빨리 알았더라면 어땠을까. 그때 이후로 그날 아저씨와의 만남에 대해 자주 생각하곤 했다. 아저씨로부터 많은 것들을 받았구나 하는 생각 때문이었다. 아저씨는 고모처럼 내 생명의 은인이었다. 인내심이 처음부터 내 것은 아니었다. 그건 아저씨처럼, 혹은 아저씨를 흉내 내면서 대를 펼쳐 놓고 많은 세월을 낚으면서 기다려 온 덕분이었다. 밑밥이 특별히 좋고 나쁠 리 없었다. 논밭에 물을 대느라 물이 빠지거나 동풍이 불어 입질이 없으면 좀 쉬었다 가면 그만이었다. 비올 때는 비 구경하고, 비 내리는 소리를 감상하는 게 습관처럼 굳어졌다. 비가 내릴 때 대를 던져 놓고 바람이 너무 강하게 불거나 천둥이나 번개가 쳐대도 나는 투덜대지 않았다. 겨울에 찌가 얼어붙었으니 붕어가 다녀가도 몰랐겠다고 불평하지 않았다. 여름이면 파라솔을 펴거나 우비를 입으면 되는 거고, 겨울엔 옷을 잔뜩 껴입고 손난로를 쬐면서 낚시하면 되는 거였다. 총무가 모터보트를 타고 다니며 얼음을 깨주곤 했으니까.

나는 아저씨의 잔심부름을 해드리고, 눈치껏 좀 한가하다 싶으면 아저씨의 낚싯대를 펼쳐 놓곤 했다. 그건, 나만의 특권이었다.

아저씨의 낚시터는 신비한 구석이 있었다. 그곳은 집과 양어장 사이의 작은 별관인데 그 구조가 특이했다. 방의 한쪽 벽을 병풍 개듯 밀면 마루가 나왔고 그 위에서 바로 양어장에 낚싯대를 던질 수 있었다. 아저씨는 철을 가리지 않고 안락의자에 앉아 낚시를 했다. 아저씨의 전용 낚싯대는 늘 곧 손을 떠날 활시위 같았다. 나는 그 낚싯대에 일종의 경외심을 느꼈다. 1미터 남짓한 마디를 마디로 연결해서 낚시를 했으며, 낚시가 끝나면 다시 접어서 가방 안에 보관할 수 있는, 그야말로 그 당시에는 최신식 낚싯대였다. 나는 사냥꾼의 공기총보다 그 낚싯대에 더 끌렸다. 고병도와 나는 긴 대나무에 줄을 매어 낚시를 했는데 아저씨 낚싯대가 눈에 삼삼했다. 그 낚싯대로 낚시를 해보는 건 큰 영광이었다. 낚시점을 하면 그런 낚싯대로 매장을 가득 채워 넣으리라 다짐하는 것으로 위안을 삼았다. 머지않은 훗날 나는 고병도보다 일찍 그런 낚싯대를 갖게 되었다. 유난히 입질을 자주 받아 씨알 굵은 놈들을 많이 낚은 날이었다. 내 옆에서 낚시하던 손님이 내가 잡은 물고기와 자기 낚싯대를 교환해 갔던 것이다. 그것도 한꺼번에 두 대씩이나. 그는 집에 가서 물고기를 많이 잡았다고 자랑하고 싶었던 모양이다. 그 낚싯대를 물에 담그고 있으면 입질이 변변치 않을 때도 마냥 즐거웠다. 고병도도 곧 그런 낚싯대를 아버지에게서 선물로 받았다. 낚싯대를 드리우고 있으면 지나가던 어른들이 그러셨다. 예끼 인석아, 붕어가 너를 낚겠다. 그때 우리는 얼마나 행복했는지 모른다.

내 낚시 역사는 연합고사에 실패하고 나서 시작되었다. 아버지의 구박을 피해 아저씨의 낚시터로 가곤했다. 2월 초의 어느 날, 삼한사온의 끝자락에 대를 담그던 날. 아저씨는 시험 같은 건 중요하지 않다며 나를 격려해주었다. 아저씨는 알고 있었다. 전날 밤에 어머니의 환영에 시달려 밤을 새우다시피 하다가 갔으니 시험장에서 내내 졸다가 나왔으리라는 것을. 아저씨라도 계셔서 나는 덜 불행했다. 이제 엄연히 내 소유인 낚싯대를 펼쳐 놓고 앉아 있자니 아저씨가 껄껄 웃으셨다. 아저씨는 슬며시 웃는 분이지 결코 소리 내서 그렇게 웃는 분은 아니었다. 내게만 특별히 보여주시던 웃음이었던 셈이다. 그 웃음은 사색과 지혜의 멋진 발로였다. 내면으로 충분히 생각하고 말하고 처신하는 분이었다. 아버지처럼 말부터 먼저 하고 수습도 못하는 사람과는 차원이 달랐다. 그날 기분이 좋으셨는지 내게 당신의 의자까지 내주시기도 했다. 나는 수시로, 찌가 조금만 움직이면 바로 대를 채곤 했다. 한동안 지켜보다가 가끔 한두 마디씩 하셨다.

"얘야, 월척은 기다려야 나온단다."

나는 기다림이 무슨 소린지 몰랐다. 그저 네, 하고 대답했다. 그게 다가 아니었다.

"얘야, 아무 때나 채는 게 아니란다. 다 올라올 때까지 기다렸다가."

내가 그 뒤에도 툭하면 대를 채니까 아저씨가 또 그렇게 일러주

섰다. 돌이켜 보면 낚시가, 아저씨의 언행 하나하나가 내 삶의 이 정표를 던져 준 듯했다. 훗날, 나는 아저씨를 진정한 어부라고 생각했다. 사람과 인생을 낚는 어부.

신촌블루스

1

오늘

나는 눈을 감은 채 전동차가 철교 위를 달리는 소리를 듣고 있었다. 주머니 속에서 진동이 느껴져 잠에서 깼지만 잠결에 취해 그냥 내버려둔 채였다. 단잠이었다. 사실 잠을 깨운 건 전화가 아니었다. 철교 위를 달리는 진동이 다르게 느껴졌다. 눈을 뜨고 보니 사람들이 친 병풍 사이로 차창 밖에 한강이 보였다. 사당역에서 2호선으로 갈아타고 금방 잠이 들었으니 얼추 이십 분 정도는 잔 셈이었다. 기분도 개운했다. 휴대전화 폴더를 열어 부재중 전화를 확인했다. 김민희. 바로 이어서 전화가 걸려왔다. 소설 창작반 반장이었다.

"소설가 님께서 지방에서 올라오시느라 늦는다는데요."

"뭐, 우리끼리 한잔하고 있든지 하면 되겠네."

걱정하는 듯한 음조도 조금 섞어 보냈다. 늦긴 뭘, 휴강이지. 휴강……. 뜻밖의 선물이었다. 이제 민희와 마음 편히 데이트나 하면 되겠다고 생각했다. 승객들이 내릴 준비를 하느라 출입구로 몰리자 차창 밖 풍경 한 귀가 눈에 들어왔다. 해는 지평선까지 거의 다 가라앉았다. 여섯 시 삼십삼 분이었다. 낮이 길어졌는지 아직 환했다. 이제 곧 합정역이었다.

3주 전

내가 신촌 H센터의 강의실에 들어갔을 때는 우리 회원들 몇 명밖에 없었다. 그 후에 사십 대로 보이는 수강생이 네댓 명, 이십 대서너 명이 들어왔다. 내가 속해 있는 소설 창작반에서 유명한 신화 강사를 초빙해 강의를 듣는 날이었다. 원래는 소정섭 소설가가 전담으로 강의를 해오고 있었지만, 간간이 외부강사를 초청해서 강의를 듣기로 등록할 때부터 예고되어 있었다. 나는 은근히 기대를 걸고 있었다. 강사 초빙은 소 선생이 맡았다. 그는 이렇다 할 대작을 내지는 못했지만 가르치는 것에는 일가를 이루고 있다고 나는 평가하고 있었다. 오늘부터 3회에 걸친 강의였다. 강사는 미리부터 와서 강단 옆에 자리를 잡고 있었다. 나는 외부 수강생들에게 뒷자리를 양보하고 앞쪽의 구석진 자리로 갔다. 나는 작년에 P출판사의 신인상을 받으면서 등단했지만 이 모임에 계속 참석하고 있었다. 단편소설을 몇 편 더 써서 창작집을 내야 하는데 아직 혼자 힘으로 소설을 여기저기 보내기엔 역부족이었다. 적확한 표현이나 간결한 문장, 또 서사 등등의 구사법과 운용에 대해 소 선생에게 의지할 게 아직 많았다. 주변을 두리번대다가 한 여자에게 시선이 꽂혔다. 그녀는 예닐곱 걸음 떨어진 곳에서 내게 등을 진 채 앞쪽 출입구에서 강사와 이야기를 나누고 있었다. 나는 내 눈을 의심했다. 내 눈은 뒤쪽 출입구와 그녀 사이를 왔다 갔다 했다. 빨리 일어나 여기서 나가고 싶었다. 이럴 줄 알았으면 문가에 앉을걸. 더 있다가는 사람들 사이를 빠져나가는 게 곤혹스러울 터였다. 그래도 더 늦으면 안 되지. 일어나자. 일어나야 돼, 하며 일어서려는데 마침 그녀가 강사와 인사한 뒤 출입문 밖으로 모습을 감췄다. 나는 자리를 박차고 일어났다. 그 순간 뒤쪽 출입문이 열리고 그녀가 들어왔다. 나는 놀라 다시 자리에 앉았다. 그녀는 분명 김민희였다. 나는 얼어붙었다. 그녀가 어느 대학에서 신화 강의를 하고 있다고 들었는데 여기서 마주칠 줄은 몰랐다. 아마도 그녀는 오늘 강의를 하는 강사와 알고 지내는 사이인 모양이었다. 말하자면 우정출연을 하고 있으리라 추측했다. 그녀와 경황없이 이렇게 부딪히기는 싫었다. 애증이 짙었다.

나는 탈출을 포기한 채 강의를 들었다. 수업은 생각보다 재미있었지만 집중할 수가 없었다. 고개가 아팠지만 뒤에 앉아 있을 그녀 때문에 고개를 돌리지 못했다. 수업이 끝나자마자 그녀의 눈을 피해 서둘러 앞쪽 출입구로 강의실을 빠져나왔다. 소 선생에게 전화를 걸어 학교에 급한 일이 터져 먼저 간다고 둘러댔다. 며칠 지나고 물어보니 다들 뒤풀이는 즐거웠다고 했다.

2주 전

나는 다리 위를 달리는 소리를 들으며 잠이 깼다. 한강을 거의 다 건너자 사람들이 입구 쪽으로 몰렸다. 그때 반대편 차창 옆에 걸린 광고 패널의 문구가 눈에 들어왔다.

사랑은 게임이다…… 시작하기 쉽고 끝내기는 어려운.

사랑이라…… 그래, 그게 시작하기는 쉽지만 끝내기는 어렵지. 그게 시작은 감정이지만 끝낼 때는 이성이거든.

차창 밖에선 해가 지며 저녁이 속살을 드러냈다. 초대형 은막인 듯한 하늘을 배경으로 빨갛게 저무는 해가 장관이었다. 한강은 낮의 나라와 밤의 나라를 이어주는 건널목 같았고, 다리와 건물은 자연스러움을 더해주는 소품인 양 박혀 있었다. 방송 멘트가 흘러나왔다. 지하철은 약속을 지켜줍니다……. 나는 느긋하게 그 멘트를 입에 올려 보았다. 아니 약속이 아니라, 시간이었던가? 지하철이 뽐내는 시간의 정확함. 그것은 규칙이고 이성을 닮았다. 얼핏 민희는, 규칙이고 이성이라는 생각이 들었다.

멘트가 이어졌다. 다음 역은 강변역, 강변역입니다. 담배를 피우면 아주 맛있을 것 같았다. 입맛을 다시다가 나는 깜짝 놀랐다. 강변역? 그럴 리가 없는데…… 강변역이라니! 분명히 방향표시판을 확인하고 탔는데. 혹시나 하고 차창 밖으로 내다보았지만 열차는 이미 역사를 벗어나고 있어 정차역 이름조차 확인할 수가 없었다. 하기야 신촌 방향이라면 열차가 지하로 접어들었을 텐데 거꾸로 지상으로 기어 나온 걸로 봐서는 실수한 게 분명했다.

하늘과 물이 갑자기 시야에서 사라졌다. 마술 같다. 풍광은 사라지고 형광등 불빛이 창백했다. 조금 전의 차창 밖 풍경이 머릿속에서 푸드덕거렸다. 창살에 잘려 나갔던 하늘과 물이 그리웠다. 자리에서 일어나 사람들 속을 헤집고 지하철 노선표를 살펴보았다. 돌아가는 것보다는 그대로 왕십리를 지나 신촌으로 가는 것이 나았다. 기차가 구의역 플랫폼에 들어섰다. 난감했다. 기차가 지상을 달리는데도 지하로 들어온 것 같았다. 지난 첫 시간에 강의실에서 불안해하던 내 모습을 떠올려 보았다. 오늘도 별로 내키지 않는 걸 억누르며 왔는데 이런 일이 벌어지는 걸 보면 그냥 돌아가라는 신호로 여겨지기도 했다. 새삼스러울 건 없었다. 마음을 정하지 못하고 어중간하게 떠밀려 다니는 게 속상했다. 심호흡을 하고 자리에 가 앉았다.

지하철이 약속을 지켜준다고? 지하의 정교함, 규칙, 이성? 오히려 카오스다. 지하의 것들 같으니. 사랑? 끝낼 땐 지옥이다. 도장, 위자료, 아이 양육비. 부부들은 늘 나란히 걸어 나와 잠시 멈칫멈칫, 곡선 위를 서성이다가 그러다가 뒤돌아서 직선으로 제 갈 길로 갔다. 그 이후로는 또 비뚤비뚤 걸어 삶을 살아가는 듯했다. 나 역시 그러했다. 예리한 이성으로도 뭉툭한 미련 덩어리를 베어내지 못했다. 역시 끝은 어렵다. 머리와 가슴이 격렬하게 다퉜다. 결국, 애증이다.

가만히 앉아 있을 수가 없어 나는 다시 노선표 앞으로 갔다. 문제는 환승구간인 사당역이었다. 전에도 사당역에서 한번 실수한 적이 있어서 신중했다. 몇 번이고 확인하고 확인하면서 열차를 바꿔 탔다. 가만 생각해 보니 강시 같은 것들이 떼를 지어 몰려다니던 게 생각났다. 녀석들이 조직적으로 역 이름과 이정표를 바꿔 달아 놓은 게 분명했다. 달리, 또 다른 존재들 탓으로 돌리며 하소연해봤자였다.

기차가 왕십리역에 들어서자 일곱 시가 넘었다. 이미 강의가 시작되었을 것이다. 이렇게 무력하게 열차에 실려 가는 꼴이라니. 분명 민희 때문이었다. 도망 나왔기에, 아니 도망 나와 놓고도, 이후로는 초청강의에 참석하지 않는 게 좋겠다고 다짐을 했으면서도, 나는 발걸음을 옮기고 있었다. 민희는 오늘 강의에 오겠지, 와 있을까? 이번 주부터 나오지 않기로 한 건 아닐까? 지난번 연락처라도 알아두었어야 했던 건 아닐까? 언제나 기회를 놓치고 후회하는 자신이 미웠다. 결국 내 의지를 그녀 쪽으로 정조준했다. 그러고 나니 마음이 다소 편해졌다. 민희가 와 있을 것이라고 생각하며 마음을 추스르려 애썼다.

신촌역에 내리니 일곱 시 반이 넘었다. 무척 허탈했다. 붕 뜨거나 바닥으로 주저앉을 것 같은 상반된 느낌이 들었다.

지하에서 지상으로, 지상에서 지하로…… 이제 다시 지상이다. 지상의 것들? 역시 뒤죽박죽이지. 후후. 그럼 '불규칙' 정도로 해둘까.

나는 계속 투덜댔다. 잰걸음으로 강의실 앞 복도에 도착했을 때 누군가 막 내 쪽으로 발걸음을 틀었다. 김민희였다. 그녀 역시 깜짝 놀라는 기색을 보이며 자리에 섰다. 나는 차라리 마음이 편해졌다. 천천히 걸어오는 그녀에게서 시선을 떼지 않았다. 말을 붙이자니 서먹서먹하고 반말을 써도 될지 걱정하던 마음은 순식간에 사라졌다. 막상 말을 건네는 순간에는. 내가 먼저 중얼거리듯 말했다.

"늦었지?"

"예."

그녀는 이미 나를 알아본 것 같았다. 지난주에 이미 알아차렸는지도 몰랐다.

"들어가지 않고?"

"늦게 들어가자니……."

나는 그녀를 바라보았다. 민희는 머뭇거렸다. 들어갑시다. 먼저 몸을 낮추고 강의실 문고리를 잡았지만 쉽게 틀지는 못했다. 수십 초는 흐른 듯했다. 그녀의 표정을 살피느라 얼굴을 돌리자 바로 코앞에 민희의 얼굴이 있었다. 향수와 땀 냄새가 동시에 느껴졌다. 순간 나는 그녀의 귓불에 입을 가져다 대고 싶은 충동을 느꼈다.

그 옛날 대학교 3학년 때 갔던 월미도에서였다. 어두운 바닷가, 은은한 뱃고동 소리와 간간이 번쩍이는 등대의 탐조등 불빛 속에서 민희는 아주 섹시했다. 입이 말라가서 나는 간신히 말했었다.

여기서…… 하면…… 키스하면 저 사람들 눈에 띌까?

예? 무슨 소리…….

민희는 서둘러 몸을 돌렸다. 목덜미가 하얗게 요동쳤다. 돌아섰을 뿐, 민희는 발걸음을 떼지 못했다. 아마 키스라는 말의 반사 반응으로 그랬겠지만 민희 역시 마법에 걸려 버렸는지 꼼짝하지 못했다. 내가 안으려고 하자 빠져나가려 했지만, 몸이 기우뚱하더니 내게 기울었다. 뜻하지 않게 몸이 움직인 게 당황스러웠을 테지만, 이미 내 품에 안긴 뒤였다. 그녀도 그랬을 테고, 나 역시 마주보기 수줍어서 그녀를 돌려 세워, 뒤에서 그녀를 가만히 안았다. 조금 있다가 마비라도 된 듯한 팔에 힘을 주어 그녀를 다시 돌려 세웠다. 그녀는 별 저항 없이 가만히 있었다. 빼는 척 안긴 거나, 돌아서며 바로 안기는 게 계획된 시나리오였다는 생각이 들 정도로 부드러웠다. 바로 얼굴과 얼굴이 맞닿았다. 키스가 이어졌다. 내 귓전에서 찰싹대던 파도소리와 뱃고동소리가 잦아들었다. 나는 행복했다. 그러면서 그런 생각에 젖어들었다. 안아달라고, 키스하자고, 오랫동안 포옹하고 있자고 민희는 먼저 말하지 않았다. 그런데도 그런 일이 막상 벌어지면 적극적으로 몸을 빼지도 않았다. 그 사실은, 민희에게서 내가 그 감정을 포착해내지 못하면 언제든 내 곁을 떠나갈지도 모른다는 상상으로 비약했다. 또 그 옛날 한 방에 묶으면서도 민희와 몸을 섞지 않은 채, 밤새 떨어져 잠만 잔 게 그녀를 내게서 떠나가게 한 사연은 아니었을까, 하는 상념에 사로잡혔다. 그 이후로 내가 자기를 사랑하지 않는다고 여겼는지 사이가 벌어졌던 것이다. 아니 나는 그렇게 여길 수밖에 없었다. 참 아이러니했다. 여자가 단단히 마음을 먹고 남자와 잠자리에 들었는데 막상 아무 일 없이 나오면 그게 이별의 이유가 될 수 있는 건지 어떤지.

나는 강의실에 들어가고자 하는 의지조차 잊고 있었다. 민희가 조심스럽게 문을 열었다. 끼이익, 하는 소리가 크게 울렸다. 수강생들이 곁눈질을 했다. 강사는 동요 없이 말을 이어갔다. 우리는 서둘러 자리에 앉았다. 지난번처럼 이번에도 달뜬 마음으로 수업을 들었다. 강의가 끝난 뒤, 이번 주에는 나도 함께 뒤풀이를 하러 갔다. 물론 민희도 동행했다.

1주 전

세 번째 강의가 끝난 지난주, 나는 민희와 단둘이 강의실을 빠져나왔다. 다행히 이번 주 강사는 민희나 나나, 꼭 뒤풀이에 참석해야 할 사람은 아니어서 미리부터 불참의사를 밝혀 놓은 터였다. 지하주차장 출구. 헤드라이트 불빛이 걷히면서 하얀 그랜저 승용차가 내 앞에 섰다. 앞문의 차창 유리가 서서히 내려오면서 민희의 얼굴

이 나타났다. 머리가, 눈썹이, 코와 입술이, 목덜미가…… 공간 이
동 마술이라도 부린 듯했다. 나는 반쯤 피운 담배를 바닥에 비벼 끄
고 차에 올라탔다. 사는 곳을 묻는 일로 대화가 시작되었다.

"어디 사세요?"

"평촌이라고 안양 동쪽 귀퉁이에."

"어떻게 지내지요?"

숨어 있던 사투리처럼 '지'가 튀어나왔다. 과거로 돌아간 듯했
다. 대답을 하려고 하니 머릿속이 복잡해졌다. 소설이나…… 소설
을 써보고 싶어서, 아니, 소설은 친구가 하도 권해서 그냥…… 쓰
고 있는데 잘 안 되는 걸, 하려다 엉뚱하게 말을 뱉었다.

"선생질 하고 있어."

"독어, 아니지요?"

"영어."

"역시 그렇지요…… 독어는 다 죽었지요?"

"멸종 단계지. 민희는?"

그 순간 조금 전에 내가 무슨 얘기를 하고 싶었는지 뒤늦게 떠올
랐다. 글쎄. 술에 취해 한 오년? 그러다 그것도 지긋지긋해져서 뭔
가 다른 걸 찾아보려고 했었어, 그게 소설이야. 그녀가 말을 받았
다.

"저는 걸레질하고 있지요……."

"걸레질? 그래도 고급이지. 패션인데. 행주라면 모를까."

의류업계 사람들이 하는 일을 일컫는 속어였다. 나도 대학 졸업 후 잠깐 그 계통과 관련된 번역 일을 해 봐서 그 내용을 알고 있었다. 그쪽 사람들은 그 단어를 입에 달고 살았다. 민희는 패션 전문 잡지 회사에서 홍보 일을 하면서 틈틈이 대학에서 신화 강의를 하고 있다고 했다. 나는 민희가 말끝마다 붙이던 그 '지'에 신경이 쓰였다. 대학 시절부터 민희는 그 단어를 통해 구어와 문어 사이를 아무 경계 없이 넘나들었다. 문학반 문우들이, 신입생이었던 민희의 소설 원고를 돌려 읽다가 그 특이한 어투 때문에 함께 호들갑 떨며 웃었던 기억이 새로웠다. 민희가 그것을 눈치챘는지 가볍게 웃었다.

"전 강남 살지요."

"죽 거기서 살았어?"

"일산에서 분당 거쳐 강남으로……."

"일산이라……."

"일산은 잘 아세요?"

"가본 지가 오래돼서…… 그래도 그 옆이 내 고향…… 금촌이니까."

"금촌이요?"

'금촌이요?'라니. 그녀가 금촌을 모를 리 없었다. '금(金)하고 촌(村)이 서로 어울릴 수가 없을 것 같은데…… 절묘하기도 하지요.' 하고 말하던 입술에 내 입술을 포개던 곳이다. 대학교 1학년 때 지리산을 다녀온 이후 민희와 함께 신촌과 이촌역에서, 그 당시에는

'통통선'이라 불리는 국철로 청량리로 가서 경춘선을 타고 강촌에 가기를 밥 먹듯이 했다. 민희가 황혼이 지던 강촌의 물가에서 금촌, 이촌, 강촌이네요, 라고 했고, 나중에 춘천에 다녀온 후에는 금촌, 이촌, 강촌, 에구 춘천까지 이어지지요, 하며 웃기도 했다. 그렇게 웃는 모습을 보며 민희가 나를 사랑하고 있다는 확신에 몸을 떨었었다.

그녀는 갑자기 팝송을 틀었고 나는 백일몽에서 깨어났다. 이제 이 여자를 다시 만나 어떻게 하겠다는 것인가. 민희가 볼륨을 조절했다. 이촌, 그녀 집에 들어갔던 일을 더 떠올려보고 싶었지만 그만 멈추기로 했다. 그런데도 생각이 꼬리를 물었다. 한강이 장엄하게 흐르는 게 내려다보이던 그 아파트에서 나와 작별하고 그녀는 미국으로 떠났다. 언제 귀국했을까. 한두 번은 내게 연락이라도 하고 싶지 않았을까. 그런 생각과, 그녀가 지금 내 옆에 앉아 있다는 생소함 속에서 나는 그녀를 힐끗힐끗 쳐다봤다. 그걸 그녀가 감지했으리라. 나를 쳐다보는 민희의 시선이 몇 차례 느껴졌다.

"평촌이면 저하고는 방향이 조금 어긋나지요?"

"많이 바뀌었을 텐데, 잘 아네."

나는 고개를 돌렸다. 그래도 귀국한 지 몇 년 돼서 이제는 제법 길이 익숙해요, 등등의 답을 기대했는데, 민희는 아무 말 없이 운전했다. 순간, 나는 괜히 그 공백이 내 몫인 것처럼 여겨졌다. 옆으로 비껴가는 자동차 불빛에 언뜻언뜻 드러나는 얼굴이 여전히 곱게 느껴졌다. 게다가 어깨를 덮은 생머리를 보자 15년여의 세월을 별 탈 없이 살았으리라고 짐작되었다. 귀걸이도 없는 맨 귀였다. 꾸미지 않아도 이렇게 고울 수 있다는 것은 삶이 안락했다는 것이리라.

"우선 강남으로 가지."

"강남에서 평촌까지는 금방이지요?"

나는 반말을 하자고 마음을 먹었다.

"거리로 따지면 얼마 안 되지."

"네비에…… 강남구 역삼동……."

그녀가 네비게이션에서 자기가 사는 곳의 주소를 찾아내 버튼을 눌렀다. 시내가 막힐 때는 강남에서 평촌까지 외곽순환도로를 이용하면 좋지만 그건 승용차를 이용할 때였다. 택시로 가자면 요금이 너무 많이 나왔다. 까짓것 아무렴 어떠랴. 지금은 그걸 걱정하고 있을 계제가 아니었다. 승용차가 합정동 쪽으로 방향을 잡았지만 로터리를 빠져나가는 데 한참 걸렸다. 조금 열린 차창으로 매캐한 매연이 쏟아져 들어왔다. 내가 잔기침을 하자 민희가 차창을 올렸다.

"잠깐 눈 좀 붙여요."

"미안, 그럼."

나는 냉큼 눈을 감고 편안한 자세로 고쳐 앉았다.

다시 오늘

　나는 신촌역을 건너뛰고 이대역에서 내렸다. 지상으로 나왔는데 길거리는 예상보다 한적했다. 햇살도 투명해서 비현실적이지만 따스했다. 담배 한 대를 피우며 이대 앞까지 천천히 걸었다. 이대 앞 구름다리 앞에서 왼쪽으로 틀었다. 내리막길 양편의 건물들은 리모델링을 하고 새로 단장을 해서 그런지 연극을 위한 무대 세팅인 것만 같았다. 경의선 신촌역 광장에서 걸음을 멈췄다. 이제 지상의 여행길에 오르는 나그네처럼 개찰구를 찾아 두리번거렸다. 거대한 상가 건물이 나를 압도했다. 어디로 들어서야 할지 궁리하는데 광장 한편에 영화세트장 같이 낡은, 옛날의 신촌역 역사가 눈에 들어왔다. 출입금지 팻말과 차단기가 놓여 있었다. 과거는 마음대로 들락거릴 수 없게끔 박제되어 있는 듯했다. 바로 왼쪽에 에스컬레이터가 있었다. 그걸 타고 올라가니, 이층 왼쪽엔 상가로 향하는 문이, 오른쪽엔 대합실이 있었다. 나는 대합실로 들어섰다. 경의선 시간표를 보니 열차가 지나간 지 얼마 안 되었다. 나는 신용카드를 개찰구에 갖다 대고 안으로 들어갔다. 다시 내려가는 계단이 펼쳐졌다. 아래로 향한 계단은 과거로 향한 길인 듯 어두웠다. 햇살이라곤 한 방울도 없는데다 시멘트 벽에 갇혀 버렸으니 먼지와 시멘트 냄새뿐 삭막했다. 나는 다시 돌아 나와, 개찰구를 지나 광장으로 나왔다. 다시 신촌 구(舊) 역사 앞에 섰다. 그 옛날 그곳을 빠져나오던 내가 그려졌다. 성북역에서 경춘선 대신 교외선에 몸을 실었다가 이곳 신촌에 내렸던 기억이 생생했다. 나는 오랫동안 그 생각을 하며 그 자리에 서 있었다.

나는 휴대전화를 꺼내 민희에게 신촌역으로 와 달라고 문자를 보냈다.

나는 내가 이제 마음 한구석에 오랫동안 남아 있던 숙제를 하나 해치우고 싶어 한다는 것을 알았다. 나는 은근히 장난기가 발동했다. 민희, 오늘은 너를, 그 옛날 내가 이곳에 왔을 때 없던 너를 신촌역 광장에 세워 놓으리라. 거기, 서 있어 다오. 내가 역사를 빠져나오는 순간 기다리고 있다가 나를 맞이해다오.

나는 광장 벤치에 앉아 담배를 한 대 피운 뒤에 하릴없이 올라가는 에스컬레이터에 다시 몸을 실었다. 다 오른 뒤에는 다시 내려왔다. 몇 차례 나는 에스컬레이터를 타고 올라갔다 내려오는 일을 반복했다. 오른쪽에 있는 구역사와 신역사 사이, 빈 공간이 눈에 들어왔지만 곧 사라졌다. 나는 곧 내려가서 다시 올라탔다. 마음과 발걸음이 빨라졌다. 구역사와 신역사 사이에 스무 평쯤 될까 싶은 텃밭이 비밀의 화원이라도 되는 듯 숨어 있었다. 중년 부부가 일을 하고 있었다. 여자는 휴대전화를 받으며 상추를 솎아내고 있고 남자는 구석에서 막 오줌을 누고 지퍼를 채우며 돌아서고 있다. 그러고는 장면이 잘렸다. 올라갔다가 다시 내려오는 수밖에 없었다. 내려오고 올라가며 장면은 계속 끊어졌다 이어졌다. 작은 순환선을 돌고 돈 셈이다. 그것은 민희와 소설반, 아니 그녀에게 갈 것인가

거리를 둘 것인가 사이의 왕복달리기에서, 과거와 현재 사이의 순환으로 이어지고 있다.

　광장 저쪽에서 다가오는 민희가 눈에 들어왔다. 바로 그녀에게 가려다가 전화통화를 하려는 것 같기에 다시 올라가는 에스컬레이터를 탔다. 돌아서서 진행 방향에 등을 지고 아래쪽을 내려다보았다. 서성대던 그녀가 벤치 위에 앉으려 하는 것을 보고 올라갔다가 다시 서둘러 내려와 땅을 디뎠다. 나는 직선으로 그녀에게 다가갔다. 그녀는 아메리카노 두 잔을 들고 있었다. 나는 민희가 손수건을 깔고 앉은 옆자리에 앉았다. 건물 쪽에 설치한 무대 위에서 악기들을 연주하는 소리가 간간이 들려왔다. 아직 시연 중인지 단속적으로 끊어졌다 이어졌다를 반복했다. 길거리에는 건물의 네온과 가로등이 점점이 밝아졌다.

　"어디쯤 오고 있었어?"

　"신촌역에 막 내리려 하고 있었지요."

　"얼마나 됐는데?"

　"한참 됐지요."

　"근데 왜 이제 와?"

　"다 왔는데 숨바꼭질하고 있길래."

　"아, 에스컬레이터 타는 거 다 본 모양이네?"

　"애들처럼."

　민희가 곱게 웃었다. 민희와 나는 시원한 초여름 바람을 맞으며 창작반에 올라오는 글들에 대해 얘기를 나누었다. 나는 문우들의 글이 마음에 와닿지를 않는다, 또 가끔 참신한 소재로 호기심을 자극하는 글들도 있지만 제대로 글을 끝내는 뒷심은 부족하다고 피력했다. 민희는 내 얘기에 별로 탐탁지 않아 하는 어투로 말했다.

"글이라는 게 당장 눈에 띄게 좋아지겠어요? 트라우마를 글로 써낼 수 있는지를 보는 거겠지요."

"트라우마?"

"문학은 그게 시작이잖아요. 유년기나 청소년기의 트라우마를 써내는 초보 단계를 거치지요. 아직 단편소설로 엮을 만큼은 안 되니까 그렇게 글쓰기를 유도해보는 거지요."

"그렇겠지."

"마술을 걸어 서서히 꺼내주려는 것이겠지요. 글 쓰는 이가 스스로에게 주술을 걸게끔 도와준다고나 할 수 있겠지요. 누구는 빨리, 누구는 느리게 응답하겠지요. 자기 안에 있는 것들을 글로 옮기는 데는 그런 게 필요하니까. 가능한 한 구체적으로. 소설은 소소한 일상들의 연속이에요. 현태 씨는 논문을 쓰듯이 소설을 쓰잖아요…… 그건 다른 영역이고요."

"하긴."

나는 내 소설의 장황함을 인정했다. 너무 많은 것을 담아내지 말라고 소설이라고 한 것이라는 말이 생각났다. 내 표정을 보더니 민희가 말에 힘을 실었다. 말에 탄력이 생겼다.

"작은 일들이 심금을 울리잖아요. 설명문이나 논술 같은 글들은 이성에 직접 호소하다가 머릿속에서 증발되고 나면 그만이거든요. 구체적인 사건들은 이성과 감성에 앙금으로 짙게 남아 읽는 이의 삶을 건드리지요. 참, 과제물에 내 이름을 그냥 쓰면 어떡해요."

"리얼리티를 살리려고."

"그게 무슨 리얼리티라고. 참 악취미야. 그렇게 하니까 재미있어요?"

"민희를 민희라고 하는데 뭘."

"있는 대로 쓴 게 아니잖아요. 거의, 이름만 그대로던 걸. 그러면서 부인은 사별한 걸로 살짝 고쳐 놨던데."

"이야기가 되려니까……."

"아, 근데 소설 제목은 정했어요?"

"아직."

"그럼, 피시스케이프 어때요?"

"피시스케이프?"

민희가 종이 가방에서 돌돌 만 종이 한 장을 꺼냈다. 내가 그 철자들을 입에 올려 발음해 보고 있는 사이, 그녀가 그림을 펼쳤다. 바닥부터 위로 3분의 2는 각종 물고기 수백 마리가량이 차지하고 있다. 총천연색으로 묘사가 아주 치밀하다. 개중에는 튀어오르는 놈들도 있다. 그 위로 나머지 3분의 1의 공간에는 하늘로부터 공수부대 요원들이 낙하산을 타고 내려오는 모습이다. 절반 가량은 총을 난사하고 있다. 원제목은 에로(T.Erró)라는 작가의 〈Fishscape〉라고 했다.

"근데 scape야, scope가 아니라? telescope의 scope말이야."

"그러네요, scape. 뭐, 비슷하죠. scope가 보다의 뜻이고 scape는 광경이나 풍경 정도의 뜻일 테니까."

"피시스케이프라……."

"풀어쓰면 '물고기 경치 또는 물고기 광경' 이라는 뜻일 텐데, 혹자는 베트남 전쟁에서 양민학살을 다룬 작품이라고 하고, 혹자는 물고기 남획을 호소하는 자연보호 차원의 그림이라고 해요."

나는 고개를 끄떡이며 물었다.

"근데 벌써 다 읽은 거야?"

"생각보다 재미있던 걸요."

보통은 재밌다, 고 할 텐데, 그녀는 철자를 하나하나 분명하게 발음했다.

"정말?"

나는 확신하고 있었으면서도 반사적으로 물었다. 몇 번이고 들어도 좋은 소리이기도 했다.

"근데 내용이 너무 어두워요."

어두울 수밖에. 내 표정이 그랬을 것이리라. 민희가 내 눈치를 살피면서 말했다.

"근데 그 그림, 소설 분위기하고 맞아요."

그때 휴대전화가 걸려 왔다. 반장이었다. 다 함께 식당으로 가고 있다고, 소 선생이 전화를 걸어보라고 해서 연락을 취하는 거라고 했다. 소 선생이 같이 있다니 안 가보기도 뭐했다. 나는 민희와 둘이 가겠다고 전한 뒤 전화를 끊었다. 수업 대신 곧바로 식당으로 가자고 한 모양이었다.

조금 더 있다가 천천히 걸어가면 될 거리였다. 말없이 앉아 있다가 우리는 지난 강의에 대해 대화를 나누었다. 나는 좀 어려웠는데 민희는 중간 정도의 수준이라고 했다. 이야기는 그녀가 미국에서 공부했던 내용으로 이어졌다. 그녀는 신화와 패션계 홍보 효과와의 관련에 대해 박사 논문을 쓰고 있다고 했다. 노발리스와 신화적 사유의 연관관계를 보면 민희가 신화를 공부했다는 건 당연한 귀결이었다. 그녀에게 그건 결코 신화가 아니었다. 살아 숨 쉬는 현실이자 운명이었다.

식당에 들어가 자리에 앉자마자 반장이 물었다.

"선생님, 엠티를 가야 하는데 어디가 좋을까요?"

반장이 내게 물었다. 학교 안팎에서 나는 선생이다. 나는 얼버무렸다,

"나야 뭐, 가자고 하는 대로 가지."

이어서 다들 한마디씩 했다. 밥이 오고 허기를 달랬다. 술도 몇 순배 돌았다. 나는 젊은 친구들과 계속 같이 앉아 있기도 뭐해 민희와

도망 나갈 타이밍만 노렸다. 밤늦게 어울리며 과음하면 다음 날 학교 수업에 지장이 많았다. 무엇보다도 민희와 시간을 보내고 싶었다.

소 선생이 웃음 띤 얼굴로 말했다.

"다 같이 그 수몰지에 한 번 갈까요?"

창작반 카페에 올린 내 글에 등장하는 수몰지를 두고 하는 말이었다. 저수지 풍경이 눈에 선했다. 그리웠다. 내가 대뜸 말을 받았다.

"거 좋지요. 그 앞에 민박집도 있고요."

"그럼, 거기로 가지요."

소 선생이 응답하며 좌중을 둘러보았다. 다들 이구동성으로 좋다고 했다. 나는 나대로 속이 후련했다. 낚시를 몇 번 다녔다는 친구에서부터 낚시도구를 준비해야 하는지 묻는 친구도 있었다. 내가 말했다.

"대는 내게 충분하니까 다들 그냥 오시면 됩니다. 단, 붕어에게 낚이면 난 모릅니다."

정호길의 집에서 하룻밤 민박할 생각이었다. 싸게 묵을 수 있는 맞춤한 곳이었다. 다들 자기들끼리 낚시 얘기를 주고받기 시작했다. 난데없는 낚시 얘기가 듣기에 좋았다. 내가 민희에게 눈짓을 하고 자리를 뜨려고 하는데 소 선생이 다시 물었다.

"민희라는 인물은 실존 인물입니까?"

내 글에 나타난 민희라는 이름 때문에 문우들이 궁금해할 때마다 나는 대충 대답하곤 했다. 그런데 소 선생이 묻자 난감했다. 술이 꽤 됐을 무렵이었다. 참 바보 같은 소설가였다. 그런 걸 묻다니. 바로 얼마 전에도, 어떤 작가에게 작품 속의 인물이 작가 자신이냐고 물으면 제대로 대답하지 못할 겁니다, 하고 우리에게 강의 중에 말하지 않았던가. 나이답지 않게 맑은 얼굴에 번지는 미소와 하얀 치아만 아니었다면 나는 짜증을 냈을지도 모르겠다. 그동안 세파를 비켜간 듯한 표정은 여전했다. 그러면서 다른 사람의 감정을 들었다 났다 하는 기술은 어디서 나오는지. 다들 궁금해하던 걸 소 선생이 물으니 귀가 솔깃한 모양이었다. 나는 조금 장난기를 섞어 말했다.

"에이, 선생님도 다 아시면서. 재밌으라고 민희라는 인물을 집어넣었지요. 그랬다가 실제 민희에게 얼마나 혼났는지 몰라요."

마침 민희는 화장실에 갔을 때였다. 다들 폭소를 터뜨렸다.

"그 이후로 계속 끌려 다녀요. 가자면 가고 오라면 오고……."

문우들이 화장실에 다녀온 민희를 보고 웃자 그녀가 다소 어리둥절해했다. 나는 "소설 쓴답시고 남의 이름 함부로 썼다간 큰코 다쳐요" 하며 얼버무렸다. 민희는 자기 얘기를 한 건 분명한데, 확실치 않은 것 같은 상황에서 문우들을 두리번댔다. 나도 면밀하게 주시했다. 사실, 아무렇지도 않은 척했지만 속으로는 뜨끔했다. 민희가 실명이라면 조심해야 했다. 등장인물인 이현태와의 연애라면 괜찮지만, 다른 얘기들 속에는 그녀의 삶의 이력이 고스란히 노출되기 때문이었다. 다행히 당연히 픽션이라고 여기는 듯했다. 조용히 안도의 숨을 내쉬었다. 이쯤해서 아무렇지도 않게 넘어가는 게 다행이다 싶었다. 나는 기분이 다소 좋아져, 엠티 가서 늦은 밤 다들 술에 곯아떨어지면 슬며시 빠져나와 대를 담글 생각까지 했다. 수강생들끼리 수다를 떨기 시작하는 틈을 타서 민희를 데리고 회식 자리를 빠져나왔다. 이후로는 민희도 창작반에 합류했다.

2

고개를 돌리니 거기 민희가 앉아 있었다. 뜻밖이었다. 마침 조금 전부터 묻고 싶은 게 있었다.

"마츠야가 누구지?"

"전에 설명해 줬지요?"

"엉, 그건 민희가 아니었는데?"

"아니긴요. 인도 신화에 대해 한참 설명해 주었는데. 마츠야는 특히 자세히 그림까지 그려줬고."

나는 어지러웠다. 나는 낚시터에서 붕어들이 내 머릿속에 영상을 띄워주었다고 여겼는데. 하기야 그런 일이 어떻게 벌어질 수 있겠는가. 민희가 걱정스레 물었다.

"기억나요?"

"그게 맞겠지. 요즘 넋을 빼앗기고 사는 때가 많아서."

"이젠 즐겁게 좀 살아 봐요."

"응, 알았어."

당신이 좀 즐겁게 해줘 봐, 하고 덧붙이려다 말았다. 그녀가 사라졌다. 혹시 거짓말 한 거 아니야? 들킬까 봐 뺑소니치는 건 아닌가 몰라.

눈을 떴다. 책상에 앉은 채 잠깐 졸았나 보았다. 엠티 간다고 벌써부터 붕어들이 아른거리는 모양이었다. 간접 조명 속, 책상 위 벽에 걸어 놓았던 물고기 그림을 올려다보았다. 조금 전 꿈속에서 만난 물고기들이 아니었다. 물고기들이나 아이들이나 표정이 넉넉했다. 물고기와 아이들이 즐겁게 노는 장면을 그린 이중섭의 〈물고기와 노는 세 아이〉였다. 아이들 셋이 자기들만 한 물고기 세 마리와 뒤엉켜 있다. 물고기와 가까이 있는 녀석은 빙긋이 웃고 있고 그렇지 못한 녀석은 슬픈 표정을 짓고 있다. 그 그림을 두고 어떤 이는 배고픈 시절 아이들의 꿈이라고 했고, 또 어떤 이는 화가 자신이 물고기와 아이들을 둘 다 좋아해서 그 둘을 연결시켰다고 했다. 정호길이 붕어를 좋아하는 내게 택배로 보내주고 나중에 전화로 설명해준 내용이었다. 나는 굵은 펜만으로 사람과 물고기를 그려내는 화가의 솜씨에 탄복했다. 그림을 보내준 정호길에게 바로 전화를 걸어 내가, "물고기와 아이들이 좋은데" 하고 말했다. 담배를 피워 무느라 잠깐 대화가 끊어졌다. 내가 "소설 제목은 '피시스케이프'로 정할까 해" 하자, 정호길이 "그건, 그냥 네 생각나서 보낸 거고"라고 답했다. "네가 보내준 것도 좋은데……"라고 덧붙이는데 "'피시스케이프'로 정했다며?" 하고 무뚝뚝하게 말을 잘랐다. 나는 조금 무안해져서 화제를 돌려 엠티를 가려고 하는데 사정이 괜찮을지, 언제 가면 되고, 경비는 얼마나 들지 등등에 대해 말했다. 사실 그걸 상의하려고 건 전화였다. 이것저것 더 얘기하다가 다음에 다시 상의하자며 전화를 끊었다.

나는 간접 조명 밑에서 민희가 준 〈피시스케이프〉 그림을 보고 있었다. 민희에게서 받고 바로 다음 날인가 구입한 고급스러운 액자에 담아 벽에 걸어 두었다. 오랫동안 달지 못했던, 내 소설의 제목을 정해준 민희가 고마웠다. 물고기 떼가 액자 밖으로 튀어나와 책상 위에서 파닥대기 시작했다. 꿱꿱, 신음을 토하고 퍼득대는 게 안쓰러워 보였다. 밤새 잡아 놓았던 물고기들을 이제 막 좌대 위에 부려 놓은 것 같기도 했고, 저수지에 풀어 놓으려고 양어장에서 사온 잡동사니 물고기들 같기도 했다. 어떤 녀석이 가장 난리를 치는지 가까이 들여다보자 잠시 조용해졌다. 몇몇 녀석들만이 꾹꾹, 대며 튀어 올랐다.

나는 졸려서 다시 눈을 감았다. 비몽사몽이었다. 물가에 앉아 막붕어 한 녀석을 끌어냈다. 자세히 보니 잉어였다. 수염이 나 있는데다 몸체가 길고 붉었다. 잉어라면 살림망에 넣을 것도 없었다. 바로 방생할 대상이었다. 숨이 가빠서 바동대던 녀석이 움직임을 멈추고 나를 노려보았다. 붕어도 아닌 주제에. 나도 녀석을 째려봤다.

"우리 이제 어디로 가지요?"

보기보다는 주눅이 든 목소리였다. 무슨 말인가 하려다 나는 그만 말문이 막혀버리고 말았다.

"방생해줄게."

"고마워요……."

다시 보니 제법 굵직한 녀석이었다. 수염도 제법 길었다. 죽은 듯이 있던 옆의 녀석이 투덜댔다. 웬 녀석이지?

"방생도 부질없어. 잘 살고 있는데 괜히 잡아두었다가 풀어 주는 게 무슨 방생이겠어?"

손에 잡혔던 잉어가 거친 호흡으로 말했다.

"어쨌든 지금은 죽을 거 같아요. 빨리 좀……."

내가 다시 받았다.

"글쎄다. 나도 다를 게 없는 신세란다."

나는 녀석을 방생해주었는데도 녀석은 멀리 도망가지 않았다. 하도 첨벙대며 시끄럽게 굴기에 인상을 쓰면서 다시 보고 있자니 예전에 찾아 왔던 마츠야가 떠올랐다. 그 편치 못했던 표정이 잊히지 않았다. 불현듯 통역이 잘못됐던 게 아닌지 의심이 갔다. 이를 테면, 바늘을 잃어버렸다거나 찾아달라는 게 아니라, 자기 입에 걸린 바늘을 빼달라고 한 건 아닌지.

밤

1

어머니가 돌아가시고 그다음 해 봄에 나는 금촌에서 버스로 이십여 분 정도 떨어진 P공업고등학교에 보결로 입학했다. 서울의 고등학교 진학에 실패해 식구들과 함께 지낼 기회를 놓쳐버렸다. 금촌과 내 고향, 수몰 지역의 중간쯤, 지난겨울 밤새 걸어 지나쳤던 길목에 자리한 학교였다. 워낙 깡패학교로 소문난 곳이었다. 입시에 실패한 녀석들이나 중학교 때부터 소문이 자자했던 말썽꾸러기들, 서울에서 입시에 실패하고 통학하는 떼거지도 있었다. 엄마, 이젠 그만 저를 도와주세요. 여기서 생활하기가 만만치 않을 거예요. 아이들이나 선생님들 모두 살기가 등등한 게 학교 같지가 않아요. 오죽하면 청소년들의 교도소래요. 나는 간절히 기도했다.

처음에는 식구들이 모두 이사 간 서울에서 한 달가량 통학을 했다. 서울의 북단에 있는 기지촌은 거리가 만만치 않아 곧 자취나 하숙을 하는 쪽으로 기울었다. 새어머니를 가운데 두고 우리 형제들은 아버지와 갈등을 겪어야 했다. 온갖 사소한 일들이 불거져 불화를 일으켰다. 그런 상황에서 형제들끼리도 점점 싸움이 잦아졌다. 어머니를 인정하자고도 했고 받아들일 수 없다고도 했다. 아버지는 아버지대로 자식들과 어머니 사이에서 방황했다. 매일 큰소리와 싸움이 그치질 않았다. 육신도 마음도 다 허물어졌다. 새어머니가 우리 집에 들어와 준 용기에 감사할 틈도 없었다. 어머니와 새어머니 사이의 차이를 받아들이기에는 시간이 더 필요했다. 미운 정 고운 정이 들기 이전이었다. 몇 년 못가서 그녀는 집을 나가버렸다. 아버지는 몇 달 후 다시 새어머니를 들였다. 무엇보다 내가 자취나 하숙을 할 결심을 굳히게 만든 건 아버지였다. 아버지는 앞으로도 당신만의 인생을 살아갈 분이었다. 나도 내 인생을 살아야 했다. 탈출만이 살길이었다.

가정사에 머리도 아프고, 공부에 전념하려니까 통학 거리가 멀어 너무 피곤하다고 핑계를 대고 자취를 했다. 사실이기도 했다. 컨디션을 되찾아 열심히 공부해서 서울로 대학을 가겠다고 다짐했다. 서울 집에는 거의 가지 않았다. 새어머니가 몇 차례 다녀갔지만 내 자취생활에서 별 이상한 점을 찾아내지는 못한 듯했다. 나는 그녀에게 담임과 만나서, 오후에는 나 혼자 나가서 공부할 수 있도록 허락해 주십사 말씀드려달라고 부탁을 해놓았다. 나는 도서관이나 집에서 열심히 공부했다. 어차피 학교는 공부할 분위기도 아니었다. 공부가 안될 때에는 소설책을 들고 야산으로 개울로 저수지로 쏘다녔다. 수몰지에도 찾아가, 먼발치로 어머니 무덤을 보고 돌아오곤 했다. 몇 차례 아저씨 가게에 들러 일을 도와드리고 틈틈이 낚시를 하기도 했다. 그러나 그런 생활도 오래가지 못했다. 한 학기 만에 다시 밤낮이 뒤바뀌고 말았다. 밤에 잠을 자지 못해 주로 낮에 눈을 붙이다 보니 그랬고, 대개 시도 때도 없이 가위눌림이 찾아오니 밤이고 낮이고 정신을 차릴 수 없었다. 특히 밤에 녀석들은 마취주사를 놓고 나를 능욕하듯이 해서 그럴 때마다 다시 외출을 시작했다. 우선, 만홧가게를 찾아냈는데 그것은 미군과 미군부대의 흔적이 많이 남아 있는 기지촌의 구석에 있었다. 그곳에서 만화와 무협지, 웬만한 국내외 명작선집은 모조리 읽었다. 나중에는 읽을 게 없어 〈선데이서울〉이나 〈플레이보이〉도 읽어 치웠다. 학교는 점점 더 멀어졌다. 나는 등교하자마자 뒷산을 타고 날랐다가 하교할 때쯤 돌아왔다. 학교에 있기 싫어서 땡땡이를 쳤지만 그 정도로는 학교에서 문제아 취급을 하지 않았다. 하도 많은 일들이 수시로 벌어져, 학생 한둘 없는 상황에 신경을 쓰지 않았다. 학교는 아이들의 패싸움과 가출, 퇴학 등의 문제로 들끓었다. 흡연과 음주는 사건 축에도 끼지 못했다. 아이들은 수업시간에 콘돔을 풍선처럼 불어 날리며 킥킥댔다. 심한 경우에는 수업시간에 뒷자리에 앉아서 담배를 피우기도 했다. 담배 연기를 내뿜거나 모자나 책 등으로 날려 보내면서 큭큭댔다. 선생들은 그런 짓들에 대해 익숙했고 소리를 지른다거나 화를 낸다고 해결될 문제가 아님을 알고 있었다. 학교 친구며 선후배, 학부형 중에는 삐끼며 포주도 있었고, 술집 주인도 있었다. 그밖에 미군부대에서 나오는 물건을 파는 사람들도 있었다. 급우들 사이에서조차 양담배와 양주, 또 속칭 '좆담배'라고 불리는 시가와 '떨'이라는 마리화나가 공공연하게 나돌았다.

2

그곳 '용주골'은 대표적인 기지촌 중의 하나였다. 주로 미군들을 상대로 밤새 불야성을 이루던 곳이었다. 대표적인 업종은 바와 클럽, 그리고 매춘이었다. 나는 급우의 소개를 받아 그곳 창녀촌의 한 포주에게 찾아갔다. 처음에는 이틀에 한두 번 일이 있을 때마다 찾아가 심부름을 했다. 그곳에서 나는 주로 두 가지 일을 했다. 한 가지 일은 이른바 삐끼였고, 또 하나는 미군 PX 물품을 배달해주는 일이었다. 그 대가로 두둑하게 용돈을 받았다. 급하면 매춘 일도 거들었다. 다른 곳에서 여자를 빌려 온다거나 겹치기로 손님을 받을 때 타이밍을 조절한다거나 하는 일이었다. 독약을 먹고 신음하거나 죽어 나가는 여자를 업어 나른 적도 있었다. 주로 밤에 이루어지는, 낯설고 궂은 일 사이에서 괴로웠다. 어머니가 살아 있을 때는 몰랐던 사랑, 가족, 친구에 대해 많은 생각을 하게 되었다. 서울에서 유명 고등학교에 다니던 고병도는 가끔 찾아와 위안은 됐지만 깊은 얘기를 나누지는 못했다. 녀석은 제법 보송보송했다. 일류대 인기학과에 거뜬히 붙을 거라고 으스댔다. 그에 반해 내 꼬락서니는 형편없었다. 툭하면 욕설과 술주정을 당하고, 주인으로부터 매 타작이 이어졌다. 귀신에 쫓겨 시작한 밤 생활의 대가는 너무나 컸다.

고병도는 기차를 타고 집에 오가다가 내게 들르곤 했다. 그 당시 경의선은 금촌이나 문산에서 서울로 통학하는 학생들이 타고 다녀 부러움의 대상이었다. 나도 그 기차를 타고 서울로 통학해 보고 싶었다. 나는 이제 그 대열에서 탈락한 신세였다. 고병도는 벌써부터 고등학교 고학년 과정을 공부하느라 힘들다고 투덜댔다. 녀석과는 몇 번 중국집에서 만나 짬뽕을 안주로 배갈을 마셨다. 녀석은 그걸로 만족하지 않았다. 그길로 대개 근처의 창녀촌에 들렀다 가곤 했다. 나중에는 나타났다가 홀연히 사라지곤 하는 것에 익숙해졌다.

어느 날, 녀석이 작은 소리로 매독에 걸렸다고 해서, 그게 뭐냐고 물었다.

"어린애는 몰라도 돼!"

"나, 어린애 아니거든."

그게 뭐냐니까, 하고 다시 물으려다 말았다. 녀석이 그런 말을 하면서 과장되게 인상을 찌푸리고 가렵다는 듯 옷 위로 고추를 긁는 흉내를 냈다. 나는 그게 뭔지 대충 알아차렸다. 정말이지, 나는 어린아이가 아니었다. 어른은 아니었을지라도. 녀석이 뽐내며 말했다.

"어른이 된다는 건 말이지, 여자와 잔다는 거야."

"그래서, 매독에 걸리는 게 자랑거리겠네?"

병도가 민망한지 다른 말을 했다.

"아버지가 아시고 뒤지게 혼났다."

나는 매독이란 것에 호기심이 발동했다. 나중에야 임질이니 매독이니 하는 병이 있다는 걸 알았다. 병도는 몇 달 전에도 작은 흰벌레 때문에 고생했다는 얘기를 했는데, 그게 머리에 사는 이와는 다른 속칭 '사면발니'라고 불리는 이라는 걸 알았다. 태곳적 인간이나 짐승이 구분되지 않던 시절부터 털에 기생하는 벌레인데 이런 곳엔 아직 남아 있다고 했다. 분명 창녀들에게서 나온 것이었다. 난 병도를 보면서 어린 녀석이 꽤 대담했다는 생각을 했다. 나는 그런 것들이 그저 지저분하게만 여겨져 마침 병도 입에서 나온 아저씨 이야기로 화제를 돌렸다.

"참, 아저씨는 안녕하시지?"

"만날 때마다 동생 잘 보살펴 주라고 성화시다."

"내가 널 돌봐주고 있다고 말해야 하는 거 아니냐?"

"히히."

"언제 집에 가냐? 같이 한번 가자. 아저씨하고 낚시도 하고."

"좋지. 다음에 내려오면 가자."

마침 돈도 있겠다, 멋진 손전등이라도 하나 사드리고 싶었다. 그날 새벽, 아저씨를 만나지 못했다면 홀린 채 물속으로 바로 들어가지 않았을까, 하고 두고두고 생각했다. 가끔씩 병도가 미워도 아저씨를 생각하며 참았다. 인마, 네가 아니라 아저씨 보고 내가 참는다.

어느 날 병도가 내게 여자와 잔 체험담을 늘어놓았다. 병도는 태연했지만 나는 부끄러워 어쩔 줄 몰랐다. 나는 기껏 엄마나 찾고 있는데 어른들의 세계를 드나드는 그가 마치 내 형이라도 되는 것처럼 느껴졌다.

주인집은 처음엔 담배와 양주를 금촌이나 용주골, 법원리, 주내, 문산 등지에 배달시켰다. 교복을 입고 있었으므로 안전했다. 어쩌다 사복을 입고 방심했다가 불심 검문에 걸려들어도 주인집에서 해결해 주었다. 한솥밥 먹는 처지에 너무 깐깐하게 구는 거 아냐? 하면 풀어주는 걸로 보아 다 짜고 치는 고스톱이라고 해도 무방했다. 가끔씩 단속반이 뜨긴 했지만 재수 없거나 뜨내기 낯선 사람들만 걸려들 뿐이었다. 다들 국산 담배 대신 캔트나 윈스톤을 피웠다. 사실 양담배나 양주는 거래의 표층이었고 진짜 돈이 되는 물건은 마리화나였는데 그건 치밀하게 작전을 세워 들여와 눈에 띄지 않게 배달해야 했다.

어느 날 내게 큰 '오더'가 떨어졌다. 떨은 그 인근 지역에서 은밀하게 재배되었다. 주인이 써주는 확인서가 있어야 그걸 받아올 수 있었다. 경찰이나 헌병이 수시로 검문해댔다. 걸리면 죽이고 튀는 게 더 안전하다고 할 정도로 살벌했지만, '위험은 해도 달러가 되는 거래'였고, 그것 역시 유사시에 돈이면 다 해결됐다. 나는 교복을 입고 낮에 원산지에서 가져다온 떨을 은밀한 곳에 숨겨뒀다가 이슥한 밤에 개구멍을 타고 주인집으로 날랐다. 심부름을 잘한 대가로 달러를 뭉치로 받았다. 그러면서 마리화나의 일부를 티 안 나게 덜어내곤 했다. 나도 피우고 가까운 단골에게 서비스로 주기 위해 꼬불쳐 둬야 했다. 뇌물로 으뜸이었던 게 바로 그 대마초였다. 그걸 피우면 기분이 좋아지는 걸 사람들은 '홍콩간다'고 표현했다. 나는 부모님이 찾아올 경우를 대비해 최소한의 짐만 자취방에 남기고 아예 주인집으로 이사했다. 나중엔 아예 자취방을 나와서는 주인집에서 숙박을 해결했는데, 그곳에서 두나를 만났다. 두나는 여섯 명 창녀들의 맏언니 노릇을 했다. 그녀는 20대 중반이라고 했지만 이미 30세가 훌쩍 넘어 보였다.

우리 반에 일명 '튀기'가 있었다. 노르스름한 머리에 푸른 눈동자를 가진 남자애였는데 어찌나 예쁘던지 마냥 안아주고 싶었다. 남들이 잘 놀아주지 않았던 그 녀석에게는 늘 '좆담배'가 있었고, 어렵지 않게 '떨'을 구해오는 재주가 있었다. 내 외로움이 마냥 그 녀석에게 향했던 시절이었다. 나중엔 입버릇처럼 말하고는 했다.

"야, 아이노코, 떨?"

"오케이, 아이노코, 패스, 오버!"

아이노코(間之子)는 일본어로 혼혈아다. '개새끼'를 의미하는 'Son of bitch'는 이누노코(犬之子)다. 왜 군이 일본어로 그렇게 불렀는지는 모르겠다. 튀기나 혼혈아를 표기할 만한 적절한 우리말이 없지 않았나 싶다. 여하튼, 그 단어들의 조합은 내밀한 아픔을 품고 있었다. 우리는 간혹 영어로 폼을 재며 대화를 주고받곤 했다.

"How long have you not been to Hong-kong?"

"You know, it's too long!"

"Ya, really too long. Ok, right now, to Hong-kong!"

"Ya, We are in each other's mind. We are real friend."

창녀촌은 낮 동안은 신비스러울 정도로 조용했다. 우리는 작은 방에 들어가 문을 꼭꼭 닫아걸고 종이에 떨을 말아 교대로 피웠다. 연기를 남김없이 삼키려고 애쓰는 모습을 보며 킥킥댔다. 피우면서 울고 웃었다. 몇 모금 피우면서 옷을 한두 개씩 벗었다. 더워서 그랬는지 주로 팬티만 남기고 다 벗으면서 피웠다. 서로 부둥켜안았다 떨어졌다 하면서 손끝이 까매질 때까지, 손가락을 델 정도로 다 피웠다. 궁할 때는 젓가락을 이용해 단 몇 미리까지 피울 때도 있었다. 서로 실실 웃다가 눈물을 질질 짜는 모습을 보며 서로의 정체성은 다 휘발되어 버렸다. 우울한 날, 내게 그 이상의 위로는 없었다. 그건, 말하자면 천사였다. 녀석에게 함부로 튀기라고, 또 일본어로 지껄여댄 게 평생 미안했다. 본명도 알지 못한 채, 그 시절의 만남으로 관계가 끊어졌기에 더 그랬다. 평생 좋은 술친구를 한 명 잃은 것이다.

심부름 내용이 달라지면 조금씩 더 많은 팁을 받았다. 미군들과 알고 지내면서, 그들이 처리하기 어려운 심부름을 해줄 때마다 그 대가로 또 꽤 많은 돈을 받곤 했다. 그럴 때는 미군에게든 주인집에게든 달러로 받았다. 한화로 지불해줄 때는 덤으로 몇 천 원씩 더 받았다. 달러를 받아 놓으면 환전에 유리했다. 그래도 그냥 우리 돈으로 받곤 했다. 인심 쓰는 척해야지, 너무 깐깐하게 구는 건 대인관계를 위해 좋은 일이 아니었다. 또 그들에게서 자연스럽게 영어를 배우게 되었다. 내친김에 알게 된 미군에게 영어 개인지도를 받기도 했다. 아이노코를 통해 알게 된 그 녀석은 스미스라고 불리는 백인 병사였다. 별 준비도 없이 한두 시간 지껄이다 가는 녀석에게 너무 많은 돈을 주는 게 아까웠지만 미래를 위한 투자라고 생각했다. 녀석에게 배운 소득은 하루 이십 개씩 영어 문장을 외우라는 것이었다. 나는 아예 고등학교 영어 교과서를 미친 듯이 통째로 암기하고 써먹었다. 녀석의 진가는 내 발음을 교정해준 일에서 발휘되었다. 녀석은 미군 자녀들이 공부하는 영어책을 가져다주곤 했다. 나는 책을 들여오는 족족 완전히 암기해버렸다. 그 문장들이 모이자, 알아듣고 말하는데 전혀 지장이 없게 되었다. 한두 단어만 들으면 뒤의 문장은 무슨 말이 나올지 미리 알게 되었다. 마치 예언처럼. 또 말할 때는 머릿속에 암기된 것을 꺼내 놓기만 하면 되는 거였다. 툭툭. 나중에는 여유가 생겨 제법 제스처까지 섞어가며 이른바 '프리토킹'했다. 자석이나 스펀지처럼 상대방의 말을 빨아들이고 활화산처럼 터뜨렸다. 그건 내 몸속에서 알아서 살아나가는 생명체였다.

3

나는 밤의 세계에 회의를 느끼기 시작했다. 공부는커녕 어느 틈에 이런 곳에 살고 있었다는 자책감이 다시 나를 사로잡기 시작했고, 급기야는 갑갑함을 넘어 탈출 충동에 시달리기 시작했다. 나는 다른 차원에서 어머니를 그리워하기 시작했는데, 어머니까지 포함되었던, 악몽의 세계에서 어머니가 점차 분리되기 시작했다.

그때 응결된 밤의 세계 한가운데, 낮과 밤의 세계, 구체적으로 주인집 딸, 김민희가 자리하기 시작했다. 학년은 같았지만 내가 그녀보다 한 살 많았다. 그녀는 나를 벌레 취급했다. '불가촉천민'이라는 단어가 그 관계를 잘 설명해 주지 않을까 하는 생각을 한 적이 있다. 매력적인 여자애는 아니었다. 내가 잠자리에 들 시간이면 그녀는 젖은 머리칼을 만지며 통학길에 올랐고 내가 하루 종일 잠을 자고 나서 부스스 기지개를 펴면 어느새 그녀가 돌아오곤 했다.

나중에야 내가 교복 입은 여학생을 사랑했던 것이라는 걸 알았다. 여학생들은 그냥 예뻤다. 그건 일종의 그리움, 아니 오기이기도 했다. 엄마의 그리움, 가정의 무관심 속에서 내가 살아남기 위한 비타민이었다. 그 색안경이 걷히고 나서 본 그녀의 미모는 그저 그랬다. 특히 덕지덕지 두껍게 화장한 얼굴은 밥맛이었다. 화장기 없는 맨얼굴의 그녀가 차라리 예뻤다. 나는 멀뚱멀뚱, 그녀는 새침데기였다. 둘 다, 아직 아이인 게 분명했다. 그저 맨얼굴로도 빛나는 얼굴을 가지고 있다는 걸 그때까지 그녀는 모르고 있는 청춘이었던 것이다. 그녀는 낮 동안 내가 가려다 실패한 세상, 서울에 살고 있었다. 우리는 각각 만날 수 없는 세상에 뿌리를 내리고 있는 나무였다. 나무와 나무 사이에서 가끔씩 삭삭대며 속삭이던 소리는 그녀와 나, 두 나무 사이의 가지와 잎새 들의 마찰에 불과했다. 아니, 그 소리는 내 착각이었으리라. 나는 그녀를 그리워하기 시작했다. 그녀가 없는 시간은 깨어 있는 동안 그리워하며 힘들어 하느니 잠을 자는 게 나았다. 그녀에 대한 그리움은 잠 속에 다 녹여버렸다. 몽정의 대상자도 그녀였다. 민희는 내게 새로운 세상이었으며, 오랫동안 잊고 있었던 갈망을 자극했다. 그녀는 버스와 기차를 갈아타면서 서울로 통학하고 있었다. 목표로 하고 있는 곳은 서울의 어느 대학이었다. 그녀가 원하고 있는 대학에 진학하고 싶은 욕구가 내게 생겨났다. 나는 그녀의 방에서 나오는 학교 시험지나 모의고사 시험지를 풀어보곤 했는데 국어와 영어 성적은 생각보다 뒤떨어지지 않았다. 영어 독해 연습을 하는 게 힘들었지만 훗날 캠퍼스에서의 데이트를 생각하며 나름 공부를 시작했다. 힘들었지만 이를 악물었다. 밤새 걸어 저수지까지 걸어갔던 날이 그 극복의 시작이라면 이제 그 종착점을 향해간다고 스스로를 격려했다. 이제 이 방황을 끝내야 할 때가 되었다는 자각이 솟구쳐 올라왔다. 발을 뺄 수 있을까, 대학을 갈 수 있을까, 더럭 겁이 나곤 했다. 그러나 내게 용주골은 신화이기도 했다. 영어가 마침내 민희와의 계급 간격을 줄여주는 역할을 했던 것이다. 마침 민희와 같이 공부할 기회가 찾아왔다. 내가 영어회화를 곧잘 하는 것을 눈치챈 민희 엄마가 우리의 영어회화반에 민희를 합세시켰다. 사실 나는 무의식중에 그것을 노리고 있었다. 이제 미끼를 물었다는 표시, 찌가 서서히 올라오는 것을 목격하게 되었다. 나는 나와 스미스 사이에 민희를 넣었다 뺐다 하며 간격을 조절했다. 영어를 잘하게 해주는 나만의 필사의 방법은 조금씩만 풀어주었다. 김민희는 성적도 그렇고 그런데다, 예쁘지도 않았고 날카로운 얼굴에 덕지덕지 붙어 있던 교만이 너무 거슬렸다. 그래도 점차로 점점 그 교만이 사라지면서 사근사근해졌다. 그 거드름과 새침한 성격이 그녀의 매력 포인트였구나 하는 생각이 들었을 때는, 이미 그 점이 사라진 게 아쉬웠다. 물론 주인과 종업원의 관계가 갑자기 뒤바뀌지는 않았다. 나는 내 나름의 자존심이 있었다. 우리가 양쪽에서 조금씩 다가와 좋아지는 사이가 되길, 점차로 제법 협상 테이블에 앉아서 의견을 주고받는 사이로 변해가길 바랐다.

민희와 둘이서만 공부하는 횟수가 많아졌다. 그건 독해 때문이었는데, 나만이 그걸 해결해 줄 수 있었다. 민희 엄마는 간간이 간식을 내주기도 했다. 그러고 보니 내게 심부름 시키는 걸 자제해온 듯했다. 주인아저씨가 내 일을 대신해 주고 있는 것 같았다. 나는 무척 놀랐다. 그들 부부는 딱히 나쁘지는 않았지만 교활했던 까닭이다. 속은 겨울인데 겉으로는 봄처럼 말할 줄 알았던 인물이었다. 그건, 그들이 생존할 수 있게 만들어주는 원동력이었다. 나도 열심히 나 스스로를 그렇게 단련시키고 있었다. 적어도 남에게 당하지 않기 위해서. 그래서 그들로부터 오는 상처를 미연에 방지해야 했고, 그런 나를 칭찬해 주어야 했다.

나는 주로 『삼위일체』라는 학습서의 독해 연습을 주로 공부했다. 나는 그 책을 달달 외다시피 했다. 어느 일요일 아침, 민희네 집 안방에서 영어 독해 공부를 함께 끝낸 직후였다. 그날 공부가 흡족했는지 민희는 다소 들떠 있었다. 그날, 오른쪽 뺨 아래 보조개가 숨어 있는 걸 알았다. 엄마를 만나고 온 그녀가 말을 전했다.

"엄마가 오빠한테 선물 줬댔어요."

"선물은 무슨!"

나는 짐짓 태연한 척했다. 다락방에 창을 내고 우리의 학습 공간을 만들어 주겠노라는 결단은 일종의 후식이었다. 귀띔을 해준 적이 있었고, 또 말대로 공사에 들어갔던 것이다. 민희의 영어 성적이 오른 직후였다. 선물이라니? 오빠라는 호칭과 존댓말이면 충분했다. 그동안 여러 차례 민희 엄마가 내게 깍듯이 하라고 그녀에게 주의를 주는 소리를 들었다. 민희네 식구에게 그런 대접을 받고나니 으쓱해졌다. 그 며칠 동안 바로 옆집에 있던 창녀들이 한 명씩 비참하게 죽어나가 우울하게 지내고 있던 차였다. 또 자살이었다. 기지촌을 다 합하면 며칠에 한 번씩은 꼬박꼬박 죽어나가는 모양이었다. 내 바람 중의 하나는 두나가 건사해주는 것이었다. 그녀가 나를 돌봐주지 않았으면 나는 완전히 찌그러졌을 것이다. 창녀 노릇을 하면서 나를 보살펴 준다는 것은 그만큼 엄청난 내공이 있다는 것을 증명하는 일이었다. 그녀는 내게 나름 저수지 아저씨 같은 어른이었다. 나는 천국의 귀퉁이에 살고 있노라고 자위하곤 했다.

나는 민희가 나오는 다른 깔끔한 세계에 살고 있어서 부러워했지만, 따지고 보면 같은 지붕 아래 살고 있었다. 매춘의 지붕. 너 혼자 깨끗하다고? 내가 밤새 벌어준 돈으로 먹고 자고 서울로 학교에 다니고 있는 게다. 내가 가진 편견은 나름 내 생존방식이었다. 그렇게 방어하면서 하루하루를 연명했던 것이라고나 할까. 만약 그녀가 나를 상대해 주었다면 나도 그렇게까지 그녀를 비하하고 싶은 생각은 들지 않았을 것이다. 그러나 내 판단이 다 틀린 건 아닌 게 그녀가 나중에 미국에 간다고 했을 때 그 생각을 떠올리며 쓸쓸하게 웃었다. 물론 그 미군을 만나기 위해서는 아니었다. 그건, 양공주나 하는 일이니까. 나는 벌레지만 너는 포주의 딸이 아니더냐. 물론 입 밖에 내지는 않았다. 그녀는 이미 내 첫사랑이었던 것이다.

이 세계에 발을 담근 지 일 년, 빠져나가려고 애를 쓰느라 또 일 년이 지나갔다. 삼 학년 이 학기가 되자 학교에는 취업을 했다고 둘러대고 서울에 있는 집으로 올라왔다. 나는 도서관에 처박혔고 국어와 영어만 단과 학원을 다녔다. 그해는 어차피 준비 기간이었고 다음 해부터 본격적으로 공부를 시작할 생각이었다. 달리 할 일도 없었고, 다른 일엔 고개조차 돌리고 싶지 않았다. 새해가 되자 민희가 대학에 합격했다는 소식이 들려왔다. 민희를 캠퍼스에서 만나고야 말겠다는 일념은 밤새 저수지까지 걸어갔을 때 본 불빛처럼 내게 집중력을 주었다. 그해엔 학력고사를 무난히 통과했지만, 그 점수로는 민희가 다니는 대학에 들어가기 어려웠다. 하면 되겠다는 자신감을 얻은 것으로 만족하고 재수를 준비했다. 내가 대학 진학 공부를 한다고 했을 때, 내 주변 사람들의 반응은 시큰둥했다. 담임선생은 한 걸음 더 나갔다.

"네가 대학 가면 내 손에 장을 지진다."

"에이, 좆을 지진다면 모를까."

그렇게 말해도 선생들은 뭐라고 하지 못했다. 내가 말하는 소리에 불쾌했을 테지만 담임은 더 이상 나와 상대하지 않는 것으로 스스로와 타협을 한 것 같았다. 나와 같은 부류와 맞붙어 좋을 게 없었다. 여차하면 몰매를 맞을 수도 있었다. 선생들은 이미 쥐도 새도 모르게 당하곤 했다. 나도 나름 두고두고 속상했다. 이왕이면 격려하는 쪽을 택하면 안 된단 말인가? 나에 대해 알지도 못하는 Son of bitch가 말이다. 당신은 하나만 알고 둘은 모르는 천치였다. 입학 후 담임에게 찾아가 결국 술을 뺏어 먹었다. 그것으로 그치지 않았다. 나는 결국 사과를 받아냈다. 나는 천하의 불량배였으니까.

대학에 들어가겠다는 게 그리 신기하거나 무모한 행위였을 리가 없다. 나는 세상엔 직선적인 방법 외에 우회하는 방법도 있다는 것을 이미 알고 있었다. 교과서의 여백으로도 세상을 볼 수 없다는 사실은 일찌감치 간파하고 있었다. 교과서가 다일 수는 없었다. 그래서 그 당시의 허전함을 채워준 문학에 매력을 느꼈던 것 같다. 물론 문학이라고 답을 준 건 아니었다. 예전과는 달리 무엇인가 자꾸 끄적거리고 싶은 욕구를 더 강하게 느꼈다. 대학에 갈 공부를 한다고 하니까 아버지는 아무 말 없었지만 지원까지 해주고 싶어 하지는 않았다. 그렇게 놀다가 공부는 무슨 공부냐는 것이었으리라. 다행히 내겐 비아냥거리던 담임 같은 사람들의 표정에 침을 뱉어주고 싶어 하던 증오와 캠퍼스로 민희를 만나러 가겠다는 다짐, 또 저축해 둔 약간의 돈이 있었다. 돈이 궁하면 용주골에 가서 마련해 오면 될 일이었다. 그나마 재수 시절엔 공부하느라 정신이 없어 몇 번 내려가지 못했다.

재수 학원을 다니면서 훗날 고병도가 고시 공부를 하듯이 입시를 준비했다. 그 당시에 고병도가 그랬다. 너는 그깟 재수하는 일을 무슨 고시 공부하듯 하냐고. 나는 그녀 곁에 가고 싶은 마음밖에 없었다. 고병도가 큰 힘이 되어 주었다. 녀석은 요점 정리를 아주 잘해주었다. 녀석의 조언대로 고등학교 전 학년 국어 교과서와 자습서를 몇 차례 통독한 뒤에는 모의고사에서 거의 만점을 받았다. 수학은 가장 자신 없는 영역이었지만 병도의 충고를 따른 덕분에 괜찮은 점수를 받았다. 풀 수 있는 부분만 확실히 공부해 두었다. 그게 학력고사에서 적중했다. 객관식 25문제 중 여덟 문제를 확실하게 맞히고 나서 정답이 1~4번 중에 몇 개나 있나 확인해 보았더니 절묘하게도 그중에 3번은 하나도 없었다. 나머지는 모두 3번으로 찍었는데 거의 70점 이상을 획득했던 것으로 기억한다. 나중에 정답을 확인해 보니 무려 열 문제 이상을 찍어서 맞춘 것이다. 나는 그날, 그런 걸 실력이라고 하는 거지, 하던 병도의 얼굴을 잊지 못한다. 병도의 기지가 적중하는 순간 나는 그동안 갖고 있던 녀석에 대한 서운함을 모두 날려버렸다. 논술은 자신 있었다. 논술 준비를 위해 국어 교과서를 통독하면서 여러 번 벽을 느꼈다. 교과서의 세계는 몇 년 동안 내가 살았던 세계를 전혀 담아내지 못했다. 교과서를 던져 버리고 싶었지만, 그럴 수 없었던 게 논술은 교과서를 바탕으로 했기 때문이다. 논술 시험을 만족할 만큼 치르지 못하고 나오는 길에, 논술만큼은 교과서 밖에서 출제해야 하는 거 아닐까 하며 담배를 피워 문 기억이 새롭다. 이를테면 '기지촌의 여성을 위한 배려' 같은.

대학은 정해져 있었고, 전공 역시 별로 고민하지 않았다. 학과를 결정할 때 두나의 입에서 나왔던 '마르케스'라는 인물을 떠올렸다. 내가 대학에 가겠다고 했을 때 그녀가 그 사람을 연구해 보라고 했던 기억이 났다. 그녀는 드물게 열기에 사로잡혔다.

"그분 책이 성경책 다음으로 많이 읽힌다지 아마?"

"네가 대학 가면 너하고 캠퍼스에서 꼭 기념사진 찍을 거다."

"나도 대학생을 친구로 두겠네."

나는 나중에 연락하면 서울 한번 와야 해요, 하고 약속을 받아두었다.

합격자 발표 날에 두나에게 신촌에 올라올 수 있느냐고 전화를 했다. 나는 내가 합격했다는 것을 이미 알고 있었다. 그녀가 올라오지 않아 서운했다. 나중에 들으니 두나는 경의선 열차를 타고 오다가 일산에서 체포되듯 끌려갔다고 했다. 항상 감시를 당할 텐데 내가 경솔했다는 생각이 들었다. 성인이 되면서 가끔씩 그녀를 생각할 때마다 가슴이 저렸다. 그건 민희를 생각할 때 느끼는 감정과는 질적으로 달랐다. 나는 두나를 생각하며 톨스토이의 『부활』을 다시 읽었다. 기지촌에서 읽을 때와 또 달랐다. 두나는 왠지, 고병

도와 세상 사람들의 표현대로 '그까짓 년들' 같지가 않았다. 부활
은, 그 여자들 중의 한 사람인 소냐가 아니라, 남자 주인공인 넬류
도프의 몫이었다. 창녀라고 해서 소냐를 멸시할 까닭은 조금도 없
었다. 나중에 학교 축제 때 초대를 하려고 연락을 취했지만 간신히
통화만 했을 뿐이었다. 품 안에 안겨 있고 싶곤 했던, 고모와는 또
다른 여자였다. 나는 이미 다른 세상에 살고 있었던 것이다.

　두나를 생각하면 그 이름, 마르케스와 마르크스가 떠올랐다. 두
나가 그들을, 혹은 그 이름을 좋아했다. 그 이름은 2학년 여름방학
직전 집 근처 뒷동산에서 홀딱 벗고 두나와 정사를 벌이던 흑인 병
사의 몸만큼 내 영혼에 깊이 각인되었다. 그런데 누군가 마르케스
는 바로 마르크스일 것이라고, 두나라는 사람이 분명 두 사람을 혼
동하고 있었던 것 같다고 귀띔해주었다. 나는 꼭 그 사람을 연구해
보리라 다짐했다. 병도는 펄쩍 뛰었다

　"그런 빨갱이 만나라고 내가 이렇게 생고생한 줄 아냐?"

　"두나가 멋진 사람이라고 하던데."

　"두나? 그까짓 창녀가 뭘 안다고."

　"아니야. 얘기하는 거 보면 산전수전 다 겪어서……."

　"하여튼 넌 경영학이나 무역학과 가는 거야. 너 내 말 안 들으면
알아서 해."

　그런 거 전공하러 내가 대학을 가는 건 아니거든. 너는 멋진 판
검사가 꿈이지만 나는 다른 사람이 되고 싶어. 대놓고 그런 말을

하지는 못했지만 나는 내 스스로 결단을 내렸다. 나는 마르크스의 국적을 따라 바로 독문학을 택했다. 캠퍼스에서 우리말과 독어로, 그 사람, 마르크스를 만났다. 마르케스는 나중에 그의 『백 년 동안의 고독』을 통해 만났다. 마르케스와 마르크스, 두 사람, 구태여 구분할 필요가 없었다. 그 당시 대학 사회에서 마르크스는 신 또는 악마였다. 내겐 전자에 가까웠다. 대학 생활 내내 병도의 말을 듣지 않길 잘했다고 생각했다. 보너스로 대학에서 나와 민희, 두 사람을 좋아해 주는 정호길이라는 평생 친구를 만났으니까.

바늘

1

반장이 자리를 박차고 나갔다. 그리고 돌아오지 않았다. 목소리가 떨리고, 표정이 험악해지더니 급기야. 이른바 품평회 오발사건이 벌어진 것이다. 반장의 소설에 대해, 반장과 소 선생 사이에 논쟁이 잠시 오갔다. 소 선생이 미진한 부분을 완곡하게 표현했는데도 반장이 유난히 민감했다. 그동안 염려가 없었던 건 아니었다. 반장은 장편소설에 매달리고 있었다. 단편소설을 쓴 뒤 연마과정을 오랜 시간 거쳐 장편으로 넘어가는 게 보통이었다. 그런 과정을 생략하고 무리를 하느라 신경이 예민해 있었다. 단편에 드는 시간과 열정으로 장편에 매달리는 것은 자살 행위였다. 소 선생이 그동안 여러 차례 간접적으로 언질을 주었다. 반장은 장편에 묻혀 그런 말이 귀에 들어오지 않은 듯했다. 그게 오히려 반감으로 작용한 모양이었다. 교실 분위기가 일순 가라앉았다. 소 선생은 다소 지쳐 보였다. 모자란 부분을 지적하느니 괜찮은 부분을 북돋아주는 게 필요했는지도 모른다고 자책하고 있을 것이다. 누구든 면전에서 싫은 얘기를 하는 게 기분 좋을 리는 없을 것이기에. 그동안의 관계가 좋았기에 더 충격이었으리라. 한 학기에 한두 번은 일어나곤 하는 일이니, 소설가가 되어가는 과정으로 치부하는 게 좋을 것이다.

나는 나대로 민희는 민희대로, 또 소 선생은 소 선생대로 그냥 선 채로 수강생들 사이에서 엉거주춤했다. 수업은 더 이상 진행되지 못했다. 이제 저녁 술자리로 이어질 터였다. 다들 그렇게 알고 있었으리라. 나는 소 선생의 눈치를 보면서, "같이 나갈까" 하고 민희에게 작게 말했다. 다른 수강생들이 나와 민희에게 "같이들 가시죠" 건성으로 묻고는 우르르 강의실을 나섰다. 다들 으레 둘이 나가나 보다고 생각하는 눈치였다. 종례가 끝나자 아이들 사라지듯 했다. 나는 출구로 빠져나가는 그에게 다가가 말했다.

"메일 잘 받았습니다. 바쁘실 텐데 감사합니다."

감사의 말이 곧 위로의 말이기를 바랐다. 내 과제물을 수정해준 것에 대한 인사이면서, 나같이 소 선생을 고이 따르는 모범생도 있다는 의사 표시였다. 나는 쓰고 있던 장편소설 『피시스케이프』의 원고 일부를 읽고 검토해 달라는 부탁을 했고, 그는 며칠 전에 수몰지와 가족사가 인상적이었다는 내용을 메일로 보내왔다. 나는 그가 조언해준 대로 내 글을 손봐서 그 일부를 합평용으로 올릴 계획이었다. 다른 수강생들에게 혹평을 두려워하지 않겠다고 공언해 놓은 뒤였다. 그가 애써 미소를 지으며 말했다.

"다음 글도 보내주세요."

"아, 네."

나는 머뭇머뭇 대답하고는, 수업 시간에 있었던 일 다 잊고 좋은 저녁 시간 보내시라며 인사했다. 그도 한층 밝게 웃으며 고개를 끄떡였다. 나와 민희는 별 말 없이 엘리베이터로 발걸음을 옮겼다. 나는 민희를 따라 주차장으로 가는 엘리베이터 앞에 가 섰다. 그녀가 물었다.

"어떻게 가세요?"

"지하철 타고……."

"잠깐 계세요. 차 가지고 나와야겠지요?"

"그러셔야지요."

차를 가지고 나온다는 말이, 동승하자는 뜻으로 들릴까 봐 걱정됐는지 민희는 주춤거렸다. 어색해져서 침묵을 지켰다. 엘리베이터 문이 열렸다. 같이 가야 하는 거 아닌가, 망설였지만 나는 1층에서 먼저 내렸다. 문이 닫히는데 처음엔 양팔이, 그다음엔 가슴이, 그다음엔 눈썹과 눈이, 눈썹과 눈썹 사이, 인중과 입술이…… 스르르 사라졌다. 예전에 전철을 잘못 탔을 때 강변역에서 하늘과 물이 창살에 잘려 나간다고 느꼈을 때처럼 망연했다.

종로에 있는 내 단골 돼지 곱창집으로 향했다. 민희는 의외로 곱창을 좋아했고, 그럴 땐 언제나 소맥 폭탄주를 즐겼다. 미국 생활에서 먹어보지 못했던 안주가 입에 당기는 모양이었다. 내가 근 20년 다닌 집이고, 내가 추천한 이들도 열심히 다니며 곱창을 즐기는 곳이었다. 쫄깃쫄깃하고 육즙이 살아 있으며 냄새도 적었다. 소주 두 병, 맥주 여덟 병을 비웠다. 민희는 노발리스를 접었다고 했다. 내가 노발리스를 전공했다고 하니까 의외라는 투였다. 나는 민희와 함께 공부하면서 노발리스라는 인물을 만났다. 독일 낭만주의 작가 중의 한 사람인 그는 『푸른 꽃』의 저자였다. 그는 이 책에서 '세계는 꿈이 되고 꿈은 또다시 세계가 된다'고 말했다. 이성의 시대에 감성의 목마름을 한껏 목소리 높여 외쳐댄 그는 민희의 애인이었다. 민희 덕분에 나는 노발리스를 탐독하게 되었다. 그 당시나는 브레히트나 루카치에 더 빠져 있었다는 걸 민희도 알고 있었으니. 돌이켜보면 그게 다행한 일이었다. 삶은 그들의 사실적 리얼리즘이 다가 아니라는 생각이 들면서 방향을 틀었다. 그래도 그들에게서 많이 벗어나지도 못했다. 그 당시에는 그게 밥이자 영혼이었다. 훗날 순수문학을 공부한 사람들이 미국에서 학위를 받아와 국내에서 민주화를 위해서 애썼던 사람들을 지나가던 애완동물 보듯 하며 교수나 요직을 차지하고 있다는 게 속이 상했다. 그건, 이미 해방 이후 오래된 전통처럼 된 일인 걸 모두들 알고 있었다. 민희가 그 대표적인 경우였다. 신화 공부를 택한 민희는 누구보다 빨리 그걸 알아차린 셈이었다. 그녀는 결국 그런 식으로 말했다.

"지금 보면 신화 공부하길 잘했다는 생각이 들지요."

"하긴 지금이야 그거 공부한다고 뭐랄 사람 없지."

"예전엔 지나치게 나뉘어 있었던 게 맞지요?"

물론 이제 와서 두 가지를 구분 짓는 건, 무의미한 일이었다. 그렇다고 곧바로 두둔하고 싶지만은 않았다.

"그땐 두 가지를 같이 할 수 없었던 시절이잖아."

"그래도 그땐 너무 억울했어요. 이 좁은 데서 운동권 문학이 순수문학 운동을 핍박하고. 나가 보니 다들 자기 좋아하는 거 공부하면서 잘들 살던데요."

"그러게."

"이 선배도 책임져야 해요."

"아이쿠, 아무 힘도 없는 고등학교 선생한테 무슨 힘이 있다고."

"신화가 더 풍요로운 삶을 살게 해줄 수 있었을 텐데."

고민하던 문제를 민희에게서 너무 간단하게 공식처럼 듣고 보니 씁쓸했다. 나는 담배와 라이터를 집어 들고 밖으로 나왔다. 민희가 따라 나왔다. 우리는 맛있게 담배를 피웠다. 고향에서 낚시점이나 하든지, 일찌감치 이런 집에서 곱창 굽는 일이나 배웠으면 좋았을걸, 하는 생각이 다시 들었다. 귀농한 정호길이 생각났다. 민희는 반쯤 탄 담배를 버리고 새로 한 대를 더 피워 물었다. 술 마실 때만 피운다고 하니, 맛있을 게 분명했다.

혀가 꼬인 상태에서 곱창집을 나와 광장시장으로 향했다. 민희가 내 옆에 매달렸다. 지하도를 건너야 했지만 민희는 그게 싫다고, 차도 별로 안 다니는데 그냥 길을 건너자고 고집을 피웠다. 나는 위험하다고, 지하도로 건너자고 했지만 막무가내였다. 몇 차례 실랑이를 벌이다가 그만 민희에게 졌다. 혼자 가게 내버려 둘 수도 없었다. 남이 보면 술에 만신창이가 된 남녀가 엉켜서 볼썽사나웠으리라. 유명한 빈대떡집은 자리가 없어 육회집으로 발길을 돌렸다.

구석의 좁아터진 탁자에 앉아 육회 한 접시와 소주를 한 병씩 마셨다. 살아온 얘기를 주고받았다. 다른 사람들의 육성이 섞여들어 여러 차례 대화가 끊겼다. 나는 내 소설을 읽어줘서 고맙다고 감사를 표했다. 민희의 눈이 반짝, 했다.

"옛날이야기 하나 더 해줄까요?"

"신화?"

신화? 하고 묻는 건 무슨 조화인지 알 수 없었다.

"들어 봐요."

민희가 목을 가다듬었다.

"옛날 일본에 두 천신(天神)이 바다 복돌이와 산 복돌이의 모습을 하고 살고 있었어요. 형인 바다 복돌이는 바다 생물을, 동생인 산 복돌이는 산짐승을 포획하며 살았지요. 한번은 동생이 자기의 화살과 형의 낚싯바늘을 바꾸자고 했어요. 동생은 세 번이나 청했지만 형은 번번이 거절했지요. 그렇지만 형은 결국 바꿔주고 말았지요. 동생은 몇 시간이나 낚시를 했지만 고기는커녕 바늘만 바다에 빠뜨리고 말았지요. 형 역시 동생의 화살로는 수확이 변변치 않았던 모양이에요. 그래서 다시 동생에게 바꾸자고 했지요. 동생은 있었던 일을 그대로 형에게 말했어요. 그런데도 형은 막무가내로 자기 걸 돌려달라고 했어요. 동생은 고심 끝에 자기가 차고 있던 칼을 녹여서 바늘 오백 개를 만들어 주었어요. 형은 그것들을 받으려 하지 않고 원래의 바늘을 돌려달라고 했어요…….”

“바늘 오백 개를 만들어 줬는데도?”

“그러게요.”

“바늘의 원형이라 이거지?”

“그런가 보지요.”

“바늘에도 급이 있구먼. 아, 그래서?”

“동생이 난감해 하면서 해변에서 울고 있었는데 수로를 관리하는 신이 나타나 그 연유를 물었어요. 그 신은 어부와 사냥꾼, 두 형제보다 조금 아래 계급이었어요. 동생은 자초지종을 말해줬어요. 그 신은 동생에게 바다신이 있는 궁전으로 가라고 하면서 배에 태워주었어요, 그곳에 가면 바다신의 딸이 이 문제에 대해 답을 줄 거라고 귀띔해 주었지요. 들은 대로 하니 정말 우물이 나타나고 그 옆에 계수나무가 있는 거였어요. 그가 그 위로 올라갔는데 딸의 여종이 나타났어요. 동생이 물을 달라고 하니까 여종이 물을 길어 옥그릇에 담아 바쳤어요. 동생은 물은 안 마시고 목에 걸어두었던 구슬을 빼서 입에 넣었다가 옥그릇에 뱉었어요. 여종이 그걸 떼어내려 했지만 구슬이 그릇에 붙어 떨어지지 않자 그냥 그대로 공주에게 가져갔지요. 공주는 여종에게 전말을 전해 듣고는 이상해서 내다봤는데, 그만 한눈에 그에게 반해버렸어요. 공주가 아버지 신에게 멋진 남성이 나타났다고 알렸지요. 마침내 공주는 동생을 왕에게 데려갔어요. 바다신도 직접 보고는 그가 천손의 아드님이라며 모셔다 극진히 대접했어요. 이어 그 공주와 결혼한 동생은 3년 동안 바다 왕국에서 잘 살았어요.

어느 날 동생이 한숨을 내쉬자 공주는 자초지종을 알아내 바다신과 상의했어요. 필시 무슨 곡절이 있을 거라고 하면서요. 그래서 바다신은 즉시 사위를 불러 한숨을 쉰 연유와 사위가 그곳에 온 이유를 물었어요. 동생은 형의 바늘을 찾으러 온 그간의 사정을 자세하게 이야기했어요……."

"바늘이란 말이지?"

"네, 바늘요."

"……."

"그러자 바다신은 바다의 크고 작은 물고기를 모두 소집해서 바늘에 걸린 고기가 있는지 물었어요. 그러자 요즘 도미가 목에 뼈가 걸려서 도통 먹지를 못한다고, 분명 바늘에 걸린 것 같다고 알려왔지요. 그래서 도미의 목을 조사해보니 바늘이 있었어요. 바다신이 곧바로 그걸 빼서 깨끗이 씻어 동생에게 돌려줬어요……."

얘기가 다 끝났을 때, 지난번에 찾아왔던 마츠야가 생각났다.

"근데 나 낚시할 때 어신들이 찾아와."

"또 처녀 귀신 자랑하려고 그러죠?"

민희는 그게 어신(魚神)이라는 걸 알고도 귀신으로 받아치고 있는 게 분명했다.

"아니, 걔네들이 바늘 때문에 힘든가 봐."

내 판단이 맞는다는 확신이 들었다. 잃어버린 바늘을 찾기는 했으나, 무슨 문제가 생긴 게 분명했다. 지난번 추측한 대로 바늘이 목에 걸려 도와달라고 호소한다거나. 마츠야가 바늘을 물고 바늘털이를 하면서 괴로워하고 있는 영상이 머릿속에 자리 잡았다. 도미처럼. 과연 그걸 빼내줄 바다신을 우리가 찾아낼 수 있을까. 오랫동안 나는 그 바늘과 물고기 신을 소설에 연관시키는 것에 대해 고심을 거듭했다.

바늘은 어디에나 있고 어디에도 없는 거였다. 누구에게나 보일 것 같으면서도 아무에게도 보이지 않는 바늘. 그 말을 뒤집으면, 바늘은 그 어디에도 없지만 어디에나 있는 거란 말이다. 누구나 바늘 몇 개쯤은 호주머니에 넣고 다닌다. 바늘이 없다고 주머니를 까 보이는 척하는, 특히 그 제스처가 강한 사람일수록 칼을 갈듯 바늘을 벼리고 있는 사람인 것이다. 그 사람과는 언제든 칼싸움을 하게 된다. 그 와중에 피를 좋아하는 거머리 같은 놈들은 따로 있어서 싸움을 피하고 있을 뿐이다. 문제는 바늘로 낚기만 하는 게 아니었다. 종종 자기가 낚이기도 한다는 것이었다.

육회집을 나와 대리운전을 불렀다. 밤이 늦었는데도 정체와 지체가 반복되었다. 잠실로 들어가는 길에 들어서서야 조금 뚫렸다. 그녀는 석촌 호숫가에 차를 대게 했다. 밝음과 어둠이 뒤섞여 고즈넉했다. 내가 먼저 내려 담배를 피워 물었다. 한 모금 빨다 말고 뒤따라 차에서 내리는 민희에게 담배를 권했다. 그녀의 옷이 하늘하늘 날리는 듯했다. 고급스러웠다. 연한 노란색 정장은 그녀의 미소를 피워 올려주는 꽃대였다. 벌이나 나비처럼 달라붙고 싶은 그런 꽃대. 나무 뒤에 가려 있던 남녀가 어기적어기적 길로 나섰다. 민희가 가늘고 흰 손으로 담배를 뽑아 입에 가져갔다. 담뱃불을 붙여주었다.

함께 말없이 담배를 태웠다. 민희가 담배를 피우는 모습에서 외로움이 묻어났다. 나는 유치하다고 생각하면서도 민희에게 신파조로 물었다.

"남자 없어?"

"없는 게 보이지요?"

"내가 조금 더 오래 살았을 테지."

"아니지요. 현태 씨도 그런걸요."

푼수처럼 묻고 대답하는 게 나는 마음에 들었다. 나란히 차에 등을 기대고 어둠 속을 바라다보며 이야기를 이어 나갔다. 연인들이 어둠과 한 몸이 되어 지나갔다. 맞은편 벤치에서 개똥벌레 같은 담뱃불이 깜박였다. 그 점멸이 십 년 하고도 몇 년인가의 세월을 무시한 채, 불쑥불쑥 마음속의 현을 건드렸다. 민희가 뭐라고 중얼거렸지만 나는 알아듣지 못했다. 리스닝이 잘 안 된 외국어 문장을 복기하듯 양미간을 모으며 집중하여 잠시 생각해 보니, '사십 세는 비로소 편안해지기 시작하는 나이'라는 말 같았다. 그렇지? 나는 엉겁결에 답하고 말았다. 잡음이 섞인 외국어 방송을 듣고 있는 것 같은데도 이미 들떠 버렸다. 갑자기 아이처럼 굴고 싶었다. 옷깃만 닿아도 깜짝깜짝 놀랐다. 어딘가 모르게 몸속 깊숙이 숨어 있던, 아니 억눌려 있던 감정들이 밖으로 나오며 와글거렸다. 말은 그녀가 꺼냈다.

"둘이 같이 살면 괜찮을 줄 알았는데……."

빤하지만 쉽게 할 수 없는 얘기들이 술술, 술 마실 때처럼 튀어나왔다. 하기야 중년이 만나 나누는 이야기는 나이와 아이들에 대한 것이 전부다. 연이어 외로움에 대한 수다일 것이다. 지금은 아이 얘기할 상황이 아니므로, 초점은 하나일 수밖에 없다. 나는 여전히 기분이 들떠, 여자의 하루 수다량을 다 들어주겠다고 작정을 한 사람처럼 입을 다물고 있었다. 그게 그녀에게는 좋았나 보았다.

"둘이 있을 때 느끼는 외로움이 오히려 더 클 수도 있더군요. 혼자 있을 때보다."

"그래, 나도 잘 알지."

몸과 마음에 미련조차 사라지면 서로를 위해 사라져 주는 게 좋

다고 말하면서 민희가 눈물을 보였다. 담배를 한 개비 더 달라고
했다. 그녀는 건네받은 담배의 필터를 왼손 엄지에 대고 톡톡 두들
기기만 했다. 시선이 어디에 닿고 있는지 가늠할 수가 없었다. 나
는 그녀의 손에서 라이터를 빼내 담뱃불을 붙여 주었다. 그녀가 담
배를 한 모금 빠는 것을 보다가 내가 물었다.

"그래, 문학은?"

"문학은 뭐. 신화처럼 그저 광고 카피에 도움이 되지 않을까 하
고. 현태 씨는 어떻지요?"

'지'라는 철자를 넣는 민희의 말투에 이제 별 어색함을 느끼지
않을 때가 되었다.

"결국 이렇게 문학을 통해 만난 게지."

"문청이 소설가가 됐다는 소식을 듣고 무척 흐뭇했지요……."

그녀가 서너 모금 빨더니 담배를 바닥에 던져 버렸다. 좀 걸을
까, 하자 그녀가 차가 있는 곳으로 대고 스위치를 눌렀다. 개똥벌
레 수십 마리가 엉겨 붙어 있는 듯한 조명등이 뾰옹 하며 방귀를
뀌었다. 저쪽으로 가자며 손짓하자 그녀가 앞장섰다. 내가 발걸음
을 재촉했다. 나는 민희와 옷깃이 스칠 듯 말 듯 간격을 두고 걸었
다. 채 몇 분도 되지 않아 그녀가 먼저 속삭였다.

"팔짱 껴도 되지요?"

"……."

"안 되지요?"

"아니, 내가 먼저 말하지 못한 걸 후회하고 있지."

그녀가 점점 더 매달리듯 몸을 기대왔다. 아니 먼저 기댄 것은 분명 나 자신이었다. 아직 맨살이 팔에 느껴지지는 않았다. 그녀가 떨고 있었다. 나는 남자의 살 때문에 그러는 것은 아닐 거라고 생각했다. 덕분에 나는 그녀만큼 떨리지는 않았다. 그녀는 내가 태연했다고 느꼈을 것이다. 그러나 그뿐, 그녀도 더 이상 떨지는 않았다. 그녀의 어깨에 손을 얹었다. 키스는 아니더라도 포옹은 하고 싶었다. 그 아늑함이 그리웠지만 꾹 눌러 참았다. 그래도, 손과 팔에서 전해져오는 온기만으로도 세월의 더께가 녹아 사라지는 것 같았다.

민희가 안내하는 바에 들어갔다. 그녀는 칵테일을 주문하면서 좋은 술로 한잔하라고 말했다. 나는 27년산 스카치 위스키를 병째로 주문했다. 앞으로 키핑해 놓았다가 마실 요량이었다. 안주는 멸치를 조금 서비스해 달라고 말해 놓았다. 이제 이곳에 새로운 둥지를 틀어야 할 테니. 이곳에 그녀가 있지 않은가. 홀에는 클래식을 너무 크게 틀어 놓아 볼륨을 줄여달라고 하자 아가씨가 우리를 룸으로 안내해 주었다. 문을 닫을 수 있어 조용했다. 내가 언더락 댓잔을 마시는 동안, 그녀는 칵테일을 두 잔 마셨다. 그녀의 얼굴이 부풀어 오르고 눈엔 졸음이 가득했다.

"그날 현태 씨를 만나지 말았어야 했는데."

코맹맹이 소리로 그녀가 말했다.

"운명인가 보지."

그녀는 입술을 비틀며 불분명한 발음으로 즉각 응수했다. 운명은 신화와 밀접한 관련을 맺고 있다. 그녀는 자신에게 깊게 각인되어 있는 운명이라는 개념의 신봉주의자이고, 또 그걸 영원성과 연관시키고 싶어 했다. 그러나 운명은 몰라도 영원성은 중고생들한테도 부정당하는 상식이 아니던가. 그들은 이렇게 반박할 것이다. 세상에 영원한 것이 있다고요? 신화에 관심이 많은 나도 늘 그점에 유의하고 있다. 그건, 진리를 빙자한 가장행렬이었다. 1980년대부터 2000년대 초반까지가 모순인데, 진리가 여전할 수 있단말인가.

나만 몇 잔 더 마셨다. 그러면서 눈길은 그녀에게 고정해 놓았다. 그녀는 아까부터 졸고 있었다. 시름없이. 나는 담배도 몇 대 더피웠다. 역시 담배는 또 술과 궁합이 맞았다. 담배와 커피에 지쳤을 때 술이 그만임을 확인했다. 나는 나름, 행복했다. 그녀를 바라보고 있자니 더 그랬을 것이다. 그녀가 몇 차례 더 코맹맹이 소리를 했다. 그녀의 전화벨이 몇 번 더 울리고, 급기야 문자가 들어오는 소리가 연이어 들렸다. 자리를 털어야겠다고 생각하면서도 상체를 앞으로 숙여 그녀가 자는 모습을 지켜보았다. 느슨하게 팔짱까지 끼고. 그때 희붐한 조명 속에서 유난히 반짝이던 그녀의 반지가 눈에 들어왔다. 나는 그게 그 옛날 내가 사주었던 반지라고 여겼다. 그녀가 오랜 망설임 끝에 골랐던 무광택 은반지. 그녀가 눈치채지 못하게끔 여러 번 슬쩍슬쩍 쳐다보았지만 단정 지을 수는 없었다. 그럴 리가 없다는 생각은 하면서도 미련을 떨치지 못했다.

2

어느 늦은 밤 학교로 고병도가 찾아왔다. 꽤 초췌해서 마음이 아팠다. 둘 다 사우나라도 다녀오는 게 우선 할 일인 듯했다. 평소 같으면 잔소리를 했겠지만, 그래서 그를 만날 때는 행색이 남루하지 않도록 주의를 했다. 그날, 그런 건 하등 문제될 게 없는 듯했다. 보증 건으로 찾아온 게 걸려서 그랬겠지만 고병도는 그답지 않게 주저주저했다. 나는 뜻하지 않게 속으로 실소했다. 그는 보름 전부터 사업 자금이 달리니 보증을 한 번 더 서달라고 했다. 증액하자는 소리였다. 내 집도 아닌데, 더 대출해 달라고 하면 어떡하느냐며, 나는 단호하게 거절했다.

바로 이전 대출 때문에 아내는 처가로 가버리지 않았던가. 그 후로 다시 헛것이 보이기 시작했고, 그럴 때마다 술을 마셨더니 술이 미리 와서 나를 기다리는 횟수가 늘어났다. 술과 헛것은 처음엔 데면데면하더니 시간이 지나면서 궁합이 맞는 남녀 같았다. 나는 학교와 멀어진 아이들처럼 지각, 조퇴, 무단결석을 일삼았다. 시말서도 여러 번 썼다. 아침에 술이 덜 깬 상태에서 수업에 들어가고 하루 종일 술기운에 절어 지내는 일이 비일비재했다. 영어를 가르치기가 점점 싫어졌고, 수업 중에 독해를 하다가 자꾸 단어의 뜻을 까먹곤 했다. 업데이트를 시키고 있는 거잖아, 괜찮아, 하면서 스스로를 달랬지만 영어를 받아들이는 데 생각보다 많은 시간이 필요했다. 영어를 못해서가 아니라, 독어를 밀어낸 잔혹한 놈으로 여기고 있었기 때문이다. 영어과 선생들 사이에 이방인처럼 끼어 앉은 것 같아 무안하고 어색했다. 교무실에서 책상과 의자를 치워버려 놀라는 꿈을 꾸곤 했다. 동료교사들이 안타까워하고 있다는 걸 눈치챘지만 나는 속수무책이었다. 사십이 넘어 환영이나 환각 운운하면 내 꼴이 우스워 보일까 봐 그들에게 별 변명도 못하고 지냈다.

우리는 곧바로 술집으로 향했다. 일련의 생각들이 꼬리를 물고 서로 먼저 나오겠다는 것을 애써 참았다. 내가 강하게 나오리라는 걸 모를 리 없었다. 그는 먼저 폭탄주로 몇 잔 목을 축였다. 그는 다른 얘기로 돌려 나를 공격했다.

"술 좀 작작해라, 임마. 어째 겨우 돈 좀 버나보다 했다."

겁 많은 개가 몸을 뒤로 뺀 채 짖고 있는 게 한눈에 보였다. 용케도 독일어로 겨우 밥 먹고 사나보다 대견해 했더니 술독에 갖다 붓고 있다는 소리였다. 의외였다. 내 생각으로는, 이왕 그렇게 된 거 한 번만 더 도와주면 깨끗하게 끝낼 걸, 친구 사이에 너무한 거 아냐! 날려봤자, 네 것도 아닌데 뭘 그래, 할 줄 알았다. 도대체 내가 알고 있던 고병도가 아니었다. 나도 내친김에 한발 더 나갔다.

"그 얘기 하려고 여기까지 왔냐?"

그는 한 번 더 짖어대고 봤다.

"너 여기서 늦게 나오면 그대로 중년으로 직행한다. 내리막길이 란 말이다. 모든 게 다 때가 있는 거야. 교사로 끝낼 거야?"

그의 말을 듣고 화가 났지만 속으로 삭이기로 작정했다. 다만 살 아가는 유형이 좀 다를 테니까. 교사는 시작과 끝이 그냥 교사야, 하고 설명하려다 말았다. 녀석, 가엾게도 이미 눈치와 상식이라고 는 다 잃어버린 뒤, 과거 자기가 잘 나가던 추억의 끝에 위태롭게 매달려 있었다. 녀석은 기어코 한마디 더 덧붙였다.

"술이라도 좀 작작하면 돈 안 나가지, 기운 차릴 수 있지."

"알았다. 그만해라."

내가 그만 접겠다는 의사를 보이자마자 녀석은 목소리를 낮춰 가며 나를 설득했다.

"전에 보증 서준 건 너무 걱정할 거 없다. 세 달만 더 쓰고 원위 치 시켜 놓을게. 만약의 경우 네 돈부터 빼주마."

"이자라도 내주면서 그런 말 하는 게 먼저 아니냐?"

그러나 그는 두루뭉술하게 넘어가려 했다. 나는 크게 반발했다. 내 삶에서 그렇게 강하게 고병도에게 거부 의사를 밝힌 적은 없었다.

"먼저 거부터 해결해야 하는 거 아니냐고?"

"어허, 두 개 한꺼번에 해결한다니까."

나는 지쳐서 생각해 보겠노라고 말한 뒤 그를 돌려보냈다.

녀석은 보름 후에 다시 교무실로 직접 찾아왔다. 내 수업시간표를 정확하게 꿰고 있었다. 나는 솔직히 당황했다. 그동안 내 휴대전화나 교무실로 몇 차례 전화가 걸려왔지만 내가 피했다. 속으로는 추가 대출 건도, 아내와의 이혼 건도 눈 꽉 감고 도장을 찍어버리자는 충동에 시달렸다. 지난번보다는 차림새나 표정이 말끔했다. 이런 일로 교무실로 사람이 찾아오는 경우는 아주 드물었다. 나는 끌다시피 해서 그를 교사 휴게실로 데리고 갔다. 동료들이 눈치를 채고 자리를 피해주었다. 고병도의 눈빛이 무서웠다.

"그렇게 영어 하라고 할 땐 무시하더니 이제 내 속이 다 시원하다."

"별 재미없다."

"피해 다닐 게 따로 있지."

"영어 아닌 수업하고 싶다."

수능 영어 아니고, 예를 들면 이야기로 영어 가르치면 좋겠단 얘기가 그렇게 나와 버렸다. 그러나 병도는 아랑곳하지 않았다. 그러고도 마주 앉아 있다는 건, 병도가 내 얘기를 듣지 않고 있다는 증거였다. 자기 얘기하기도 바빴다. 너야말로, 우울증이나 정신병으로 치료받으러 갈 녀석이구나, 하는 판단이 크게 잘못된 게 아니라는 생각이 들었다. 녀석은 눈과 귀가 멀어 있었다. 녀석은 후각만으로 짖어댔다.

"그래서 낚시나 다니고 있는 거냐?"

미쳐가고 있는 이 녀석에게 나는 마음이 약해지고 있었다. 나는 내가 도장을 찍어줄 수밖에 없다는 걸 깨달았다. 그래도 이렇게 쉽게 무너지고 싶지는 않았다. 나도 짖어댔다.

"임마, 술보다야 낫지 않냐?"

"다들 먹고사느라 달리는데 느긋하게 앉아서 낚시나 하질 않나. 어쩌다 해야지 말이야. 이건 뭐, 거꾸로 달리기로 작정한 거네. 게다가 뭘 하나 시작하면 끝까지 가야 직성이 풀리니."

"낚시 다니는 재미로라도 살자."

"변명 좀 그만해라. 세월이나 죽이는 낚시에 갖다 줄 돈 애 엄마한테 보내면 얼마나 좋아하겠냐?"

다시 연체되고 있는 이자부터 갚는 게 순서 아니냐? 하고 들이박고 싶었지만 참았다. 이쯤 되면 술과 담배의 속궁합은 최대치에 이른다. 뜨거운 정사를 벌이고 단 한 번에 복상사할 수 있는. 그게 무엇이든 지금 내게는 없는 것이었다. 나는 한숨을 내쉬며 말했다.

"아내는 너무 멀리 가 있어. 이젠 못 잡아."

머리 좋은 고병도는 과거와 현재를 한달음에 뚫고 내달릴 줄 알았다.

"그럼, 이 자식아, 보내주기라도 해."

"난 지금 그럴 기운도 없어."

나는 고병도와 말을 섞은 게 잘못이라고 여겼다. 자리를 빨리 정리하고 싶었다. 선생들이나 아이들이 수시로 들락거렸다. 예전의,

참아줄 만하던 고병도가 아니었다. 나는 기운이 쏙 빠지고 말았다.

"알았어. 그만하자."

"다시 말한다만, 너 빨리 도장 찍든지 그게 싫으면 물속에 처박고 죽든지 둘 중에 하나다."

속에서는 뜨거운 게 치밀어 올라왔지만 동료와 아이들 눈이 무서워 참았다.

"알았다니까."

녀석은 기어코 내뱉었다.

"나는 자식아, 돈이라도 있지. 따져봐라, 너는 아무것도 없잖아."

어이가 없었다. 남의 돈 쓰겠다고 부탁하고 있는 주제에…… 자금에 시달리다 보니 그랬는지 헛소리까지 해댔다. 나는 결사적으로 저항했다. 녀석도 이미 각오한 듯했다.

"이러다가 나 무너지면 네 집은 흔적도 없어. 내가 살아야 너도 산다는 거 명심해라."

"그런 걸 협박이라고 하는 거냐?"

그는 나를 노려보다가 문을 쾅, 닫고 나갔다. 괘씸하면서도 속이 시원했다. 그 후 내내 떨리더니 며칠 동안 깨어 있을 때, 또 잠자리에서도 초조와 불안, 한숨과 불면으로 도졌다. 다음에 또 찾아오면 다 내주고 살리라, 다짐하며 지냈다. 아니 그럴 수는 없었다. 그러나, 제발 오지 말아다오, 하다가도 그래 녀석아 와 봐라, 하고 번갈아 대사를 읊으며 보냈다.

다시 보름 후, 고병도가 교사 휴게실로 찾아와 보증문제를 가지고 또 나를 못살게 굴었다. 이젠 한술 더 떠서 내 퇴직금을 담보로 신용대출까지 받아야겠다고 들이댔다. 나는 역시 단호하게 안 된다고 말했다. 이 친구도 단단히 각오를 한 모양이었다. 지난번보다 더 강렬했다. 돈 안 되는 짓만 골라서 해대고 있으니 한심하기 이를 데 없고, 보증 하나 서주지 못할 만큼 가난해서, 남들 다 하는 주식이나 재테크 같은 것에도 문맹에 가깝다는 핀잔이 이어졌다. 그래도 괜찮았다. 그건 사실이기도 했으니까. 하지만 힘도 돈도 없는 선생을 어째서 이렇게 괴롭히는지는 정말 이해할 수 없었다. 나를 설득하기 위해 들이대는 온갖 얘기는 끝이 없었다. 맨 마지막 말은 나중에 버젓한 아파트 한 채 사줄 테니 걱정하지 말라는 내용이었다. 참 어리석었다. 나도, 그런 얘기를 내가 믿겠냐고, 그건 그만두고 지금 당장 어떡하든 손을 써줘야 우선 숨이라도 쉴 거 아니냐고, 이 친구가 들으면 나만큼이나 속상했을 얘기를 늘어놓았다. 끝없는 얘기가 이어졌다. 둘 다 지쳐서, 흥분된 얼굴로 말을 잃었다. 7교시가 끝나고 청소 담당 아이들이 들어왔다가 분위기가 이상한 걸 눈치채고 서둘러 나갔다.

그가 휴대전화를 꺼내 시간을 확인하더니 나를 빤히 쳐다보고 빈정댔다.

"이젠 소설이냐?"

어처구니가 없었다. 차라리, 아직 그런 얘기를 할 힘이 남아 있다는 걸 신기해 하기로 했다. 나는 잠시 그를 물끄러미 바라보았다. 어쨌든 보증 서주지 않는다고 그런 식으로 불만을 표출하고 있다는 생각이 들자 새삼스러울 게 없었다. 내가 아무 소리 하지 않고 쳐다보기만 하자 목소리가 빈정대기 시작했다.

"낚시에 소설에, 신선놀음 하느라…… 친구는 다 죽어가는데……."

나는 주먹을 불끈 쥐었다. 이미 같은 방법으로 나에게 수차례 강펀치를 날린 적이 있었지만 정작 본인은 그 사실조차 잊고 있는 듯했다. 그러나, 빤히 들여다보이는 녀석의 속, 그게 드러난 표정을 보니, 측은했다. 이런 생각까지 하고 나니까, 내가 너무 못되게 굴었다는 생각이 들어 미안했다.

방금 녀석이 했던 그 소리가 너무 아련하고 아득해서 나는 꼼짝할 수가 없었다. 나는 참고 넘기리라 한 번 더 마음을 추슬렀다.

"그래, 소설이다, 이 자식아."

그걸로 끝이었다. 나는 도장을 찍어주겠노라고 말했다. 며칠 후, 나는 은행에 끌려가 도장을 찍었다. 찍으라는 데마다, 나는 다 찍어주었다. 열댓 번 이상 눌렀으니 두 가지 서류에 모두 찍었을 것이다. 아내가 있을 때보다 쉬웠다. 눈치 볼 사람이 없었으니. 내 손을 떠난 돈은 시치미를 떼고 돌아앉았다. 결국 바늘이 내 육신에 박혀버렸다.

3

며칠 동안 비가 내려 물이 탁했다. 물가의 수풀이며 잔가지에 흙 자국이 나 있었다. 물살이 잦아들고 흙탕물이 가라앉으려면 이틀 정도 더 있어야 했다. 붕어 대신 동자개나 메기, 발강이가 가끔 올 라왔다. 나나 정호길이나 낚시가 시들해지고 있던 차에 고병도가 들어왔다. 고병도는 낚시하러 온 길이 아니었다. 지난번 은행 대출 서류에 추가로 내 사인을 받으러 왔다. 나는 이번에도 그가 가리키 는 곳에 모두 사인해 주었다. 녀석은 고맙다는 말도 할 줄 몰랐다. 잠시 아무 말 없이 앉아 있는 게 계면쩍었는지 연락이 오면 바로 나가야 한다고 덧붙였다. 나는 요즘 두 사람과의 사이가 예전 같지 않았다. 고병도와는 대출 건 때문에 그랬고 정호길과는 이른바 참 여 논쟁이 불거졌다. 내가 소설을 쓴다면서 현실과 오히려 멀어지 고 있다는 지적이었다. 나는 내 문제도 벅차서 지금은 어쩔 수 없 다고 했고, 정호길은 이해를 한다면서도 아직 불만이 다 가시지 않 은 듯한 언행을 내비치곤 했다. 심상치 않은 분위기를 느꼈는지 정 호길이 구석으로 자리를 옮겼다. 내 쪽에서는 등만 보였다.

기다리고 있었다는 듯 고병도가 내게 물었다.

"와이프는 집 나가서 어떻게 지낸대?"

"뭐 독립영화 찍고…… 몇 번 방송도 탄 모양이더라."

나는 그렇게 물을 줄 알고 있었다는 듯 망설임 없이 대답했다.

참, 멋이라곤 없는 친구였다. 사업을 하면서 대인관계가 선생보다도 서툴렀다.

"그거 멋있네. 요즘 방송 프로그램도 외주 제작하고 그래서 그런 거 하나 물면 괜찮지. 돈도 벌고 하고 싶은 일도 하고."

애써 태연한 척했지만 나는 사실 녀석의 말에 조급함을 느꼈다. 나는 될 수 있으면 느긋하게 보이려고 애쓰면서 말했다.

"언더야. 돈벌이는 안 되고. 다 지 돈 들어가는 거야. 먹고살기 힘들어. 가끔 영화진흥위원회나 독립영화협회에서 지원금 받고."

"너 샘내고 있구나?"

독특한 각도로 이야기가 틀어졌다. 하기야 고병도답기는 했다. 어쩐지 하고 싶은 일 운운하더라 했다.

"언더는 언더지……."

"그야 모르지. 영화 한 편 대박 내면 돈방석 위에 앉는 거고."

또 돈이다. 맞장구치다 보면 싸움이라도 벌어질까 해서 피하고 싶었다. 그냥 주워 담고 말기로 했다. 이 친구는 '언더'에 대해 다 잊은 듯했다. 언더와 돈이 연결되는 사회는 아직 멀었다는 사실을 끝까지 눈치채지 못할 것이다. 고병도가 빈정댔다.

"그나저나 작품 내고 그러면 전남편이 제대로 보이겠냐? 너는 찬밥이다, 야. 아, 알겠다. 스토리가 어떻게 돌아가는지. 너, 오기로 요즘에 소설 쓴다고 악다구니 부리는 거구나. 무섭다, 야. 너도 한번 하겠다고 하면 하는 놈이고."

나는 멍하니 그를 바라보았다.

"네 소설에 나오는 민희는 누구냐?"

딱 부러지게 '민희'를 집어내는 고병도의 질문에 나는 감탄했다.

"같은 인물이다."

대답은 하면서도 어느 틈에 내 글을 읽었을까 궁금했다. 몇 차례 보여 달라고 해서 메일로 보낸 적은 있었지만 읽어보리라고는 생각하지 않았다. 고병도가 나를 뚫어지게 바라다보자 나는 엉겁결에 답했다.

"그 여자 때문에 아내에게 소홀히 한 적은 없다."

"영향을 미치지 않았다? 별개라고 믿고 있는 네 사고방식이 문제는 아닐까?"

역시 고병도였다. 헛챔질 했을 때 날아오는 낚싯줄에서 나는 소리 같았다. 휘이익. 무서운 것은 그 끝에 달려 있을 바늘이었다. 나는 제법 냉정하게 말했다.

"아내와 살면서 민희 생각한 적 없고, 그나마 그 여자 만난 것도 우연이다."

사실이었다. 나는 더 덧붙였다.

"민희 때문에 다소 위안이 된 건 사실이다. 그것도 혼자 살면서부터다. 내가 그녀를 찾아다닌 것도 아니고. 시간적으로 두 여자 사이에 공유된 부분은 바늘 끝만큼도 없다. 너야…… 사랑 없이…… 적어도 나는 그렇지 못하다……"

"그건 나도 인정할 수 있다."

"내겐 그런 주변머리도 없다."

"그것도 맞지."

"……."

거참, 우리 사이에 이렇게 매끄럽게 대화를 나눈 적이 있나 싶었다.

"나도 네가 사랑 없이 여자를 사귈 사람이 아니라는 건 안다."

"……."

"단지……."

단지 방법이 잘못될 수도 있다는 얘기를 하고 싶은 거겠지? 답이 다 보였다. 역시 그랬다.

"민희와 만나면서도 이혼을 미루는 건 추하지 않냐?"

내가 정호길과 나누던 얘기를 다 엿듣기라도 한 듯한 어투였다. 다소 당황스러웠다.

"관계없는 일이라니까."

"질질 끄는 거 안 좋은 습관이다."

"네 처하고는?"

"끝냈다."

"도장을 벌써 찍었다고?"

"보낼 건 보내야지."

"……."

이 녀석은 나하곤 정반대다. 나는 죽어도 못하겠는 걸 우선 처리해 버렸다. 역시 녀석은 이 시대를 살아가는 평균적인 인간이 분명했다. 나는 물었다.

"네가 빠른 거냐, 내가 느린 거냐?"

"너는 비교 자체가 불가능하다."

"참, 너는 똑 부러지는 거 하나는 참 부럽다."

"달리다 죽는 수밖에 없어. 돈은 광속으로 움직이거든. 우리 스스로를 그렇게 단련시켜야 해. 살아남으려면."

"광속이라고?"

"근데 요즘엔 그게 다 별거 아니라는 생각 때문에 힘들다. 세상일 딱 부러지게 나눌 수 없는 경우가 많지 않냐. 오히려 회색 지역이 더 많아 보이기도 해."

"그러니까 너무 서둘러 찍은 거 아니냐고."

"올 게 온 거다."

올 게 온 거라고? 나는 그게 무슨 소린지 어떻게 물어볼 것인지 궁리했다. 틈을 주지 않고 짜증난 목소리가 들려왔다.

"식당에 전화 좀 해라."

나와 고병도, 두 사람 다 머쓱해하며 입을 다물었다. 그러자 정호길이 직접 식당에 전화를 걸어 저녁을 주문했다. 저녁을 먹은 뒤 고병도는 철수했다. 나는 함께 배를 타고 나가며 고병도와 얘기를 나누었다. 정호길 옆에서 자세한 얘기를 나눌 수는 없었다. 고병도와는 이미 대화할 상황을 넘어섰다. 언성도 높아지고 합의를 찾지 못한 상태에서 헤어졌다. 다시 배를 타고 들어가고 싶지 않았다. 오늘 같은 날은 혼자인 게 좋을 것이다. 둘이 하는 낚시는 너무 번잡스러울 터였다. 환경운동이나 사패산 터널 반대 운동에 더 열심히 참여하지 않는다고 질책하는 정호길과 둘이 있는 게 마음이 편치 못했다. 나는 속으로는 정호길이나 회원들에게 사실 미안해하고 있었다. 나 역시 운동은 계속되어야 한다고 믿는 사람이었다. 그저, 나 스스로를 건사하기도 힘들어 거들어주지 못하고 있는 것뿐이었다. 중립 지역에서 민희와 신화 얘기나 하고 시답지 않아 보여도 좋으니 소설이나 쓰면서 지내면 겨우 지탱해나갈 수 있을 정도였다. 소설도 뭐 별다른 걸 소재로 삼은 것도 아니다. 그저 살아가는 얘기면 족할 것이다. 여의치 않으면 학교에서 일찌감치 물러나와야 할는지도 몰랐다. 그래야 내가 살아갈 방법을 찾을 수 있을 것 같았다. 좌대에 들어와서도 정호길과 별말 없이 한참을 앉아 있고 나서야 그런대로 낚시 분위기가 잡혔다.

정호길이 낚싯대에 손을 가져갔다. 찌가 깔짝깔짝했다. 별 볼일 없을 녀석이었다. 나는 일어나 스웨터를 걸쳤다. 몸이 한결 따뜻해졌다. 진작 입을걸 하는 아쉬움이 컸다. 하긴 언제나 느려터지니 새삼스러울 것도 없었다. 이제 손맛이 가져다주는 즐거움과 온기를 만끽하면 그만이겠다 싶었다. 정호길이 대를 챘다. 메기였다. 비늘 없는 녀석들이 돌아다니면 그날 낚시는 종친 셈이다. 그래도 바로 끌어내지 않고 녀석을 이리저리 끌고 다니면서 손맛을 즐겼다. 결국 다른 대의 낚싯줄과 꼬이고 말았다. 정호길이 줄을 풀어내느라 랜턴을 켰는데 어느새 그의 입에서 나오는 김이 뿌옜다. 고기부터 떼어냈다. 물에 들어가는 소리가 첨벙, 적막을 조각냈다. 어둠이 숨을 홀짝이는 듯했다. 줄이 꼬이면 아무나 풀어내질 못한다. 결국 내가 찬찬히 작업했다. 인내심과 시간이 필요했다. 나는 숨을 들이마셨다가 뱉어보았다. 정호길이 다시 낚싯대를 제자리에 놓고는 자리에 앉으며 물었다.

"근데, 넌 화도 안 나냐?"

그야말로 화가 잔뜩, 아니 한껏 짜증이 난 목소리였다.

"화는 나지만 뾰족한 방법이 없잖냐?"

나는 끈기 있게 엉킨 줄을 분리해내며 건성으로 답했다. 가능하면 냉정한 어투로.

"너는 모자란 거냐, 화내는 성분이 제거된 거냐?"

"그럴 때마다 화내고 어떻게 사냐?"

주고받는 대화의 초점이 맞고 있기나 한 걸까?

"사람하고는. 학교가 너를 아주 군자로 만들었구나. 난 맨날 화내고 사는데. 환경운동 하다 보면, 말로 해서 해결되는 경우는 없어. 물러서는 거 같은데 어느새 뒤통수치거든. 속성들이 아주 교묘해, 아니 지저분하고 야비해. 내가 화를 내야 조금 먹혀. 화내는 것도 전략이야. 그렇게 목청 높이며 드러내야 내가 살겠고."

"환경운동도 운동화 끈 바싹 졸라매야 되겠더라."

"그건 그렇고. 고병도 만나면서 그런 생각이 들었어. 수몰의 끝을 보는 거 같았다고나 할까. 그때부터 너나없이 다 망가지기 시작한 거잖아."

수몰의 끝이라는 표현이 그럴듯하게 다가왔다. 정호길은 정호길대로, 나는 나대로, 우린 모두 수몰에 트라우마가 있다. 우리는 제5공화국이 연출했던 금강산댐 방류 사건을 기억하고 있었다. 시뮬레이션으로 보여준 서울은 온통 물바다였다. 그런 시나리오는 극우들의 작품이었다. 정작 빨갱이와 친하고 그들에게서 가장 많은 도움을 받은 건 그들이었다. 빨갱이를 끌어와 이른바 '빨갱이' 집단을 매도하려 했으니까. 여전히 수몰 사기나 만행은 극우나 자본주의 근본주의자들이 계속 저지르고 있지 않은가. 'B급 좌파'인 정호길의 입에서 튀어나오는 그런 단어나 이미지가 새삼스러웠다. 내가 말했다.

"그러게 육신과 정신이 다 망가졌어."

"상황 분석도 못하고 있는 거지."

"그걸 누가 모르냐. 생각하고 얘기하자면 열불 나고 내가 당장 못 견디겠고……."

근래 정호길이 각 대학 졸업생들의 연대모임에 갔다가 고병도를 만났다는 얘기를 스치듯이 했었다. 또 그는 고병도가 남루한 행색을 하고 금촌에 나타나 만나는 동창들마다 돈을 빌리고 있다고, 또 다들 저러다 곧 죽을 것 같다고 웅성대더라는 소식을 전해주기도 했다. 나는 한마디 하려다 입을 꽉 다물었다. 고병도를 변호하려다 그에 대한 맹목적인 편애로 오인될까 걱정이 앞섰다. 그건 선생들에게 가장 금기시되는 것이었다. 정호길이 말을 이었다.

"참석자들 모두 고병도를 슬금슬금 피해. 나까지 그럴 수 없어서 다가가 말동무해줬지. 푸념을 열심히 들어주는 게 내 몫이려니 했지. 처음에는 그런대로 괜찮았어. 그러더니 느닷없이 사는 게 일회용이라느니, 대기업에 눈뜨고 당했다느니, 하면서 자책하길래 한참 달래 줬거든. 누구나 다 아는걸, 그동안 뭘 보고 살아온 건지, 원. 그래도 막상 그런 험한 일 당하면 누구나 정신없겠지 하며 자위했어. 어휴, 그 친구 핏대 올리며 내뱉은 소리를 죄다 옮길 순 없고……. 근데 나중에 하는 얘기 듣다 보면 너무 편파적인 데다 모든 걸 다른 사람들 탓으로 돌려. 비판이 아니라 고집이고. 나중엔 나한테도 '빨갱이'라고 소리를 지르더라니까. 말 다했지. 임마, 정신차려, 한마디 하고 나왔어. 말동무해 주려고 마음먹은 게 어리석었어."

"잘 참았다. 그리고 잘했다."

나는 대학시절 가투 나가자고 하면 슬며시 발을 뺄 때처럼 대화에서 빠져나갈 궁리를 했다.

"결국 나도 미친놈 됐지, 뭐."

"거봐라. 너도 참을 수밖에 없었잖냐. 때론 인내가 다야."

"……"

"그래도 너니까 얘기 들어준 건데 말이다."

나는 대를 들어 밑밥을 갈아주었다. 정호길도 입을 다물었다. 그가 무슨 얘기를 하고 있는지 알 만했다. 나 역시 이미 귀가 닳도록 들어 알고 있는 얘기였다. 오죽하면 나부터도 '호모-머니(Ho-mo-money)'니 하면서 저주하다시피 했겠는가. 돈만 밝히는 종이라고. 그렇다고 이 마당에 정호길만 두둔하고 싶은 생각은 없었다. 대놓고 얘기는 못했지만, 궁하게 살면서 입만 살아 있는 정호길도 못마땅하기는 마찬가지였다. 게다가 사회적인 일들에 대해 지나치게 비관적이었다. 편파적인 인물이라는 데서 자유롭지 못했다. 온갖 요설을 퍼부으며 나를 한없이 작아지게 만들어야 직성이 풀리는 태도도 못마땅했다. 그럴 때는 나를 자기 학생인 듯 여겼다. 내가 눈을 감고 사는 줄 아는 모양인지. 그래도 나는 말은 곱게 하려고 애썼다. 분위기가 갑자기 차가워져서 마음에 걸려, 내가 한숨을 내쉬며 말을 이었다.

"돈 잃고 친구 잃고. 애써 자위하며 산다. 어쩌겠냐, 소설 하나 건졌으면 됐지 하면서 말이다. 미안해 할 줄도 모르는 게 서운하지."

"그걸 알면 고병도가 아니지."

"하긴."

이젠 공식적으로 입을 다물어도 좋으리라. 찌를 예쁘게 올리지 못하겠지만, 그래도 기대하면 앉아 있는 것 이상으로 위안이 되는 건 없다. 나는 담배를 피워 물었다. 이 친구, 불 붙여서 한 대 줄 만도 하건만. 나도 건네지 않았다.

낮

1

그 봄, 나는 민희가 다니는 H대학교의 배지를 가슴에 달았다. 나는 내가 고시라도 패스한 줄 알았다. 훗날 고병도가 행시에 패스했을 때 표정을 보며 문득 내 표정이 저랬을 것이라는 생각을 했다. 우리 집은 세 번째 어머니를 맞으면서 역촌동으로 이사했다. 새로운 출발을 기원하는 제스처였으리라. 또 먼저 살던 동네인 기자촌에서는 가정불화에 대해 이미 동네에 다 소문이 나버려서 얼굴을 들고 다닐 상황이 아니었다. 거의 매일 시끄러운 소리와 큰소리가 담을 넘어갔다. 역촌동엔 금촌에서 이사 온 사람들이 비교적 적었다. 아버지는 새로운 사업을 시작했다. 공직에 있던 사람이 사업을 하기에 쉽지 않다고 했는데 그럭저럭 자리를 잡았다. 집엔 언제나 아버지와 어머니, 형제들 사이에 한랭전선이 흘렀다. 나는 으레 그러려니 마음을 접고 살았다. 동생들에게 미안했지만 이미 집을 나와 떨어져 산 지 오래였다. 대학은 난생처음 보는 상황과 우울함으로 가득 차 있었다. 학교는 툭하면 휴강을 하고 데모를 하느라 정신이 없었다. 나는 그들이 왜 데모를 하는지 잘 모르고 있었다. 그 이유를 추상적으로나마 어렴풋이 알아차리고 나서도 갑자기 그 대열에 합류하는 것은 낯설기만 했다.

대학에 입학하면서부터 의도적으로 2학년에 다니던 김민희에게 접근했다. 그녀가 쉽사리 곁을 주지 않을 때는 내 스스로 그녀를 내치기도 했다. 나도 당신 같은 여자와 사귈 생각은 없어. 대학엔 너 외에도 매력적인 여학생이 많이 있던걸. 못생기고 못된 여자는 이제 밥맛이야. 그러면서도 그녀의 동선을 파악하고 그녀가 나타나면 의도적으로 몸을 숨기곤 했다. 그녀는 어릴 때 엄마가 해주던 밥이며 반찬이었다. 남의 집이었지만 몇 년 동안 한 집에서 한솥밥 먹으며 몸과 마음에 배인 그 향수를 쉽게 털어낼 수는 없는 일이었으리라. 그녀는 최루가스가 벼락같은 포연으로 요동치는데도 언제나 까맣고 자그마한 가죽 책가방을 들고 도서관에 부지런히 드나들었다. 대개 엷은 미색이나 연푸른 투피스 정장을 하고 다녔다. 나도 은근히 도서관 출입이 잦아졌다. 민주화 투쟁으로 불붙고 있는 사회에 대한 호기심을 틈틈이 도서관을 찾아다니며 마르크스와 마르케스, 두 사람의 저작으로 해소했다. 특히 마르크스는 대개 뭔 소린지도 모르고 읽었다. 나는 그 당시만 해도 마르크스가 예수처럼 신인 줄 알고 있었다. 첫 학기의 가장 부질없는 짓이자 제일 큰 성과는 내가 단편소설을 한 편 썼다는 것이다. 그냥 틈틈이 쓰다 보니 한 편의 글이 되었다는 표현이 맞을 것이다. 용주골과 민희 얘기였다. 무엇이 나를 글쓰기로 잡아끌었는지는 미지수였다. 그 글은 그냥 일기와 독백 수준에서 크게 벗어나지 않았지만.

1학년 1학기 후반, 어느 날 충동적으로 문학반에 찾아갔는데 뜻밖에 김민희가 그곳에 있었다. 오히려 의외라는 듯이 바라본 사람은 그녀였다. 호기심과 무시, 두 가지가 묘하게 결합된 눈빛이었다. 나는 당황스러웠다. 글을 쓰겠다고 찾아오는 학생에게 좀 더 따뜻하게 대해주는 것으로 알고 있었다. 그런데도 내 마음은 묘연했다. 예전에도, 그런 얼굴이 오히려 예쁘다고 느낀 적이 있었다. 밉지가 않았다고나 할까. 어쨌든 적어도 그 이후로 공식적으로 이야기를 주고받을 수 있는 기회가 마련되고 그 횟수가 빠르게 늘어났다. 그러면서 거꾸로, 이 여자가 나 때문에 긴장하고 있다는 것을 깨달았다. 훗날에서야 깨달은 것이지만, 나는 그녀의 출신의 비밀을 알고 있는 유일한 인간이었던 것이다. 이후로 내 쪽에서 먼저 긴장을 풀었다. 그 당시 나와 그녀는 각각 가슴에 이야깃거리 몇 편씩은 품고 있다고 믿고 있었다. 아직은 설익어 취학 전 아동처럼 부산스럽기는 했지만. 민희를 만나는 즐거움이 새록새록 피어났다. 그녀가 소설을 쓰고 있다는 것을 알고 무척 놀랐다. 나는 단편소설의 원고를 달라고 부탁해 자세히 읽어보았다. 나는 소설이 우리 사이의 가교가 될 것임을 확신하고 있었다. 내 소설도 부지런히 가다듬어 그녀를 놀라게 해주고 싶었다.

그녀의 소설은 운동권 안팎에서 서성이는 한 모범적인 여대생의 갈등을 그렸다. 폭압적인 시대 상황과 소시민적인 삶 속에 반짝이는 긍정성. 개인과 사회의 균형과 조화. 긴장감이나 두 세계의 어긋남 혹은 망설임 같은 것에 대한 극복이나 고민이 녹아 있었다. 이런 용어들은 다른 문우들에게서 주워들은 것이다. 나는 그러한 비평을 잘 이해하지 못하고 있었다. 문학비평이 있다는 것도 처음 알았고, 그 말들이 너무 어려워 주눅이 들던 때였다. 문학은 사회비평의 일부분인 것처럼 보였다. 내가 찾아다니던 마르케스는 누구의 입에서도 나온 적이 없었고, 주로 마르크스와 엥겔스, 레닌, 바흐친 등이 주를 이루었다. 처음 들어 보던 이름들이 가끔 등장하곤 했는데 나중에서야 그게 브레히트니 루카치라는 것을 알았다.

민희가 그 단편으로 교내 문학상에 당선되던 날 저녁 뒤풀이 자리에서, 좌장이었던 한 선배가 그녀의 작품을 극찬했다. 사회과학도라고 들었는데 문학에 대해서도 조예가 깊은 게 신기했다. 나는 그동안 그를 '정 선배'라고 부르며 따랐는데, 알고 보니 나와 동갑이었다. 나는 나름대로 사람들이 민희의 '부르주아적' 작품을 좋게 말하지는 않을 것이라고 예상하고 있었다. 그 당시 문체나 형식 같은 것들은 별로 중요하지 않았다. 주제에 관한 것이라면 모를까. 정 선배가 당선에 대해 먼저 일장연설을 한 뒤 건배를 하고 자리에 앉았다. 민희는 여기저기 자리를 옮겨 다니면서 술을 마셨다. 정 선배는 주변에 앉은 사람들과 이야기를 나누다가 화제가 당선작에 이르자 다시 자기의 소감을 피력했다.

"민희는 소설이 무언지를 잘 알고 있어. 아주 구체적인 일상사를 엮어서 추상적인 것을 우려내거든."

나는 선배가 하는 말이 너무 추상인데요, 하고 반문하고 싶었지만 참았다. 그다음에 이어지던 얘기는 특히 알 듯 모를 듯했다.

"민희는 자기 작품도 읽을 줄 알아."

도대체 무슨 헛소린가 싶었다. 선배는 내가 알아듣지 못하고 있다고 여긴 모양이었는지 한마디 덧붙였다.

"우린 남의 것도, 우리 것도 못 읽잖아."

나는 고개를 끄덕여 응답했다. 그래도 아직 묘연했다.

"우리 건데도 그래요?"

"그러게 말이다. 우리말로 된 우리 것도 못 읽고 있다 이 말이다."

"잘 읽고들 있잖아요. 그거 과장법이에요?"

"읽긴 뭘 읽어, 다들 눈뜬장님이지. 이 사회에서 일어나는 일을 두 눈 동그랗게 뜨고도 못 읽어내잖아. 그래 놓고는 자기가 본 세상이 옳다고 우기는 거야. 더 기가 막힌 건 왜곡을 한다는 거지. 한 사회를 그렇게 흑백논리로 너와 나의 세상으로 나누는 건 어처구니없는 일이지. 또 사회를 그렇게 나누는 건 작품을 보는 것과는 다르지. 작품은 다각도로 읽히니까."

"두 개가 서로 다르다고요?"

내가 질문을 던졌지만 나 스스로가 자신이 없어 중얼거리듯 말해서인지, 혹은 그가 자기가 하고픈 말을 바삐 더 이어가느라 그랬는지 내 말에 아랑곳하지 않는 눈치였다.

나는 '사회와 작품의 다각적인 해석'에 대해서는 백지상태에 가까웠다. 내게 불편하게 느껴졌던 부분이 있었는데, 그것은 사회와 작품을 보는 게 다르다는 그의 시각이었다. 예컨대 창녀촌을 바라보는 시각 역시 다양한 거 아닌가 말이다. 작품을 보는 관점만 다양한 게 아니라. 이 사람은 흑백논리가 강하구나 하는 생각을 얼핏했지만, 그렇다고 반박할 자신은 없었다. 내가 멀뚱멀뚱 순진한 표정으로 바라다보고 있으려니까 그가 내게 말했다.

"현태 씨 작품은 너무 추상적이야. 인물, 사건, 배경, 모두 뜬구름 같아. 무슨 심리학이나 철학책도 아니고."

"그렇군요."

나는 그게 무슨 소린지 알지 못하고 대답했다. 그저 내 작품을 읽었다는 게 너무 고맙고 기뻤다. 정 선배가 한참 더 문학 얘기를 하기에 귀가 솔깃했지만 아까처럼 멍하니 바라다보고 있는 게 답답했는지 다른 자리로 이동했다. 나는 그녀의 작품이 주제에 초점이 맞춰졌다면 결코 당선되지 않았을 것이라고, 또 다른 한편으로 그 당시 민희의 작품은 시대정신에 어긋난다고 믿었다. 적어도 나는 그녀가 자기의 성장 배경이 된 기지촌의 밑바닥 삶들에 대해 다루지 않은 것에 대한 배반감 같은 걸 느끼고 있었던 것 같다. 아니면 그것을 은폐하고 있다거나. 그 이후로 오랫동안 문학 작품을 읽거나 쓰면서 그것에 대해 많은 생각을 했다.

'우리말로 된 우리 소설도 못 읽고 있다'는 말을, 훗날 소설창작을 공부하면서 어렴풋이 이해했다. 그 이후로 남의 작품과 내 작품을 '제대로' 읽는 연습을 하는 데 집중했다. 타인의 관점에서 자기 작품을 보는 과정을 겪으면서 비로소 남의 작품과 내 작품에 다가간다고 할 수 있었다. 김민희는 그 당시 벌써 그것을 이해하고 있었다. 독일어로 된 소설도 그랬다. 내가 우리말로 대충 옮겨 놓으면 민희는 나보다 더 빨리 소설을 이해했다. 나는 멍하니 설명을 들었다. 민희에 비해서 어휘도 달렸다. 민희는 내가 제대로 이해하지 못하고 있는 단어들을 이미 충분히 음미하고 있는 듯했다. 그 낱말들은 '감정, 자연, 우주, 세계관, 시화(詩化)' 등등이었다. 꿈속에서는 한술 더 떠 민희는 내게 독일어를 가르쳐주곤 했다. 우리말로 된 소설도 볼 줄 모르고, 전공하고 있는 외국어에서도 밀리자 엄청난 스트레스를 받아, 입학 후 민희를 만나고 약해졌다 싶었던 환청이나 환각이 다시 나를 찾아왔다.

2학기 축제 때 문학반에서 지리산으로 엠티를 갔다. 축제 기간을 이용해 여덟 명이 3박 4일로 등산을 했다. 나는 축제에 참여하지 못한 게 아쉬웠지만 민희가 동참한다는 걸 알고 별 이의를 달지 않았다. 게다가 정호길은 서슬이 퍼렜다.

"축제는 무슨, 부르주아들이나 벌이는 헛짓거리지."

대개들 그렇게 생각하는 모양이었다. 화엄사에서 천왕봉까지 종주를 할 계획이었다. 백 리는 족히 된다고 했다. 첫날은 노고단에 올라 해 질 녘에 일찍 잠자리에 들었고 다음날 새벽에 행군을 시작했다. 그런데 그날 오후 늦게 민희가 다리를 삐어버렸다. 심하지는 않았지만 앞으로 천왕봉을 거쳐 내려가기는, 누가 봐도 무리였다. 정호길이 나섰다. 그가 지도를 펴놓고 말했다.

"이건 오도 가도 못할 상황이네."

화엄사에서 천왕봉까지의 거리를 놓고 볼 때 거의 절반 지점에 와 있었다. 되돌아갈 것인가, 강행할 것인가. 내가 보기에 정호길은 산행을 취소하고 모두 집으로 돌아가자고 할 것이었다. 절대 김민희 개인의 문제로 볼 위인이 아니었다. 다들 한마디씩 했다. 내가 정호길에게 말했다.

"내가 민희를 데리고 먼저 하산할게."

정호길의 얼굴이 밝아졌다. 몇 달 동안, 민희가 주선해서 여러 번 만나면서 내가 정호길과 나이가 같다고 해서 말을 트고 지내던 차였다. 정호길의 제안이었는데, 녀석 제법 쿨한데, 생각하면서 반갑게 받아들였다. 처음부터 크게 원치 않았던 산행이었고 이후로 그녀와 둘이만 있어 좋은 시간이니 손해 볼 건 없었다. 문제는 민희가 거부할 경우를 생각해 두지 못했다는 점이다. 그런데 민희도 어쩔 수 없었는지 고개를 끄떡이더니 말했다.

"그렇게 해주면 나도 고맙지요."

얼굴엔 미소까지 어려 있었다. 나는 가슴이 뛰었다.

"고맙긴. 어차피 등산은 내게도 무리야."

모두들 둘이 각별한 사이라는 걸, 동향이자, 동기생으로 알려져 있었기에 쉽게 결론이 났다. 다른 친구들과 그렇게 헤어졌다. 우리는 피아골을 타고 내려왔다. 나는 그녀 옆에서 한시도 떨어지지 않았다. 그녀의 팔을 내 어깨에 걸치거나 그녀를 둘러업고 내려오기도 했다. 여러 번 함께 언덕을 구르기도 하고 길을 잃어 헤매기도 했지만 처음부터 두 사람만 있었던 것처럼 산행했다. 나는 행복했다. 중간에 하차한 게 아쉬우면 다음 축제 때는 둘이서만 오자는 말까지 했다. 막상 내려와 서울행 버스를 타고 나서는 바로 잠이 들었는데 깨고 나서 보니 바로 서울 고속버스터미널이었다. 도중에 오줌도 한 번 안 누고 내처 잠만 잤다. 이야기도 못 나눈 게 후회되었지만 피곤했던 탓에 어쩔 수 없었다.

지리산에 다녀온 지 두어 달쯤 되었을까, 어느 날부터인가 그녀는 내가 다가가도 도망치지 않았다. 주말엔 자주 경의선을 타고 금촌을 경유해서 용주골 집까지 데이트하곤 했다. 저수지에도 가보고 임진각에도 가보았다. 이미 줄거리를 알고 있는 영화를 또 보듯 훤한 그 동네였다. 금촌에서 한 번, 그녀의 집 골목길을 걷다가 또 한 번 키스를 했다. 오랜 시간을 돌고 돌아 처음 본 장소에서 몸과 마음을 열었다. 여기저기서 슬며시 몸과 마음을 그녀에게 밀어 보앗다. 그녀는 뒤로 발을 빼지 않았다. 우리의 몸과 마음이 서로 삼투되어 가고 있었다고나 할까. 그 옛날 용주골에서 가까워지던 관계가 멀어졌다가 다시 회복되고 있는 것이었을 테지만. 이후 내내 용주골과 금촌에 대한 생각이 달리 각인되었다. 두 곳을 생각하면 한 번도 기분 좋은 생각을 한 적이 없었던 것이다. 비로소 고향이고 추억이 생겨났다. 오랫동안 어머니에 대한 생각에서 벗어나 있었다는 사실도 깨달았다.

그해 초겨울 둘이 문학반에 있다가 나오는데 그녀가 말했다.

"난 이 겨울이 싫어요. 빗소리를 너무 오랫동안 못 들었어요."

마치 내게 하는 하소연같이 들렸다. 나는 제법 빠르게 응답했다.

"와우, 겨울에 비 내리는 소리를 듣고 싶다?"

"글쎄, 진눈깨비라도 괜찮겠는데요."

'어디 들어가서 샤워기에 물 틀어 놓고……' 하고 싶었지만 그 말은 입 밖으로 꺼내지 못했다. 민희가 나를 빤히 바라보았다.

"비의 나라로 갈까 해."

세상에, '비의 나라'라니. 분명 내게 한 말이었다. 아차, 싶었다. 직접 자기 입으로 그런 말을 하다니. 아니, 하게 하다니. 한편 나는 그게 자기에게 다가올 계기를 만들어 달라는 말이란 것을 깨달았다. 내게 보인 미소로 나는 그것을 확인했다. 직접 화법에 놀라 당황하는 모습을 보며 즐기고 있었으니 그녀가 나보다 한참 상수였다. 나는 아무 말 못하고서 멍하니 서 있었다.

며칠 후 우리는 겨울비가 내릴 지리산으로 여행을 떠났다. 비 얘기가 있던 날부터 나는 열심히 일기예보를 주시했다. 다른 건 몰라도 비에 대한 거라면 자신이 있었다. 1박 2일 예정이었지만 그날 비가 오지 않아 자연스럽게 하루 더 연장 되었다. 비는 계속 내리지 않아도 좋았다. 이튿날 어스름한 저녁, 비가 내리는 동안 화엄사 입구 민박집 처마 밑에서 민희와 세 번째로 키스했다. 기다리던 비가 내리자, 둘 다 가만히 있을 수가 없었다. 그저, 포옹으로 시작했는데 어느새 입을 맞추고 있었다. 같은 방에서 잠을 잤지만 별일은 없었다. 나나 그녀는 육체관계에 대해 조심해야 했다. 나이에 비해 지나치게 노출된 섹스의 그 부정적인 이미지에 대해 우린 치료 과정이 필요했으니까. 2박 3일 동안 여러 차례 기회가 있었지만, 조심스러워 애무를 시도할 수 없었다. 그러기 전에 키스와 포옹하는 과정을 숱하게 거쳐야 했다.

2

대학교 2학년 때, 정호길은 이를테면 내 왼쪽, 고병도는 오른쪽, 그리고 민희는 내 앞에 있었다. 아니, 사실은, 내가 그녀의 좌우 앞뒤에서 조바심을 내며 왔다 갔다 했다. 정호길이나 고병도에게는 그녀가 내 애인이었지만 그녀는 그것을 극구 부인했다. 처음엔 정호길이 추천해주는 책을 부지런히 따라 읽었다. 그는 사회학도답게 바쿠닌, 레닌, 마르크스, 또 리영희 등을 내게 소개해 주었다. 그 후에 나는 실존주의자들과 조정래를 읽었고, 재야인사들의 강연회에 빠지지 않으려고 애썼다. 영화 〈양철북〉과 〈지옥의 묵시록〉도 보았다. 『전환시대의 논리』나 『자본주의 이행 논쟁』, 『8억 인과의 대화』인가 하는 책도 읽었던 것으로 기억한다. 정호길은 한마디로 까칠했는데 나는 그게 맘에 들었다. 그 대신 한번 자기 친구가 됐다 싶으면 무척 챙겨 주었다. 수다가 많고 개인적인 사생활보다는 언제나 단체로 행동할 것을 주장하는 게, 또 편파적인 독서를 하는 게 내 맘에 들지 않았다. 특히 내가 파우스트나 칸트를 읽으면 그런 책을 뭐하러 읽느냐고 언짢아했다. 처음엔 내가 큰 잘못이라도 한 줄 알았다. 그는 그 대신 브레히트나 루카치를 부지런히 읽으라고 권해 주었다. 내가 한참 빠져 있던 카프카에 대해서는 필독서라고 치켜세웠다. 나는 도대체 일관성 없는 그의 독서 편력에 싫증이 나기 시작했다. 김민희는 이미 그런 책들엔 별다른 관심을 보이지 않았다.

나와 한참 다니며 술을 마시던 어느 날 정호길이 말했다.

"우리 '자본주의 전환논리'라고 하자, 이 책 이름을."

한 권인 줄 알았는데 두 권을 던져 놓고 가기에 어리둥절하고 있다가 퍼즐조각처럼 조립했던 기억이 새롭다. 앞에서 말한 『전환시대의 논리』나 『자본주의 이행 논쟁』을 합쳐서 그렇게 부른 모양이지만 확실히 왜 그렇게 부르는지도 모르면서 나도 민희에게 똑같이 했다. 지식을 자랑하던 치기에 불과했으리라.

"우리는 이것을 한데 묶어서 '자본주의 전환논리'라고 불러."

'우리'란 우주의 고민을 혼자 다 짊어진 동료들이었다. 민희에게 능청을 떨었던 게 두고두고 미안했다. 나는 사실 정호길만큼 사회적 모순에 대해서 눈뜨지 못했다. 그에게서 얻은 것들을 잘 두었다가 민희에게 접근할 때 유용하게 써먹곤 했다. 그녀에게 내밀었던 책들은 사실 정호길에게서 전수받거나 주워들은 것이고, 또 나는 나대로 그녀를 안내하려고 부지런히 독어로 된 책을 읽느라 부산을 떨었다. 정호길과 많이도 쏘다녔지만 가투는 결강하듯이 슬쩍슬쩍 건너뛰는 일이 많았다. 불의에 맞서 싸우며 길을 안내하던 정호길의 과감한 행동과 지적인 풍모가 내 가슴에 와 박혔다. 그 큰 눈에서 풍기는 똘망똘망한 눈빛이 인상적이었다. 사색에 빠져 있을 때 가만히 들여다보면 따뜻한 기운이 알게 모르게 흘러나왔다. 게다가 그는 관찰력과 집중력이 뛰어났다. 책 독파능력이 뛰어나고 기억력도 좋았다. 시골에서 늦게 상경한 내 눈에는 서울토박이의 전형을 보는 것 같았고, 그 친구에 비하면 시골에서 서울 소재 고등학교에 통학했으면서도 민희는 어눌한 면이 많았다.

미학을 전공한 그녀가 애호했던 릴케나 괴테, 쉴러, 나중에는 노발리스까지, 그들 모두가 독일인이었던 게 그녀와의 교제에 한몫한 것 같다. 우리말과 영어, 독일어로 읽었다지만 여러 언어로 뒤범벅

된 채 읽어서 사실은 제대로 읽지 못했던 게 『푸른 꽃』이었다. 정신은 없었지만 어쨌든 그걸 맨 뒤까지 다 읽고 나서 책거리로 술잔치를 했던 기억이 난다. 나는 그녀가 이해하지 못했던 부분들을 독어로 원서강독이랍시고 우리말로 옮겨주곤 했다. 나는 미리미리 그런 것들을 준비하기 위해 며칠씩 밤을 새워야 했다. 그녀는 내가 슬쩍슬쩍 끼워 넣는, 실러의 과격한 작품이나 「포이에르바흐 테제」 같은 것들은 기막히게 생선 가시 발라내듯 한구석으로 밀어냈다. 하기야 그런 것들은 불온했으니까. 그녀는 카프카나 브레히트, 루카치 등은 가끔씩 살을 발라 양손에 양념을 묻혀가며 맛있게 먹기도 했다.

깊은 밤 무덤에서 애인을 만난 노발리스 얘기가 나오면 나는 무릎을 치면서도 그를 가여워했다. 얼마나 외로웠을까. 밤새 걸어 저수지에 도달했던 그 밤이 떠올라 나는 전율했다. 다른 한편으로는 마르크스만큼이나 감명 깊었다. 둘 다, 이쪽 세상에 살면서 저쪽 세상을 꿈꾸며, 한 세상 다음에 다른 세상이 온다고 믿은 그들이 맘에 들었다. 더 나은 세상의 구체적인 모습까지 보여주었다. 노발리스는 또 다른 그의 저서에서 '동화란 어디에나 있지만, 어디에도 없는 세계'라고 했는데, 나는 이 말을 뒤집어 이렇게 표현하고 싶었다. 나는 내 소설을 통해 '어디에도 없지만, 어디에나 있는 세계'를 보여주고 싶다고. 저마다 새로운 세상을 거론하는 것을 보며 이 세상에 이미 신 같은 인간이 많다는 것을 다시 절감했다. 여전히 나는 밤이 좋아 밤낮을 거의 바꿔 생활했다. 나는 밤을 통해 두 세상의 연속적인 교차, 그 순환을 느낄 수 있었다. 80년대 노발리스류의 문학은 숨을 죽이고 있어야 했다. 나중에야 많은 사람들이 숨 막히는 현실에 대한 대응책으로 환상의 세계에서 위안을 찾고 있었다는 사실을 깨달았다. 민희도 그들 중 한 사람이라는 사실을 깨닫고 그녀와 좀 더 가까워졌다. 그녀가 신화를 공부한 건 그 연속선상이었다.

대학 시절 나는 김민희, 정호길과 가까이 지냈지만 고병도와는 상대적으로 많이 만나지 못했다. S대생인 고병도는 거리적으로도 심리적으로도 멀리 떨어져 있었다. 민희조차 그를 싫어했다. 그는 우리와는 반대편 진영의 인물이었다. 그 당시도 그는 이미 아담 스미스의 신봉자였다. 그때 이미 신자유주의에 대해 열변을 토했다. 나중에 생각해 봐도 너무 빨랐다. 그는 영국의 대처 수상를 좋아했다. 고병도는 꼭 '새처'로 불렀다. 그녀가 영국의 '복지병'을 없앴다고 했던가. 나중에 보니 레이건과 함께 지구상에서 인간다운 복지를 몰아내는 데 혈안이 되었던 강경보수주의자였다. 우리는 그에게, 우리 친구 중에 경제계로 진출할 사람은 없는 것 같으니 네가 그쪽으로 나가라고, 돈 많이 벌어서 군자금이며 술값 좀 팍팍 밀어달라고 그랬다. 고병도는 경제학을 전공했지만 독서실에 처박혀 고시 공부를 하면서부터 시야가 좁아졌다. 행정법이나 외국어만을 파고든 게 그 친구를 바보로 만들지 않았나 하는 우쭐한 생각을 다 했다. 고병도와는 의식적으로 만남을 자제해 왔으므로 함께 만나는 일이 드물었다. 안경 넘어 번뜩이는 눈매를 가진 고병도의 흰 얼굴이 가끔 그리웠지만 그는 벌써부터 나오는 길이 달랐다. 나는 빈틈없는 그의 사고와 행동에 주눅이 들 때가 많았다.

나는 내색하지 않고 철저히 김민희의 말에 따랐다. 기다리고 기다리며 대를 챌 순간을 낚았다. 마침내 완벽한 타이밍에 펄펄 뛰는 월척을 건져 올렸다. 내 삶의 여한이 녹아내리는 순간이었다. 어느 날 밤 나는 내 동정을 그녀의 처녀성과 맞바꾸었다. 이후 몇 년 동안 헛것이나 환청에 시달리는 순간이 와도 그런가 보다 하고 넘겼다. 문제는 혼자 있는 시간에 찾아오는 가위눌림이었다. 몸을 마비시켜 놓기 때문에 어찌해볼 도리가 없었다. 혼자서 다시 정상을 되찾을 때까지 기다려야 하는데 그게 쉽지 않았다. 마음과 몸이 까부라지고 나서야 놓여났다. 회복하려면 며칠씩 걸렸다. 그래도 나는 열심히 공부했다. 졸업 후 독일로 유학을 가고 싶었다. 김민희와 함께라면 더 좋았다. 독일 문학과 철학을 알게 해준 두나에게 고마워하던 마음도 잊고, 민희와 함께 싸돌아다녔다. 주로 경춘선을 타고 춘천이나 가평 쪽으로 나다녔다.

민희와의 이별은 이념의 차이에서 비롯되었다. 그건 물론 내 변명이었다. 스스로를 알지 못하면서, 되바라지게도 그렇게 믿고 있었다. 사랑은 이념으로 헤어지지 않는 법이다. 더 강렬해지는 경향조차 있다. 내 청소년기에 대한 열등감을 극복하지 못하고 이런 핑계를 댔던 것 같다. 그녀의 부모는 내가 누군지 너무 잘 알고 있었다. 바람직한 청소년기를 보내지 못했는데 앞으로 사회생활을 해나가는 데 지장은 없는 걸까, 내세울 게 있는 집안도 아닌 데다가, 내가 명문대학을 다닌 것도 아니면서 이념서적이나 끼고 다니는 위험한 학생이라는 둥. 요점은 내가 자기들의 과거를 알고 있다는 것이었으리라. 가슴이 아팠지만 연연하지 않으려고 애썼다. 사랑했지만, 떠나보낼 때가 되었나 보다, 하며 마음을 다잡았다. 거기까지, 먼 데 있던 여자와 사랑까지 해봤으면 됐지.

민희와 헤어진 대학 3학년 1학기 말, 나는 유령처럼 서울을 떠나 민희와의 추억이 깃든 곳을 돌아다니고 싶었다. 청량리역에서 문학반 친구들과 기차 타고 갔던 강촌이나 남이섬, 한탄강 같은 곳에 갈 요량으로 성북역에서 기차에 몸을 실었다. 술에 취해 좌석에 묻혀 눈을 감았다. 줄기차게 민희의 얼굴이 떠올랐다. 생각을 해내는 것과 생각이 떠오르는 것. 떠오르는 것은 수동적이지만 생각을 해내는 것보다 더 힘이 있다. 끊어질 듯 끊어질 듯 이어지는 연상을 통제할 수 없었다. 눈을 떠도 눈에 들어오는 것에는 모두 민희의 일부가 있었다. 저기 짙은 화장 속에 숨겨진 여자의 서글서글한 눈매, 여기 짧은 머리를 한 여자의 가느다란 입술, 광고판에서 웃고 있는 저 여자의 큰 코를 떼어다 붙이면 민희가 되겠다 싶었다. 모든 게 민희의 일부로 보였다. 그녀와 함께 했던 시간들이 떠올랐다. 난생처음 소주를 마셨다며 속이 부대끼는지 힘들어하는 그녀의 등을 두드려 주며 마주하던 눈빛, 그 입술. 토한 입과 입술에 내 입술을 가져다 댄 일, 키스하다가, 민희가 치이, 더럽게, 하고 웃으며 얼굴을 돌리던 일이 생각났다.

그런데 기차를 잘못 타고 말았다. 확실치는 않지만 벽제쯤에서였을까. 금촌과 서울의 갈림길을 알리는, 이정표였는지 실내 방송 멘트였는지, 그건 잘 기억나지 않았다. 기차가 서울로 진입해 들어가고 있다는 것을 알고 얼마나 놀랐는지 모른다. 나는 서울의 한 귀퉁이 성북역을 떠나, 서울 외곽을 동쪽에서 서쪽으로 돌아 다시 서울역으로 들어오는 기차를 타고 있었다. 경춘선 대신 교외선을 타고 말았던 것이다. 며칠 잠을 제대로 자지 못한 데다 술에 취해 있었고 원하던 대로 서울을 벗어날 수 있게 되었다는 해방감에 젖어 방심한 탓이었다. 나는 종착역 직전인 신촌역에 내렸다. 서울역까지 가서 내릴 수는 없다는 저항의 결과가 기껏 신촌에 내리는 것이었다. 나는 그곳에서 밤새 술을 퍼마셨다. 얼마전 이 부근에서 민희와 잤던 날에 비하면 지옥이었다. 새벽에, 춘천이나, 하다못해 강촌에라도 갔으면 하지 못했을 마지막 인사를 하기 위해 나는 이촌으로 민희를 찾아갔다. 내 몰골은 홈리스 같았을 것이다. 그녀는 미국행 비행기 티켓을 보여주었다. 그녀의 아파트 아래로는 여명 가운데 검푸른 강물이 흐르고 있었다. 그때, 그런 멋진 광경을 태어나 처음 본 나는 우리 사이에도 그런 강물이 도도하게 흐르고 있다고 막연하게 생각했다. 그 후 나는 신촌과 이촌을 애써 잊었다.

경찰이 시위대에게 쏜 최루가스에 쫓기다가 고병도가 있는 곳
으로 가게 되었다. 십여 분 걸어 교정 한 귀퉁이의 고시준비실에
들어섰을 때 고병도는 의자에 비스듬히 앉아 노트에 뭔가를 그리
고 있었다. 왼손으로는 계속 발을 주물럭댔다. 양탄자가 깔려 있어
서 발소리는 원천적으로 봉쇄되게끔 되어 있었다. 세상을 멀리해
서 살고 있는 맑은 영혼들이 반딧불처럼 몇 군데 불을 밝히고 있었
다. 나는 그의 옆자리에 가서 직접 의자를 가져다가 앉았다. 고병
도가 나를 힐끗 보더니 하던 일을 계속했다. 어두운데 스탠드 불빛
을 담은 눈빛이 무서워 나는 엉겁결에 물었다.

"고시생이 뭐하고 있냐?"

"한붓그리기 한다."

"한붓그리기? 국민학생도 아니고."

그는 내 말에 여전히 아랑곳하지 않고 계속 그림을 그렸다. 내가
탄식하듯 말했다.

"그러니까 그거 우리들 어렸을 때 하던 놀이 아니냐고."

고병도가 목소리를 낮추라고 입에 손을 가져다댔다.

"이거 어른들이 내고 어른들이 풀던 문제야."

"밖에서는 데모하고 지랄탄 날아다니는데 참 팔자 좋다."

"팔자 좋은 건 밖에 있는 사람들이지."

"알았다. 알았으니까 뭐하고 있는 건지 설명해 봐."

"한붓그리기 하고 있다니까. 펜을 떼지 않고 한 번에 그려낼 수 있냐고."

고병도가 그렇게 다시 얘기하고 나니까 그게 뭔지 기억이 떠올랐다. 도형이야 어려서부터 그리며 놀던 것이었지만 그 내용은 분명치 않았다. 내가 입을 다물자 고병도가 설명했다.

"쾌니히스베르크라는 도시에 다리가 일곱 개가 있었거든. 누가 문제를 냈어. 그 다리를 한 번씩만 건너서 도시 전체를 다 돌아다닐 수 있겠는가 하고. 오일러라는 수학자가 궁리 끝에 도시를 책상 위로 가지고 왔지. 그걸 오일러 로드(Oiler Road)라고 해."

나는 별 수 없이 그의 설명을 들었다. 또 질문도 했다.

"책상 위로 가지고 오다니?"

"그걸 간단하게 그림으로 나타냈다고."

"그게 뭐 그리 중요한데?"

"되나 안 되나 시험할 때마다 도시를 돌 수는 없잖아. 이렇게 그려 놓으면 연필 한 자루만 있으면 얼마든지 반복해서 시도해볼 수 있잖아. 그래서 어떤 조건이면 한 번에 그릴 수 있는지 그 조건에 대한 법칙을 도출해냈단 말이다."

누가 찾아와서 말을 붙여주지 않았으면 어쩔 뻔했을까 싶을 만큼 그는 수다쟁이처럼 말을 늘어놓았다. 내가 퉁명스럽게 물었다.

"그래서 찾아냈대?"

여기저기서 힐끗힐끗 이쪽을 바라보는 통에 우리는 목소리를 낮췄다. 처음 들어설 때는 모르겠더니 강시 같은 녀석들이 고개를 들었다.

"일정한 조건 아래에서만 가능하다는 법칙을 찾아냈지. 이를테면……."

그냥 물은 건데 녀석이 진지하게 답변을 계속하자 조금 짜증이 났다. 한편으로 허연 얼굴을 대하고 있자니 측은하다는 생각이 들었다. 형광등 불빛이어서 그런지 얼굴은 창백하고 핏기가 없었다. 나는 목소리를 조금 누그러뜨렸다.

"그래, 다 좋은데 그거 지금 왜 하고 있는 건데."

"머리가 복잡할 때는 수학이 제일 좋아."

"니들만큼 단순한 머리가 어디 있다고."

"어리석은 자들의 낭설일 뿐이다."

"그래 알았다. 그렇다고 치자. 그래도 수학으로 복잡한 현실을 뚫으려고 하는 네가 더 우습다."

"수학만큼 우리네 현실과 직결된 것도 없어."

"수학이 무슨."

"그 사람 덕분에 지하철 노선도, 버스 노선표 등도 시작됐어."

"또?"

"그걸 들고 돌아다니는 거지. 인생의 등불이지."

"길을 찾아간다?"

"너는 나가서 데모하고 나는 여기서 이런 거나 끼적이고. 다 갈 길 찾아가는 거 아니냐고."

"농담 그만하고."

내가 앉은 의자의 주인이 나타났다. 그에게서 최루탄 냄새가 배어나왔다. 내가 자리에서 일어나려고 하자 미래의 판검사님은 괜찮다는 사인을 보내고 그 옆의 빈 의자를 가져다 앉았다. 기계처럼 쏙 제자리로 들어가더니 움직일 줄 몰랐다. 고병도가 낮은 목소리로 말했다.

"나는 경제적인 노선표 하나 갖고 싶어. 경제계를 평정할 수 있는 부와 그 흐름을 나타내는 지도 같은 걸 갖고 싶단 말이다."

"경제 노선표 좋아한다. 돈과 권력의 행방이겠지. 그럼 행복하겠냐?"

미래의 판검사가 엉덩이를 밀어 의자를 빼내고 일어서더니 이쪽으로 고개를 돌렸다. 말은 못하고 얼굴에 정의감을 실어 보냈다. 정의감 때문에 그 길을 가려고 하는 것일 테지만, 미안하다고 하고 고병도와 밖으로 나가든지 했어야 하는데 나는 괜한 반발심이 생겨 그 친구를 노려보았다. 고병도가 주섬주섬 자리에서 일어나더니 나가자는 눈짓을 했다. 정의감이 아니라 적의였다. 나는 목소리를 조금 올렸다.

"웃기는 소리 작작해라. 고시 강시들 같으니……."

고병도가 내 팔을 잡아끌었다. 우리는 출입문 쪽으로 향했다. 그는 나가면서도 말을 멈추지 않았다.

"이 사람아, 라이프니쯔나 뉴튼이 없었으면 그거 다 불가능했어. 사과 떨어지는 거며 달이 지구 주위를 도는 궤도며, 다 이 친구들이 머리 싸매고 얻어낸 성과야. 로켓이 가는 항로의 순간 속도며 항로를 그래프로 그려보지 않았으면 우주여행은 불가능했단 말이다. 미분이나 적분이⋯⋯."

고병도는 취미 삼아 수학문제를 풀곤 했으며, 나는 그가 대학입시를 치를 때 수학을 개인지도 해주었던 사실을 떠올렸다. 미적은 최소한도의 점수를 받기 위해 내가 유일하게 공부해 본 분야여서 그런대로 알아들을 만했지만 미적에 그런 의미가 숨겨져 있는지는 몰랐다. 말 그대로 한붓그리기가 머릿속에서 진행되는 듯했다. 입시 때문에 바빠서 고병도가 내게 설명해줄 때 의도적으로 빼고 넘어간 것인지도 모르지만. 극댓값이니 극솟값이니 하면서 머리를 꽤나 복잡하게 만들었던 것들이 뭐가 재미있다고 지금도 잡고 있는지 이해가 가지 않았다. 내가 말했다.

"그래, 알았다. 근데 공부는 잘되냐?"

"좋아하는 수학 대신 법전이나 보고 있는 게 가슴 아프다."

"바람 좀 쐬면서 하지 그래. 금촌은 언제 다녀왔어?"

"일주일 전에. 밤에 잠시 다녀오셨다."

"알았다, 한붓그리기나 하고 있어라. 한 바퀴 둘러보고 이따가 오마."

짝밥

1

근처에 월척이 와 있는 것을 느꼈다. 붕어가 먹이를 물 여건이 갖춰졌는데 내가 느끼지 못하면 붕어에게 바보라 불려야 마땅하다. 드물게 찾아오는 그런 상황에 대한 직감이 몸에 배어 있지 않으면 허사다. 몸과 마음을 마비시키는 듯한 멋진 찌 올림의 향연은 가위눌림과는 정반대의 대척점에 있는 희열이다. 토실토실한 이 붕어는 소 선생이다. 이 귀중한 손님은, 몇 년째 벌이고 있는 내 장편소설의 스승이다. 나는 그와 함께 낚시하거나 소설에 대해 얘기하는 게 좋았다. 그런 느낌에 나 자신이 놀랄 정도였다.

창작반에서 이곳 낚시터 민박집으로 MT를 왔을 때 나는 그를 낚았다. 다들 모여서 왁자지껄하는 동안 나는 슬며시 빠져나와 낚시하다 들어가고는 했는데 어느 틈에 이 양반이 뒤에 와서 앉아 있었다.

"밤낚시 하는 건 처음 봐요."

"죄송합니다. 같이 어울려야 하는데 이 녀석들이 하도 불러대는 통에."

"뭐, 분위기도 좋고 괜찮네요."

"한번 해보실래요?"

"아이쿠, 난 전혀 몰라요."

울림이 깊은 그의 목소리는 훤하던 강의실에서보다 안정감을 주었다. 소 선생이라는 인물의 속살과 고즈넉함이 어둠 속에서 비로소 되살아났다고나 할까. 그에 대한 해석일 테지만.

몇 걸음 떨어져 앉아서 낚시를 했지만 그 거리감이 묘했다. 어둠 속이어서 그럴 것이다. 멀면서도 가깝고, 가깝지만 멀어서 사실 거리라는 단어로는 그와의 사이를 표현할 수가 없었다. 그런 감각으로는, 그는 존재하지 않았다. 어둠 속에서 그리움이 번질 정도의 거리라고 할 수 있을까. 그는 케미처럼, 어둠 속의 마술사였다. 그는 물이며 하늘이며 나무가 될 줄 알았다. 침묵도 남달랐다. 사실 우리는 침묵 속에서 대화를 나누었다. 케미 이외의 불빛은 동냥이나 연민 같은 것이어서 거추장스럽기 짝이 없다. 도시에서 가져온 한 움큼 불빛이면 충분하다. 낚인 고기에서, 또 가끔씩 실수해서 꾼들의 옷가지나 손가락 등에 박힌 바늘을 뺄 정도의 랜턴 불빛이면 충분하다. 나머지 빛은 머릿속에서 반짝이는 회상이나 사색을 방해한다. 좀 모자란 듯하면 별빛을 빌려오면 된다. 그것조차도 너무 많아, 분리수거도 못할 잉여 불빛인 경우가 흔했다. 그는 불빛이되 불빛이 아니었다. 불빛이 아니되 불빛이었다. 그는 케미였다.

나는 그동안 제출한 과제물로 문우들과 여러 차례 충돌했다. 등단은 바둑으로 치면 입단이지만, 프로 세계에서 아직 갈 길이 멀었다. 등단이라야 바둑의 초단, 즉 수졸(守拙)에 불과했다. 이제 시작인 것이다. 합평할 때 자칫 얼굴을 붉힐 상황에 이르면 소 선생이 중간에서 잘 끊고 이어줬다. 그랬던 일들에 대해 소 선생과 얘기를 나누곤 했다. 케미가 오롯한 자태를 드러내는 어둠이 도움이 되었다. 이제 그 케미가 요동을 칠 것이다. 물 밑에서 숨쉬며 유영하는 물고기들은 결코 헛것이 아니었다. 파문을 예고하는 그것들은 물질적이면서 동시에 영적인 존재였다. 우리는 케미로서 존재했다. 세상의 분진 투성이인 육신에서 이탈하여 서로 케미로서 대화하는. 그는 내게 괜찮다고, 잘하고 있다고 속삭여 주었다.

나는 처음에는 그가 그저 지나가는 손님 고기쯤 되겠거니 여겼다. 무심하게 혼자 밤낚시 해야 할 때 정호길이나 고병도의 빈자리를 채워 줄 정도의 사람이려니. 특히 계절이 바뀔 때 쓸쓸함을 채워 줄. 나는 언제고 혼자 밤낚시를 할 준비가 되어 있었다. 호젓이 앉아 있어야 하는데 동행이 생기면 간식을 먹는다면서 부스럭대든지 자리에서 자꾸 일어나 돌아다닌다든지 하면서 방해를 하면 딱 질색이었다. 소 선생에게 낚시 채비를 해준다거나 엉킨 줄을 풀어주느라 신경을 쓰다 보면 혼자 낚시하느니만 못했다. 그도 역시 내 소설의 엉킨 줄을 풀어주고 그랬으니 나도 즐거운 마음으로 채비를 해주었다. 낚시 멤버들이 모두 한자리에 모이면 그날은 파티를 열다시피 하게 되어 어느새 또 다른 야시장이 되어버린다. 그럴 때는 낚시는커녕 놓친 고기를 멍하니 바라다보는 해오라기 꼴이다. 밤낚시는 두 사람 정도가 딱 좋다. 혼자 하기엔 적적하고 셋이 하기엔 너무 많다. 나는 그를 간간이 낚시터를 찾아오던 고병도와 정호길의 빈자리에 없어서는 안 되는 파트너로 여기게 되었다.

이후로 몇 차례 같이 낚시를 다녔는데 소 선생은 이미 돌이킬 수 없는 선을 넘어가 버렸다. 마약은 도박으로 끊고 도박은 낚시로 끊는다고 했다. 죽어야 끊을 수 있다는 낚시에 빠져들고 만 것이다. 이 친구는 주말이면 막무가내로 낚시터로 달려왔다. 내가 올 수 없는 주중에도 다녀가곤 하는 눈치였다. 붕어를 건져 올릴 때는 글을 쓰다가 멋진 문구를 발견할 때 지었음직한 절묘한 표정을 지었다. 수시로, 예전에 보지 못하던 밝은 얼굴과 언행이 자주 노출되곤 했다. 밤낚시에서 그의 이면을 볼 수 있게 되었다고나 할까. 사색적인 얼굴이 미소와 만나는 표정이 그렇게 싱그러울 수가 없었다. 그의 눈이 바라다보고 있는 것은 안팎으로 반반씩이다. 내면과 외면이 절묘한 조화를 이루고 있으면서도 어쩌다 균형이 깨지곤 했는데, 그의 것은 약간 더 내부로 집중되어 있는 것 같기도 했다. 여하튼 수십 년 낚시를 다녀야 쌓이는 내공을 그는 이미 습득한 사람 같았다. 안을 향할 때 사색이 더 깊어지고 밖으로 향할 때는 염화

시중의 미소를 내보낸다. 게다가 밤새 글을 쓰다가 동이 터서야 잠자리에 들던 습성으로 낚시를 하니 붕어가 제대로 임자 만난 셈이었다. 역시 문학은 낚시와 궁합이 맞아떨어진다는 생각이 절로 들었다. 내가 다 혀를 내두를 지경이었다. 밤낮이 바뀌도록 엉덩이의 힘으로 버티고 앉아 있는 힘은 바로 소설가의 영역이었다.

그는 밤낚시가 자기를 살아 있게 만든다며 좋아했다. 무슨 사이비 종교 집단에라도 가입한 것은 아닐까 의심이 들 정도였다. 사실 우리는 낚시교도이자 소설교도였다. 고병도야 어쩌다 낚시에 동참했기 때문에 오면 오나 보다 가면 가나 보다 했으나 정호길은 낚시를 한 번 건너뛰면 섭섭해 했는데 이 친구가 그랬다. 나는 정호길이나 이 신입회원의 아내에게 '죽일 놈'이 되어 버렸다. 주말이면 밤을 새고 들어오는 남편이 야속하지 않을 여자는 없을 테니까. 부부가 늘상 집에 붙어 있으니 하루라도 떨어져 있는 걸 좋아한다고 했지만 그건 내가 듣기 편하라고 하는 말이라고 여겼다. 하긴 작업실이 따로 없다면 그럴 수도 있겠다는 생각을 나중에야 했다. 어쨌든 우리는 죽이 맞아 함께 줄기차게 낚시를 다녔다. 소설과 낚시의 네트워크가 만들어졌다. 나는 낚시터에서만큼은 소 선생의 선생이었다. 평소에는 깍듯이 모셨지만 낚시에 대해 하나하나 일러주면서부터 나는 슬슬 말을 놓기 시작했다. 소 선생도 자연스럽게 말을 놓았다. 다 늦게 낚시를 통해 좋은 친구를 사귀었다. 말을 트면서 그에게 해줄 얘기를 차곡차곡 준비했다. 왜 찌가 서서히 올라오며, 또 왜 밤새 입질 한 번 받지 못하는지 설명해 주었다. 케미 불빛으로 시작하는, 인생과 자연, 우주로까지 이어지는 이야기는 아직 입도 벙긋하지 못했다. 어쩌면 그도 밤낮의 교차가 보여 주는 황홀감에 대해서는 이미 알고 있을 테지만. 찌를 바라보고 있거나, 찌가 올라올 때 어둠 속에서 느끼는 희열에 그는 충분히 동감하고 있었다. 그가 문득 물었다.

"근데 찌는 어떻게 그렇게 수직으로 천천히 올라오는 거지?"

이미 열심히 답해주었는데 묻는 것이다. 스승은 영원한 선생, 학생은 영원한 학생인 것이다. 이 친구, 내게 죽을 때까지 스승일 것이다. 이 친구에게 영원한 스승일 나는 찬찬히 다시 설명해 주었다. 언제고 그게 소설이 되어 내게 돌아오기를 바라면서. 소 선생이 찌를 바라보면서 가지는 편안한 얼굴과 찌가 올라오는 것을 바라보면서 보이는 희열 사이에 물 밑에서는 이런 일이 벌어진다.

찌는 수면과 수직으로 서 있다. 붕어는 바닥에서 대략 10센티쯤 되는 곳에서 유영한다. 먹이를 발견하면 45도 각도쯤으로 먹이를 향해 하강한다. 그러니까 대각선 하나가 그어진다. 붕어는 달랑 수저로 음식을 떠먹듯이 먹이를 입에 넣지 않는다. 먹이 앞에 주둥이를 내밀고 서서히 흡입한다. 동시에 몸은 다시 평형을 유지하기 위해 애쓸 것이니 이때 수직으로 있던 찌가 위로 천천히 올라간다. 싹이 나거나 꽃이 피는 것을 고속촬영으로 볼 때처럼. 마치 중력을 이기고 거스르며 서서히 올라가는 로켓처럼. 꾼은 붕어가 먹이를 완전히 흡입할 때까지 기다려야 한다. 처음 예신이 오고 대략 3초에서 5초가량 걸리는데 찌가 다 솟을 때까지는 대를 들어 올려서는 안 된다. 찌가 올라간다고 그게 입속에 있는 게 아니기 때문이다. 찌가 올라오다가 순간적으로 멈추는데 이 순간을 포착하기가 쉽지 않다. 말하자면 그 순간이 먹이가 입천장에 닿기 직전 혹은 막 닿았을 때이고 그때 걸어야 한다. 그걸 정확하게 읽고 행동해야 월척을 낚을 수 있다. 꾼은 그러니까 그 상황을 동영상으로 머릿속에 그릴 수 있어야 한다. 녀석들도 지구상에서 오래전부터 온갖 수난을 극복하고 살아남았다는 사실을 잊어서는 안 된다. 어쩌면 그걸 빨아들였다가는 누군가에게 낚인다는 것을 녀석도 알고 있을지 모른다. 그러면서도 삼키는 게 어리석다고만 할 수는 없다. 인간은 걸려들 수 있다는 걸 알면서도 뇌물을 삼키지 않는가.

단, 조건이 있다. 꾼은 찌의 향연을 즐기고 그것을 끌어낼 수 있는 고도의 기술이 있어야 하고, 대상으로 하는 붕어가 월척 이상은 돼야 한다. 그래야 찌를 제대로 올리고 낚아 올릴 수 있는 법이다. 월척은 주로 이슥한 밤에 낚인다. 녀석들은 밤에 회유하기 때문이다. 조용한 가운데 물의 대류를 타고 움직인다. 작은 녀석들은 그런 향연을 연출하지 못한다. 경박하게 굴어서 이른바 찌맛과 손맛을 망쳐버린다. 그것이 꾼들이 월척을 꿈꾸는 이유다. 소 선생은 아직 많은 시간이 걸릴 것이다. 나는 기력 5단쯤은 될 것이다. 더 이상 승단할 욕심은 없다.

바로 다음 질문이 이어졌다.

"근데 바늘과 떡밥을 가라앉히려면 봉돌이 필요하잖아. 근데 그 게 무거워서…… 붕어가 먹이를 들어 올리면서 그 봉돌을 부담스 러워하지 않나? 혹은 그 봉돌이 무거워서 들어올리기가 만만치 않 을 것 같은데."

소 선생은 이미 많은 걸 알고 있었다. 벌써 그 역학관계에 대해 질 문을 던지고 있었다. 낚싯바늘을 물속에 가라앉도록 낚싯줄의 끝에 콩알만 한 돌덩이나 납덩이를 매달아 놓는다. 그 덩어리를 봉돌이나 추라고도 부르는데, 옛날에는 돌을 매달았을 테고, 이후로는 납을 사용한다. 요즘에는 환경문제가 대두돼서 세라믹 재료를 이용하는 추세지만 교체되려면 꽤 많은 시간이 소요될 것이다. 내가 답했다.

"붕어는 그 봉돌을 들어 올리는데 전혀 부담이 없어. 왜냐하면 봉돌에는 무게가 없거든."

"무게가 상당할 텐데. 무게가 없다니? 콩알만 해도 돌이나 납이 라며?"

"아, 무게가 없다기보다 상쇄됐다는 게 올바른 표현이겠는데. 그건 수면에 떠 있는 찌 덕분이야. 찌가 있어야 고기가 먹이를 물 었다는 걸 단계별로 알게 되잖아. 그 찌에는 부력이 작용하거든. 찌에는 부력이 작용하고 봉돌에는 중력이 작용하는 거지. 그러니 까 중력과 부력이 같아서 무게는 제로에 가까워진다고 봐야지. 그 가운데 있는 낚싯줄은 팽팽해지지. 두 힘 사이에서 그 줄이 가느다란 철사 줄 같다고 하면 과장일 테지만. 붕어가 먹이를 빨아들이면 그만큼 찌가 올라오는 거지. 그 줄을 타고 수면 위로 힘이 전달될 테니까."

"낚시가 꽤 절묘하네. 신비스럽기까지 해. 근데 바늘이 두 갠데 하나는 길고, 하나는 짧다며?"

"꼭 그래야 하는 규칙이 있는 건 아니고……. 그 봉돌에서 줄 두 개를 양 갈래로 늘어뜨려 놓았어. 그 줄의 길이가 대략 5센티에서 10센티쯤 돼. 대개 하나는 길고, 또 하나는 짧은데 알다시피 지렁이와 떡밥을 각각 매달아 놓도록 말이지. 뭐, 줄을 다섯 개 달아도 누가 뭐라고 할 사람은 없어. 그리고 줄 두 개를 가능한 한 봉돌에서 멀리 늘어뜨려 놓지. 길어야 조금이라도 더 봉돌의 무게를 극소화시키게 되고, 그래야 붕어가 의심을 덜하고 먹이 섭취에만 집중할 수 있지. 붕어는 자기가 필요한 먹이만 취하고 쓸데없는 건 다시 뱉어버려. 그러니까 타이밍을 놓치면 입속에서 바늘이 방출되지. 그러면 헛수고지. 입에 들어갔다고 판단되는 그 짧은 순간에 채야 잡을 수 있어. 그 추와 찌의 향연을 월척쯤 돼야 멋지게 연출할 수 있는 거고."

바라보니 소 선생이 고개를 끄덕끄덕했다. 내가,

"그만한 마술이 있을까?"

하고 묻자 대뜸 이렇게 답했다.

"그럼, 그럼. 그만한 게 없네."

그것을 철저히 깨닫기까지는 얼마나 더 많은 시간을 기다려야 하는지 모를 일이었다. 그것은 소설의 이론과 창작 이상으로, 어쩌면 외국어의 바다보다도 더 넓고 깊지 싶었다. 알몸을 드러내는 밤에 유영하는 붕어에 대해 온전히 이야기 하려면 많은 시간이 필요하리라. 어쨌거나 평소에는 나누기 쉽지 않은 소설과 낚시에 대해 묻고 답하는 게 서로에게 뜻밖의 즐거움이었다. 전국의 밤낚시 동호인들이 케미로 별과 어떻게 조응하고, 지구 밖의 우주인과 어떻게 교신하는지 설명하는 것과 비슷하게.

2

신촌역에서 만난 지 한 달 정도 있다가 같은 곳에서 민희와 다시 만났다. 저녁 무렵 나는 일부러 그녀에게 신촌에서 만나자고 했다. 같은 곳으로 오라고 해서 이상하게 여길 듯도 했지만 그녀는 별다른 반응을 보이지 않았다. 강남에서 만나면 더 좋았을 테지만, 민희와 함께 몇 시간이고 신촌을 걷고 싶었다. 지난번, 그녀와 수다를 떨며 보냈던 하룻저녁처럼. 이 장면들을 내 소설 속에 어떻게 포진할 것인지 상상하면서 기다리는데 광장이랄 것도 없는 광장에서 사람들이 연주를 위한 무대를 준비하고 있었다. 오래지 않아 민희가 이대 쪽에서 걸어왔다. 잠시 후 두리번거리던 그녀와 눈이 딱 마주쳤다. 나는 손을 흔들어 그녀를 맞이했다. 그녀의 표정은 편안해 보였다. 피부와 색조가 투명해진 게 예전보다 젊어 보였다. 그녀는 잠시후 내 표정을 살피면서 내 팔에 살짝 안겼다. 내 얼굴 표정 역시 편해 보이리라 여겼다. 나는 신촌역을 새로운 이정표로 삼고 싶었다. 이제 담배 한 대를 느긋하게 피운 다음에 여기저기 돌아다니고 싶었다. 그녀와 천천히 걸으면서 눈을 돌려, 옛날 그녀와 몇 차례 왔던 곳을 찾고 싶은데 찾을 수가 없었다. 쉬울 것이라 여기지 않았지만 쉽지는 않을 일이었다. 여전히 꿈을 꾸고 있는 것만 같았으나 흘러가는 대로 내버려두기로 했다. 나는 교외선에서 방금 내려 그녀를 만나는 시간 여행을 하고 있는 것이니까. 못 찾아도 좋았다. 지난번 만났던 곳을 출발점으로 삼고 항해를 시작하는 것으로 족하리라.

찾는 것을 포기하고 근처에서 들어갈 만한 곳을 찾았다. 민희가 손가락을 가리켜 고개를 돌려보니 16절지 두 장 크기만 한 흰 바탕에 검정 글씨로 '오딧세이아'라고 쓰여 있는 간판이 보였다. 가까이 가서 보니 '7080 라이브'라는 글씨도 적혀 있었다. 눈에 잘 띄지 않았지만, 단골들만으로도 충분히 손님을 끌 공산이 컸다. 그쪽으로 몸을 틀며 내가 물었다.

"난 일리아드와 오딧세이아가 하난 줄 알았어. 로미오와 줄리엣처럼."

"웃자고 하는 얘기지요?"

"……"

"근데 칠공팔공 라이브는 뭐죠?"

"웃자고 하는 얘기는 아닌 것 같은데?"

"정말인데요."

"민희처럼 칠, 팔십 년대 대학 다닌 사람들을 일컫는 말이야."

"그렇지요. 한번 들어가보고 싶었어요."

"그래, 그럼 들어가 봐?"

"들어가 보지요?"

물어본 내게 다시 물음표를 던지는 걸 어떻게 받아들여야 하나, 궁리하다가 실내로 들어갔다. 여하튼 갈 곳이 없었는데 잘된 셈이었다. 대체로 교실 크기의 7080 레스토랑이었다. 좌석들을 모두 약간 경사지게 무대 쪽을 향하게 한 뒤 얇게 칸막이를 해놓았다. 분위기도 차분하고 흐르고 있는 음악이 좋아서 잠시 앉았다 가기에 맞춤이었다. 스테이지가 부산했다. 잠시 쉬는 시간인지, 예를 들어 2부를 준비하는 것인지 분명치 않았다. 우리는 한중간, 뒤쪽에 자리를 잡았다. 사실 과거로 돌아가 보고 싶었다. 오늘, 그 텅 비어 있던 신촌역 광장에서 그녀가 나를 맞이해 주었다. 사십 중반의 중년 사내가, 먹고살기 바빠 아우성을 치는 이 어려운 불황의 시기에 그래도 되는 것인지 몇 차례 망설였지만 은밀히 혼자 치르는 세리머니야 어떻겠냐 싶었다. 내 삶의 이정표가 새롭게 시작되고 시작될 곳. 오디세우스처럼. 에스컬레이터를 타고 오르내리던 해프닝은 오랫동안 간직해 둘 심산이었다.

나는 독일 맥주 벡스 한 병을, 그녀는 에스프레소를 주문했다. 주 고객층이 중년들이었다. 올드 팝이 흘러나왔다. 이제 막 흐르기 시작한 곡을 조용히 가사까지 따라 불렀다. 둘이서 수도 없이 듣고 따라 불렀던 노래, 공교롭게도 민희가 특히 좋아해서 내가 LP 음반을 선물했던 곡이었다.

Feelings nothing more than feelings

Trying to forget my feelings

……of love.

예전에 그녀는 맨 나중의 'of love'는 사족이라고 했었다. 'feel-ings' 만으로 충분하다는 것이다. 혹시 이 노래를 기억하나 궁금해서 그녀의 표정을 살폈지만 그녀는 아랑곳하지 않았다. 기억은 퇴색되거나 증발해 버리기 마련이다. 저장되어 있다고 해도 그곳은 다른 폴더일 것이다. 벡스와 커피가 왔을 때 나는 민희 옆자리로 옮겨 앉았다. 공기 중에 떠돌던 향기가 덥석 코를 파고들었다. 나는 오랜만에 쌉싸래한 벡스를 병째로 음미하며 천천히 마셨다. 그녀의 향기에 취해갔다. 나는 향수에 대해 문외한이지만, 샤넬 5번은 아니었다. 그것과 비슷한데 약간 더 부드럽고 은은했다. 그녀가 물었다.

"너무 열심히 나오는 것도 민폐 아닌가요?"

나는 창작반 얘기라는 걸 금방 알아차렸다. 어조상 이미 민폐는 아니라는 뜻을 담고 있었다.

"더 배워야지. 이제 겨우 입단한 거니까."

"참, 나도 낚시에 입문했지요."

"엉, 무슨 낚시?"

"아, 나는 낚이는 역할이지요, 현태 씨에게."

"무슨 그런 말을."

우리는 한참 웃었다. 나는 벡스를 한 병 더 따서 병째 한 모금 마셨다. 좀 찝찔했다. 처음 입맛에 좋았을 뿐이었다. 그녀가 코맹맹이 소리를 내며 물었다.

"근데 내 이름을 왜 그대로 소설에 썼어요?"

또 그 말이 나왔다. 내가 가볍게 응수했다.

"다른 인물들의 이름도 그대로 갖다 썼어. 나중에 고치려고. 다른 건 거의 같아. 그래서 신촌역에서 보자고 한 거고."

"신촌역?"

"오늘 신촌역에서 본 그 여자가 소설 속 그 여자거든."

"정말 그랬어요? 까마득히 모르고 있었네."

눈이 반짝했다. 다소 의외인 듯, 놀라는 표정과 목소리였다. 호기심의 성격이 짙었다. 자세히 보니 은밀한 미소가 얼굴을 가로질렀다.

"어마, 지금 한 말 정말인 거지요?"

"나도 그래. 그런 게 어딘가 숨어 있다가 돌출하는 바이러스처럼 튀어나오대."

"그날 밤 신촌에서 내려 이촌까지 걸어왔던 것도?"

"있었던 일이 거지반이지."

"그래도 그렇지, 다른 사람들이 진짜 줄 오해하겠어요."

"오해하라지. 픽션이면 픽션인 대로. 픽션이 아니면 아닌 대로."

"그러기엔 너무 가까워요."

지난번에 잘한 일은 아니라는 걸 짚고 넘어왔는데, 반복되는 건 술기운 때문이리라 여겼다. 말이 막혀 맥주 한 병을 더 주문하려고 했다. 안주는 주문하지 않으려고 했지만 아가씨가 막무가내로 졸랐다. 마른안주를 시킬까 하다가 비싸긴 했지만 과일을 주문했다. 커피가 맛이 없었는지 한 모금 마시더니 잔을 옆으로 밀어 놓고 민희도 카프리 한 병을 주문하겠다고 했다. 앳된 웨이트리스의 표정이 만족스럽게 바뀌었다. 둘이서 건배를 한 다음에 한 모금씩 마셨다. 대리운전을 부를 요량으로 편안히 마시기로 작정했다.

'호텔 캘리포니아'가 흘렀다. 어이없게 오늘밤 민희와 갈 모텔을 궁리했다. 복잡했지만, 가사처럼 천국과 지옥 사이가 분명했다. 내가 잠시 멍한 생각에 빠지자 그녀가 슬그머니 자리에서 일어났다. 카운터에 가서 무엇인가를 적는 것 같았다. 그녀가 자리로 돌아오자 나는 엉겁결에 사과 한 조각을 포크에 찍어 민희에게 주고 방울토마토 한 개를 내 입속에 던져 넣었다.

'호텔 캘리포니아'가 다시 퍼졌다. 조금 전에 이 노래를 다시 틀어달라고 신청한 모양이었다. 노래가 흐르는데 그녀가 바로 그 지점에서, 'This could be heaven or this could be hell'을 가사 반 콧노래 반씩 섞어 웅얼거렸다. 나도 따라 부르려 했지만 입에 올려

보기도 전에 흘러가 버렸다. 나는 그냥 우리말 가사를 떠올려 보았다. 캘리포니아 호텔에 잘 오셨어요. 여기는 아름답고 묵을 방도 많이 있지요. 연중 어느 때고 방을 구할 수 있어요…….

그녀가 구겨지듯 더 몸을 기대왔다. 그녀의 입김이 귓불에 박히고 그녀의 가슴이 왼쪽 어깨 뒤를 눌렀다. 나는 마취되고 있는 듯했다. 나는 그녀에게 기대앉으면서 오늘밤 이 여자와 어떻게 할지 작전을 짜기 시작했다. 나는 어느새 이 문제에 대한 시나리오를 정호길과 나누는 대화체로 머릿속에 정리하고 있었다. 다음에 정호길이 또 그녀에 대해 물으면 어떻게 대답할 것인지 궁리했다.

이렇게 하리라.

사실 한 번 잤다. 신촌에서 모임 끝나고 지들끼리 우루루 몰려나가고 달랑 둘이 나왔지. 한잔하고 나와서 많이 걸었어. 팔짱 끼고 뒤뚱뒤뚱. 어느새 내가 두리번두리번 모텔이라도 찾고 있는 걸 눈치챘나 봐. 혀 꼬부라지는 소리로 그러더라고.

나 모텔은 싫어. 지저분해.

그럼 호텔로 가?

…….

우선 택시부터 타자.

택시를 탔는데 내가 호텔이 어딨는지 아나. 그래서 어디로 갈까, 그랬더니 민희가 자기 집으로 가, 그러는 거야. 그렇지, 집이 최고지. 호텔 가서 비싼 돈 내고 그러느니 그게 좋겠다 싶었지. 그래서 곧바로 차 있는 데로 가서 대리 기사 불렀어. 민희는 내 팔에 안겨 곧 잠이 들더라고. 집에 누군가 같이 들어가면 고급 호텔에 들어가는 것 이상으로 기분 좋지. 다음날 아침까지 함께 있어줄 여자라면 최상이구. 한강 다리 건너는데 예전에 집사람하고 연애하던 때가 생각났어. 결혼 앞두고 모텔에 들어갔거든. 아내가 아침에 장모하고 통화하더라고. 나는 아이쿠, 하고 있는데 아내 하는 말이 아주 걸작이었어.

어떻게 했는데?

아마도 장모가, '너 어디야? 여관이지', 그러면서 다그쳤나 보지. 그러니까 집사람이 뭐라고 했는지 알아?

…….

'엄마는 여관밖에 몰라. 호텔도 있잖아' 그러던 걸. 사실 우리 형편에 호텔 들어갈 처지는 아니기도 했지만. 이 여자 보통내기 아니구나 싶었지. 하여튼 솔직한 건 마음에 쏙 들었어.

야, 너 제비 수준이다.

그래 좋아. 그런데 재미난 게 있어. 미리 얘기한다만 집에 들어갔는데 집안의 터줏대감들이 실실 웃기만 하고 별 난리 안 치더라고. 가만히 숨죽이고들 있는데, 녀석들, 그럴 땐 미운 정 고운 정 든 친구 같기도 하거든. 그중엔 여자도 있어. 어떤 녀석들은 나한테 이런 말을 하기도 해. 너도 하나 필요해? 내가 잘 말해줄까?

사실 내가 민희와 밀당을 할 이유는 없었다. 지켜야 할 에티켓도, 내숭도, 살짝살짝 드러내 보여야 하는 속마음을 그대로 노출하

는 것에 대한 걱정도, 시기와 질투도, 오해의 여지도 없었다. 그냥,
중년의 남녀가 젊어서 놓친 회한을 위로하기 시작한 것이다. 민희
말마따나 나이 든 게 편할 때도 된 것이다. 아등바등할 것도 없다.
그렇게 살다가 가는 것이다. 직선도 그리고 곡선도 그리고 갈팡질
팡하면서. 죽음도 삶의 연속일 테지. 오디세우스가 페넬로페를 만
나 회포를 푸는 밤이면 족할 것이다. 오랜 테스트 뒤에.

정호길이 이렇게 물을 것 같았다.

어때, 잘 될 것 같아?

뭘?

내숭은.

해 봐야지, 뭐.

나는 민희를 깨웠다. 생각이 거기에 미치자 바로 그녀를 안고 싶
었다.

"호텔로 갈까?"

"아니, 현태 씨 집으로 가요."

집에 들어서는 길이 오늘은 천국이었다. 나중에 망령들에게 해
코지를 당해도 오늘은 양보할 수 없다. 나는 바로 게임에 몰입했
다. 시작하기 쉽고 끝내기는 어려운 관계 속으로 몰입하는 게임.
마음과 육신이 끈적끈적 달라붙으면 떼어낼 때 어려운 법인데. 그
건 아주 어려운 게임이었다. 책상에 비스듬히 앉힌 다음에 그녀를
안았다. 키스를 하고 목과 귀를 입술로 애무했다. 녀석들이 가까이

와서 나와 민희 사이에 코를 박았다. 나는 기분이 좋아져서 녀석들에게 너스레를 다 떨었다. 인석들아, 오늘은 좀 봐 다오. 내가 살아서 삶의 의욕을 가져야 너희들도 의욕이 생기는 거니까. 내가 죽고 나면 너희들 너무 심심하잖아. 물론 그렇게까지 할 필요 없겠지? 그녀의 체온이 알몸을 안을 때처럼 전해져왔다. 생각보다 빨리 그녀가 신음을 토했다. 세상에서 가장 신비한 소리였다. 기다리던 순간들이었는지도 모른다. 아니 분명해 보였다. 나도 급속히 흥분했다. 왼손으로는 가슴을 손아귀에 쥐고 오른손을 스커트 밑으로 집어넣고 허벅지와 사타구니를 쓸었다. 그다음 허벅지 밑으로 양손을 넣어 엉덩이를 들어 올렸다. 그녀가 천천히 손을 뻗어 나를 저지했다. 몇 번 더 실랑이를 하다가 동작을 멈췄다. 그녀가 말했다.

"샤워부터 하고 와요."

낮고 허스키한 목소리 자체가 흥분의 향을 발산했다. 나는 바로 순종했다.

"응, 그럴까?"

온몸과 마음이 떨렸다. 나는 서둘러 씻고 나왔다. 그녀가 반나로 바로 욕실로 들어갔다. 몇 번이고 욕실로 쳐들어가려다 참았다. 그녀가 나오자마자 달려들었다. 수줍은 듯이 나를 향해 있는 입과 목, 귀에 살짝 키스했다. 갈 곳 없어 방황하던 그녀의 양팔과 손이 내 목덜미 뒤를 감았다. 힘껏 안았다. 그녀가 내 손을 가슴 위에 올렸다. 나는 더 힘을 주어 그녀를 안았다. 온몸이 내게 안겼다. 그녀

가 힘을 빼는 게 느껴졌다. 그러면서 더 강렬했다. '남는 것과 모자란 것이 엉켜 서로를 주고받았다.'•

얼마나 오래되었을까, 이 포옹은? 대략 20년, 아니 30년쯤? 그녀가 힘겹게, 신음처럼 뱉었다. 나는 고개를 들고 가만히 있었다. 녀석들은 계속 멀뚱멀뚱 다른 때보다 큰 눈을 하고 수업을 듣는 모범생처럼 상황에 주목했다. 녀석들이 대견했다. 오늘은 녀석들과 몸이 스쳐도 별다른 감각이 없었다. 녀석들이 몸에서 힘을 빼고 있다는 증거였다. 민희와 섹스하는데, 공포감을 준답시고 내 등에 올라타고 몸으로 짓이기까지 해대면 정말이지 더 죽겠을 상황일 것이었다. 밥이 배고픔을 달래주듯 깊은 곳에서 시름하고 있던 환희들이 단비를 마시며 나를 깨웠다. 육체의 쾌락이 내 영혼도 어루만져주었다. 녀석들이 슬금슬금 다가와서는 내 주변을 맴돌다가 사라졌다. 몸이 기분 좋게 해체되는 듯한 느낌에 젖어 욕실로 들어갔다.

3

소 선생은 낚시를 하면 꼭 몇 마리씩은 잡아내는 줄 알고 있었다. 그도 간혹 나름대로 내가 소설에서 느꼈던 희열을 낚시에서 맛보고 있는 듯했다. 강의실이나 술집에서와는 달리 서로 쳐다보는

• 오노 야스마로, 강용자 역, 『고사기』, 지식을만드는지식, 2014.

일도 없이 시커먼 가운데 두런두런 말을 주고받다 보니까 존댓말
은 껍질을 벗겨 물속이나 어둠 속에나 던져버리게 되었다. 그러나
이 양반 쪽에서야 선생 입장이다 보니 그게 그렇게 쉽지 않을 터였
다. 형식을 벗으려면 시간이 걸릴 테다. 나도 잘 알고 있는 상황이
어서 너무 나대지 않기로 마음먹었다. 그런데 어느 순간에 그가 먼
저 말을 놓기 시작했다. 동갑내기라는 게 작용한 탓도 컸다.

두어 시간쯤 지났을까, 유난히 입질이 없는 밤이었다. 그가 지루
해 했다.

"이 형, 원래 이렇게 마냥 앉아 있어야 하는 건가?"

사실 존칭어는 낚시에서 피라미에 불과하다. 멋진 찌 올림을 보
는 것처럼 반가웠다.

"이를테면 소설 쓰는 거하고 거의 같아……."

아차, 싶었다. 프로 앞에서 분명 실수를 저지르고 말았다는 생각
이 들었다. 이제 막 등단한 주제에 그러면 안 되는 것이었다. 그렇
다고 낚시를 잘 알고 있는 것도 아니었다. 확실히 알지 못하는 두
세계를, 그것도 일가를 이룬 양반 앞에서 함부로 입을 놀리는 것은
결례가 아닐 수 없었다. 그래도 그런 걱정은 기우에 불과했다.

"며칠씩 아무것도 못하고 밤을 새야 하는 소설 같다 이거지?"

"그렇게 비교할 수 있을까 싶은데……."

나는 떨어진 성적에 대해서 담임과 상담하고 있는 학생처럼 말
을 더듬었다. 그가 문득 고개를 돌렸다.

"입질이 없으면 무슨 생각 해?"

"빈둥빈둥……. 예술가는 빈둥거릴 때가 가장 생산적이라며?"

"나도 그런 생각이 드는 걸. 사색이나 낚으면 딱 좋지."

다행히 건방지다고 생각하는 것 같지는 않았다. 어두침침하니 얼굴을 볼 수는 없지만 그의 음성은 푸근했다. 어둠 속에서 상대방을 바라다보지도 않은 상태에서 육성으로 나누는 고즈넉함은 오늘따라 신선하고 아늑했다. 소설과 낚시가 이렇게 엮일 수 있다는 사실에 너무 가슴이 벅찼다. 다소 자신감이 생겼다. 달리 보면 무의식중에 두 가지를 비교하고 있는 제자가 대견해 보일 수도 있었다. 수업 시간에 질문을 많이 하는 아이가 대견해 보이지 않는가 말이다. 혼날 일을 했으면 혼나면 그만인 것이다. 그러면서 크는 거지. 모르니까 묻는 게 아니겠는가. 이왕 내친 걸음, 그냥 밀어보기로 작정했다. 상대방은 이미 일가를 이룬 사람이겠다, 그런 얘기할 기회가 그리 흔할 것인가. 그런 비유와 대화는 하등 이상할 게 없어 보이기도 했다.

"이를테면 확률 게임이지. 얼마나 잡아낼지는 아무도 모르고. 여건이 맞지 않으면 녀석들이 입을 벌리지 않거든. 수십 차례 낚시를 던져도 꿈쩍하지 않는 때도 있지만 어느 날은 수십 마리씩 잡아올릴 수도 있어. 월척도 꽤 섞여 있고. 물론 포인트를 선정하고 고기를 유혹하는 요령, 걸려든 녀석을 무사히 끌어 올리느냐 하는 것은 꾼의 실력이고. 그런데 그걸로 끝이야. 어느 날이고 출조를 하려면 수십 가지 상황을 분석하고 고려해야 하는데 그것에 딱 들어맞는 환경에 맞춰 낚시하기란 불가능한 일이잖아."

"잡는 게 아니라 잡히는 거다?"

"소설이야 버티면 뭔가……."

안심이 되어 아까보다는 쉽게 입을 열었다. 어쩌면 이미 소설에 중독되어 있어서 주체를 못하고 있다고 말하는 편이 더 적절한 표현일 것이다. 그래, 분명 긁혔을 텐데, 아무렇지 않게 받아주는 스승이 고마웠다. 나도 말을 놓으니까 그 양반도 편하게 말을 건넸다. 나는 담배를 피워 물고 다시 입을 열었다.

"물어주지 않으면 낚시 9단이 와도 안 되지. 어떤 때는 그래. 오늘 같은 날 밤낚시 하면 최적이겠다 싶지만 그런 날마다 골라서 낚시를 갈 수는 없잖아. 또 집에서는 좋아 보여도 막상 현장에 가면 상황이 영 아니다 싶은 때도 있는 거고. 그러니 아무리 지능이 낮은 녀석들도 그런대로 보호되기 마련이지."

들기에도 내 목소리가 느긋했다. 나도 어서 멋진 작품을 써내고 저 그룹에 속해서 문학에 대해, 문학과 인생에 대해 이야기를 나누고 싶었다. 나는 떡밥을 새로 갰다. 냄새가 신선해서 빨리 물어주기를 기원하는 주술을 걸면서 그에게 나누어 주었다. 빈 바늘에 붕어가 무는 법은 없으니까. 그가 땡큐, 하면서 또 말을 걸었다.

"프로께서는 오늘 조황을 어떻게 보시나?"

"그건 내 소설이 어떠냐고 묻는 거하고 같은데."

"메커니즘이 그렇게 복잡하다?"

아직 많이 모자란 작품을 들이대며 너스레 떠는 내가, 내가 봐도 꼴같잖았다.

"구체적으로 질문하시면 안 될까?"

"뭘 알아야 구체적인 질문을 하는 거 아닌가?"

"이를테면 왜 지금 입질이 없는가 등등."

"……그러게."

"지금은 보름이야, 게다가 동풍이 불어. 두 가진 아주 치명적이지."

그가 하늘을 올려다보았다. 그리곤 가만히 주의를 집중시켜서 바람의 방향을 느껴보려 하는 것 같았다.

"예전부터 동풍이 불면, 배 띄우지 말라고 했거든. 잘은 모르겠지만 오늘은 그 두 개가 포개졌어."

"밝아서 고기가 입질을 경계하는 건 아니고?"

"학생이 너무 질문을 날카롭게 하면 미움받지……. 그럴 수도 있고. 동풍엔 집시들도 짐을 싼다지. 사리 때가 되면 바닷물이 부풀어 오르지. 중력에 변화가 생기니까, 고기들이 경계를 하는 거지…… 사람도 똑같다니까…… 시국이 어수선할 때처럼. 대개 납작 엎드리지. 내가 전에 말하지 않았나."

그는 더 이상 아무 말 없었다. 그저 모든 게 우리를 둘러싸고 있는 어둠 속에 흡수되어 버린 듯했다. 그의 옆모습을 바라보며 낚시

만큼 중노동거리인 소설을 써댔던 그가 그저 부러웠다. 하늘을 올려다보았다. 말 그대로 휘영청, 밝은 달이었다. 달을 손바닥으로 가리고 바라다본 우주로부터도 아무런 어신이 없었다. 붕어는 자신이 드러날까 봐 몸을 사리고 있었다.

4

한 달도 안 돼 우리는 또 다시 함께 잠자리를 했다. 열정적으로, 한잔씩들 걸치고 나서 제법 과감했다. 섹스를 끝내고 노곤한 게 기분이 좋았다. 근래 들어 발기조차 되지 않아 비아그라라도 준비했어야 하지 않을까 했는데. 사본 적도 먹어본 적도 없었지만. 학교 선생한테 물어 보니, 내과에 가서 진단을 받으면 처방을 해준다고 했다. 쉬엄쉬엄, 달아오를 때마다 잠깐씩 쉬었다 갔다. 민희는 그걸 이해했다. 육체 반, 마음 반으로 만족해하려고 애썼다. 그런대로 해내서 기분이 나쁘지는 않았다. 지금 같아서는 처방이고 구입이고, 시도조차 하지 않은 게 다행이었다. 나보다 그녀가 더 내 몸을 탐닉한 덕분이었으리라. 중간중간에 내가 끊었다. 흥분이 가라앉을 만하면 다시 시작했다. 민희도 그렇게 이어지는 게 싫지 않은 눈치였다. 구석구석, 안 간 데 없이 그녀의 입술과 혀가 내 몸을 혀로 핥았다. 수년간 묵은 욕구가 가라앉는 느낌, 속에 행복, 했다.

민희도 좋아 보였다. 알몸인 채, 민희가 내 몸을 베개로 하고 옆으로 누웠다. 간접 조명조차 꺼버린 방, 밖에서 스며드는 가로등 불빛에 오히려 은은했다. 다 벗고 있는 게 괜히 어색해서 포대기를 끌어오느라 상체를 드는데, 내 아랫배에 올라와 있는 핑크색 허벅지가 요염했다. 살살 원위치 시켰다. 민희가 몸을 일으켜 키스하더니 옆에 누웠다. 부서지듯 털썩. 각자, 그냥 누워 잠을 청하기도 뭐해 천장을 바라보고 있었다. 민희가 물었다. 아직 흥분이 가라앉지 않은, 내리누르려 애쓰는 듯한 목소리였다.

"근데, 짝밥이 뭐지요?"

"갑자기 짝밥은 왜?"

"재밌어 보이지요?"

"붕어 밥을 두 바늘에 나눠 달아. 하나는 생미끼로, 또 하나는 곡물로."

"……."

"선생 말이 너무 어렵지?"

"네, 그러지요."

나는 일어나 맥주캔과 잔 하나를 가져왔다. 손에 닿는 찬 느낌이 좋았다. 잔에 따라 민희에게 주고 나는 캔째 들이켰다. 민희는 끄응, 하며 일어나더니 한 모금 마시고 탁자에 내려놓았다. 나는 천천히 설명해 주었다.

"보통 바늘 두 개에 각각 다른 미끼를 달아주거든. 대개 두 쪽 중

하나가 더 길어. 붕어가 자기 좋아하는 대로 먹이를 빨다가 걸려드는 거지. 어쩌다 한 번에 두 마리를 건지는 수도 있고."

고수들은 바늘 한 개로 외바늘 낚시를 고집하는데 그럴 경우 모 아니면 도인 경우가 많다는 점까지 차근차근 이야기해 주었다. 민희가 맥주를 한 모금 마신 뒤 물었다.

"바늘 두 개에 따로따로라고요?"

"하나는 지렁이, 또 하나는 떡밥, 이렇게."

"⋯⋯하나는 민희, 또 하나는 소설 이렇게요?"

"으잉?"

아! 갑자기 정호길이 생각났다. 그렇지 않아도 궁금해하고 있던 차였다. 시간 강사들끼리 만나는 자리에서 민희를 만나 내 얘기를 한 게 분명했다. 내가 혼자 사는 거며, 영어를 가르치고 있는 거며, 또 고병도 때문에 어려움에 처해 있는 거 하며. 민희가 그런 걸 묻지 않고 그냥 있는 게 가끔 궁금했다. 아니 그동안 묻지 않고도 알고 있는 듯 굴었다는 게 지금 이해가 되었다. 무엇보다 오랜만에 민희를 만나는데도 둘 사이를 어색하게 만드는 게 없었다. 나는 정호길이 중간에서 보이지 않는 다리를 놓아주고 있다는 결론을 내렸다. 첫날, 강의실에서 괜히 나 혼자 아픈 고개를 돌리지도 못하고 앉아 있다가 도망치듯 빠져나온 게 새삼 겸연쩍게 느껴졌다. 아니, 이 사람들이 시나리오를 벌써 다 짜놓고 있었던 거네! 하는 표정을 지어 보이며 민희를 보았다. 그녀가 입가에 미소를 지으며 물었다.

"그런 걸 일석이조라는 거지요?"

대개 한 번에 하나씩밖에 안 낚이거든, 하고 비꼬듯 응답하고 싶었지만 자제했다. 민희가 다시 허벅지를 내 배 위에 올려놓으며 옆으로 누웠다. 나는 편안하게 답했다.

"일석이조라…… 일조이어(一釣二魚)네."

"바늘 한 번에 두 마리를 낚는다?"

"대개 둘 중 하나지. 앤드(and)보다는 오어(or) 개념이지."

"그거, 모 아니면 도보다야 좋지요. 이제 낫싱(nothing)으로 끝나는 일은 시도하지 말지요."

"그래, 낫싱!"

갑자기 낫싱이 앤드나 오어보다 허전하게 다가왔다. 내가 그렇게 살아왔다는 생각이 들었다. 그래 놓고는 외롭다고 징징대고 있는 것이다.

"오케이, 앤드 오어 이즈 배러 댄 낫싱?"

대답이 돌아오지 않았다. 막 잠에 빠져드는 듯했다. 나는 가만히 민희의 허벅지를 제자리에 바로 놓아주었다. 사실 내 짝밥은 위장된 것이었다. 내 바늘은 언제고 소설을 낚을 심산이었다. 그 길이 너무 멀어, 가끔 오아시스가 필요했다고나 할까. 나는 낫싱을 맞이할 자신은 없었다. 나도 잠을 청했다. 이제 비로소, 서먹서먹하지 않은 취침, 또 다음날 아침을 함께 맞을 수 있을 것 같았다.

꿈

1

나는 대학 졸업 후 성인 학원에서, 또 입시 학원에서 독어를 가르쳤다. 벌이가 시원치 않아 독어 번역도 꽤 했다. 번역 일은 특허와 관련된 것들이어서 화학, 생체, 기계가 주를 이루어 재미는 없었지만 번역료가 높아서 놓을 수가 없었다. 그리고 아내가 대학을 졸업한 해 6월에 결혼했다. 아내, 노정희는 학교 후배였다. 재학 중에, 방위 제대 후 4학년에 복학하고 나서 교내 문제로 함께 철야 농성을 할 때 알게 되었다. 문학반 학우들을 외면할 수 없어서 우정출연을 한 행사였다. 후배 여학생들이 담뱃갑을 뜯어낸 뒤 개비마다 자기 이름을 써서 위문품이랍시고 보내주었는데 내 담배에는 '노정희'라는 이름이 씌어 있었다. 당시 2학년 2학기에 다니는 같은 과 후배였다. 그녀의 글씨에는 개성이 있었다. 각이 져 있으면서도 동글동글한 게 예리하면서도 부드러웠다. 나는 담배를 피울 때마다 그녀의 이름이 타들어가는 것을 지켜보았다. 농성 해산 후에 1학기 내내 공을 들여 연애를 하면서 그녀를 내 애인으로 만들었다.

노정희는 무뚝뚝하고 멍하니 공상에 잠기기 좋아하는 나를 사랑해 주었다. 독실한 신앙인이며 마음씨가 수더분했다. 미모도 빠지지 않았다. 조용하면서도 강하고 신중하면서도 적극적이었다. 민희 이후 잊고 있던 여성성에 대한 갈망을 메웠다. 나는 졸업을 앞두고 진로 문제로 고민이 많았다. 정희에게 대학원 졸업 후 독일 유학을 하고 싶고, 돌아온 뒤 대학 강단에 서고 싶다는 말을 했는데 그녀도 동의해 주었다. 정희와 독일문화원을 열심히 다녔다. 민희와의 사연이 곳곳에 밴 곳이지만 그게 정희와 데이트하느라, 또 공부를 열심히 하느라 그랬는지 생각보다 장애가 되지는 않았다. 결혼 얘기가 자연스럽게 오갔고 정희가 졸업하자마자 식을 올리기로 했다.

학교 앞, 신촌에서 신혼생활을 시작했다. 신혼여행은 제대로 다녀오지 못했다. 고병도가 자기 승용차로 데려다 준 수유리의 한 여관에서 하룻밤을 지내고 다음날 근처 호텔에서 김치찌개를 먹은 뒤 바로 신혼방으로 돌아왔다. 방과 부엌이 한 칸씩 있었는데 그나마도 부엌은 베란다를 개조한 것이었고, 방은 교실의 교단 두 개를 나란히 놓은 정도의 크기밖에 되지 않았다. 전세 보증금 500만 원짜리였다. 화장실은 별도로 대문 옆에 나 있었다. 비만 오면 튀어 오르는 똥물 때문에 옆으로 엉덩이를 치우거나 들어 올려야 했다. 타이밍을 잘못 맞춰 똥물이 엉덩이에 닿을 때면 우울해졌다. 겨울에는 엉덩이가 시려 일보기가 만만치 않았지만 똥물이 튀지 않아서 좋았다. 싱크대는 세면대 겸용으로도 써야만 했다. 연탄보일러를 썼는데 툭하면 탄불을 꺼뜨려 냉방이 되기 일쑤였다. 나중에는 그나마도, 연탄 자체가 없었다. 장인이 사다준 쌀 한 말과 연탄 삼십 장은 열흘 만에 동이 났다. 먹을 것도 떨어졌다. 장모님 말마따나 흉가 같은 곳에서 사는 일은 실수로 탄불을 꺼뜨리거나, 뭘 해먹을까 고민하거나 궁리하는 문제와는 다른 차원의 세계였다.

2년 정도 살다가 우미촌으로 이사했다. 서울 외곽의 구석진 곳, 신촌과는 또 다른 대척점에 있는, 워커힐 뒤편 어디쯤이었다. 아내가 그곳 영어 학원에서 영어 강사로 일했다. 이때까지도 그동안 쏟아부었던 그 언어, 독어로 먹고사는 모습을 보여주겠다던 결심은 사그라지지 않았다. 그곳에서 내 욕심만 부리면서 4, 5년 살았다. 또 대학원에 입학했지만 역시 연구에 몰두할 수도 없었다. 누가 본들 한심하지 않았을까만.

목돈이 필요할 때마다 고병도에게 번번이 손을 내밀었다. 고병도는 이미 고위공무원직을 그만두고 버젓한 벤처기업을 운영하고 있었다. 뭔가 비리사건에 연루된 게 분명했지만 이렇다 할 해명은 없었다. 그 누구도 그에 대해 걱정하지 않았다. 뒤에서 든든한 장인이

밀어주고 있었기 때문이다. 고병도의 아내는 아이를 공부시킨다고 미국으로 떠났다고 했다. 이 친구는 여전히 내 아내가 있는 데서는 사람 좋은 얼굴을 했지만 둘이 이야기할 때는 나를 사장이 사원 다루듯 했다. 그리고 말본새나 마음 쓴씀이가 더 독해졌다. 그즈음 그의 얼굴은 심하게 변해가고 있었다. 상대방에게 갖는 호기심, 애정, 사랑 같은 건 얼굴에서 급속히 지워졌다. 대신 다른 사람들에게 상처를 남기는 언행을 서슴지 않았다. 그렇다고 내가 한마디 할 처지는 아니었다. 고병도는 돈을 보내주고 나서 다시 만났을 때 경제적인 문제를 들고 나와 노골적으로 나를 공격하며 복수했다.

"너 지난 십 년 따져봐라. 손가락 빨고 있는 게 그렇게 재밌냐. 땅은커녕 이렇다 할 집 마련이나, 주식이나 펀드에 투자할 궁리를 하는 것도 아니고. 도대체 무슨 배짱으로 살아가는지 도무지 이해가 안 간다."

돈을 쥐고 있는 사람이 심문을 하기 마련이다. 그래도 나는 심문자가 이 친구이길 바랐다. 다른 사람들이 아닌. 그래야 적어도 말대답이라도 할 수 있을 테니까.

"임마, 그만 좀 돈, 돈 해라. 미친 건 너희들일 수도 있는 거야."

녀석이 뭐라고 말을 끊으려 했지만 나는 강하게 저지했다. 오랜만에 내 속에 있는 것을 퍼부을 대상자를 만난 것이다.

"그래, 네 말대로 내가 많이 번다고 치자. 그거 역시 뻔하지 않냐. 직장 생활을 하면 직장이 날 가지려 하잖아. 나는 돈 말고도 해야 할 일이 너무 많아. 더 버티다가 벌어도 벌 테니까, 걱정해주는 건 고맙다만 더 이상 간섭하는 것은 사양하겠다. 돈은 너나 실컷 벌어. 그래서, 많이 벌면 나도 좀 주고. 나중에 갚으마. 잊지 않고."

서로 빤히 노려보았다. 마저 할 말을 하라는 듯이 있더니 고병도가 또 말했다.

"잔말 마라. 너 영어도 곧잘 하잖아. 우리 회사에 들어오라고 했을 때 들어왔으면 지금쯤 번듯한 집도 있고 네 가족 하나쯤은 건사할 수 있었을걸."

나는 일그러진 표정을 지으며 한숨을 내쉬었다. 고병도가 다시 말을 이었다.

"신념도 생활도 다 무너진 지금에 와서 어떻게 할 거냐 말이다. 너는 네 하고 싶은 대로 했다고 치자. 정희 씨는 뭐냐? 살면서 무슨 위안거리가 있어야지. 하기 싫은 짓도 하면서 살아야 하는 거 아니냐. 너는 싫어하면서 왜 아내한테만 일하라고 강요하냔 말이다. 정호길은 어쨌거나 박사학위라도 따올 테고."

그즈음 나는 독일어 참고서 저술에 매달리고 있었다. 대학입시생과 성인을 위한 학습서였다. 일요일이나 공휴일을 막론하고 하루 10여 시간씩 3년여 공력을 바쳤다. 1권을 출간한 다음 저자 직강으로 사설 학원에 나가 강의도 해보았지만 수입은 역시나 변변치 않았다. 강의는 거의 똑같이 해댔지만 마치 계급에 따라 분배하기라도 했는지, 돈은 영어 선생들이 다 가져가고 나는 한 달에 이

삼십만 원 정도밖에 가져오지 못했다. 마치 내게 와야 할 돈까지 모두 다른 사람들이 가져가는 것 같았다. 참고서라도 잘 팔렸다면 사정이 달라질 수 있었을까. 시장 상황을 어느 정도 읽었다고 판단한 출판사도 혀를 내둘렀다. 먹고사는 문제는 조금도 해결이 되질 않았다. 계약금을 받은 이후로 조금씩 가져다 쓴 돈 때문에 참고서에서 손을 뗄 수도 없었다. 그리곤 몇 년 동안 2권부터 5권까지, 십육 절지 이천오백 매 분량의 독일어 교재는 절반가량이 서점도 거치지 못하고 사산아처럼 소각장으로 직행했다. 시작을 하지 말았어야 했다는 생각이 들었지만 이미 엎질러진 물이었다. 차라리 번역이나 꾸준히 할 걸 그랬다고 후회했다. 번역은 그래도 근근이 경제적 위안이라도 주었을 테니까. 석사 논문과 참고서, 강의도 모두 생활에 보탬이 되지 못했다. 독일어와 관련된 모든 것들은 멸종 위기 동식물 같았다.

그런 와중에 아내는 더 늦기 전에 아이를 낳아야 한다고 했다. 고병도도 아이부터 가지라고 거듭 권했다. 아내는 이미 두 번이나 유산했다. 고병도는 자기 돈과 시간을 들여 나와 처를 한약방에 데리고 가서 진맥을 짚어 보도록 하고 한약도 지어주었다. 그게 효험이 있었던지, 배란일을 맞춰가며 노력한 덕분에 아내는 제대로 임신했고 다음 해에 아들이 태어났다. 나는 아빠가 된다는 게 너무두려웠다.

형편이 나아지면 낳자고 했었는데 아이가 생겨 버리니까 기쁨보다는 두려움이 앞섰다. 아빠로서 그런 느낌을 갖는 내가 두려웠다. 아이 백일 날 금반지를 내밀면서 고병도가 내게 정신과 치료를 받아보는 게 어떠냐고 제안했다. 아내가 고병도에게 나에 대해 다 고해바친 모양이었다. 나는 엉뚱하게 이렇게 대꾸했다.

"지 새끼가 두려우면 그런 거 받는 거냐?"

"그럼, 받아봐야지."

고병도는 역시 단호했다. 태연한 언행에 화가 나서 나도 모처럼 기운을 냈다.

"너도 안 받고 잘 살잖아?"

"나하고 같으냐. 나야 지극히 정상이잖냐."

"아이며 아내며 다 외국으로 보내 놓고 혼자 사는 게 정상이라고?"

"사람 참, 까칠하기는."

"난 진심이다. 나 떨고 있잖냐?"

"순진하긴…… 떨 거까진 없고."

"네가 받겠다면 나도 받으마. 진심이다."

아내에 대한 서운함보다는 아이에 관한 내 생각이나 느낌이 두려웠다. 아이의 존재 자체가 내게 힘이 되리라는 생각은 할 상황이 아니었다. 그저 분유값이라도 벌려면 더 열심히 일해야 했다.

어느 날 신문에서 평촌 신도시의 교사 모집 공고를 보고 지원을 했다. 2개월여에 걸친 심사 끝에 나는 합격통지서를 받았다. 지원

자들 중에는 박사들도 수두룩했었다. 박사학위가 있는 선배들도 만년 시간 강사를 면치 못하고 있는 경우가 허다했다. 막상 사십 대 일의 경쟁을 뚫고 독일어 교사로 합격을 했지만 또 다른 걱정이 앞섰다. 고등학교든 대학교든 발전기금이라는 명목으로 돈을 요구한다는 것쯤은 나도 알고 있었다. 돈이 없었던 나는 그 학교에 대한 미련을 언제고 접을 준비를 하고 있었다. 그런데 면접을 하고 최종 합격 소식을 알리면서도 돈 내라는 소리를 하지 않아 그 학교에 신뢰가 갔다. 그동안 출간해 놓은 참고서 덕분에 합격했을 것이다. 어쨌든 나는 독일어를 가르치며 살 수 있다는 게 눈물겹도록 고마웠다.

2

우미촌에서 1년 정도 출퇴근하다가 아예 그 학교가 있는 평촌으로 터전을 옮겼다. 신도시여서 아직 한갓지고 깨끗했다. 공기도 맑고 인구밀도도 낮았다. 많다고 할 수는 없지만 다달이 급여가 나온다는 사실이 가정을 원만하게 만들어주는 데 일조했다. 우선은 전세자금 마련조차 어려웠지만, 아내는 머지않은 미래엔 아예 융자를 받아서라도 집을 사둘 계획까지 세웠다. 아내가 장인 장모에게 돈을 융통해 달라고 틈틈이 찾아가 애교를 부리는 눈치였지만 만만한 액수가 아니어서 쉽지는 않을 거라고 판단하고 있었다. 나도 마음이 편해져 뭔가 더 일거리를 찾아냈다. 참고서를 쉽고 간결하게 수정하고, 번역거리도 구해왔다. 얼마 뒤 아내는 돈을 융통하고 융자를 받아 17평 아파트를 구입했다. 나는 아파트가 우릴 행복하게 해주는 건 아니며 행복은 마음이다, 이자 갚느라 애쓰지 말고 소박하게 살다가 더 모아서 가자, 우리보다 힘들게 살고 있는 사람들이 얼마나 많은데 죄스럽지도 않느냐며 극구 반대했다. 주변 사람들 여기저기 물어봐도 내가 잘못 생각하고 있는 거라고들 말했다. 세상이 지금 어떻게 굴러가는 줄도 모르는 철부지라고 했다. 마음이 약해지고 있던 차에 아내가 하도 간곡하게 청해서 아파트로 이사를 갔다. 아내에게 아직 그런 애교와 웃음이 남아 있을 때였다. 나는 나중에 혼자 살면서 그런 게 그리워 힘들어하고 있다는 것을 깨달았다.

아내는 그 사이 방송사 영화 아카데미 코스를 수료하고 독립영화나 단편영화 관계자들과 어울렸다. 아내의 주종은 다큐멘터리였다. 사패산 터널 농성 현장에도 몇 번 와서 다큐를 찍기도 했다. 혼자 오기도 했고 제작자들과 함께 어울려 오기도 했다. 간혹 녹음, 음악, 편집 작업으로 철야를 하느라 집에 들어오지 않은 경우도 있었다. 장비 임대가 싼 밤 시간을 이용해야 한다는 것이었다. 처음에는 미리 알렸으나 내가 허구한 날 늦고 툭하면 외박한다고 난리를 치니까 나중에는 말없이 늦고 외박하는 일이 잦아졌다. 급기야 아이 혼자 자고 있는 일이 반복적으로 벌어졌다. 밤새 아무런 연락도 없었다. 다음 날 아이를 동네 동료 교사 집에 맡기고 출근해서 교무실에서 아내와 통화하면서 막 소리를 질렀다. 그런 일이 반복되자 두 사람 사이의 감정이 악화되었다. 아내는 하룻밤 더 밖에서 지내고 다음 날 밤이 늦어서야 들어왔다. 시간이 지나 내 화가 가라앉은 다음에 들어오느라 그랬다는 정황을 충분히 이해하면서도 나는 내 감정을 억누를 수 없었다. 나는 직설적으로 울분을 터뜨렸다.

"도대체 아이까지 팽개쳐 두고 뭐 하자는 거야?"

아내는 말문이 막혀 그냥 흐느꼈다. 내가 벽이라고 느끼고, 그저 접는 쪽을 택했을 것이다. 게다가 방에서 아이가 울어대니 더 그랬을 것이다. 아내는 보기 드물게 정공법을 구사했다.

"퇴근 후 아이 좀 봐주면 안 돼?"

"난 직장 다니잖아!"

"직장 다닌다고 애는 아빠 얼굴도 모르고 크잖아. 좋아, 그건 그렇다 쳐. 늘 나돌아 다니면서 한다는 일이 기껏…… 돈 빌려다 남이나 주더니 이젠 남은 집까지 갖다 바치고."

예전에 '빌어먹는다'는 표현을 했다가 다소 완화된 표현이 '빌려다 남주고……' 운운이었다.

"무슨 뚱딴지같은 소리야!"

"부끄럽지도 않아?"

"누가 누구한테?"

"일이나 더 벌이지 말았으면 좋겠네."

분노와 체념의 얼굴을 보면서 나는 상황을 알아차렸다. 늘 마음에 걸리던 일이었다. 아내도 결국 그 일을 알게 되었다고 판단했다. 예전에 고병도가 우리가 사는 아파트를 담보로 쓰겠다고 해서 도장을 찍어줄 수밖에 없었다. 몇 달 지나지 않아 고병도가 이자를 갚지 못해 안달하다가 내게 당분간 이자를 갚아달라고 부탁했다. 내가 아내 몰래 돈을 변통해 갚다가 이자를 번번이 연체하자 아내가 눈치를 챘다. 아내는 이자 독촉을 받다가 급기야 은행까지 찾아가서 자초지종을 다 알게 된 모양이었다. 나는 미처 그 방안을 생각해 놓지 못하고 있었다. 내 목소리는 기어들어갔다.

"살다 보면 주고받고 그러는 거지."

"이게 당신 혼자만의 집이야? 엄마 아빠 돈에…… 거기다가 어쩜 내게 한마디 상의도 없이."

"상의했으면? 좋아라 했겠네."

사실 거의 다 장인 장모 돈이었다. 아내는 벌떡 일어나 방으로 들어가더니 문을 잠가버렸다. 밀린 대출 이자처럼 아내 마음에 나에 대한 증오가 싹텄을 것이다. 나는 방문을 부수다시피 열어젖혔다. 미안해서 사과라도 하고 싶었던 마음은 방문을 따면서 급변했다. 나는 알고 있었으면서도 그동안 모른 척했다고 소리를 질러댔다. 아이가 놀라서 울던 울음도 멈췄다. 아내는 기겁을 했다. 나는 곧바로 뒤돌아 나왔지만 그 이후로 아내의 수더분한 표정은 더 볼 수 없었다. 훗날 돌이켜 보아도, 그때가 분기점이었다. 그 뒤론 영영 그 고운 표정을 볼 수 없었다.

시간이 갈수록 아내와의 관계는 선지처럼 굳어갔고 급기야 아내는 집을 나갔다. 별다른 애정이 존재할 리 없는 가정, 마침 저 밖에서 손짓하고 있는 자기 일을 찾아 가출을 감행한 것이다. 나는 밀어내고 영화는 끌어당겼을 것이다. 나는 두고두고 그 상황이 후회되곤 했다. 사실 난 그즈음 온갖 악몽과 가위눌림에 시달렸다. 실패와 좌절감에 그랬을 것이다. 아이와 아내에게 소리 지르고 기물을 깨기도 했다. 자다 말고 밖에 나가 돌아다니다 오는 일은 예사였다. 그렇게 밤은 모면했지만, 그건 이를테면 풍선 효과 같은 것이어서 낮에도 난데없이 갑자기 손발이 마비되고 불안과 공포가 엄습하곤 했다. 누군가 옆에 있으면 좋은데 아무도 없을 때는 어둠의 나락으로 한없이 빨려 들어갔다. 대개 혼자서 버텨냈다. 기절했다 깨어나면 뇌와 몸은 해체되었다가 대충 재조립된 채 다른 세상에 팽개쳐진 느낌이 들었다. 다시 찾아오는 불안과 우울, 그건 '떨'에서 깨어났을 때의 혼미함 같은 거였다. 떨이 무서운 건 몽환에서 깰 때의 허탈감이었다.

나는 평촌에 살면서 우미촌과 신촌을 생각했다. 나는 내가 잘못 살아온 인생에 대해 반성도 많이 했다. 내 삶의 궤적이 싫었다. 크게 잘못한 일이 없었음에도 고통스럽게 이어온 삶과, 특히 나로 인해 형편없게 버려 놓은 아내의 삶 때문에 그랬다. 그동안 못해준 사랑을 지금부터 죽을 때까지 퍼부어도 모자란다는 사실도 잘 알고 있었다. 영화 일을 한다고 했을 때, 그동안 고생했는데 하고 싶은 일 좀 하겠다는데 도와주지는 못할망정, 말과 행동은 우호적이지 못했다. 아내가 집을 나가겠다고 했을 때 나는 못 들은 척했다. 갈 테면 가보라는 식으로 처를 노려보았다. 고맙다, 미안하다, 한마디 못 하고 떠나보낸 이후에 나는 그 어느 누구에게도 미안하다거나 사랑한다는 말을 하지 못했다. 나는 아버지의 유전자를 극복은커녕 더 악화시키는 역할을 자처한 게 분명했다. 어머니가 자진했다는 것을 알고도 그랬으니, 나는 악마가 분명했다. 사악하기보다 어리석은.

3

아내를 찾아가는 일이 찾아가지 않고 버틸 때보다 불안했다. 나는 덜 불안한 쪽을 택했다. 찾아가는 건 도장을 찍으러 가는 길이라고 믿었다. 도장을 찍으면 완전히 타인이 된다는 사실이 무서웠다. 현재와 미래에 대한 두려움이었다. 아이에 대한 자책감, 재결합에 대한 의지를 버리지 못한 채 발을 동동 굴렀다. 처자식과 나누던 체온, 내가 만져줄 사람, 나를 만져줄 사람이 없어 사는 게 사는 것 같지 않았다. 다른 여자와 잠자리를 같이한다고 해결될 문제가 아닌 것 같았다. 사 먹는 밥은 살로 가지 않는 것처럼. 예전엔 그까짓 것들이 대수냐 싶었지만, 사람은 키스, 애무, 포옹, 그리고 섹스 할 대상이 없으면 일찍 죽는다는 것을 서서히 알게 되었다. 삶은 구체적인 접촉이자 애무이며 감정충족이었다.

　10년가량 혼자 살면서 정호길을 자주 만났다. 혼자 있을 수도 없었고, 혼자 있는 시간을 피해야 한다는 본능 같은 게 작용했을 터였다. 마치 어머니가 돌아가셨을 때 같았다. 괜찮아졌다가도 어려서 경험하지 못했던 생활의 스트레스가 가미되어 트라우마처럼 작용한 것이었다. 게다가 이제 무슨 일이라도 저지를 것만 같았다. 예전에 비해서 인내심을 잃은 건지, 마음이 더 복잡해져서 참아낼 수 없는 건지 구분이 가지 않았다. 정호길을 만날 때마다 그동안 쌓였던 것들이 먹은 걸 게워낼 때처럼 내면에 꼭꼭 눌러놓았던 것들이 불쑥불쑥 튀어나왔다. 어느 날 나는 한참 동안 정호길을 잡고 하소연했다. 정호길이 한숨을 쉬더니, 자신의 아픔을 털어놓았다. 독일에서 논문 초안을 지도 교수에게 제출할 때마다 거절을 당해 한동안 우울증에 시달렸다고 했다. 논문이 통과되고 귀국할 즈음에 박사학위 받고 귀국해봤자 시간 강사 자리도 쉽지 않다는 얘기를 듣고 나서는 한참을 방황했다는 얘기를 할 때는 얼굴 표정조차 무거워졌다. 나 역시 잘 알고 있었으면서도 위로조차 할 수 없었다. 내가 바로 그것 때문에 고통받고 있었으면서도 참으로 무심했고, 그동안 내게 얼마나 서운했을까 하는 생각을 지울 수가 없었다. 나라 안팎에서 젊은이들이 피어보지도 못하고 사그라지고 있었다. 귀국한 뒤에도 치솟는 집값이며 전세금을 마련하는 게 불가능해서 힘들었다고 얘기할 때는 분위기가 착 가라앉았다. 아이는 커가고 점점 늘어나는 생활비에 한숨 그칠 날이 없다고 했다. 욕심 같아서는, 딸 하나 더 두고 싶은데 그럴 수 없는 게 너무 한스럽다고 했다. 딸 키우는 재미도 못 보고 사는 게 너무 슬프다고 했다. 화제를 옮겨 낚시 얘기가 나와서야 표정이 다소 가벼워졌다. 정호길은 아내와 아이를 데리고 새벽의 물안개를 맞고, 촉촉한 풀잎과 흙을 밟으며 산책하는 게 사는 낙이라고 했다. 그는 금촌쯤에 귀농하겠다고 벼르다가 저수지 옆 아저씨네 근처에 자리를 잡았다. 그나마 아저씨가 나서서 헐값에 지낼 곳을 찾아준 덕분이었다. 그게 벌써 3년여가 되었다.

그러던 어느 날, 정호길의 목소리가 유별나게 경쾌했다.

"낚시나 다니지."

"낚시?"

뜬금없는 생각에 동의하고 싶은 생각이 전혀 없었다. 그때 이미 정호길은 저수지 옆으로 이사 간 직후였다. 저수지로 돌아간다는 게 마음이 걸렸다. 나는 아무런 말도 하지 않았다. 대답 없는 나를 보며 정호길이 다시 물었다.

"금촌 부근으로 전근하면 안 되냐?"

하기야 전근 아니면 정신과 치료, 안정…… 나는 치료받기는 싫었다. 정호길이 덧붙였다. 그곳이라고 녀석들이 달라붙지 않겠느냐만 환경을 바꿔보는 것도 좋지 않겠느냐고. 다음 순간 이상하리만치 마음이 동요했다. 전근하면 많은 시간 정호길과 같이 지낼 수 있고 바뀐 환경에서 새롭게 시작해 보는 것도 좋지 않을까 싶었다. 낚시에 빠져 마음이 안정되는 것도 괜찮은 생각이 아닐 수 없었다. 돌이켜 생각해 보면 낚시할 때 얼마나 즐거웠던가. 일단 그렇게 마음먹자, 낚시가 간절해지기 시작했다. 이후로 오랫동안 낚시를 다녔다.

정호길의 집에 낚싯대를 맡겨 놓고 주말이나 공휴일이면 그곳으로 내려가 낚시를 했다. 버스와 기차를 갈아타면서 근처까지 가면 정호길이 트럭을 타고 마중 나왔다. 그러다가 아예 운전면허를 딸 생각을 했다. 운전을 하면서 낚시를 다니니 너무 좋았다. 더 일찍 자동차를 사지 않은 게 후회될 정도였다. 정호길의 창고 열쇠와 내 자동차 열쇠를 서로 나누어 가졌다. 나중엔 혼자 다니며 창고에서 대를 꺼내다 낚시를 했다. 대를 담그고 이런저런 생각을 하다가, 그 리스트를 만들어 보니 과거에 대한 것들이 주를 이루었다. 나답지 않게, 뒤늦게 가족을 생각하고 있었다. 무엇보다도 열 살밖에 안 된 아들에게 가족을 해체시킨 죄가 너무 컸다는 생각에 견디기 힘들었다. 그래도 마음이 다소 안정을 찾아갔다. 낚시로 치유가 되는 듯했다. 그러는 가운데 술을 그만 마시게 된 건 좋았지만 일 중독자인 내게 우두커니 앉아 과거를 길어 올리는 것만으로는 뭔가 부족했다. 생각해낸 과거들을 꺼내 놓고 그것들과 대화를 주고받았다. 혼자 앉아 중얼거리는 시간이 많아졌다. 그 옛날 고모가 하던 얘기가 떠올랐다. 뭐라고 그랬던가.

"아니, 인석이 영감이 다 됐네."

"어미가 너 보고 싶어서 그러는 거야. 무서워하지 않아도 돼."

그 외에도 많았다. 아저씨 목소리도 곁들여졌다.

"인석 봐라. 밤새 왔겠네?"

"얘야, 조금 지나면 괜찮아진단다."

의식적으로 그런 말을 몇 차례 소리 내서 말로 옮기던 어느 날, 잉어가 그 말을 받았다. 녀석은 막 살림망에서 놓여나자마자 좌대 옆 수초에서 입을 뻐끔거렸다.

"아저씨, 불쌍한데 아줌마 놔주시면 안돼요?"

"너희들하고는 달라. 아내는 안 돼."

"아저씨는 참 이기적이에요."

"건 또 무슨 뜬구름 잡는 얘기냐?"

"그렇잖아요. 결혼 전에 민희 아줌마랑 사귀느라 진이 다 빠졌다면서요."

"누가 그런 쓸데없는 말을."

"정희 아줌마가 그러는데, 자기는 껍데기하고 살았대요."

"……."

"그게 다가 아니라던데. 어머니의 망령까지 씌어 있어서……."

나는 그 말에 유난히 충격을 받았다. 그때까지 나보다는 아내 자신이 하고 싶은 일을 하려고 제 발로 나간 것이라고 믿고 있었다.

훗날 다른 사람들의 입을 타고 들려오는 얘기로는, 아내는 눈을 뜨고 가위눌림을 당했다고 했다. 그녀는 또 내가 데모대를 진압하는 전경보다 더 무섭다고도 했다. 그런 공포는 새삼스러운 게 아닐 터였다. 모르고 있었던 게 아니다. 나는 분명 이미 악마였다.

아내는 살림망에서 뛰쳐나간 것이다. 잉어처럼. 체포돼서 어망 속에 갇혀 있던 놈들 중에서, 특히 높이가 일 미터가 넘는 어망을 뛰쳐나가는 놈이 있다. 녀석은 밤새 수십 차례나 뛰어오르며 탈출을 감행한다. 망이 꽉 차 있어 다른 고기들 틈새에서 점프가 불가능할 텐데도 뚫고 나온다. 어느 때는 다 빠져나오긴 했는데 꼬리지느러미가 망에 걸려 버둥대는 경우도 있다. 나는 그런 녀석은 일부러라도 살려주는 편이다. 대견하게 여겨지는 까닭이다. 살던 곳으로 되돌아가는 녀석이 첨벙대는 소리는 참으로 경쾌하다. 그러나 아내가 그 망에서 빠져나가 독립된 생활을 시작하자, 가증스럽게도, 나는 그 사실을 참아낼 수 없었다. 아내는 거뜬히 혼자 힘으로 가출했는데도 말이다.

아내와의 마지막 밤 이후 나는 온갖 악몽과 가위눌림에 시달렸다. 과거를 뒤지는 일이 점점 더 많아질수록 현재와 미래가 시니컬한 미소를 보내곤 했다. 그러니 현재와 과거, 미래까지도 회한과 절망에서 자유롭지 못했다. 나는 어디에 존재하는 걸까? 그러다가 문득, 내가 하고 있는 짓이 소설과 많이 닮아 있다고 느꼈다. 구체적으로 그게 무슨 발상이었는지 확신할 수는 없었다. 새로 읽기 시작한 소설이, 과거에 읽었던 소설, 또 창작 경험과 함께 의미심장하게 다가왔다. 그것으로 현재를 대신했고, 그러자 과거와 미래는 멀리 떨어져 있으면서 부르면 언제고 달려와 소설 쓰는 데 도움을 주겠다는 듯이 나를 멀뚱멀뚱 바라보기 시작했다. 수백 권을 읽고 나자 대략 십여 년간 끊겨 있던 독서와 사색의 맥이 다시 이어졌다. 적잖이 위안이 되었다. 내 이야기를 써보고 싶다는 생각이 간절해졌다. 나 스스로에게 자꾸 말을 걸던 어느 날부턴가, 저 깊은 곳에 있던 내가 응답하고 있다는 사실을 발견했다. 혼자, 고모가 했던 말처럼 중얼중얼하곤 하는 날들이 많아졌다. 나도 모르던 나였다. 대를 담그고 머릿속으로 서사를 그려나갔다.

중얼중얼, 그게 내 일이었다.

"그래, 해보고 싶어 했잖아."

난데없이, 모여든 잉어와 붕어들 중 한 마리가 그 말을 받았다.

"나도 아저씨한테 한 표. 나한테 잘 보이면 이야깃거리 많이 얻을 걸요."

"인석들이, 병 주고 약 주네."

"그게 어디예요?"

정호길도 이미 여러 차례 언질을 주었던 내용이었다.

"그래, 소설 한번 써보지!"

나는 그 대화를 스스로 나직하게 읊어보았다. 엄마와 독일어가 주던 고독이 어디로 향하고 있었는지 알아차릴 수 있을 것도 같았다.

'아, 정말 해보고 싶은 건 소설 창작이 아니었을까?'

잉어가 어둠 속에서 다시 답했다.

"정희 아줌마도 비슷한 얘기 하던데!"

"인석들이. 너희들 그 아줌마 얘기 자꾸 할 거야?"

"아줌마는 우리들하고 있는 걸요. 행복하다고 노래를 불러요."

"행복?"

"곧 만나게 될 거예요."

"만날 수 있을까?"

"너무 안타까워요. 서로 등지고 앉아서 딴 데 쳐다보고 있으니."

사위가 다시 조용해져서 정신을 차리고 보면 나 혼자 낚시터에 앉아 있었고 그런 날이 점차로 많아졌다. 그때 이후로 낚시터는 사색하는 시간을 즐기는, 소설의 출발점이었다. 그야말로 꿩 먹고 알 먹고였다. 이야기를 떠올리고 엮는 일이 우두커니 찌를 바라다보면서 자연스럽게 이루어졌다. 지루할 때는 물고기들이 찾아와 추억을 상기시켜주기도 했다. 하염없이 사물을 바라보고 사색을 즐겼다. 소설에 대해 어느 정도 자신감을 갖게 되었다. 소설의 힘으로 이 세상을 버틸 수 있겠다는 생각이 확신으로 굳어졌다. 나중에는 배경과 인물, 구성과 놀면서 시름을 잊었다. 여름방학 때는 저수지에 장기체류하면서 밤낚시를 했는데, 그때 새로운 친구들이 생겼다. 별이나 달, 노루나 고라니, 심지어는 멧돼지나 올빼미 등과 놀았다. 가장 큰 소득은 바람과 비였다. 그것들은 내 인생에서 트릭스터였다. 비는, 잠을 자면서도 는개 내리는 느낌마저 터득할 수 있게 되었다. 그 이후로 나는 빗소리에 깨곤 했다. 그러고 나면 대개 우산을 쓰고 하염없이 걸었다. 꼭 여기저기 다니지 않아도 좋다. 나무나 숲, 지붕에 내리는 소리를 듣고 있는 것만으로도 좋았다. 사실 숲이어야 제격이다. 바람은 겨울에 좋았다. 겨울방학 때는 저수지 근처에서 장기간 민박을 하며 바람과 하나가 되었다. 바람은 눈, 얼음, 먹이를 찾는 들짐승 소리 등과 어울려 겨울을 겨울이게 만들었다. 하염없이 쏘다니다 보면 개학을 알리는 소리가 들리곤 했다. 아, 봄이 오면서 들리는 얼음 갈라지는 소리는 정말 일품이었다. 바람소리가 없다면 그것조차 가짜였다.

그 무렵 나는 학교에서 영어를 가르치기 시작했다. 자격을 갖추기 위해 학교 근처의 교육대학원 영어교육과를 다녔다. 그 뒤 나는 영어 교사로 완전 탈바꿈했다. 나는 기계가 되어 수능 기계들에게 영어를 가르치기 시작했다. 나는 서서히 교직이 싫어졌다. 독일어는 멸종당하고 사유는 마비되기 시작했다. 구원은 없었다. 국가는 댐을 세워 가족을 해체시키더니, 이제 시장과 결합하여 독일어를 멸종시켰다. 나는 세상이 원하는 대로 영어의 손을 잡고 입에 풀칠

하면서 우리말을 새로 배우기 시작했다. 그 새로운 우리말, 자연의 언어로 생각하고 말하고 표현하는 법을 연마했다. 그런 언어는, 새로운 삶을 끌어내는 그물이었다. 그 안에는 풍부한 인생이 무한정 녹아 있어 무한한 격려와 사랑을 주었다. 유년 시절의 경험이나 자연을 통해 내 삶은 탈바꿈하기 시작했다.

나는 학교에 진단서를 제출하고 1년 동안 휴직했다. 나는 크게 걱정하지 않았지만, 다른 교사들이, 영어 공부도 해야 할 테니 시간이 필요할 거라고 머리를 끄떡여 주었다. 심리 치료와 약물 치료를 받으면서, 갑자기 찾아온 한가로움을 즐겼다. 그동안 읽지 못했던 소설들을 읽었다. 매일 한 권씩 읽기에 딱 좋았다. 영어와 독어 사전은 안 보이는 곳에 치워버렸다. 여러 종류의 국어사전, 소설 창작을 위한 참고서와 어법을 다룬 서적들을 구입했다. 그동안 머릿속에 있던 것들을 단편소설로 옮겼다. 시점과 배경, 인물을 바꿔가면서 주로 내 환각과 환상의 세계를 소설로 옮기려 애썼다. 별로 어려운 일이 아니었다. 훗날 '글쓰기의 치유'라는 단어를 보았을 때 글쓰기와 치유가 매치된다는 것을 알고 아낌없는 찬사를 보냈다. 6개월쯤 지나자 몸과 마음이 복원되고 있는 걸 느꼈다. 1년은, 쓰고 싶은 글들을 써내기엔 너무 짧았다. 소설 쓰는 고통조차 재미가 있었다. 복직 후, 대략 여덟 편의 단편과 한 편의 중편소설을 들고 신촌에 있는 소설 창작반을 찾아갔다. 써놓은 소설이 잘된 건지, 뭐가 부족한 것인지 알 수가 없어 조언을 받고 싶었다. 치료반던 약도 많이 줄였다. 치료해 주는 대로, 처방해 주는 대로 수동적으로 따랐다. 그것에 대해서 생각하고 따지는 시간이 아까웠던 것이다. 죽기야 하겠는가, 마음을 먹고. 지도해 주는 소설가들에게 핀잔과 격려를 받아가며 소설들을 부지런히 고치고 고쳤다. 살면서 부딪히는 장애까지도 소설 속의 우여곡절을 표출하는 도구로 삼았다. 실패와 좌절, 그까짓 것들, 별 게 아니었다. 그런 것들, 그저 과정일 뿐이었다. 20군데쯤 투고하고 나서, 낚시와 중년의 삶을 다룬 중편소설이 당선되어 등단했다. 나는 문청, 소설가들과 어울리며 웃는 날들이 많아졌다. 낚시가 소설화되어 나를 기쁘게 해줄 줄이야. 앞으로 아들이고 딸이고 자꾸자꾸 낳으리라.

소야

1

은행에서 '최후통첩' 전화를 받고 며칠 뒤 행정실 직원이 급여 압류통보서를 보여주었다. 결국 올 게 오고야 말았다. 집 담보로 대출받은 돈과 신용보증 서준 돈까지 합해 내 채무로 넘겨진 돈은 무려 2억 원이 넘었다. 그 집을 마련하느라 은행에서 빌린 돈을 아직 반도 상환하지 못한 상황이었다. 더구나 행정실까지 쌀쌀하게 굴어서 많이 서러웠다. 격려도 모자란데, 너무 빨리들 돌아섰다. 사회과 선생들에게 물어가며 대응책을 마련해 보려고 했지만, 돈이 없으니 속수무책이었고, 집이 경매에 넘어가는 게 다음 수순일 터, 그걸 보고 있을 수밖에 없었다. 아저씨에게 전화를 걸려고 하다가 번번이 마음을 돌렸다.

수소문해서 고병도를 만났다. 전화번호를 바꿨는지 불통이었다. 아저씨에게 연락해서 겨우 전화번호를 알아냈다. 사정은 미루어 짐작이 갔지만 솔직한 얘기를 직접 듣고 싶었다. 아저씨 말에 따르면 그는 부도 처리됐고, 그동안에도 겨우겨우 틀어막고 줄타기를 하면서 위기를 모면해왔다고 했다. 그때마다 사건을 해결해주는 아저씨가 그저 고마웠다.

고병도에게 집으로 직접 찾아가겠다고 했으나 극구 만류했다. 아쉬워할 때와는 많이 달랐다. 괘씸했다. 하긴, 그의 집 모든 것에 빨간딱지가 붙어 있을 것 같아 겁도 났다. 그는 어디서 만날지조차 생각나지 않는 것 같았다. 만날 곳을 생각하면서 그는 한참을 끌었다. 내가 지난번에 갔던 대치동의 선술집으로 가겠다고 했지만 별로 내키지 않아 했다. 지리를 잘 모르겠으니 만나던 곳에서 만나자고 우겨서 대치동의 한 카페에 가 앉았다. 문자를 보내 있는 곳에 대해 일러주었다. 창밖을 내다보는데 기시감이 컸다. 그러고 보니 세촌을 잊고 살았다. 평촌의 아파트로 가기 전 우미촌에서 이사 나와 2년가량을 살았던 곳이었다. 제2외국어로서 독일어를 공부해야 하는 S대 지망생을 가르쳤다. 그게 그저 유일한 낙이던 시절이었다. 독일어는 그렇게 흔적과 유물로만 남아 있었다. 새벽 한두 시까지 수업했지만 집이 가까워서 좋았다. 나중에는 소문이 좋게 나 잘사는 집에 소개를 받아 가서, 그곳 반지하방에서 고등학생 둘을 가르치면서 무료로 살았다. 아이들은 무난히 S대에 진학했다. 나름 경제적으로 덜 쪼들리며 지내던 시절이었다. 말하자면 이곳 세촌은 내가 선생으로서 집사처럼 살면서 빈부 격차를 절감한 곳이었다. 그렇기는 해도 이곳에서의 체류는 훗날 내 소설 집필에 큰 도움이 되었다. 그곳에서 체득했던 빗소리가 유별났다. 비가 오면 창문을 닫아, 그 소리를 차단한 채 지켜보기만 해야 했던 시절, 그마저도 창문에 툭툭 튀어 오르며 시야를 가로막던 흙 입자들 때문에 결국 시각적인 감상마저 포기해야 했다. 그 소리, 뒤돌아보면 과거의 빗소리와는 너무 달랐다. 왜 그랬을까? 스치는 기억들, 종종 그냥 내버려 두었었다. 나무 한 그루 없는 길바닥을 때리는 빗물 모양과 그 투박한 소리, 굴러가는 자동차 바퀴에 감겼다가 튕겨져 나가는 빗물과 그 소리. 그 소리를 듣고 싶어서 습관처럼 문을 열었다가도 급히 닫아야 했던 일이 두고두고 떠올랐다. 아련했던 그것들, 삶 깊숙한 곳에서 짙게 배어 있다가 비를 핑계 삼아 흘러나오던 내 눈물이었으리라. 비오는 소리를 듣고 냄새를 맡으려 창문을 여는 일은 뒤로 미뤄야 했다.

고병도가 문자를 보내 다른 곳으로 오라고 했다. 하는 수없이 나는 그의 요구대로 몽촌토성 옆의 카페로 나갔다. 그 근처엔 민희와 두 차례 들른 적이 있었다. 카페는 8호선 지하철 역 바로 옆에 있었다. 예전에 민희와 만날 때 음미하던 창밖 풍경을 떠올렸다. 병도는 약속 시간을 한 시간이나 넘겨도 나타나지 않았다. 나는 연거푸 담배만 피워댔다. 짜증이 몰려왔다. 아니, 그것은 차라리 불안이었다. 연신 휴대전화 폴더를 열었다 닫았다 했다. 만나자마자 이 친구를 다그칠 상황이 저절로 만들어졌다. 막상 입구에 들어오는 친구를 보자 까칠한 얼굴 때문에 마음이 짠했다. 그는 내가 어디에 앉아 있는지 알기라도 한다는 듯이 뚜벅뚜벅 걸어왔다. 차마 입이 떨어지지 않아 인사로 물었다.

"뭐 마실래?"

그가 응답도 없이 계산대 쪽에 대고 말했다.

"어이, 아가씨, 물 한 잔."

그가 담배를 피워 물었다. 이미 불안과 초조에 절어 얼굴은 험악해져 있었다. 나는 사태를 직감했다. 싸움질하던 목소리로 그가 말했다.

"돈 좀 받으려고 근처에서 며칠째 버티고 있다."

아, 그랬구나. 일이 어떻게 돌아가는지 자초지종을 이해할 수 있었다. 이 친구, 담배를 피우는데 얼굴빛이 검고 손을 떨었다. 달라져도 너무나 달라진 녀석의 몰골을 보고 있자니 서글픈 생각을 지울 수 없었다. 나는 재떨이를 그에게 밀어 주었다. 아가씨가 물을 가져오자 나는 쭈뼛거리며 마키아토를 한 잔 주문했다. 그가 눈동자를 굴리며 말했다.

"야, 우리 나중에 만나자. 나 급히 가봐야 해."

"상황 설명은 해줘야 하는 거 아니냐?"

"돈을 주기로 한 놈이 다른 데로 튄 거 같아. 빨리 쫓아가 봐야 돼."

시름 깊은 그의 얼굴이 일그러졌다. 못할 짓이었다. 나는 좀 더 추궁하려다 말고 입을 다물었다. 말이 그렇지 이미 체념 단계인 듯했다.

나는 담배를 한 대 피워 물었다. 그는 멍청히 재떨이와 나를 바라다보기만 했다. 그는 자기 머릿속에서 굴러다니고 있는 것들을 노려보고 있는 게 분명했다. 나는 괜히 마음이 급해졌다.

"빼낼 돈이 있다더니 그 돈까지 다 날린 거냐?"

"어떻게든 해볼 테니 조금만 기다려 다오."

"맥쿼리 펀드 같은 데냐?"

"어떻게 그런 걸 다 아냐?"

다른 아가씨가 다가와 캐러멜 마키아토지요? 하고 물어보기에 고개를 끄떡여 주었다. 나처럼 어리바리한 직원이 여기에도 있는가 보다고 생각했다. 나는 다시 질문에 정신을 쏟았다.

"다국적기업 돈놀이야 붕어도 다 알고 있는 거 아니냐. 골드만삭스 같은 놈들 아니냐고."

"외곽순환도로 민자 구간에 투자했는데……."

"뭐? 어디다 투자했다고?"

"사패산 터널. 그거 황금알을 낳는 사업이라고 했거든."

"……민자는 무슨. 블랙홀 같은 데 돈 질러 넣길."

솔직히 나는 그 말을 듣고 놀라 자빠질 뻔 했다. 그런 모습을 보이면 안 되겠기에 간신히 참아 넘겼다. 여전히, 병도는 눈치를 채지 못한 것 같았다. 찡그린 얼굴을 보고 있자니 눈 감으면 천장이고 벽이고 떠다니는 돈 때문에 잠 못 이루었을 표정이 선했다. 터널을 뚫고 사용료를 징수해서 돈을 벌고자 했던 의도들이 전면 중지되면서 시간을 끌자 그는 그 터널을 미워하기 시작했다. 아니, 그 터널에 반대했던 사람들을 증오하기 시작했다. 정호길 역시 처음엔 정부의 말을 믿고, 외곽순환도로와 터널이 서울에 두른 멋진 넥타이로 보일 때가 있었노라고 실토하기까지 했다. 그러다가 시간이 지나면서 넥타이가 점점 더 자기 목을 조이기 시작하고 있다는 것을 자각했다고 하니 웃을 수도 울 수도 없었다. 병도는 부지런히 말을 이었다.

"터널 못 뚫게 하니까 여러 회사에서 그 구간에 갖다 부은 수천억을 회수할 방법이 없잖아. 우린 아무것도 못하고 손가락만 빨고 있었고. 개새끼들이 우리 망하라고 고사 지내 준 거지. 터널공사가 멈춰 서서 전체적으로 틀어막고 있는 이자만 하루에 수천만 원이야. 그러니 깡통 찰 수밖에. 네 말대로 블랙홀인지 맨홀인지에 빨려 들어가 버렸다."

그 주변 땅까지 사들였다가 돈줄이 막혔다는 얘기는 하지 않았다. 어쨌든 재기는커녕, 곤두박질칠 일만 남았다는 소리로 들렸다.

"하루아침에 알거지 됐단 말이지?"

"이자로 나간 게 원금보다 더 많아졌어. 빨리 뚫려야 이제부터라도 먹고살지."

"정부가 보전해 준다며."

"터널이 뚫려야 수익금 챙기고, 모자라면 보전해 달라고 하든지 할 거 아니냐고."

"네가 돈 댄 곳은 대기업일 거 아냐. 거기 가도 별 볼일 없다?"

"글쎄, 그게 미로의 연속이라니까."

"기다리란 말도 없어?"

"말만 무성해. 당장 나자빠지고 있는 사람들한테 내일이 어딨다고. 그리고 나 죽고 나서 보전 받으면 뭐 하나?"

"노 나는 장사라고 하더니."

"빨갱이 새끼들……. 사패산에 목매게 생겼다."

사패산 터널…… 정호길이 일갈했던 내용이 불현듯 스쳐갔다. 길게 한숨을 내쉰 다음에 했던 말이, 어느 단계가 되면 갑자기 들리기 시작하는 외국어처럼 지금 이해가 되었다.

"맥쿼리 같은 외부 기업한테 다 내주게 되어 있어. 그 녀석들 요즘엔 또 인천공항에 군침 흘리고 있다더라. 선심 쓰듯이 제 돈 들여서 도로며 다리 만들어 놓고 빼가는 게 얼마나 되는데. 통행료 수입이 적으면 국가가 혈세로 보전해 주니 얼마나 좋아. 참 이상한 국가지. 민자 구간이랍시고 1조 원 넣어 놓고 수천억 원씩 이득을 본다잖아. 떨거지들 덩달아서 돈 넣었다 뺐다 하면서 주식 조작하고 땅장사 하고…… 우리도 외곽에서 돈 내면서 다니잖아. 특히 사패산 구간에서는 노상강도들한테 돈을 몇천 원씩 덩어리째 뺏겨서 잘 알잖아. 하기야 보이지도 않지. 투명인간처럼 변신한 뒤, 대리인 앉혀 놓고 예쁘게 웃고 있게만 하면 되거든. 대기업들이 투자하는 돈 그거 다 외자야."

고병도도 스스로 그 단어를 발음하고 나니 더욱 울화가 치미는 모양이었다. 제 성질에 넘어가는 꼴이었다.

"사패산 터널 공사 방해했던 그 새끼들 다 잡아다 총살시켜야 돼."

나는 화를 누르며 조용히 말했다.

"정호길도 거기 가담해 있었다. 나도 그렇고."

"빨갱이 같은 새끼들과 어울려 잘한다."

"무섭다. 어떻게 네 입에서 그런 소리가……."

"내가 당장 뻘게 생겼는데, 네 눈엔 안 보이지?"

"사주 받은 빨갱이 분자들이 난동을 부리기라도 했단 말이네."

"너는 언제부터 말꼬리 잡고 드는 거냐?"

"그 논리대로 하면 나나 정호길이나 빨갱이 앞잡이고."

두 사람, 숨소리만 거칠었다. 나는 대화를 그만 접고 싶었다. 미끼와 바늘에 꿰인 채 꾼이 조종하는 대로 정신없이 끌려 다니는 붕어 신세였다. 붕어에게 왜 그러고 있느냐고 물을 수는 없었다. 죄는 밉지만 동고동락해온 불알친구다. 나는 정호길과는 다른 모습으로 이 친구를 대해야 했다. 그저 아무 말 하지 말고 술이나 한잔 걸지게 사주든지. 그러나 부아가 치밀어 그런 감상적인 생각들을 몰아붙였다.

"정호길 같은 사람들이 왜 그러고 있다고 생각하냐?"

"우선 먹고살아야지. 세상은 빛처럼 빨리 움직이는데 그깟 터널 하나 파는 거 가지고 몇 년째 그 아까운 빛을 썩히면서…… 발광들 하니까 그러지. 그런 거 다 따지면서 언제 쫓아가냐. 잘 살아야 생태보호니 환경이니 있는 거잖아."

빛이 발광(發狂)과 어울리는 게 낯설었다.

"생태계 파괴가 먹고사는 문제를 돕는 거냐? 자연을 내버려 두자는 얘기가 아니잖아. 전국을 온통 뚫고 파헤치고 들쑤시잖아. 그러니까 싱크홀 같은 걸로 우리에게 되돌아오는 거고."

"거기에 다 빠져 뒤졌대?"

"마찬가지지. 그것도 남의 돈 빌어다가 우리 무덤이나 파고 있으니 말이야. 우리가 무작정 반대만 하는 거 아니잖아."

"정호길이 그렇게 하라고 시키디? 블랙홀이니 싱크홀이니 하면서 사기 치라고?"

"그것들, 원인 제공한 쪽이 누군데 그런 말 그렇게 쉽게 하냐?"

"적색분자들이 유언비어를 퍼뜨려서 세상을 어지럽힌 거잖아."

"우리가 바보 천치냐? 그리고 그렇게 한가하지 않아."

"우리? 잘들 논다. 빨갱이들 하고는!"

"그 안에 빠져 허덕이는 나도 빨갱이냐?"

"……."

나는 우리가 매우 재미있는 대화를 나누고 있다는 사실을 깨달았다. 고병도가 대뜸 싱크홀이니 블랙홀이니 떠들어 대는 게 무엇보다 흥미로웠다. 빛이 발광(發狂)이라도 하는 것처럼. 나는 그런 생각을 하면서 감정을 가라앉히고 있었다. 그렇다 한들, 깨진 감정이 어디 가지 않았다. 내가 비아냥거렸다.

"너는 그래도 뭔가를 하다가 자빠진 거지. 그 웅덩이에 던져진 나는 뭐냐고?"

"빨리 한몫 챙겨서 식구들 있는 곳으로 가려고 했어. 생돈 밀어넣고 손가락 빠는 심정이 어떻겠냐? 이미 가족이고 나발이고 없지만. 어쨌거나 이 지긋지긋한 나라 못 뜬 게……."

"지긋지긋하게 만든 게 우리 책임이냐? 나머지 사람들은 또 어떡하라고?"

"내가 그런 거까지 신경 써야 하는 건 아니잖아. 그런다고 달라질 것도 없고."

이미 지나간 과거다. 나는 체념할 수밖에 도리가 없었다. 나는 현실로 돌아왔다. 사실 정호길의 말대로 고병도를 몰아붙일 일이 아니었다. 심신이 무력한 친구에게 그게 무슨 소득이 있겠는가.

나는 고병도를 조용히 보내주기로 했다.

"네가 당할 정도면 뭐……."

"회사라도 빨리 넘겼어야 하는 건데……."

"넘겼어야 하는 건데?"

"주식과 공장 담보해서 모두 다…… 나중엔 현금까지……."

"내 집과 월급 압류까지…… 그렇지?"

녀석이 말을 흐리는 걸 전에는 본 적이 없었다. 이미 물 건너갔다는 의미였다. 무슨 말을 주고받는 것 자체가 무의미했다. 지난 몇 년 동안 은행에서 대출금과 이자가 연체되어 있다는 통보가 날아올 때마다 급전을 구해 위기를 넘겨 왔다는 얘기는 할 때가 아니었다. 나는 각오하고 있었지만 현기증 때문에 아무것도 할 수가 없었다. 아내와 아들이 먼저 뇌리를 스쳐갔다. 녀석이 자리에서 일어났다. 수직으로.

"또 연락하자."

"제발 연락이라도 하고 살자."

녀석이 선 채로 담배를 끄고 황급히 출구로 나가버렸다. 그대로 있었다면, 마음이 격랑으로 바뀌어 물컵으로 녀석의 머리라도 내리쳤을지 모른다. 녀석도 살기 위해 달려 나갔다고 생각하면서도, 아내에게 전화로라도 괜찮은 소식을 전해주고 싶었던 게 부질없는 일이 되고 말아 허탈하기 이를 데 없었다. 아니, 이젠 전처라고 해야 하는 건가?

2

낚시하기 좋은 날이면서도 좌대에서 바라보는 하늘은 텅 비어 있었다. 정호길은 낚시삼매경에 빠져 있었다.

고병도와 연락한 지 한 달은 족히 지났을 것이다. '붕어의 집'에서 잘 견디고 있을까. 축사 같은 양어장에서, 아무리 먹여주고 재워준다고 해도 그렇지, 몇 푼 안 되는 돈 받아가면서 그냥 죽치고 앉아 있을 녀석을 생각하면 울화가 치밀었다. 일과 휴식의 경계라고는 없는 사무실이 그가 묵고 있던 곳이었다. 그곳에 머물러 있는 한 재기란 없을 텐데 말이다.

몰락은 도미노였다.

고통이 한 뜸 한 뜸 몸속을 파고드는 바늘로 변해 육신을 쑤시게 만들었다. 바늘은 나 스스로의 결함에서 오기도 했고 다른 사람들에게서 비롯되기도 했다. 바늘, 하기야 나부터도 바늘을 가지고 너무 몹쓸 짓을 해댔다. 언제나 그걸 준비하고 다녔으니까. 서로에게 바늘이나 처박아 대려고 혈안이었다. 나 자신부터가 그 바늘에 큰 수난을 당하고 있다. 그 바늘침은 또 내 혈로만 차단한 게 아니리라. 사람들에게 잠복되어 있던 바늘과 바늘이 연결되고 확대되어 자연의 물 흐름까지 끊거나 막았는지도 모른다. 그러니 해마다 눈에 띄게 심해지는 가뭄에 저수지가 내내 바닥을 드러내는 것도 필연일 수밖에. 재작년, 작년, 그리고 올해 어디론가, 지구 밖 어느 곳으로 물이 빠져나가고 있음에 분명하다. 저수지도 물을 미처 채우지 못해, 거의 십여 미터나 살을 드러낸 산기슭의 흙도 봄부터 가을까지 거의 일 년 내내 벌겋다. 매 맞은 뒤 며칠 지난 아이들의 검붉은 종아리 같았다. 바늘은 또 어느 곳을 찔러대고 있을까.

공상에 휩싸이고 있다는 생각을 하면서도 저지하고 싶지 않았다. 여기저기 풍경을 멍하니 바라보고 있다가 내 가슴속에 있던 수초도 다 말라비틀어졌다는 데 생각이 미쳤다. 나도 뭍에 끌려나와 숨을 헐떡이는 물고기 처지였다. 3주 만에 물가라고 찾아왔지만 이젠 기분 전환조차 되지 못했다.

"참, 고병도는 요즘 어떻게 지내냐?"

"붕어의 집에 가 있어."

조만간 물을 것이라는 생각을 하고 대비하고 있었던 탓에 곧바로 응답했다. 하긴 내 눈치만 보고 있었을 것이다. 어차피 대답 역시 솔직한 감정과는 거리가 멀 것이었다.

"붕어의 집? 사람하고는 싱겁긴⋯⋯."

유치한 코미디 대사 같은 대답이었다. 하지만 그게 또 사실이기도 했다. 나는 상황을 설명하려다 말았다. 대신 붕어의 집, 양어장 주인에게서 걸려왔던 전화가 떠올랐다. 항상 들떠 있는 걸쭉한 목소리.

"얼굴 좀 봅시다⋯⋯."

예전엔 그 좋던 너스레가 이젠 고병도를 여기다 던져 놓고 어떡할 셈이냐는 짜증으로 변했다. 나는 평촌 부근에 있는 양어장 주인과 꽤 친했다. 나중에 양어장을 넘겨받아 내가 직접 운영할까 하고 생각한 적도 있었다. 양어장엔 나름 좋은 점이 많았다. 멀리까지 낚시를 갈 수 없을 때나 겨울에 손맛을 볼 수 있고, 가까우니 비용도 훨씬 적게 들고 피로도 덜했다. 문제는 그런 최신식 낚시 시설과 너무 깨끗한 이면에는 인공적인 맛이 느껴진다는 것이었다. 밖에서 창을 통해 안을 들여다보면 양어장은 커다란 어항으로 보였다. 꾼도 산소 공급기에 하늘거리는 수초 사이에서 아가미를 쉴 새 없이 열었다 닫는 붕어처럼 보였다. 한적함이나 원시적인 맛은 희박했다.

아저씨의 낚시터에서 낚시점이나 하고 살면 좋겠다고 생각한 그 시절부터 붕어의 집까지 이르렀으나, 마치 고병도의 무덤처럼 느껴지는 그곳에서 이제 그 꿈은 물거품일 터였다.

고병도에 대한 화제로 다시 돌아갔다. 나는 딴생각을 하고 있고 정호길은 찌만 응시하고 있었다. 이제 대답해도 괜찮나 하는 망설임, 그러니 작은 목소리로 답했다.

"이젠 다 글렀어."

그는 계속 나와 얘기를 하고 있던 사람처럼 즉시 대답했다.

"재기해야 하는데."

나는 순간적으로 정호길에게 화가 났다. 지금 이 마당에 고병도를 걱정해 주는 게 앞뒤가 맞지 않았다. 그럴 리는 없겠지만 고병도의 불행을 기다리고 있었다는 듯이 들리기도 했다. 사사건건 현실을 비판하는 언행도 너무 짓궂게만 느껴졌다. 오늘은 특히 정호길이 거북하게 느껴졌다. 나는 퉁명스럽게 답했다.

"물 건너갔다니까. 부도로 다 끝났어."

나도 끝장났다. 내 급여는 100만 원가량밖에 나오지 않았다. 두 은행에 돈을 다 갚고 죽을 수 있을지 한숨만 나왔다. 경매로 넘어갈 집을 낙찰받아야 하겠기에 어디서 돈을 빌릴지 리스트를 만들어 보았지만 뾰족한 대책은 보이지 않았다. 고병도가 하루하루 견뎌내며 싸우고 있는 대상은 죽음의 유혹일지도 모른다. 나는 그렇지 않아도 요즘에 자꾸 누군가에게 하소연하고 싶은 걸 참아내고 있었다. 미운 정호길이 갑자기 언성을 높였다.

"빤히 보면서도 아무것도 못하니……."

"내 말이 그 말이다."

"이왕 나온 거 말이나 해 보자. 수몰에서부터 부도로 네 집 날리게 된 상황까지 쫙 펼쳐 놓고 봐라. 부도의 진원지는 사패산 터널 아니냐? 고병도 한몫 잡은 것처럼 그러더니 결국 망가졌고. 이렇게 보면 어떨까 싶은데. 수몰. 국가와 다국적 기업의 폭력."

"국가와 외자의 폭력?"

"그래, 사람하고는. 국가는 저수지로 마을을 수몰시켰고, 외부 기업은 폭력적으로 네 집과 가정을 폭파시켰잖아?"

"고병도를 외자와 사패산 터널에 연계시키고 싶은 거지?"

"그래. 그거 아주 딱 맞아떨어지잖아."

"사패산 터널? 그리로 안 다니면 되잖아."

"앞으로 안 다니려고. 다 날려 버리고."

누차 말했는데도 여전히 알아듣지 못하는 내가 답답한 모양이었다. 나는 차츰 그의 장광설에 멀미가 났다.

"휴, 안 다닐 수 있냐? 결국 연결되잖아. 다닐 때마다 몇 푼 안 되는 강의료에서 일 할씩 빼앗긴다고 생각해 봐라. 열불 안 나게 생겼냐? 외국 투자를 공돈이라도 생긴 것처럼 들입다 들여와서는 이 강산을 다 병들게 했잖아. 장하준 박사가 재인용해서 말했어. 외자를 테레사 수녀님처럼 환대했다고. 세상에 그런 돈이 어딨냐. 있으면 어디 읊어 봐라."

"……."

"금촌에서 태능에 있는 대학까지 다니려면 한 시간 이상 단축시켜 주는 거고. 그 시간 아끼면 에너지 절약되지, 다른 일에 투자할 수 있잖아. 결국 그게 이득 아니냐. 너 따져 봐라. 통행료 안 내고 다니는 길 있다디? 경부고속도로부터 시작해서."

"……."

"말이 십 퍼센트지. 우리는 급여에서 세금 내지, 다닐 때마다 통행료 내지, 통행량 부족하면 보전 자금까지 대주느라 또 돈 뜯기지. 그거 다 세금일 테니까. 내가 세금 기계지. 세금 더하기 세금 더하기 세금이다, 나는. 그 세금 제대로 못 쓰는데 외자까지 들여와서 또 헛짓거리 하잖아. 우면산 터널의 무모함은 이미 판명 난 거잖아. 아무 말 말고 통행료 내고 다니랴? 난 통행료 좀 덜 내고 장 박사 책이나 좀 더 읽어야겠다. 신자유주의 끝나고 마르크스가 다시 살아나는데, 그 동향도 좀 들여다보고. 힘닿는 대로 환경보호 운동도 좀 하면서 기부 못하고 사는 마음 죄책감 좀 달래고 말이다."

"너 빨갱이 맞다, 야."

오늘도 잠자코 얘기를 듣고 있어야 할 판이었다. 괜히 얘기를 꺼내서 본전도 못 건질 것 같았다. 마침 찌가 올라오고 있었다. 찌 올라온다고 소리라도 질러야 할 판이었지만 아랑곳할 것 같지 않으니, 이제 한쪽 귀로 흘리며 틈틈이 브레이크를 걸어야 했다. 정호길의 음성이 한층 더 높아지는 통에 계속 기회를 놓치고 말았지만.

"인간이 인간을 착취하는 게 상식이 되어 버렸잖아."

나는 꽤 지쳐 있었다. 이 친구 요즘 말이 많아졌다. 그가 계속 말을 이었다.

"이런 얘기까지는 안 하려고 했는데, 해야겠다. 장하준 책만 읽어도 그런 답변은 못 할 거다. 후진국 사람들이 좀 더 잘 사는 곳으로 나 있는 사다리 좀 올라가려 하면 '사다리 걷어차기' 하잖아. 누가? 선진국들이 그런 못된 짓을 한다니까. WTO, IMF, 세계은행, 세 악당들 얘기 다 까발려지고 있잖아. 이건 뭐, 서부극 시대의 클린트 이스트우드도 아니고 말이야."

"아, 그 얘기…… 저개발 국가들도 좀 먹고살려고 하면 선진국이 자기들 부자 만들어 준 사다리 걷어찬다고."

"근데 대처나 레이건이나……."

오, 안되겠다 싶었다. 최후 방책을 써야 했다.

"야, 찌 올라왔었어. 무슨 꾼이 찌 올라가는 것도 모르냐."

손과 입이 같이 움직였다.

"그때 우리는 대처나 레이건을 미워했잖아. 고병도는 툭하면 '새처'라고 부르면서 옹호하기에 바빴고. 그런 태도를 보면서 대화하기가 만만치 않겠다는 생각을 한 적이 있었어. 그 깡패들을 말이야. 이제 전 세계가 그 녀석들이 저지른 못된 짓거리에 죄를 물어야 할 판에. 두 사람의 정책이 지구를 망쳐 놓은 게 다 판명 났는데도 아직 거기서 헤어나질 못하고 있잖아. 빨갱이나 들먹거리고."

"야, 입질 타임이다."

나는 소리를 지르다시피 했다. 이 친구 내 마음을 모르고 있었던 게 아니었다. 그가 한숨을 내쉬면서 말했다.

"그래, 만날 얘기해봤자지."

마침 그의 찌가 반응했다. 정호길이 잽싸게 대에 손을 가져갔다. 휴우, 나는 한숨을 돌렸다. 올라가는 찌보다 더 반가운 게 있을까. 이제 녀석의 수다를 피할 수 있으리라. 이곳은 침묵이 필요한 곳이니까.

그러고 보면 피곤은 침묵을 방해하는 데서 오는 것인지도 모른다. 침묵 따윈 별로 중요하다고도 여기지 않는 곳들에서. 직장은 게다가 너무 시끄럽다. 그곳에서는 침묵은커녕, 소리를 내지르고 또 듣고 있어야 한다. 그곳은 어쩌면 월급 이상으로 내게서 에너지를 앗아가고 있다. 하긴 교사나 아이들이라고 허구한 날 똑같은 사람들을 보다 보니 지겨울 만도 했다. 학교에서도 교사들끼리, 예컨대 고참과 신참 사이, 교사와 아이들 사이의 밥상머리 교육 같은 건 독일어처럼 폐기된 지 오래였다. 밖에서도 마찬가지였다. 사패산 터널 반대 모임에서도 참여를 주장하는 정호길 같은 부류 때문에 은근히 힘들었다. 정호길만 해도 스스로에게도 지면서 고병도처럼 눈매는 점차 매서워지고 있다. 급기야 내가 하는 일에도 날을 세워 비판 일변도였다. 비판이 아니라 무시였다. 사랑 없는 지식이나 허식에 짓눌리지 않을 것 같은 친구였는데. 사랑 따원 점점 사치가 되어버린 듯했다. 우리의 목표는 제대로 운동하는 사람들이 아닐까? 사패산 터널 반대 운동은 또 다른 상처로 남을 것이다. 학교 안팎은 어찌 그렇게 닮아 있는지. 이념 전쟁을 치르느라 오히려 상황을 악화시키는, 그리고 나 몰라라 하며 책임을 지지 않으려는 건 가만히 있는 것보다 나쁜 게 아닐까. 정호길을 빼내야 하지 않을까? 사랑과 대안을 잃은 언행은 화만 자초할 뿐이다. 친구여, 우리 틈틈이 낚시나 하면서 살면 어떤가 말이다. 쓸데없이 다른 사람한테 바늘을 드리우지 말고. 바늘은 낚시하는 데나 쓰면 족하리라. 대를 드리우고 있노라면 마음도 풀리고 좀 더 여유를 갖게 되지 않을까? 부디 그 운동과 이념에 다이너마이트를 던지게 되지 않기를. 소 선생은 두어 차례 정호길과 낚시하는 자리에 동석하더니, 그 이후로는 그와 함께 낚시하는 자리에 오려 하지 않았다. 나는 두 사람이 공통분모가 더 많을 것이고, 그래서 서로 시너지 효과를 볼 수 있을 것이라고 판단하고 있었다. 서로의 장점은 포착하기도 전에 반감 속에 묻혀버리고 말았다. 그것 역시 내 착각의 연속선상에 있었다.

3

정호길이 하품을 하며 방에서 나왔다. 그는 내 주문대로 새로운 세상으로 걸어 나온 신 인류 같았다. 생수병을 들어 한 모금을 마시더니 다시 죽은 사람처럼 멍하니 땅거미를 응시하며 자리에 앉았다. 잠시 후 담배를 한 대 피워 물고는 또 한참을 가만히 있었다. 주변에서 고기가 뛰었다. 용케도 입질 시간에 맞춰 잠이 깼다고 판단했는지 대를 던졌다. 아직 의식은 희미할 테니 그저 본능적으로 던지고 있으리라. 물고기 뛰는 날치고 흉작이 아닌 적이 없다는 사실을 아직 깨닫지 못하고 있는 모양이었다. 그런데 조금 지나면서부터 그가 연신 고기를 낚아 올렸다. 형편없는 입질의 예언자인 보름달과 낮아지는 수위에도 아랑곳하지 않았다. 붕어들이 주변 환경과 하나가 되어 취해 있거나 균형이 깨져 혼란스러워하거나 둘 중 하나였다. 아니면 잠을 자면서 물고기의 시절로 돌아가 물속에서 녀석들과 어울리다 나오기라도 한 걸까, 녀석들이 그의 곁으로

오는데 망설임이 없었다. 조금 전에 방생한 녀석들이 보은삼아 잡
혀주고 있는지도 몰랐다. 지능 없는 물고기 대가리들, 번지수를 잘
못 잡고는. 정호길이 뭘 봐, 하는 눈짓을 던지며 말했다.

"누구 왔다 갔냐?"

"아니."

"계속 두런대는 소리 들리던데."

"붕어하고 수다 떨다가 녀석들 이바구가 너무 심해서 놔줬다."

"붕어가 도망간 건 아니고?"

"별걸 다 알아. 잠잤으면서도."

"방생하셨다?"

"모르지. 놔주다 보니까 뭔가 이상하긴 했어."

정호길이 어어, 하더니 대를 챘다. 낚싯대가 U자를 엎어 놓은 모
양으로 휘었다. 그는 엉덩이를 들며 허벅지에 힘을 주고 서서히 일
어났다. 힘을 주느라 얼굴이 벌겋게 바짝 달아올랐다. 실랑이를 보
고 있자니 대를 제대로 세우지 못할까 걱정이 되기도 했지만 성공
적으로 녀석을 제압했다. 붕어가 분명했다. 녀석의 바늘털이 반경
은 넓지 않다. 붕어는 헬리콥터 같아서 한 자리에 머물면서 힘을
쓰고, 잉어는 제트기처럼 이리저리 넓게 휩쓸고 다니는 버릇이 있
다. 그게 붕어와 달리 잉어가 꾼들에게 외면을 받는 이유 중의 하
나이다. 나는 뜰채를 들고 옆으로 가 섰지만 큰 녀석이 요동을 쳐
대는 바람에 쉽게 망에 담지 못했다. 그러자 정호길이 손맛도 볼

겸 녀석의 힘을 빼느라 아예 요리조리 끌고 다녔다. 드디어 녀석의 배가 하늘로 향했다. 내가 뜰채로 고기를 담아 올렸다. 누런 토종 월척 붕어였다. 자를 대고 재보니 34센티가 넘었다.

"와, 축하해."

"이 녀석 보통이 아닌데."

월척을 낚은 기사가 한껏 즐거워했다. 각자 사진을 한 방씩 박았다. 고조됐던 분위기가 가라앉자 담배 한 대씩을 피웠다. 땀이 식었다. 내가 정호길에게, 자 방생한다, 하는 눈짓을 보냈다. 그가 고개를 끄떡이자 고기를 물속에 던지고 나서 내가 말했다.

"묘한 기분이 드는데."

"왜, 또?"

"내가 물고기를 방생한 거잖아."

"고문하다 놔주는데도?"

"방생의 현대적 의미."

"후후, 봉헌이면 모르지."

순간 멍해졌다. 지나가던 해오라기가 자기 주면 배불리 먹을 텐데 놔주냐며 꺼억꺽대는 소리, 도둑 걸음 하던 생쥐가 아쉬워 입맛 다시며 찍찍대는 소리가 들리는 듯했다. 꺼억꺽과 찍찍 소리가 난데없이 물속에서 입질로 살아나는 듯했다. 정호길이 또 챌 준비를 했다. 헛챔질을 하고 나선 잠잠해졌다. 입질이 끊겼다. 우리는 어둠과 구분될 틈이 없이 숨을 죽였다. 수면도 침묵처럼 잔잔했다.

내가 비아냥댔다.

"봉헌? 그 소리 왜 안 나오나 했다."

그때 배가 다시 다가왔다. 쿵, 좌대에 배를 대는 소리에 아늑하던 좌대가 오줌을 누고 난 뒤처럼 몸을 떨었다. 사장이 배를 대고 식사 바구니가 다른 좌대 것과 바뀌었다며 투덜댔다. 나는 일어나 아까 배달된 바구니를 내주고 새것을 받았다. 다시 매캐한 연기와 냄새가 진동했다. 배가 다녀가면서 모든 게 카오스 속으로 휘말렸다. 머릿속에서 돌아다니던 것들이 흩어져 달아나 버리고 찌는 출렁대는 물 표면을 따라 춤을 추었다. 우리는 바구니에 들어 있던 냄비며 반찬 그릇 등을 신문지를 펴놓은 바닥에 옮기고 대충 자리를 잡았다. 닭볶음탕 냄새가 군침이 돌게 했다. 국물을 한 수저 뜨는데 정호길이 물었다.

"몰라서 그러냐, 내숭 떠는 거냐?"

사람하고는 난데없이. 그런데 그의 언행으로 보아 묻는 게 아니었다. 나는 조금 긴장했다. 역시 그가 틈을 주지 않고 물었다.

"서울을 봉헌한다, 그러잖아?"

"야, 그거야 기독교인들의 말버릇이고."

"농담 그만하고."

"갖다 바친다는 말인가 보지 뭐. 사람도 땅도."

"그래, 바로 그 소리란 말이다. 고병도처럼 낡아서."

"고병도는 봉헌됐다?"

"고병도뿐이겠냐?"

"자, 술부터 한잔 받아라."

정호길이 잔을 받으며 한숨을 쉬었다. 나도 참았던 숨을 보충했다. 정호길이 내 잔에, 나는 그의 잔에 소주를 따라, 빈속에 한 잔씩 마셨다. 나는 감자 한 덩어리를 앞접시에 담았고, 정호길은 닭다리 한 개를 베어 물었다. 나는 내가 너무 빈정댄 게 미안해서 한마디 하지 않을 수 없었다.

"그래 어디로 봉헌되는데?"

정호길이 다시 각 잔에 술을 따르고 말했다.

"사패산 터널에 봉헌된 거지."

화제는 결국 사패산 터널에 대한 것으로 옮아갔다. 예전에도 그랬다. 나는 '봉헌'이라는 단어가 너무 음습해서 누가 그 단어를 사용하는 걸 좋아하지 않았다. 지난 5월 서울시장이 서울을 봉헌한다고 하자 비판 여론이 끓어올랐다. 우리들 셋, 고병도와 정호길, 나는 오랜만에, 우리 모두 휴거되고 말 것이라는 데 의견일치를 보았다. 그 시작은 고병도였다. 고병도는 휴거가 된다면 절대로 자기가 아니고, 정호길이나 내가 될 것이라고 믿고 있었을 것이다. 휴거가 일상화되어 가는데도 청계천을 복원한 그가 대통령이 되었다. 서브프라임이 파도처럼 밀려왔다. 우리는 그저 하얗게 밤을 태우는 소야의 나날을 보냈다.

2부

싱크홀

1

한여름인데도 봄이나 가을같이 선선했다. 어둠이 짙었다. 산 그림자가 진 곳은 특히 그랬다. 사방이 산으로 막혀 있어 모든 게 그안에 고여 있는 듯했다. 어둠이 짙은 곳과 조금 덜한 곳 사이에 그림자 경계가 띠를 이루었다. 그 경계, 검푸른 물 위에 두 개의 야광찌가 개똥벌레처럼 앉아 있었다. 소리도 수면 중이었다. 세상은 하늘과 산, 물로만 이루어져 있었다. 세상이 잠시 출렁, 홀연히 빛나던 연두색 케미가 물과 수초를 연초록으로 물들였다. 찌가 중력과부력 사이에서 잠시 멈칫하더니, 다시 가라앉아 제자리를 잡았다.나는 낚싯대에서 손을 뗐다. 긴장을 풀고 있으려니, 무연히 앉아있기에 오히려 좋았다. 새벽이 더디게 와 주시길. 동이 터 붕어들이 먹이를 찾아다니면 손맛을 볼 수 있는 확률이 많아지는 건 좋지만, 그만큼 닳아버릴 밤을 생각하면 아쉬울 터였다. 나는 대를 두 대 더 펼쳤다. 이번엔 빨간색 찌를 달아 연두색 찌 양 옆으로 던졌다. 곧 어신(魚信)이 올 것 같아 설레었다. 담배를 몇 대 피우는 동안 아무런 응답이 없었다. 길게 하품을 하고 찔끔찔끔 배어나는 눈물을 훔치고 있을 때 휴대전화 벨이 울렸다. 나는 망설이다가 폴더를 열었다. 환하게 번지듯 퍼지는 푸른빛에 눈이 부셨다. 정호길이었다.

"입질 좀 하냐?"

"오늘은 틀린 거 같다."

"그럼, 바로 나와라."

"이제 한잠 잘까 했는데."

"고병도가 일을 냈다."

"뭐?"

바로 전화를 끊고 철수를 서둘렀다. 대를 걷고 짐을 꾸리는데 손과 발이 떨렸다. 가만히 있을 수가 없어서 좌대 위를 성큼성큼 돌아다니는데 사지는 이미 내 것이 아니었다. 마치 꼭두각시처럼 조종당하고 있는 듯했다. 잠시 후 총무가 좌대에 배를 댔다. 쿠궁. 짐을 싣는 둥 마는 둥 바로 출발했다. 좌대에 남아 있던 진동이 실렸는지 배가 갈팡질팡했다. 잠이 덜 깬 곤충이 더듬이질을 하고 있는 듯했다. 선착장이 물안개 사이로 모습을 드러냈다. 배가 다가가면서 선착장 주변을 출렁거리게 했다. 꾼들이 배를 쳐다보곤 서운

한 표정을 지었다. 정호길은 물가 언덕에 앉아 저수지를 바라보고 있었다. 둑에 앉아 있는 그의 모습이 영락없는 촌로였다. 나는 낚싯대와 배낭을 자동차 트렁크에 싣고 나서 그에게 다가갔다. 등 뒤에서 정호길의 두 어깨를 손으로 짚었다가 그의 옆에 앉았다. 그는 나를 힐끗 돌아보더니 눈인사를 한 뒤 일어나 물가의 꾼들에게 다가갔다. 살림망을 들어 올리자 파닥대는 소리가 제법 컸다. 씨알 굵은 붕어와 잉어, 동자개, 메기가 푸드덕댔다. 그는 나를 보며 말했다.

"모두 다 살림망에 갇힌 물고기 신세야……"

그가 어망을 다시 물에 담갔다. 흔히 쓰던 말이기에 나는 제법 빠르게 응수했다.

"이제 차례차례 매운탕 냄비 속으로. 너와 나, 고병도…… 모두 붕어며 잉어, 메기, 동자개처럼."

정호길이 아무 말 없자 나는 조금 머쓱해졌다. 그가 둑 위로 올라왔다. 잠시 후 그가 굳은 표정으로 응수했다.

"이제 탈출해야지."

나는 고개를 끄떡여 주었다. 내가 키를 내밀며 말했다.

"네가 운전해야겠다. 평촌까지 가려면."

그는 키를 받으며 나를 힐끔, 쳐다봤다. 여기서 평촌까지의 거리와 그곳에 고병도가 지내던 곳이 있다는 사실을 잠시 떠올리고 있으려니 했다. 그가 바로 나무라듯 말했다.

"평촌으로 간다고?"

나는 주춤했다. 정호길이 내 티셔츠 주머니에서 담뱃갑을 꺼내며 말을 이었다.

"금촌으로 오실 것 같은데."

"뭐, 어디로?"

"어디겠어. 금촌도립병원이겠지."

내가 얼굴을 빤히 바라보자 무슨 얘긴지 상황을 설명했다.

"병도 아버님 외출하실 때 늘 모시고 다니는 아저씨하고 통화했어. 나도 급하면 그 아저씨께 운전 부탁드리곤 했거든. 금촌병원으로 오고 계시대."

"그럼, 금촌으로 가야지."

정호길이 고개를 끄덕였다. 갑자기 먼 길을 준비했던 마음과 몸에 맥이 풀렸다. 무심하게, 졸음까지 엄습했다. 차라리 좌대에서 한숨 자고 나올걸 그랬다는 생각이 들었다. 내 안색을 살피며 정호길이 말했다.

"그늘에 차 대고 쉬고 있어라. 난 한 바퀴 둘러보고 올 테니."

정호길이 둑 저쪽으로 걸어갔다. 나도 엉겁결에 뒤를 따라가려했지만, 어지러워 잠시 상체를 굽혀 양쪽 무릎을 손바닥으로 짚었다. 정호길이 가다 말고 뒤를 돌아보았다. 엉거주춤한 상태로 내가 물었다.

"금촌 가서 사우나나 할까?"

"그러든지."

정호길이 간결하게 받아쳤다. 나는 뭐라고 말을 건네고 싶었지만, 그의 표정이 어두워 입을 다물었다. 언제나 시름이 깊은 얼굴이니 별로 새삼스러울 게 없긴 했다. 그가 방향을 바꿔 주차장으로 향하자 나도 얼떨결에 따라갔다. 우리는 바로 자동차에 올라탔다. 정호길이 키를 꽂았다. 내가 생수병으로 목을 축이는 동안 잠시 생각에 젖어 있던 정호길이 한탄했다.

"세상이 어쩌려고 이러는지, 원."

"응?"

아무것도 아니야, 하는 표정으로 정호길이 시동을 걸었다. 자동차가 유난스럽게 몸을 떨며 매캐한 냄새를 토해냈다. 비탈길을 오르는데 막 떠오른 해에 눈이 부셨다. 어지러워 눈을 감고 등을 기댔다. 자동차가 저수지를 벗어났다. 내가 조느라 몇 번 고개를 꺾었다 세우자 정호길이 말했다.

"눈 좀 붙여."

말이 떨어지기 무섭게 나는 의자를 뒤로 하고 누웠다. 얼마나 지났을까. 차가 덜컹덜컹하는 통에 눈을 떴다. 차창 밖의 거리 풍경으로 보아 금촌 초입임을 알 수 있었다. 20여 분쯤 눈을 붙였을 터였다. 한결 개운했다. 나는 물을 한 모금 마시고 조수석 사물함에서 수첩을 꺼내들었다.

"내가 시 한 수 읊어볼게."

"갑자기 시는 무슨……."

"제목이 「그날」●이야."

나는 제대로 돌아가지 않는 혀와 입술을 놀렸다.

"제목…… 그날. 그날 아버지는 일곱 시 기차를 타고 금촌으로 떠났고……"

정호길을 힐끔 쳐다보았다. 묵묵부답이었다. 나는 시의 허리를 중략하고 낭독을 이어갔다.

"……그날 몇 건의 교통사고로 몇 사람이 죽었고 그날 시내 술집과 여관은 여전히 붐볐지만 아무도 그날의 신음 소리를 듣지 못했다. 모두 병들었는데 아무도 아프지 않았다."

시를 끝내자 마침 자동차는 금촌 시내로 들어섰다. 정호길이 물었다.

"모두 병들었는데 아무도 아프지 않았다고?"

"참고 살고 있는 거지."

정호길은 아무 말 없이 서행했다. 잠시 더 졸았다. 정호길이 음악을 틀자, 그 소리에 놀라 그새 또 졸았네 하며 마른세수를 하자 그가 말했다.

"금촌이다."

나는 길게 심호흡을 하고 기지개를 켰다.

● 이성복, 「그날」, 『뒹구는 돌은 언제 잠 깨는가』, 문학과지성사, 1980.

사우나를 한 뒤 누웠는데 내내 각성 상태가 이어졌다. 금촌으로 들어가는 길에 읊었던 구절, 모두 병들었는데 아무도 아프지 않았다는 구절이 전에는 미처 몰랐던 감각을 깨웠다. 아프다는 신호를 보내던 고병도를, 내 아픔만 앞세워 지나치게 몰아세웠다는 자책감으로 이어져 가슴이 아렸다. 엎치락뒤치락하면서, 고병도의 상태는 어떤지, 또 아저씨를 만나 어떻게 해야 할지 고민했다. 옆에 누워 있는 정호길을 봤더니 미동도 없었다. 깨워봤자, 달리 방안이 있는 것도 아닐 터 괜히 마음만 급해 허둥대고 있다는 자각이 들었다. 시간이 조금 더 지나야 할 것 같아, 눈을 감았다. 눈을 감고 있으면 반은 자는 거라니까, 하고 자위하고 있다가 잠깐 잠이 들었다. 간간이 어머니와 고병도의 환영으로 뒤숭숭했다.

이른 아침, 정호길을 깨워 식당에서 미역국에 밥을 두어 숟가락 말아 먹었다. 눈곱과 부석부석한 얼굴 등 피곤에 절어 있는 모습을 보니, 정호길도 제대로 잠을 못 이룬 게 분명했다. 식사 후 커피를 마시고 싶었으나 더 눈을 붙여볼 심산으로 식혜 한 캔을 마셨다. 머리도 아프고 몽롱한 데다, 기운도 없어 다시 수면실에 가 누웠다. 잠깐 잠이 들었나 싶은데 정호길이 내 뒤에서 내 목을 팔로 감싸 안았다. 오른쪽 귓불에 그가 내쉬는 숨이 제법 뜨거웠다.

"병도가 저세상으로 갔단다."

"뭐?"

내가 일어나려고 했지만 정호길이 내 몸을 풀어주지 않았다. 나는 다시 털썩, 자리에 누웠다. 그가 내 목에서 손을 빼내더니 이번에는 겨드랑이 사이에 팔을 넣어 나를 안았다. 그가 다시 말했다.

"전화했을 땐 이미 절망적이었단다."

"불쌍한 녀석, 어떡한다냐."

내가 일어나려 하자 그가 내게서 팔을 빼냈다. 내가 앉자 그도 따라 앉았다. 우리는 그대로 잠시 서로를 바라보았다. 말이 없었다. 하기야, 우리는 이미 알고 있었다. 그는 끝이 보이던 시한부에 다름없었으니까. 일어나 대충 씻은 다음 흡연실로 어기적어기적 걸어가 담배를 두 대나 피웠다. 울음이 쏟아졌다. 정호길도 눈물이 그렁그렁했다. 마음이 급해져 대충 씻고 사우나를 나섰다. 정호길이 주차장으로 가고 현관문 앞에 서 있는데 햇살이 강해 잠시 어지러웠다. 정호길이 내 앞에 차를 댔다.

우리는 금촌도립병원, 영안실로 향했다. 아직 어수선한 데다 몇 사람 없어서 한적하고 쓸쓸했다. 아저씨를 찾을 수 없어 우리는 사무실로 올라갔다. 마침 아저씨가 담배를 입에 물면서 밖으로 나오고 있었다. 나는 한 걸음 빨리해서 아저씨에게 다가갔다. 아저씨는 나를 멍하니 바라보기만 했다. 알아보지 못하는 눈치였다. 내가 두 손을 내밀며 말했다.

"아버님, 병도 친구 이현탭니다."

"얼굴 보니 알아보겠군. 그동안 고생 많았지?"

그의 얼굴에는 비장감이 주름처럼 각인되어 있었다. 그래도 비교적 침착했다. 내게 뭐라고 한 것도 아닌데 나는 마치 죄인 같았다. 라이터를 꺼내 보이며 아저씨를 밖으로 모셨다. 아저씨가 고개를 끄떡였다. 내가 늦게 말을 받았다.

"그저 죄송할 따름입니다. 친구가 이 고생을 하는데도……."

더 이상 말을 잇지 못하자 아저씨가 한숨을 쉬고 나서 말했다.

"이 사람아, 탓할 사람은 자네가 아니라 나일세."

"어렸을 때부터 저한테 잘 해주셨는데 찾아뵙지도 못하고……."

"……유서를 보니까, 자네가 맘고생 많이 했겠어. 단도직입적으로 말함세. 월급 압류 건은 우선 자네가 감당하고 있게나."

"아닙니다. 상중에 그런 걱정을 다……."

건물을 나와 라이터를 켜서 내밀었다. 아저씨가 불을 붙여 연기를 뱉고 목청을 가다듬었다.

"아니네. 아직 거기까진 내 힘이 닿질 못하니 말일세. 자네 부친 뵐 면목이 없네. 이미 연로하신데 자칫하면 일 치르네. 우선 자네 집 문제부터 해결함세. 경매 들어오면 내가 그 집을 인수해서 자네 명의로 돌려놓겠네. 그리 알고……."

아저씨가 담뱃갑을 꺼내더니 내게도 한 대 권했다. 나는 머뭇거렸다.

"괜찮네, 한 대 피우게."

내가 한 개비를 뽑아 손가락 사이에 끼우자 바로 불을 내밀었다. 나는 두 손을 모아 불을 붙이고 대충 한 모금 빨다 말았다. 아저씨는 연기를 깊숙이 빨아들였다. 나는 초주검이 된 어른이 던져 주는 위안만 날름 받아먹고 있는 어린애 같다는 생각이 들었다.

남을 배려하는 아저씨의 태도에 나는 다시 한 번 탄복했다. 아저씨에게 휴대전화가 걸려 와서 잠시 말이 끊겼다. 주고받는 내용으로 보아 납골당 문제인 것 같았다. 아저씨는 위치며 경비며 말을 주고받더니 전화를 끊었다. 잠깐 넋을 놓고 방향을 정하지 못하더니 사무실에 가야 한다며 발걸음을 돌렸다. 방금 말을 주고받던 내가 옆에 서 있는 것도 잊은 듯했다. 나는 잠시 넋을 놓고 있다가 아저씨 뒤로 바싹 다가갔다.

"어떻게 해야 할지. 전혀 생각도 못하고 있었는데."

"간간이 병도를 통해서 자네한테 신세 진 얘기 듣고 있었네."

"아버님도 힘드실 텐데……."

"젊은 사람은 살아야지."

어딘가에서 또 전화가 걸려왔다. 아저씨는 내 얼굴을 쳐다보더니 걸려온 전화를 받았다. 나는 멍하니 아저씨를 바라보고만 있었다. 예전에 고병도가 부도를 맞고, 아저씨 집까지 저당 잡혔다는 소리를 들었다. 그렇다면 말과는 달리 뾰족한 방도는 없을 것이다. 내게 눈짓을 하고는 사무실로 들어가는 아저씨를 물끄러미 바라다보면서 나는 복도 벤치에 앉았다.

문득 그 옛날 새벽, 수몰지 양어장에서 보았던 아저씨의 얼굴을 떠올렸다. 그러자 거기서 먹었던 라면 생각이 났다. 신혼 초 며칠씩 굶다가 라면을 먹을 때 잠시 그때를 회상한 적이 있었다. 전화라도 드려야지 하면서 송수화기를 들다가도 내가 사는 꼴이 비루해서 그만 수화기를 내려놓았던 기억이 새로웠다. 그날 아저씨는 나를 보자마자 내 상황을 즉각 알아차렸으리라. 나를 안아주던 아저씨의 체온이 없었다면 나는 얼마나 더 떠돌아다녔을까. 그 후에도 과연 살아남을 수 있었을까. 그때의 배려심이나 안도감이 아저씨를 내 롤모델이 되게 했다. 반백에다 주름조차 더 자리 잡을 곳이 없는 얼굴이 사무치게 서러웠다. 그래도 아직 구릿빛 건강한 피부에 포용력 있는 언행은 어디 가지 않았다. 나도 그냥 낚시점이나 하면서 살았으면 좋았을 것을. 그랬더라면 저런 넉넉한 사람이라도 되어 있지 않았겠는가, 생각하며 멍하니 앉아 있었다.

그때 뒤에서 누군가가 부르는 듯한 소리를 들었다. 돌아보니 아저씨가 급히 달려왔다. 거리가 얼마 되지 않았는데 가쁜 숨을 몰아쉬었다.

"궁금한 게 있었는데 깜빡하고 있었네."

나는 자리에서 일어났다.

"네."

"얘가 목을 맨 게 양어장이라고 하던데 그게 무슨 소린가?"

나는 뭔지 알 수 없는 막막함에 빠져들었다. 그러면서도 처신을 잘해야 한다는 생각을 얼핏 했다. 그 순간만큼은 그날 새벽 얻어먹은 '라면 값'은 해야 했다. 순간적으로 아저씨가 양어장이 아닌 영안실이나 안치실에서 고병도의 시신을 인수했을 것이라고 추측했다. 나는 부인부터 했다. 무조건 그렇게 해야 한다고 판단했다.

"아닙니다."

"사망 장소가 양어장이라고 했던 거 같은데……."

"아니고요, 잠시 도피해 있던 곳입니다."

나는 간신히 얼버무렸다. 아저씨는 고개를 끄떡일 뿐 더 이상 말이 없었다. '도피'라는 단어의 절박함이 그로 하여금 더 생각을 이어나가지 못하게 했는지도 몰랐다. 아버지가 일궈 놓은 '양어장' 같은 곳에서 자식이 목을 맸다는 사실을 알게 해서는 안 될 터였다. 어쨌거나 오랜만에 만나 거짓말부터 늘어놓은 셈이었다. 이 불충을 어떻게 감당하려고, 하는 자책감 같은 게 서늘하게 훑고 지나갔다. 중학교 3학년 겨울, 어둠 속에서 유령들이 나를 툭툭 치고 지나갈 때처럼. 나중에 되짚어 봐도 그랬다. 아저씨는 양어장이 아니라 병원 안치실로 직접 간 모양이었다.

고병도가 넥타이로 목을 맨 매점은 가끔 나와 둘이서 아침 겸 점심으로 짬뽕과 짜장면을 먹던 곳이었다. 그는 각종 자질구레한 낚시물품이나 간단한 취사도구를 밀어내고 한쪽 구석에서 칼잠을 자야 했다. 조만간 무서운 일이 벌어지지 않을까, 불길한 예감이 들었는데 올 게 오고야 말았다. 케미 하나 켜 있지 않은 시커먼 물 위를 바라볼 때처럼 아무런 생각도 나지 않았다. 바늘에 걸려 바둥 대는 붕어만 연상될 뿐이었다. 환청이나 헛것이 전해 주던 소식이 헛것이 아니었다. 아저씨가 고개를 끄떽이며 발걸음을 돌렸다. 뒷 모습이 허적허적했다. 왈칵, 눈물이 쏟아졌다. 녀석은 그저 아프 다고 한 게 아니었다. 죽을 지경이라고 호소한 게 아니었던가. 아 무도 아프지 않았다, 라는 문구는 이렇게 바꿔어야 하리. 아무도 그 소리를 알아듣지 못했다. 혹은 모두 그런 척했다.

정호길이 벤치로 다가오더니 나를 툭, 쳤다. 가까이 왔는데도 알 아보지 못하니, 생각에 빠져 사람 오는 것도 몰라? 하는 듯했다. 나 는 정호길을 잊고 있었다는 게 미안했다. 같이 위로하고 위로받을 사람이었다. 둘이 앉아 고병도의 인생을 떠올리며 남아 있는 우리 들을 자책했다. 우리는 오랫동안 영안실, 장례 절차, 아들을 먼저 보낸 아저씨의 슬픔 등에 대해 말을 주고받았다. 뒤늦게, 우리는 각자의 휴대전화에서 부고를 알릴 번호를 탐색했다.

우리는 오전 내내 아저씨 일을 거들었다. 오후에, 가서 쉬라는 아저씨의 말씀을 듣고 정호길과 함께 그의 집에 갔다가 저녁에 다 시 장례식장으로 왔다. 아저씨네 집에서 가져온 사진을 금촌의 한 현상소에서 영정 사진으로 두 장을 확대해 왔다. 사진 한 장은 자 동차 뒷자리에 던져 놓고, 또 한 장은 사무실에서 액자를 구해서 영정 사진을 넣어 아저씨께 드렸다. 아저씨는 울먹울먹하다가 말

없이 돌아섰다. 안면이 있는 예전의 회사 직원이 부의금 봉투를 털며 돈을 세고 있었다. 뜻밖에 고병도의 처가 혼자 빈소를 지키고 있었다. 아이들의 모습은 보이지 않았다. 그녀와 아이들은 분명 미국에 있다고 전해 들었다. 그녀는 별다르게 슬픈 기색을 보이지 않았지만, 눈빛은 뭔가 서운해하는 기색이 역력했다. 그녀와 인사할 때 서로 데면데면했다. 언제 들어와 있었지? 궁금했지만, 그저 아무 일 저지르지 않고도 죄인이 된 나는 물어볼 엄두를 내지 못하고 발걸음을 돌렸다. 영정 사진 속의 고병도는 호탕하게 웃고 있었다. 제대로 된 표정이 어때야 하는지 모를 일이었다. 방명록을 보니 다녀간 사람들도 많지 않아 보였다. 아는 문상객들과 술잔을 기울이다가 밤늦게 다시 정호길의 집으로 갔다.

다음 날 나는 학교에 결근했다. 밤새 정호길과 이야기를 나누다가 새벽녘에 잠이 들었다. 점심때쯤 정호길이 강의 나가는 길에 나를 병원까지 태워 주었다. 그는 저녁에나 다시 오겠다고 했다. 내가 내리자마자 차가 출발했다. 내가 돌아서 들어가려는데 차가 되돌아와 급히 섰다. 정호길이 차창을 열며 말했다.

"내일 아침 발인할 때 내가 들어가볼 테니 저녁 때 집으로 가."

"그래 주면 고맙긴 한데……."

"알았어. 이따가 또 연락해."

"그래, 조심해서 다녀와."

그가 급히 창문을 닫고 차를 출발시켰다. 고병도의 고향 선후배

몇몇이 다녀갔다. 개업식 때는 그 큰 사무실도 모자라 아래층 복도까지 화환들이 메우고 있었는데. 고병도 걔가 돈에 눈이 멀었어. 문상객들 사이를 오가면서 들려오던 소리들을 모아 보니 대충 그런 내용이었다. 다들 그렇게 살면서, 망자를 보내는 자리에서 악담을 나누는 그 사람들을 한참 바라다봤다.

오후 내내 다음날 아침에 염하는 것까지 보고 가야 할지 계속 망설였다. 마지막으로 얼굴을 봐야 하지 않을까. 웬만하면 그렇게 하고 싶었다. 하지만 학교에 하루 더 결석하는 것도 그랬고, 내일 아침 고인의 얼굴을 보는 게 겁이 났다. 그래도 괜찮은지 솔직히 알 수가 없었다. 지난 새벽에도 꿈속에서 어머니와 고병도 두 사람의 얼굴이 번갈아 나타나 꽤 심각했다. 고병도가 어머니의 바통을 이어가는 건 아닐지, 모골이 송연했다. 아저씨에게 적당한 시간에 인사를 드리고 집으로 가야겠다고 생각했다.

3

하직한 고병도, 또 그가 남긴 여파를 수습하느라, 또 자꾸만 출현하는 그의 환영에 밤잠을 제대로 이루지 못하면서 3주가 지났다. 아저씨에게서 소식이 오기를 기다리면서도, 그분이 내게 건넸던 위로만으로 만족하리라 마음을 먹었다. 차라리 속이 편했다. 없이 사는 삶에 대해 슬퍼하지 않도록 늘 스스로에게 주지시킨 덕분이었다. 무엇보다도 문학이 큰 위로가 되었다. 새로 배운 언어로 인생을 소설로 쓰는 것만으로도 바쁠 터였다. 돈은 언감생심이었다. 소설 읽는 재미에, 또 소설 쓰는 즐거움에 만족하리라. 또 그러다 지치면 구상하면서 빈둥빈둥하면 된다. 중요한 건 시간이지 돈이 아니었다. 아직 든든한 직장이 있으니 앞으로 또 열심히 벌면 그만이었다. 민희가 찾아와 하룻밤 같이 지내 준 게 큰 힘이 되었다. 술도 같이하고 오랜만에 웃었다. 민희의 애교와 맛있는 안주 덕분에 기분 좋게 취하고 잠자리도 달콤했다. 그날 밤 나는 폭력적으로 섹스를 했는데 민희가 다 받아주었다. 교성도 어느 때보다 무성했다. 미안함보다는 고마움으로 받아들이기로 했다. 무엇보다 그날 밤은 푹 잘 잤다. 다음 날 아침, 그녀는 간단한 식사를 준비해 놓고 먼저 출근했다. 그날의 위안과 체력 충전이 없었다면 내내 힘들었을 것이다. 이후로도 계속 잠을 설쳤다.

2, 3주 지났을까, 수업이 가장 많이 몰려 있는 날, 수요일 6교시를 끝내고 휴식 시간에 잠시 졸았다. 보충수업이 없는 날이니 한 시간만 더 하면 퇴근이었다. 잠결에 민희에게서 전화를 받았다. 사패산 터널 입구에서 접촉 사고를 냈다고 했다. 그 터널 이름을 듣는 순간 잠이 깼다. 무슨 운명의 장난에 휘말리고 있다는 생각이 다 들었다. 그녀는 사고의 자초지종과 어떻게 하면 되는지 몰라 답답하고 무섭다며, 통화 내내 울먹였다. 외국에서 오래 살았으니 당

혹스러워 어쩔 줄 모르고 있을 게 빤했다. 급히 수업을 교체해 놓고 학교를 빠져나오면서, 일산과 의정부 쪽, 어느 쪽을 택해야 할지 결정할 수가 없어서 주저했다. 어느 방향으로 가든 거의 비슷한 시간대에 도달할 수 있었다.

의정부 쪽을 택했다. 5중 추돌에 인명 피해도 있었다. 보험회사에서도 나왔지만 그녀는 나에게 꼭 붙어 있었다. 어떻게 수습했는지도 모르게 한 시간이나 지났다. 다행히 그녀는 겉으로는 다친 데가 없었다. 목과 허리가 뻐근하다고 했지만, 지금 당장 조치할 수 있는 게 아니었다. 민희에게는 자고 나서 내일 아침 검사를 받으면 될 거라고 다독여 주었다. 양쪽 보험사 직원에게 오늘은 급한 볼일이 있으니 일단 철수하고, 자동차는 수리한 뒤 연락하겠다고 명함을 받아두었다. 내가 그녀의 자동차인 벤츠 운전대를 잡았다. 지난번 건 그랜저 아니었던가? 물으려는데 민희는 휴대전화 번호를 누르고 있었다. 앉아 보니 좋은 차 덕분에 부상을 면할 수 있었으리라는 생각이 절로 들었다. 사고 지점에서 강남으로 향하면서 조수석에 앉아 그녀가 더듬더듬 사고 경위를 늘어놓았다. 그녀는 가끔 바들바들 떨었다. 예전에 없던 버릇 같았는데, 짧은 한숨을 몇 차례 내쉬었다. 나는 그녀에게 꼭 병원에 가보라고 했고, 그녀는 그러마고 대답했다. 그녀를 진정시키느라 화제를 돌렸다.

"오늘 수업 시간에 나 쇼했다."

"왜요?"

"한참 설명을 했는데도 애들이 멍한 표정을 짓고 있는 거야. 막 성질을 냈지."

"볼 만했겠네요."

"그랬지. 나중에 알고 보니까 지난 시간에 이미 진도 나간 거 있지."

"풋."

"인석들아, 진즉 얘기해 줬어야지, 했더니 실실 웃기만 하더라니까."

놀라 울고불고하던 것을 금방 잊으려 애쓰는 게 다행이었다. 우리는 담배도 한 대씩 나누어 피웠다. 내가 피운 꽁초를 컵에 담는데 그녀가 내 손을 꼭 잡았다. 나는 손을 빼려고 했다. 그녀가 손을 놓으려 하지 않았다.

"우리도 진도 좀 나가자는 거지?"

"오늘 밤 어때요?"

"멋진 밤이겠는데."

멋진 밤이겠는데, 하고 그녀는 내 말을 굵고 우스갯소리로 흉내를 냈다. 자동차는 토평 IC에 다다랐다. 동전을 꺼내고 톨게이트 앞에 대기해 있다가 나는 그녀의 입술에 키스했다. 어허, 하면서도 그녀는 가볍게 입술을 받았다. 미소와 살짝 흘겨보는 눈매가 섞인 표정이 예뻤다. 그녀가 말했다.

"당신 정말 잘생겼어."

당신이라고?

"썰렁하지 않아……?"

"안성기 닮았어. 표정만 좀 더 밝으면 그만이겠는데."

"아니야, 그게 나야."

그녀는 좌석을 젖히고 길게 몸을 눕혔다. 피곤할 터였다. 그녀는 몇 번 문자를 주고받았다. 나는 다시 담배를 한 대 피워 물었다. 민희가 무슨 버튼을 눌렀다. 무슨 장치가 있는지 연기가 부드럽게 빠져나갔다. 담배 맛이 좋았다. 강남에 있는 그녀의 집으로 가고 있는 게 아니라 사패산 터널로부터 탈출하고 있는 것 같았다. 그래도 뭔가가 자꾸 목 뒷부분을 잡아당기는 듯했다. 고혈압으로 뒤통수가 벅적지근한 것처럼. 사실 요즘 내가 너무 예민해 있다는 것을 스스로도 잘 의식하고 있었다. 왜 하필 사패산 터널이란 말인가 하고 곱씹었다. 순간 이 여자가 망령의 그림자는 아닌가 하고 그녀를 바라다보았다. 그녀는 눈을 감고 콧소리로 익숙지 않은 멜로디를 흥얼거리고 있었다. 교외선과 순환선으로 생각이 이어지다가 그만 등골이 오싹해지고 말았다. 그냥 우연인 게지. 괜히 아무런 연관도 없는 데 연결되어 있다는 듯이 예민하게 구는 거고.

송파 IC로 나오려고 깜빡이를 켜는데 그녀가 그냥 평촌으로 가자고 했다. 괜찮겠어? 하면서 고개를 돌리는데 그녀가 살포시 미소를 지었다. 나는 뭔가 물어보고 싶은 게 있어서 그녀를 힐끔힐끔 쳐다보았다. 그게 뭔지는 머릿속에서 쉽게 떠오르지 않았다. 불쑥, 민희가 아주 낯설었다. 민희 역시, 무슨 생각을 하는 것 같다가도 힐끗힐끗 쳐다보는 내가 이상한 모양이었다.

"좋은 생각 하고 있지요?"

"그럼 좋은 생각이구 말구."

"오늘 밤?"

"빨리 가고 싶어서 마음이 급해지는 거 있지."

살포시 웃는 민희 얼굴이 예뻐 보였다. 옆에서 보니 말하느라 벌리는 입술이 고혹적이었다.

"이 길은……."

"이 길?"

"우리 만나라고…… 강남과 평촌도 이어 주고……."

"훨씬 전에 나 있었어. 그래봐야 변두리 길이고."

"그러네요. 게다가 기분 나쁘게 하필 서울, 외곽순환도로라는 건지."

"후후, 평촌은, 또 일산은 서울 외곽이라는 소리지."

"킥킥, 녀석들 사람 잘못 봤네요. 나는 외곽이 아니거든요."

나는 더 이상 말을 잇지 않았다. 그녀는 주변인이 아닐 수 있었다. 그리고 보니, 조금 전에, 머릿속에서 쉽게 떠오르지 않았던 것들이 구체적으로 와닿았다. 속으로는 외곽의 외곽에, 제2외곽순환도로가 만들어지고 있으며 그 음모가 어떤 것인지 주절주절 읊고 싶었으리라. 주변인으로서의 내가. 옆을 돌아보았더니 그녀가 졸기 시작했다. 그래, 한숨 자고 나면 몸과 마음 모두 좋아지리라. 해가 붉게 서녘으로 가라앉고 있었다. 나는 교감에게 전화를 걸어 자초지종을 설명하고 바로 퇴근하겠다고 알렸다.

4

정호길이 전화를 걸어 집에 오겠다고 했다. '가도 돼?'가 아니었다. '갈게!'였다. 김민희와 정호길 둘 다, 의도적으로 나를 찾아오는 게 분명했다. 확실치는 않지만 둘이 강의차 오다가다 만나며 우리 집에 찾아올 계획을 세우고 있었던 것 같다는 생각이 들 정도였다. 전화를 받고 나서 지난번 민희와 만났을 때가 생각났다. 사패산 사고가 있던 날, 민희를 데리고 집으로 왔다. 나는 나대로 수순을 따라, 다음 날 우리 집 근처의 병원에 데려다 줄 테니 자고 가라고 꼬드겼다. 민희는 몇 번 더 문자를 주고받더니 순순히 그래도 되겠다고 내게 말했다. 나는 이 여자, 처음부터 우리 집에 갈 생각하고 있었던 거 아냐, 하며 실실 웃었다. 민희는, 또 무슨 엉큼한 생각하는 거 아니지요? 하며 바로 공격했다. 너무 빨라 감당하기 어려워, 혼자 중얼거렸다.

정호길이 술과 안주를 사들고 왔다. 고병도를 보낸 지 한 달여 지났으니까, 어떻게 지내는지 궁금하기도 할 터였다. 그는 누구든 찾아오면 내가 좋아한다는 걸 아주 잘 알고 있었다. 사람이 찾아올 줄 알고 망령들은 일찍 자리를 피했다. 다행히도 살아 있는 사람들을 견뎌내질 못하는 것 같았다. 그러나 그런 날 대개 녀석들은 나중에라도 내게 보복을 했다. 돌이켜 보면 녀석들의 소행으로밖에는 보이지 않는 일들이 벌어지곤 했던 것이다. 밤새 무슨 고민이든 하게 해서 한잠 못 자고 출근을 한다거나, 이불도 깔지 않고 그냥 맨바닥에 밤새 떨면서 잔다든가, 보일러에 물 보충 깜빡이가 들어온 걸 모르고 있다가 냉방에서 자곤 했다. 그런 날은 아침에 머리도 못 감고 출근해야 했다. 출근길에 열쇠가 보이지 않아서 한참 찾다보니 현관문 바깥 열쇠 구멍에 꽂혀 있던 적도 몇 차례 있었다. 물론 열쇠를 그대로 놔두고 들어와 안에서 문을 잠근 것이다.

정호길이 맥주를 탁자 위에 던져 놓고 냉장고를 열어 이리저리 살펴보았다. 반찬통을 열어보더니 굵은 멸치와 고추장을 꺼내왔다. 그가 웃으며 말했다.

"혼자 잘 사네."

"혼자? 혼자 아냐."

정호길이 싱긋 웃었다. 나도 실없는 말을 한 것 같아서 빙그레 웃었다.

"그래, 너 웃는 얼굴 보니까 좋다, 야."

"그렇지 않아도 요즘 의식적으로 연습하고 있다."

"좋지!"

"왜 이렇게 살기가 힘든 거지? 나아지는 게 있어야 하는데 나이 들면서 고통만 늘어. 일은 죽도록 하는데 말이야."

"그러게 말이다."

정호길이 강사 생활에 대해 한참 이야기했다. 얼마 전에 자살했다는 강사가 독일에서 같이 공부했던 친구라고 했다. 그가 눈물까지 글썽이더니 화제를 돌렸다.

"고병도 건은 김민희도 알지?"

"너무 걱정하지 말라고 일러뒀어."

"상의 좀 해봤어?"

"생각보다 걱정을 많이 하던걸."

"그렇겠지. 그건 그렇고 두 사람 사이는 어때?"

"런던으로 가겠다는데."

"가겠다는데? 근데 언제?"

"응, 가겠대, 곧."

정호길이 가볍게 한숨을 쉬었다. 문자를 확인하느라 그랬는지 휴대전화를 꺼내 확인하고는 다시 덮었다. 문자를 읽듯이 건조하게 물었다.

"헤어진 거야?"

"헤어져야 또 만나지?"

"얼마나 있을 거래?"

"한두 해."

"뭐, 왔다 갔다 하면 되겠네."

"어떻게 되겠지."

"그래. 마음 편히 먹고 있어라."

정호길이 일어나 화장실로 들어갔다. 나는 캔맥주 두 개를 봉지에서 꺼내 놓았다. 접은 손수건 같은 노란 치즈를 내놓을까 하다가 말았다. 독일에서 10년 생활한 사람의 입맛에 맞지 않을 터였다. 그냥 멸치를 덜어 내왔다. 손으로 물기를 탁탁 털어내면서 그가 물었다.

"근데, 고병도 건은 어떻게 되고 있냐?"

"살아서 못 갚을걸. 은행에서 난리야. 정신없이 볶아대는데, 어휴 미치겠다."

"아저씨는? 조치를 취해 주신다고 하지 않았어?"

"말이 그렇지. 아마 고병도 때문에 다 날렸을걸. 그건 그렇고 파주로 전근이나 가야겠다. 그때나 도와다오. 니네 집에 붙어살면서 낚시나 하련다."

"그래라. 밥숟갈 하나 더 놓고 살지 뭐. 잘 견뎌보겠다는 말로 들으마."

"다른 도리가 없다. 견딘다는 게 혐오스럽기는 하지만 말이다. 그래도 말이라도 그렇게 해주니까 고맙다."

정호길이 잠깐 뜸을 들이다가 캔맥주를 땄다. 내가 아, 조제할까, 물었더니 그가 고개를 끄떡였다. 내가 양주병과 소주잔, 맥주

잔을 내왔다. 대충 눈대중으로 부어서 폭탄주를 만들어 정호길 앞에 내밀었다. 그가 씩, 웃으며 말했다.

"혼자 사는 거 견딜 만하기는 한 거냐?"

"외롭지. 근데 같이 살기도 겁나."

"같이 살면 나아지지 않을까?"

"후후, 그게 내 맘대로 되나. 벌어 놓은 건 없고, 갈 길도 막연해서 의욕이 없어. 구차해 보일까 봐 민희 하자는 대로…… 보고만 있다."

"……"

한 모금씩 마셨다. 내가 제안했다.

"여기서 이럴 게 아니라, 나가서 한잔할까?"

"아침 일찍 나가야 해."

"내일 수업 몇 시부턴데?"

"새벽같이 나가야 돼."

우리는 함께 잠자리에 누웠다. 새삼, 옆에 누워 있던 김민희가 떠올랐다. 한 자리에 누워있는 두 사람, 어색한 건지 좋은 건지 헷갈렸다. 내가 넌지시 물었다.

"내일도 사패산으로 갈 거야?"

"강의 끝나고 가보긴 해야 하는데 이제 안 될 거 같아."

"농성 인원이 자꾸 줄지?"

"계란으로 바위치기야. 여론 공작도 더 거세지고."

"미안하다. 난 참석도 못하고."

"직장 다니는 사람들이 그렇지 뭐."

"근데 고병도를 혼자 보낸 게, 좀 그래."

"고병도는…… 왜?"

"우리가 죽어서 누워 있어."

"……우리?"

"응, 우리들이 분명해."

내가 화제를 난데없이 돌리고 있다는 것을 자각했다. 어떡하지? 이야기를 차근차근 다시 시작해야 하나? 잠시 멈칫했다. 그런데도 정호길이 응답하는 걸 들어보면 그럴 필요가 없을 것 같았다. 그가 다 알아듣고 있다는 듯이, 내가 주저하고 있다는 것까지 다 알고 있다는 듯이 물었다.

"누구누구 있는데?"

"글쎄, 그걸 모르겠어."

"……."

"보였다 안 보였다 해. 또 사람이 다가 아냐. 물고기들인 것 같아. 꾼과 붕어들이 같이 보여."

"……."

"근데 거기가 어딘지 알아?"

"어딘데?"

"매운탕 냄비 안이야."

"지난번 새벽에 본 살림망이 뇌리에 박혔구나."

"그러게. 많은 사람들이 누워 있어. 아니 붕어들도 군데군데 누워 있어. 아니 붕어, 잉어, 동자개, 모래무지…… 배스도 있던 걸."

"근데 고병도 때문에 안쓰럽다며?"

"응, 그 친구 자기가 타살됐다면서 하염없이 울어."

"타살이 맞지. 당연한 거 아니겠어. 서러운 게 맞지."

"자기를 죽인 게 빨갱이라니까."

"빨갱이라면? 이를테면 너와 내가?"

나는 고개를 끄떡이는 것으로 답했다. 그 역시 고개를 주억거리며 말했다.

"대단한 아이러니네."

"그래서 이제 거길 무덤으로 삼아야겠다는 생각이 들어."

"요즘 그런 생각하느라 복잡하구나."

"거기가 고리라며? 터널을 폭파시키고 거기서 장렬하게 죽는 게 더 좋겠다는 얘기다."

"너무 과격해지고 있는 거 아냐?"

"병도한테 제삼자라는 걸 보여줘야겠어. 우리를 한 통속에 넣고 매운탕을 끓이는 게 누군지."

"진짜…… 이런 게 타살이라고 세상에 대고 소리 지르며 죽는다?"

"우리가 그렇게 죽는 걸 보면 자기도 느끼는 게 있겠지."

자신의 과격함을 싫어하는 줄 알면서도 내 곁에 있어주는 정호길이 고마웠다. 고병도가 죽고 나서 생긴 변화일 것이다. 그의 말마따나 사패산 터널 문제를 발품도 팔지 않고 책상 위에서 고민하고 해결하려 드는 건, 더군다나 더 처절한 현장성을 담보하지 않고 소설을 쓰는 건 무책임한 일이리라……. 젊어서부터 현실 참여적인 인물이었으니 그 역시 사는 게 긴장의 연속이었으리라. 사실 이 친구의 주장 같은 게 내 주변에서 사라진다면 세상은 너무 적막하지 않을까? 사실, 참여 없이 이루어질 수 있는 건 아무것도 없지 않은가? 기득권을 가진 자들이 가만히 있는 사람에게 그 일부라도 내줄 리는 만무했다. 고병도가 죽고 나서도 그런 주장을 하는 정호길을 미워하는 것은 삶에 대한 예의가 아니리라. 거들어 주지는 못할망정. 그의 단점으로 그의 장점을 물들이지 말자. 단점보다 장점이 많으면 괜찮은 삶인 법이다. 망자를 그리워하면서 정작 살아 있는 자를 소홀히 해서야 되겠는가 말이다. 낚시터에서 그는 한때 소음이었지만 그는 소음이 아니다. 그건 박수라도 쳐서 증폭시켜주어야 할 함성이다. 딱히 실존과 행동이 존재와 사유보다 앞선다고 할 수는 없어도.

　그가 내게서 돌아누웠다. 나는 한참 동안 고병도 생각에 마음이 신산했다. 어디선가 고병도가 나타날 것만 같아 한참 동안 눈을 감지 못하고 뒤척였다. 자는 둥 마는 둥 하는 사이, 꿈속에 고병도가 나타났다. 어머니는 낳고, 15년 키워주었다고 그 두 배인 30여 년 동안 제삿밥을 얻어먹었다. 이제 고병도는 죽을 때까지 내게 나타나 나를 괴롭힐 것이라는 예감은 틀린 게 아니었다. 태어나 40여 년을 함께 살았으니, 그 배의 세월이면 내가 저세상에 가서도 같이 있어 주어야 할 일이었다. 죽음은 새로운 시작이라는 주장은 터무니없는 게 아니리라. 고병도는 한참 서러워하며 울더니 말했다.

"이 싱크홀에 누워 있는 사람이 나라는 게 서럽다."

"그래, 미안하다."

"너희들이 파놓은 건데 말이다. 여하튼 속 썩이던 녀석 없어져서 좋겠다."

"만감이 교차한다."

죽일 놈. 내질러 놓은 똥은 어떡하라고? 나쁜 놈, 고생하다 죽은 친구 앞에서 기껏 한다는 소리가. 측은한 마음이 들면서도, 너와의 사랑이 이 비극보다 조금이라도 더 컸기를. 아니 더 컸겠지. 녀석의 눈이 반짝, 했다.

"교차하겠지. 패거리져서 친구를 사지에 몰아넣었으니까."

"그 얘기하면 끝이 없다. 그저…… 죄인이 무슨 말을 하겠냐!"

나는 한참 동안 수다를 떨며 그를 위로해 주었다. 맨 마지막에 같이 있어서 행복했다고 말해주었다. 무섭던 그의 얼굴이 다소 편안해졌다. 내가 물었다.

"내가 너한테 갈 때, 마중 나와 줄 거지?"

"다시 올 수 있을지 모르겠다. 갈 길이 바빠 보여."

"제기랄, 여기나 거기나 나를 위로해 줄 사람이 아무도 없어."

정말이지, 나는 혼자였다. 가족이 없다는 게 슬펐다. 어머니가 일구어야 했던 가족, 내가 일구어야 했던 가족은 해체된 지 오래였다. 아니, 내 아내와 아들은 그렇게 되도록 일찌감치 예견되어 있었다. 어미는 살아서 아이들이 사회에 진입할 때까지, 아이는 자기를 위해 희생해 준 어미를 추억하며 살아야 하는 거였다. 아비는 원래부터 없던 존재였으니. 아비가 그 공백을 매워줄 존재는 아니었다는 말이다. 아비는 자신을 위해 살기도 바빴으니까. 이제 다 늦게, 부모를 원망하는 건 내가 못났다는 뜻이다. 부모에 대한 건, 자식의 몫인 까닭이다. 녀석이 씨익, 웃었다. 난데없이.

"시원섭섭해서라도 울어주겠지."

"너 잃고, 나는 서러워서 울었잖냐."

"그래, 너라도 울어주니 고맙더라."

녀석이 꺼억꺼억 울었다. 나는 술도 따라주고, 담뱃불도 붙여주며 마주 앉아 녀석을 위로해 주느라 진땀을 뺐다. 동이 트고 있을 때, 녀석의 얼굴은 해맑아 있었다.

이별

1

유턴했다. 과거에서 돌아가는 길, 자유로 차창 밖 풍경은 쓸쓸했다. 성하의 계절, 햇살을 막아줄 그늘 하나 보이지 않았다. 그나마 갓길의 작은 나무 아래 차를 댔다. 차창을 내리자 바람에 시궁창 썩는 악취가 몰아닥쳤다. 강물은 현재처럼 흐르고 있지만, 그 냄새에는 과거의 것도 묻어 있었다. 저 멀리 앞쪽에서 굉음이 들렸다. 중앙 분리선 너머 어디였지만 아직 실체는 보이지 않았다. 곧 빨간색 무개차 한 대가 과속으로 달려갔다. 길도 좋고 자동차도 좋건만, 오늘따라 이 길에 들어선 게 화가 치밀었다. 방위 1년 차에, 내가 소속된 부대가 산남의 심학산 흙을 파내서 임진강 갯벌을 매립하고 나서부터 나는 관절염을 앓기 시작했다. 그게 자유로라는 명칭을 얻었다는 사실에 두고두고 화가 났었다. 차에서 내렸다. 태양의 열기에 이글이글 타오르는 아스팔트를 바라보며, 혼자 황량한 벌판에 서서 담배 두 대를 피웠다.

차에 올랐다. 뭐라 외치고 싶은 욕망이 내 안에서 솟구쳐 올랐다. 원래 계획했던 것과는 달리 외곽순환도로에 접어들어 평촌 쪽을 등지고 의정부 쪽으로 틀었다. 사패산 터널 쪽으로, 자유로를 등졌지만, 아니 그래서였는지 자유롭지 못했다. 별, 잡스러운 생각이나 하고 있네, 스스로 자책하며 웃고 나자 괜히 소름이 끼쳤다. 감기 기운이 있을 때처럼 미미한 편두통에 먹먹했다. 나는 다시 갓길에 자동차를 세웠다. 그대로 운전하다가는 뭔가를 들이박고 말 것 같은 기분이 들었다.

부도로 날려버릴 집에 대한 잡념이 이어졌다. 매번 마음을 단단히 먹고, 주변의 작은 것들에게서 만족감을 찾아보려고 애썼다. 물론 의지 저편에서 헛것들이 찾아와 현실을 어렵게 만들었지만, 몸에 달고 다니는 관절염 같은 지병처럼 여기기로 했다. 민희에게라도 사정을 얘기하고 도움을 청해볼까 했지만, 갚을 길 없는 게 뻔했으므로 그만두기로 했다. 가난이야 새삼스러울 게 없었다. 아내와 자식에게 보내줄 돈이 줄어든 게 제일 가슴이 아팠다. 지출을 줄이는 수밖에 없었다. 통장 정리를 해서 입출 내역을 따져보아 빠져나가지 않아도 되는 돈을 차단했다. 술을 줄이고, 밥도 가급적 해먹고, 자동차를 멀리해서 대중교통을 이용하기로 했다. 낚시는 반을 잘라 보름에 한 번씩만 다녀오기로 했다. 적어도 한 달에 두 번은 필요했다. 붕어에게 물이 필요하듯, 내겐 낚시가 필요했다. 살아 있는 생물을 만지고 대화하면서 과거에 대해 물어야 한다고 스스로에게 둘러댔다.

월척 잡는 꿈만 꾸기로 다짐했다. 밤이면 자는 바람처럼, 밤만이라도 행복하면 살아갈 것이었다. 차창을 여는데 조수석 사이드미러 위에 잠자리 한 마리가 앉아 있는 게 눈에 들어왔다. 특이했다. 허수경 시인의 시 「고향」이 떠올랐다. '시간의 물웅덩이에 잠자리가 잠깐 앉았다. 시간의 가슴 깊이에서 동그라미가 생겨났다'.● 몸이 움찔했다. 추워서 그러는 것만은 아니라는 것을 스스로도 알고 있었다. 감기 때문일까, 한기가 몰려왔지만, 그건 내 내부에서 나오는 게 아니었다. 누군가가 나를 낚으려 다가오며 내뿜는 불길한 느낌이었다. 나는 심호흡을 하고 손님 맞을 준비를 서둘렀다. 내가 불러들였다고 해도 무방했다. 드디어 녀석이 나타났다. 녀석은 머뭇머뭇, 잔챙이 찌를 가지고 놀 듯했다. 미안하기는 미안한 모양이었다. 그게 조금 우습기도 해서 나는 짐짓 짜증이 난 척하며 큰소리로 말했다.

"너, 예전에 좌대에 찾아왔던 놈 맞지?"

"그렇고말고. 우리는 구면이지. 과거와 미래를 잇고 있는."

갑자기 녀석이 사라졌다. 대화도 끊겼다. 녀석도 숨을 고르고 있을 것이다. 내가 태연하게 맞아들이자 당황하고 있는지도 몰랐다.

● 허수경, 「고향」, 『빌어먹을, 차가운 심장』, 문학동네, 2011.

다시 목소리가 울렸다. 역시 음성에 진동이 느껴졌다.

"……다음엔 바늘 길을 보여주마."

"뜬금없기는…… 무슨 길?"

그가 허공에 대고 'Needle Road'라고 썼다. 레이저 비슷했다. 나는 여전히 멍한 표정을 짓고 있었다. 녀석이 말을 이었다.

"바늘이 서울을 어떻게 관통하고 있는지 보여주겠단 말이다."

"지난번에 이미……."

전화가 걸려왔다. 녀석은 미리 말을 줄였다. 전화를 받았지만 통화할 수는 없었다. 잡음과 혼선이 심했다. 게다가 잘 들리지도 않았다. 투덜대며 전화기를 집어넣으려는데 진동음을 냈다. 녀석이 받아 봐, 하는 눈짓을 보태더니 사라졌다. 소리도 아니고 진동을 알아채는 녀석이 신비로웠다. 조금 전 느껴졌던 진동음은 조금 이상하긴 했다. 그래서일까, 새삼 누가 그런 진동음을 냈을까, 하는 호기심이 발동했지만 그냥 내버려 두었다. 나는 다시 심호흡을 하고 차창을 조금 올렸다. 담배 한 대를 피워 물었다. 사이드미러 가까이 몸을 길게 빼고 연기를 잠자리에게 뱉었다. 두 번째 뱉은 연기에 날개가 미동했다. 세 번째 연기를 뱉자 녀석이 머리와 날개, 몸통을 떨었다. 역시 예상했던 대로였다. 머리통이 점점 더 커지더니 고병도의 얼굴이 나타났다. 내가 물었다.

"너, 좀 전에 왔다 갔냐?"

"우리는 구면이지. 과거와 미래를 잇고 있는."

"왜, 자꾸 나타나는 건데?"

"정호길이 이상해."

"정호길이 왜?"

"너무 급해서 말이다."

"행동이 사색에 앞서는 친구니까."

담배를 한 모금 빨았지만 속이 메슥거려서 견딜 수가 없었다. 한 모금 더 빨려다 말고 담배를 껐다. 내가 다시 물었다.

"정호길이 왜 이상하다는 건데?"

"뭐랄까, 죽을 자리를 찾고 있는 거 같아."

"그 친구가 너하고 같은 줄 아냐?"

"하긴, 다르길 바라야지."

"그래서 네 얼굴에 수심이 박혀 있는 거냐?"

"정호길에게 안부 좀 전해 줘."

"한 입으로는 불길한 얘기해 놓고, 또 한 입으로는 뭐 안부 전해 달라고?"

"사패산 터널 때문에 정호길이나 너한테 퍼부은 욕이 내내 마음에 걸린다. 미안했다."

"아이쿠, 다 지나간 일이다. 네가 어떻게 좀 해봐라."

"시한폭탄이 째깍대기 시작되고 있다. 그건, 희망이 아니라 허망의 숨소리다."

"산 자들이라는 게, 뭐, 그저 허망하지."

"하하, 그렇지?"

"허우적 허우적."

2

정호길에게 전화를 걸어 금촌에서 만나기로 했다. 환경운동연합 회원들과 회의를 끝내고 나오는 참에 내 전화를 받은 모양이었다. 술집에 들어가자마자 기본 안주에 숨 가쁘게 몇 잔씩 들이켰다. 무슨 일이 있었는지 표정이 밝지 못했다. 말보다는 술이 중요한 날이었다. 안주는 사패산 터널 이야기면 충분했다. 내가 물었다.

"고병도는 봉헌됐다고 했지?"

"고병도뿐이겠냐?"

"그럼?"

"참나, 서울을 통째로 봉헌한다잖아!"

나는 다른 때와는 달리 쉽게 주눅 들지 않았다. 내가 음성을 키웠다.

"어디다 봉헌하는데?"

"어디 외국 나갔다 왔냐, 신문도 안 보고? 그 얘기 서울에서만 한 것도 아니고 바다 건너 미국까지 가서 또 했어. 죽이 잘 맞어,

부시하고."

"그래, 미국이라고?"

몰라서라기보다는 기억을 떠올리느라 되묻는 것이었다. 그가 그걸 이제 눈치챘느냐는 듯 나를 빤히 쳐다보았다.

"하기야, 꼭 미국일 필요는 없겠지. 돈 대고 돈 먹기 하는 애들이면 될 테니."

"근데 어떻게 봉헌된다는 거냐?"

"까짓것 좋다. 슈퍼맨 시키면 어떨까?"

"슈퍼맨?"

"슈퍼맨 시켜서 날름 들어다가……."

"그래? 외곽순환도로에 서울을 담아서, 떡밥처럼?"

외곽순환도로? 외곽순환도로가 올가미나 잠자리채 같아서, 그것으로 서울을 온전히 들어 올려 미국에 봉헌한다는 얘기는 더 이상 어처구니없게 들리지만은 않았다. 그것도 슈퍼맨을 시켜서. 나도 위성사진에서 서울 한복판을 둥글게 싸안고 있는 그 도로의 위용을 본 적이 있었다. 총 길이 120여 킬로미터, 말하자면 '3천리 장성'이었다. 순간 아득했으나 나는 여전히 잘 모르는 척했다. 〈슈퍼맨 리턴즈〉라는 영화에서 슈퍼맨이 미국만 한 땅덩어리를 들어다가 우주에 버리더라는 얘기를 한 사람은 바로 나였다. 그리고 보니 땅의 크기가 너무 과장됐다며 따졌던 사람이 바로 정호길이었다. 내가 아닌 정호길이 내숭을 떨고 있는 셈이었다. 내가 스스로 말려

들어가고 있는 걸 즐기고 있는지도 모르겠다는 생각이 스쳤다.

예전에 일산 시민들이 발칵 뒤집힌 사건이 있었다. 전쟁이 터지면 아파트를 모두 폭파시켜 서울을 수호하는 방패로 삼겠다는 말에 모두가 허어, 하고 밭은 숨을 몰아쉬었었다. 그때부터 일산 시민들이 하나둘 그곳을 탈출했다. 어떤 논객은 일산이 자꾸 슬럼화되고 있다고 했고, 또 다른 논객은 아파트 가격이 떨어지고 있다고 핏대를 올렸다. 새삼스러울 건 없었다. 이미 거의 반세기 전에 휴전선 근방을 따라 동서로 155마일가량 성을 쌓아 놓은 바 있다. 이 성은 금촌과 내가 다니던 중학교 사이를 갈랐다. 그 성문 위에 엄청난 바윗돌 같은 시멘트 덩어리를 수십 개나 올려놓았다. 유사시에 이 성을 무너뜨려 그것들로 주요도로를 막아 탱크의 남하 속도를 늦춰보겠다는 발상이었다. 나는 무시무시한 이곳을 통해 학교를 오갔다. 이제, 서울을 에워싼 외곽순환도로로 서울을 사수하겠다는 새로운 발상도 가능했다. 죽음의 속도를 지연시키려는 발상인 모양이었다. 먼저 북쪽부터 시작해 결국엔 남쪽까지 그 옛날 한강 다리를 폭파시킬 때처럼 폭삭 주저앉힐 것이리라. 북쪽은 서울로 진입하지 못하지만, 동시에 국민들도 서울 남쪽으로 탈출하지 못한다. 외곽순환도로도 결국, 붕어를 잡아 가둬 놓는 살림망이거나 투망이라는 얘기였다. 명석한 두 사람, 고병도와 정호길은 한 걸음 더 나갔다. 정호길은 일산이 군사적인 작전이었다고 하고, 고병도는 이 외곽순환도로는 경제적인 작전의 일환이라고 확신하고 있었다. 둘 다 기가 막혔다. 그러나 정호길은 그런 투자가 우리를 목매달게 하리라는 신념을 고수했고, 고병도는 이 작전으로 한몫 잡을 수 있겠다고 판단했다. 정보를 빼내주는 고위관료들의 입김이 작용하지 않고 고병도가 무턱대고 움직였을 리가 없었다. 그건 정호길도 마찬가지였을 것이다. 정말일까 싶어 의심쩍은 정보들도 사람들 사이에선 공공연히 회자된 적이 많았다. 땅과 투기에 관한 한 빠른 사람들이지 않은가. 정호길 역시 부인할 수 없는 증거나 자료를 확보해 놓고 있을 것이다. 나는 반신반의하면서도 인정하는 쪽으로 기울지 않을 수 없었다. 고병도가 정말 목을 맨 이상, 그의 판정패가 분명했다.

"명확한 증거물 아니겠냐? 우리 차례도 멀지 않았지. 하기야 이미 허덕이고 있으니까 그게 그거지만. 그렇다고 가만히 있을 수만은 없고. 못 들어 올리게끔 해야지."

"어떡하면 되는데?"

정호길은 내가 낚시와 소설에 대해 얘기할 때처럼 열을 냈다.

"찢든지, 어느 한 귀퉁이를 끊어내든지 해야지."

"그게 어딘데?"

"사패산 터널."

"아, 사패산!"

"그래, 사패산 터널."

"또 그 얘기지?"

정호길이 보기에 불량한 정부 의지와 외자가 문제였다. 불량한 정부의 의지 혹은 정부의 불량한 의지. 정부가 예산으로 도로를 닦는 게 아니라 외자로 도로를 만들어 놓고 자기 국민들을 대상으로 장사를 해먹도록 시킨 심보가 괘씸했다. 세금은 세금대로 걷으면서, 또 다른 세금을 걷기가 두려우니까 손바닥으로 하늘을 가리고 또 세금을 걷고 있다.

내가 생각에 잠겨 빠져나오지 못하고 있는 동안 정호길이 다시 말을 이었다.

"명백한 증거가 있잖아."

"그게 증거처럼 만져지거나 보이거나 하지는 않잖아?"

정호길이 고개를 끄떡였다. 내가 멍한 시선을 던지자 또 다시 설명에 발을 들여놓았다.

"잘 들어 봐. 외곽순환도로라는 투망으로 서울을 들어다가 한꺼번에 봉헌하려 드는 거니까. 그 투망의 고리를 날려 버려야 하지 않겠냐고."

나는 안에 쌓여 있던 것들을 한숨으로 몰아쉬면서 뱉어냈다.

"날리지 않고도 잘 살아가잖아. 글구 당장 그 길 없어 봐라……얼마나 불편하겠냐?"

"잘 살고 있다고? 누가, 고병도, 아니면 너와 나? 그거야말로 모순이지. 이미 싱크홀이 생겨나고 있잖아. 그게 우리들 무덤이 될지도 몰라."

"싱크홀은 맞는데…… 그게 무슨 무덤이 될라고?"

"그 무덤이 점점 비대해지고 있는 거 보지도 못하냐?"

정호길이 나를 바라보았다. 눈이 마주쳤다. 순간 눈빛이 흔들리고, 무슨 생각을 하는지 머뭇머뭇했다. 신문 방송에 실렸던 크고 작은 웅덩이들에 대해 설명하려다가 마는 것이라고 짐작했다. 나는 휴전을 제안했다.

"후우, 자 한잔 더 하자."

"그래, 안줏거리가 너무 많다."

3

나는 결국 아파트에서 쫓겨났다. 무일푼인 채, 아니 빚을 잔뜩 짊어진 채. 아저씨가 언급했던 경매는 잊어야 했다. 미련조차 버려야 했다. 그래야 내가 산다고 여겼다. 죽으라는 법은 없는지 퇴직금은 온전해 다행이었다. 그걸로 대출을 받아 허름한 전세방을 얻었다. 이후로도 대출에서 대출로 이어지면서 나는 점점 더 작아졌다. 학교에서 더 외곽으로, 외곽의 외곽으로 나왔다. 전세금을 올려달라는 속도에 밀려. 외출하다 들어오면서 몇 번이고 새로 구한 집을 바라보곤 했다. 술을 한잔 걸치고 돌아온 어느 날은 들어오는 골목에 서서 보니 꼭 좌대 같다는 생각을 하며 웃었다. 웃자, 정호길의 말대로 웃으며 살자고 다짐했다. 오갈 데 없을 줄 알았는데 그나마 퇴직금이 있어 살아남지 않았던가? 아직 소설이 내 곁에 있다. 호흡을 깊게 하고 내공을 길러, 소설에서 그 희망을 노래하리라. 안으로 들어와 바닥에 퍼질러 누웠다. 보름이나 지났지만 안팎으로 낯설기만 했다. 담배를 피워 물고, 거실의 정물들을 물끄러미 바라다보았다. 연기가 휑하니 사라지는 게 외풍이 심했다. 한숨이 나왔다. 장판은 십 년쯤은 된 것 같아서 군데군데 떨어져 나가거나 구멍이 나 있어서 바퀴벌레나 개미들의 통로로 삼기에 맞춤으로 보였다. 벽지 군데군데 틈새엔 거미줄까지 있었다. 서울의 변두리, 또 평촌의 외곽이지만, 어떡하든 살아가겠지 하고 마음을 다잡았지만 몸과 마음은 점점 더 흔들리고 있었다. 너덜거리는 장판지처럼. 세수라도 해야지 싶어 수도를 트는데 희석된 피처럼 녹물이 섞여 나와 입가심조차 께름칙했다.

이사할 때 많은 짐을 버렸다. 나날이 마음도 비워내야 했다. 살기 위해서. 마지막으로 민희를 잡을 수 없는 것으로 여기고 떠나보낼 준비를 끝냈다. 민희가 나와 헤어지기 위해 그 먼 곳으로 가는 것은 아닐 터. 공부하러 간다는데 더 할 말이 없었다. 하긴, '다녀와도 돼?' '공부만 끝내고 돌아올 거거든. 그러니 나 없다고 너무 서운해하지 마' '잘 다녀올게' 그러겠는가. 나는 나대로, '난 어떡하라고……' '가능한 한 빨리 돌아와야 해' '너무 오랫동안 안 오면 다른 여자 만날 거야' '나, 혼자 오래 두면 그냥 죽어버릴지도 몰라' 할 수도 없었다.

민희가 집에 들어오면서 테이크아웃 커피 한 잔을 건넸다. 오랜만에 마셔보는 캐러멜 마키아토였다. 따뜻하게 느껴지는 걸 보면 하루하루 날이 추워지고 있었다. 이 동네에 커피점이 있을 줄은 몰랐다. 반가운 손님이 두 사람이나 동시에 찾아온 듯한 느낌이 들었다. 불쑥 찾아온 걸 보니 내 상황이 예상보다는 심각하다는 것을 알아챈 모양이었다. 앉을 곳을 몰라 서성거렸다. 여러 차례 시간을 들여 박박 문질러 닦은 뒤에나 앉을 만할까. 하긴 그녀가 너무 밝은 탓도 있다. 그런 생각을 하다가, 또 식탁 의자를 빼주느라그녀가 말하는 걸 놓치고 말았다. 좌대보다 나은데 뭘…… 하는 생각과 괜히 부끄럽다는 생각을 번갈아 하고 있었던 것 같다. 그녀가 뭐라고 물었는지 감이 잡히지 않았다. 마주 보고 앉자마자 그녀가 물었다. 나는 보나마나 멍한 표정이었을 것이다.

"언제부터 그랬어요?"

나는 그게 내가 놓친 첫 번째 질문이기를 바라면서 대답했다. 이제 이 친구 목소리가 낯설었다. 떠나가는 자, 그의 이별의 선물이다. 빈정대는 소리보다 할퀴는 소리가 더 여운이 남아서 좋다.

"서너 달 됐어."

나는 아무렇지도 않은 듯이 입을 뗐다.

"아니, 그렇다고 어떻게 선생 돈을 다 해먹어요."

그녀가 즐겨 마시는 아메리카노 같은 담백한 단정이었다. 나를 위안하려는 목소리에 마음이 다소 편안해졌다. 그래도 내 목소리가 편치 않음을 자각할 수 있었다.

"돈에 그런 구분이 있나. 무차별적이지."

역시 불편한 기색을 숨길 수 없었으리라.

"돈이란 게 나갈 때는 세상없어도 들어오겠다고 해놓곤 함흥차사지요?"

"그러게. 아예 가출을 해버리더군."

아내처럼, 하고 덧붙이려다 참았다. 그녀는 내가 할 얘기가 있다는 것을 알아챘는지 잠자코 있었다. 나는 먼저 얘기하라고 그녀에게 사인을 보냈다. 그녀가 목을 가다듬었다.

"머릿속으로 그 생각하느라고 그렇게 심각했던 거예요? 나한테 말도 안 하고."

"말해봤자, 뭐……."

"그래도 그렇지. 시작된 지 적어도 몇 달은 지났다며……."

나는 식탁 위의 담뱃갑을 끌어당겨 한 개비를 피워 물었다. 그녀는 물끄러미 바라보기만 했다. 나는 덤덤하게 말했다. 내가 잘못한 건데, 말해 뭣하랴 싶기도 했다.

"사실 틈이 없었어. 이게 뭐지 그러다가 시간이 지나갔어. 뭘 알아야 답변이라도 하지. 그냥 서서히 질식된 거지. 막상 그걸 알고 나니까 조치를 취할 수가 없었어. 너무 늦고 대책도 없었으니까."

"이런 데서 생활이 되겠어요? 무슨 방법을 찾아야지. 아이들 볼까 무섭네.”

“아이들?”

“학교 아이들 생활수준이 꽤 될 텐데.”

“후후, 그 애들은 여기까지 안 와, 걱정 마.”

“어쩜 그렇게 나한테는 한마디 말도 없이…….”

민희가 입을 삐죽 내밀었다. 나는 다시 후후, 쓴웃음을 지어 보였다. 나는 누군가 그런 걸 걱정해 준다는 걸 잊고 살았다. 민희 집에서 그런 감정을 느껴본 적이 있었다. 좋은 아파트와 주변 환경, 포도주와 음악이 있는 곳에서. 내가 그녀의 집에서 잠을 잘 때는 이 세 가지가 서로의 사랑을 확인해 주었다. 소주 몇 병과 반나마 남은 위스키 한 병이 다인 이 집에서는 반대로 저주가 내릴 것이다. 게다가 이 전셋집 주인은 그 사람이 어디에 사느냐에 따라 존재가 규정되는 사고방식을 싫어하는 독불장군이니까. 그런 생각을 하자 그녀를 안고 싶다는 욕망이 슬그머니 가라앉았다. 아니 포기해야 할 것만 같았다. 시도해봤자 실패 확률이 훨씬 클 것이다. 속수무책이 되는 상황에 빠지고 싶지 않았다. 그녀가 나를 올려다보며 말했다.

“2주밖에 안 남았어요.”

“여행이라도 다녀올걸 그랬지.”

“아니 그럴 틈도 없어요.”

그녀가 담배 연기를 빼내느라 자리에서 일어나 창문을 열었다.

연기가 춤을 추며 몸을 뺐다. 그녀도 그렇게 연기처럼 사라질 것이라는 생각을 해서 그런지 다시 안고 싶었다. 그녀는 멍하니 밖을 내다보고 있었다. 뒤에서라면 가능했다. 나는 다가가 그녀의 어깨에 양손을 댔다. 귓불에 입술을 가져다 대려고 몸을 숙였다. 그녀가 두 손을 내밀어 내 양손을 쥐더니 조용히 원위치시켰다. 슬며시 몸을 빼기에 겸연쩍어 다른 얘기를 꺼냈다.

"거기는 준비 다 끝냈고?"

민희는 답안을 준비해 놓고 있던 수험생처럼 담담하게 말했다. 그녀가 자리에 앉으며 말했다.

"네. 몸만 가면 돼요. 지사에 나가는 걸로 해놓았으니까. 거기서 다 준비해 줘요."

그냥 지나가는 인사말로 치부하고 그녀가 화제를 돌렸다.

"아무것도 하지 말고 그냥 지내봐요."

"나 맨날 빈둥대는 걸."

"머릿속은 미로겠죠."

민희가 눈을 흘겼다. 앞머리를 흐트러트리고 뒤쪽으로 목을 길게 뺐다. 헝클어진 머리와 흰 목덜미가 유난히 섹시했다. 딱히 연출된 것은 아닐 텐데도 몸은 더 달아올랐다. 커피보다는 그녀의 체취에 이미 취해 있었다. 이제 마지막인데, 하는 생각. 맥주 거품처럼 귀를 한 입 가득 베어 물고 싶었다. 그러나 겉으로는 태연한 척 말했다.

"늦은 밤까지 술 먹고 뻗었던 적이 있어. 새벽에 일어나니까 토사물이며 집안 꼬락서니가 내 모습하고 꼭 들어맞는 거야. 새삼스러울 건 없었지. 그렇게 10여 년을 살았으니까. 그런데 그날은 너무 착잡했어. 아침까지 혼자 울다가 뜬눈으로 학교 갔다가 돌아왔는데 정호길한테서 전화가 온 거야. 낚시나 다니자고. 뭐랄까, 아주 새로웠어. 낚시 다니면서 생각했지. 이렇게 죽느니 하고 싶은 일이나 하다가 죽자. 용케 소설을 생각했어."

"정 교수님이 고맙네요."

"낚시라도 같이 안 다녔으면 난 벌써 죽은 목숨이야. 민희도 한몫해 줬고."

"내가 뭘. 그런데 소설은 너무 어렵지 않나요?"

"이렇게 어려울 줄 몰랐지. 외국어만큼이나 넓고 깊어. 여러 번 죽다 살아났어. 익사 직전에 겨우겨우. 남은 힘 다해서 버텨보고 있는 거야. 민희 보고 있으면 위안이 돼."

"말만 그렇지, 잘해 주는 것도 아니면서."

"당신 얄미우리만치 태연해. 당신 보면 여유가 있어. 난 그게 없어…… 소설이 안 되면 난 스스로 막 허물어지고 있다고 느껴져."

"에이, 나는 장사꾼이잖아요. 쉬엄쉬엄해요. 진짜 돈 나오는 데는 따로 있고……."

"그런데 돈 나오는 데가 따로 있다니."

"그런 게 있어요."

"부동산이나 주식 같은 거?"

"그런 거 있어요. 그런 걸로 놀고먹어요. 그 얘기는 나중에 해요. 현태 씨는 일중독에 또 피해의식 덩어리니까."

"그렇지?"

"현태 씨는 죽기 살기로 매달리잖아요. 한 치의 쉴 틈도 없이…… 나조차도 끼어들 공간이 없어요. 돈, 아파트, 자동차 등등 그런 거 생각하는 시간조차 아까울 테니까요. 대학 다닐 때처럼, 교조주의자가 돼버렸어요."

"바로 봤어. 그리고 이젠 소설도 못 쓰고 할 말조차 없게 됐어."

"쉬엄쉬엄하세요. 런던으로도 놀러오고요."

그래, 쉬엄쉬엄. 너무 숨 가쁜 대화를 나누고 있던 탓에 좀 지쳤다는 사실을 감지했다. 쉼표가 아니라, 느낌표나 마침표 같은 삶을 살아온 탓이리라. 차압당한 교조주의자에게 휴지의 틈이 있겠는가 말이다. 그러고 보니 너의 표정은 전에 없이 행복해 보이는구나. 오늘따라 너를 안고 싶은 게 다 이유가 있는 모양이다. 민희가 나를 바라보며 옅은 미소를 지었다. 나는 당황해서 물었다.

"런던까지?"

"아무 때나 오셔요."

"생각해 보지."

"이 나라는 도대체 불안해서 못 살겠어요. 포획돼서 헐떡대는 물고기 꼴이 되는 게 죽기보다 싫어요."

"바늘이 너무 무시무시하지?"

"싱숭생숭해요. 다들 싱크홀이니 휴거니 수군수군해대서."

"물고기는 헐떡대고."

"처음엔 그럴듯한 구석도 있었어요. 그런데 시간이 갈수록 정신을 못 차리겠어요. 서울은 외곽순환도로라는 투망에 포획되어 있다고 하지. 서울은 또 떡밥이고 그 한가운데를 바늘로 꿰서 봉헌한다고 하지. 슈퍼맨이 그걸 들어다 봉헌한다고 했던가요? 그러니 조만간 군데군데 웅덩이가 생길 테고. 싱크홀은 당연한 일이고. 또 뭐라고 하더라, 그 사슬을 끊으려면 사패산 터널을 폭파시켜야 한다고도 하지요? 그런 것들이 제대로 된 사람들 사이에서 나옴직한 생각이냔 말예요. 난 여기서 벗어나고 싶어요."

이 여자, 조금 전에 쉬었다 가자고 해놓고 몰아붙이는 걸 보면 나름 심각한 문제가 된 게 분명했다. 어찌할 도리가 없는 재앙이었다. 황사나 미세먼지처럼.

"혼란스러운 건 우리도 마찬가지야. 하긴 다들 떡밥이니 외곽순환도로며 사패산이니, 나중엔 싱크홀까지 운운하니, 정신이 없긴 하겠어. 후후, 우리 둘도 뭐 하나씩 할까?"

"난 싫어요. 지금껏 휘둘린 것만으로도 충분해요."

"그러고 싶겠지만…… 민희도 투망이나 바늘 운운했던 거 같은데."

"감염된 걸로 봐야겠지요."

사실 그녀가 구체적으로 투망이니 바늘이니 했던 건 아니었던 것 같다. 민희는 그냥 고개를 끄떡이더니 인정하는 듯했다. 나는 속으로 웃음이 나오는 걸 참고 너스레를 떨었다.

"이제 각자 하나씩 분담하고 있는 거네. 우린 말세로 가는 핑곗거리 하나씩은 다 가지고 있는 거지."

"난, 아니라니까요. 그런데 슈퍼맨은 누구 발상이라고요? 그거 이현태 씨 작품 아닌가요?"

"그러게. 나도 옮아서 미쳤나 봐. 난 잠시가 아니라 죽을 때까지 영구적으로…… "

"거봐요. 그러니까 튀는 게 맞다니까요."

"휴, 달리 방법이 없구만."

나는 한숨을 쉬며 민희 뒤쪽으로 시선을 옮겼다. 아니, 무엇인가가 내 시선을 그리로 끌어당겼다. 허공에 Matsya라는 글씨가 붉은색으로 한 자 한 자 또박또박 쓰이고 있었다. 웬 조화인지 알 수 없었다. 민희가 말을 이으려 하자 안전유리처럼 조각조각 깨지더니 중력에 이끌리듯 어두운 하늘로 날아갔다.

"미국에서도 예전에 그런 일이 있었어요."

"그래, 유나바머 사건이었지, 아마?"

정호길이 시도하겠다고 해서 나를 전율시켰던 단어가 내 입에서 아무렇지도 않게 굴러 나오는 게 신기했다. 나는 소리 없이 입술만 움직여 Unabomber를 발음해 보았다. Matsya라는 글씨처럼 눈앞의 허공에 그 글자들이 천천히 지나가는 듯했다. 나는 정호길에게서 들었던 대로 말했다.

"대학과 에어포트에 폭발물을 보냈거든. 그 단어들의 앞 글자를 따서 유나라고 했어…… 난 이를테면 '사패산 터널바머'가 되는 거지."

그 말을 내가 직접 하다 보니, 정호길에게서 그 말을 들으면서 이 친구 어디까지 가려고 이러지, 하며 놀라던 기억이 새로웠다. 나는 정호길이 했던 얘기를 고개를 흔들어 털어냈다. 앞에 있는 민희에게 집중해야 했다. 민희도 별로 놀라지 않았다. 하던 얘기를 천연덕스럽게 하는 걸 보니.

"돈 많이 벌어서 행복하게 사는 게 우리의 바람이지, 뭐 그렇게 머리 아프게 사는지 몰라요. 어휴, 하여간 난 그런 복잡한 거 싫어요!"

"행복하게 사는 걸 방해하니까 그러는 거지. 그건 그거고 오늘은 다른 얘기나 하지."

이 여자, 몸과 마음이 따로 놀았다. 내게 〈피시스케이프〉 그림을 줄 때와는 다른 면모를 보였다. 그땐 제법 결연하다 싶더니. 하기야 떠나려고 하면 무슨 생각인들 못하랴. 지금 그 문제를 거론해봤자, 분란만 일으킬 게 뻔했다. 그냥 웃는 얼굴로 보내주자고 마음먹었다. 아니 그렇게 하려고 노력해야겠다고 다짐했다.

내가 딴생각을 하고 있는 사이 그녀는 어느새 일어나 신발장 쪽으로 향하고 있었다. 내가 너무 급하게 일어나 다가갔는지 그녀가 나를 바라다보았다. 나는 빙긋이 웃으며 그녀의 어깨에 손을 가져갔다. 그녀가 구둣주걱으로 구두를 신으면서 몸을 앞으로 숙였다. 내 팔은 갈 곳을 잃었다. 그녀에게서 작은 말소리가 새어나왔다.

"나 오늘은 그만 가봐야 해요."

"좋겠다. 가볍게 털어낼 수도 있고."

"봐서 이따가 오든지 할게요."

"바늘과 투망에서 빠져나가겠다?"

"왜 그래요. 이상한 말본새까지. 그거하고 그거하고는 다른 문제잖아요?"

"방금 그렇다고 시인했잖아."

민희가 구두를 신고 가방을 들면서 상체가 다시 내 가슴께로 올라왔다. 안으려 했지만 늦어서, 그녀가 획 돌아서고 나서야 뒤에서 그녀를 포옹했다. 그녀는 미리 알고 있었다는 듯 틈을 주지 않고 내 손을 뿌리치며 밖으로 나갔다. 하다못해 뺨에 키스라도 하며 작별하고 싶었다. 휑하니 문밖으로 사라지면서 이별은 현재진행형이었다가 지금 막 과거가 되어 버렸다.

그녀가 뒤도 돌아보지 않고 나가는 게 야속했다. 쫓아 나갔다. 엉겁결에 그녀를 배웅하게 됐다. 주차장으로 내려갔을 땐 이미 자동차에 시동이 걸려 있었다. 그녀가 차창을 열어 힐끗 쳐다보았다. 얼굴엔 미소도 약간 남아 있었다. 차창을 올리자 그녀는 사라졌다. 신촌에서 엘리베이터에 몸이 잘려 나가던 것처럼. 나는 그저 물끄러미 그녀의 차가 미끄러져 가는 것을 지켜보았다. 집안으로 들어

오면서 벌써 눈물이 차올랐다. 한참을 울었다. 싱크홀과 타살 사이, 나는 혼자 있다가 고독사하고 말 것이다. 이별의 충격에 나는 어지러웠다. 잠시 의식이 끊긴 듯했다. 문득 정신이 들었다. 눈을 부릅떴다. 누군가가 내 알몸을 한 점 한 점 떼내고 있었다. 그때마다 나는 머리와 몸, 꼬리를 부르르 떨었다.

붙여넣기

1

일몰을 바라보고 있는데, 갑자기 좌대가 덜커덩, 흔들렸다. 열차가 철교 위에 들어설 때처럼, 또 그 위를 속도를 줄이며 달려갈 때처럼. 뭔가 환경에 변화가 찾아왔다. 난데없이 먼 데서 닭이 홰치는 소리와 개가 컹컹 짖는 소리가 번갈아 들렸다. 갑자기 또 새벽이라니. 그 순간 갑자기 다시 조용해져 기분이 이상했다. 정신을 차리고 보니 나 혼자 중얼거리고 있었다. 고병도가 다녀갔나 싶었다. 왠지 그런 생각이 들었다. 많이 익숙해졌다 싶으면서도 여전히 낯설었다. 다리가 후들거렸다. 정신을 차리자고 의식적으로 노력했지만 허사였다. 나는 시간을 가늠할 수가 없었다. 의식적으로 주변을 살폈다.

비로소 속세의 시간이 그 속도로 느릿느릿 움직이고 있음을 알 수 있었다. 곧이어 색색의 단풍잎만큼이나 무수한 종류의 새소리가 아침을 알리고 있었다. 찬찬히 보면 결코 느리지 않았다. 가위에서 풀려날 때 몸과 마음의 컨디션이 어떠한지 나는 잘 알고 있다. 지금, 분명 나는 가위눌림에서 벗어난 게 아니었다.

시공이 확실치 않았다. 민희가 나를 버리고 떠난 직후 같기도 하고, 다시 온다고 했으니 그날 저녁일지도 몰랐다. 내가 울고 있었던 것으로 보아 민희가 나간 직후부터 흘리던 그 눈물의 연속선상에 있을지도 모르겠다. 날이 어두워지고 있었다. 아, 조금 전에 새벽이었던 것 같은데. 창밖에는 빗방울 떨어지는 소리가 들렸다.

누군가가 문을 두드렸다. 허연 물체가 현관문 유리벽 너머에 어른거렸다. 길 잃은 영혼들, 집 안의 대감들이려니 했는데, 그 유령들이 느닷없이 내 외출을 막으려고 하는지도 모른다는 생각이 들었다. 분명 녀석들은 내 머릿속을 파고들어 내 생각까지도 조종하고 있는 듯했다. 그러면서 또 그럴 리 없다는 판단이 들었다. 그런데? 녀석들은 구태여 문을 두드리지 않는다. 그런 생각의 틈 사이로, 그냥 멍하니 있었다. 창밖의 것이 움찔했다. 광고 전단을 문에 붙여 놓는 사람일지도 모른다. 나는 눈물을 훔쳤다. 문이 스르르 열리더니 누군가가 쑤욱 들어왔다. 민희였다. 그럴 리가 없어 흠칫 놀랐다. 눈을 비비고 보았는데 너무 완벽하게 민희의 모습이었다. 한 손엔 백화점 종이 가방 하나를, 또 한 손엔 포도주 박스를 들고 있었다. 내가 물었다.

"넌 누구냐?"

되돌아온 건 나긋나긋한 음성이었다.

"에구, 같이 포도주나 마셔요."

그녀의 눈에도 그렁그렁 눈물방울이 보였다. 빛을 등지고 있었는데도 그게 보였다. 그녀가 신발을 벗고 다가와 내 뺨에 입술을 댔다. 나는 몸이 얼어붙은 채 꼼짝도 못하고 있었다. 그녀가 나를 안았다. 나도 비실비실 그녀를 안았다. 슬펐다. 내가 안으려고 할 때는 무참하게 가버리더니. 그것보다도 그냥 안기는 내가 싫었다. 그녀를 거부하라는 내 명령을 무시하고, 또 다른 나는 씨익 웃으며 그녀를 더 강하게 안았다. 몸과 마음이 스르르 녹기 시작했다. 잠시 후 그녀가 몸을 뺐다. 나는 몽환적인 분위기에서 아직 헤어나질 못하고 있었다.

"잠깐만요."

"또 왜?"

그녀가 박스에서 포도주를 꺼내고 찬장에서 접시와 잔을 내왔다. 내가 하는 것보다 더 숙달됐다. 예전에 살던 아파트라면 몰라도 새집에서 그렇게 능숙한 게 놀라웠다. 치즈를 접시에 담아 놓더니 촛불을 켰다. 나는 그저 멍하니 그녀를 지켜보기만 했다. 그녀를 안고 실컷 살냄새를 맡으며 온몸 구석구석 애무하고 싶은 마음과, 간다더니 다시 찾아온 여자의 마음을 알 수 없어 망설이는 마음 사이에서 부대꼈다. 은근히 부아가 나기도 했다. 그녀가 정신 차리란 듯이 양손을 내 눈앞에서 흔들었다. 비로소 정신을 차린 나는 그녀가 민희라는 사실을 믿기로 했다. 그녀가 치즈를 슬라이스 모양으로 잘라내고 전기 스위치를 내렸다. 분위기가 아늑해졌다. 조금 모자란 구석도 있었지만, 우리가 있는 곳이 우리를 결정해 주는 데 손색이 없었다.

건배하는데 잔이 울리는 소리가 은은했다. 내 안의 두 녀석이 번갈아 속삭였다. 술 마시면서 적당히 무드 좀 잡고 느긋하게……, 또 한 녀석은 대충 마시고 우선 섹스부터 하는 게…… 이 여자 바로 돌아온 거 보면 아주 프로거든요. 멋진 섹스를 위해 밀당을 한 거니까 빨리 잠자리에 드는 게 좋을걸…… 그럴지도 모른다. 어느 쪽이든 맞고 틀리는 문제는 아닐 것이다, 마음이 시키는 대로 하리라. 생각하는 것으로는, 그녀는 나 같은 아마추어는 쫓아갈 수 없을 상대일 터. 같은 섹스를 하면서도 나는 구걸하고 그녀는 베푸는 쪽이다. 감질나게 해놓더니…… 서운하면서도 그녀를 본 게 반가워 나는 여전히 바람에 휘둘리고 있는 촛불의 그림자 같았다.

둘이서 포도주를 반 병가량 마시자 얼큰해졌다. 잠깐 멈춘 사이 민희는 앞치마를 두르더니 설거지를 시작했다. 다른 때 같으면 만류했을 텐데 오늘은 그냥 놔두기로 했다. 청소나 빨래 따위를 그녀 손에 맡기고 싶지 않았다. 아니 그럴 시간이 아까웠고 손님으로 대접하고 싶었다. 집안일은 나 혼자서도 할 수 있다. 차라리 그녀는 입냄새를 풍기면서 내게 수다를 떠는 역할을 맡기고 싶었다. 설거지가 한참 걸리는 걸 보다가, 아 당장 쓸 그릇이 없었을 터, 모두 설거지통에 수북이 쌓여 있을 것이라고 생각하니 내가 한심했다. 배려는커녕, 한밤중 케미도 없이 낚시하는 꼴이었다.

나는 한잔 더 마시고 싶었다. 뭔가가 술을 권하고 있었다. 내가 냉장고에서 땅콩을 꺼내와 접시에 담으려는데 어느새 그녀가 뒤에서 나를 안았다. 등에 얼굴을 파묻고는 가만히 있었다. 등에 느껴지는 그녀의 가슴의 감촉에 나는 이미 분해되고 있었다. 그녀가 나를 뒤돌아 세우려고 힘을 주었다. 나는 저항했다. 한참을 그러고 서 있었다. 막상 돌아서려는데 그녀가 가만히 있으라는 듯 몸에 힘을 주었다.

"잠깐만요."

"또 왜?"

저항하면서도 내 몸과 마음은 내 것이 아니었다. 아이들이나 상대하는 나와 어른들과 상대하며 전쟁하듯 사는 민희의 힘 중, 누가 더 센 걸까. 두 개의 나, 영혼과 육체가 엇박자를 냈다가 어느새 조용히 타협하기 시작했다. 몸이 녹아들었다. 나는 예전에 몇 차례고 민희와의 포옹에서 오는 온기면 열심히 세상을 살 수 있을 거라는 생각을 했다. 그 의욕은 분명 마음에서 나온 것이었다. 나는 있는 힘을 주어 돌아서서 그녀를 안았다. 내가 더 힘이 세지. 이번에는 내 이기심을 앞세운 게 순간적으로 가슴에 찔렸다. 그 순간 그녀가 울고 있다는 걸 알았기 때문이다. 잠시 그녀를 느슨하게 안은 채 어정쩡하게 서 있었다. 일 분쯤 지났을까, 그녀가 고개를 들며 말했다. 눈물 자국이 아직 가시지 않은 채였다.

"이제, 됐어요."

"왜?"

"이제, 괜찮아요."

왜 괜찮지 않았었지? 나는 그녀를 꼭 껴안고 여러 차례 등을 쓸어주었다. 그녀는 가만히 있었다. 우리는 또 한참 그 자세로 서 있었다. 그녀가 나, 더 꼭 안아줘요, 했다. 나는 더 힘을 주어 꼭 껴안고 그녀의 얼굴에 손을 가져갔다. 팔꿈치엔 그녀의 가슴이, 손끝엔 보드라운 뺨이 닿았다. 그녀가 으응, 신음 소리를 냈다. 나는 그녀를 돌려세워 그녀의 가슴에 손을 가져갔다. 즉시 그녀가 내 손을 잡아 다시 내려놓았다. 멋쩍어서 내가 먼저 입을 열었다.

"왜…… 되돌아온 거야?"

"시계바늘을 돌려서, 엔딩을 제대로 끝맺고 갈래요."

알아, 알아, 알아. 그걸 내가 왜 모르겠어. 그런 얘기를 왜 이 긴박한 순간에 하느냐고.

"이렇게 떠나고 싶지 않았어요."

안다니까…… 역시 나는 그녀의 상대가 되지 못했다. 나는 다시 말하지 않을 수 없었다.

"이런 상황을 만들고 그러는 건 누구냐고."

"현태 씨 알아요? 자기 표정에 아주 징그러운 게 숨어 있다는 거?"

말과는 상관없이 그녀를 힘주어 안았다. 마지막이라는 것을 아는지 몸과 마음은 한껏 들떠서 온 세포를 열어 놓았다. 너무 급히 열었다. 그녀가 내 몸에서 빠져나갔다. 물고 있던 고기를 놓친 해오라기처럼 나는 꺽꺽 신음 소리만 뱉고 있을 뿐이었다. 그녀가 맞은편 의자에 앉는 걸 보고 내가 물었다.

"야비한 표정?"

"저리로 가요. 얘기부터 해요."

"좋지, 얘기. 야비한 얘기면 더 좋으려나?"

"나한테 하고 싶은 얘기 없어요?"

"많지."

"나, 이대로 보낼 거냐고, 묻게 해야겠어요?"

"그래서 하는 얘긴데……."

그녀의 눈이 반짝, 했다.

"너무 멀리 가는 게……."

"지리적으로 너무 멀다는 건?"

"아니, 인도쯤 가면 어떨까 해서."

"아니, 남미로 가버릴 거예요. 오도 가도 못 하게."

그녀가 눈을 흘기면서 등을 돌리더니 남은 포도주를 다시 두 잔에 따랐다. 한 모금씩 마시고 나는 그녀를 안았다. 뿌리치는 그녀를 안고 귓밥을 깨물면서 말했다.

"너무 자존심 상해하지 마. 아픈 마음 드러내지 않으려고 애쓰고 있을 뿐이야."

"인도는?"

그녀가 몸을 떼고 나를 보았다. 눈이 다시 반짝, 했다.

"런던 가봤잖, 재미있겠어? 미국이나 런던이나. 인도에는 신화도 있고, 오가기도 훨씬 좋잖아."

"생각해 볼게요."

애무에 몰입하자 그녀가 웃옷을 벗었다. 어깨 위에는 가느다란 선 두 개가, 하나는 수줍은 듯 또 하나는 당당하게 뭔가를 주장하고 있었다. 색색별로. 나는 순간 그 핑크빛 끈에 현혹되었다. 나는 그녀가 앉아 있는 자리를 파고들어갔다. 그녀가 살짝 몸을 비틀자 그 사이에 틈이 생겼다. 그 틈새를 파헤집고 들어가 앉은 다음 그녀를 내 허벅지 위로 살짝 들어올렸다. 가슴을 밀착시킨 뒤 두 팔로 그녀를 안고 목덜미에 얼굴을 묻었다. 사랑은 행위다. 사랑은 이론이나 이성이 아니다. 나는 되뇌고 되뇌었다. 나는 사랑을 놓치고 싶지 않다. 입술과 뺨에 느껴지는 머리카락의 감촉이 잠시 후 온몸에 퍼져 기어 다니듯 신경을 자극했다. 은은한 화장품과 살냄새에 그만 정신이 아득해지고 말았다. 아니, 나는 사랑을 놓고 싶다…….

2

잠 사이를 헤집고 나를 깨운 건 분명 아내였다. 오매불망 그리워하던 사람이었다. 속을 파보면 진저리와 증오가 자리 잡고 있을 테지만. 얼마만인가, 반갑기도 했다. 그러면서 또 한편으로는 자고 있는 나를 깨어나게 했다는 사실에 불쾌했다. 말이야 바른 말이지 내가 보고자 할 때는 도망 다니고 만나주지도 않던 여자가 아닌가 말이다. 시간이 지났으려니 했다. 아내에게나 나에게나 둘 다. 나는 미워하지도 반가워하지도 않는 태도로 침착하게 대응했다. 그녀의 눈이 휘둥그레졌다. 마치 내가 그녀를 깨운 것 같았다. 내가 심드렁하게 말했다.

"결국 그게 다 당신이었군."

그녀가 뭐라고 한마디 하는 게 보고 싶었지만 대답이 없었다. 다시 생각해 보니 응답할 수 있는 문제가 아니었다. 내가 다시 한마디 덧붙였다.

"죽어도 못 만나 주겠다고 하더니 웬일이셔?"

"나는 모르지. 내가 환영으로 당신에게 나타나는 것까지야 내가 어떻게 할 수 없는 거니까……."

"……."

"아직도 내가 찾아온 거라고 믿어?"

그 소리는 어둠 속 어디선가 꽤 퉁명스러운 말투로 들려왔다. 화가 난 듯했지만 반가워하는 것 같기도 했다. 과거의 흔적이 불씨로 지펴지고 있었다. 어둠 속에서 막 살아나고 있는 케미처럼 약한 불빛이었다. 나는 마치 늘 차갑던 방에 온기까지 번지고 있다는 착각에 빠져버렸다. 어디선가 희미한 불빛이 흘러 들어와 그녀의 얼굴 주변을 맴돌았다.

아내는 여전히 뾰로퉁한 얼굴이었다. 결국 한심하다는 투로 쏘아붙였다.

"둘러봐. 당신이 내 집에 무단침입을 한 거지."

"뭔 뚱딴지같은 소리를."

"증세가 더 심해진 거네."

나는 주변을 둘러보았다. 내 집은 아닌 것 같았다.

"어떻게 된 거지?"

내가 정신을 차렸을 때는 아내는 이미 다른 상황에 진입해 있었다. 나는 당황스러워 쭈뼛거렸다. 내가 어렴풋이나마 상황을 정리해야 한다는 판단을 하고 있을 때 아내가 먼저 입을 열었다.

"이미 여기까지 왔으니 그래, 어떻게 지내?"

온도 조절에 실패해서 그저 쓰기만 한 커피 같은 질문이었다. 하지만 침묵보다는 나았다. 한숨 돌렸다. 민희의 얼굴이 갑자기 떠올랐다. 아내 앞에서는 민희가, 민희 앞에서는 아내가 아른거리는 거였다. 그녀가 다시 입을 뗐다.

"제발 그 여자하고 잘해서 제대로 좀 살아봐."

"그러든 말든."

"그게 날 도와주는 거야. 당신이 갈 길 가야 내 마음이 편해서 그래."

"어이쿠, 그런 말을 다."

"착각하지 마. 누군가 당신을 잡아줘야 나한테서 떠날 거잖아. 그 전에는 여전히 하루하루가 불안해. 불쑥불쑥 나타날까 봐."

"얘기 나온 김에, 가장 큰 두려움이 뭐지?"

"어머님처럼 자살하고 싶지 않단 말이야."

"지나간 얘기……."

나는 창피해서 냅다 밖으로 튀어나왔다. 갑자기 집밖이었다. 제기랄, 꼴이 말이 아니었다. 몽유병이라도 걸렸단 말인가. 어쩌자고 여길 찾아오고 그랬는지. 밤을 뚫고 기껏 찾아온다는 게. 그래도 온 세상에 갈 곳이 없었다. 아무 말 없이 돌아 나왔다. 아들 녀석 자는 모습이나 보고 올까 했지만 아내의 눈이 나를 내몰았다. 하긴 보지 않고 가는 게 서로에게 도움이 되리라. 서너 걸음 내디뎠을까, 어느새 내 집이었다. 이사를 다녀봤자 헛고생이었다. 어느 곳이든 환영에 밤새 뒤척이며 살았으니…… 분명 뭔가에 홀려 사는 게 분명했다. 킥킥대고 있는 녀석들이 완벽하게 세팅해 놓은 무대인지도 모른다는 생각이 들었다. 내가 세뇌된 걸 거야. 되짚어보니 아내의 집도 어수선하기는 마찬가지였다. 집이 아니라 아내의 마음속을 헤집다가 되돌아왔는지 모른다. 아내라고 편하겠는가. 이미 사십을 훌쩍 넘겼는데. 세월이 아니라 내가 그렇게 만들어 놓았다는 자책감에 휘청거렸다. 잠을 자야겠다고 눈을 감았지만 머릿속은 아내의 집이었다. 눈을 뜨면 거기에 다시 가 있을지도 모른다. 아내의 얼굴이 무서워 눈을 뜨지 못했다. 내 집에 살고 있는 버릇없는 녀석들이 고소하다는 듯이 낄낄대며 웃는 소리만 귓가에 맴돌았다. 잠이 어지러웠다.

혼자 있는 게 너무 무서웠다. 누군가가 손이라도 잡아주기를 바랐지만 아무도 없었다. 역시 민희가 제일 먼저 떠올랐다. 정호길, 고병도? 아아, 누구라도 와서 안아주면 좋겠다는 생각이 간절했지만 그것 역시 부질없는 짓이었다. 말도 안 되는 소리였다. 전화기를 들었다. 이런 시간에 걸기도 뭐했다. 민희, 아직 런던으로 출발 안 했지? 가겠다는 여자에게 연락하고 싶지 않았다. 서로 구속하는 사이도 아닌데. 가까이 사는 선생들에게 전화를 걸까 망설이다가 결국 포기했다. 혼자 사는 거 들키기 싫어하는 것쯤은 문제가 안 될 상황임에도 불구하고. 형제들을 부를까? 그러고 보니 형제들과 통화한 지도 한참 됐다. 한 번도 이런 적이 없는데 이 야밤에 얼마나 놀랄까? 이를 악물고 잘 견뎌냈는데 다 늦게 이 무슨 창피한 일인가. 무섭다고, 제발 와 달라고 하라고? 몸이 아파서 그러니 따뜻한 죽이라도 한 사발 끓여 달라고 해야 하나.

휴대전화를 열어 시간을 보니 '2:48'이었다. 애매했다. 한기가 느껴져 보일러 스위치를 쳐다보니 빨간 램프가 깜빡거렸다. 물 보충 신호였다. 멈춘 지 한참 된 모양이었다. 바닥엔 거의 온기가 없었다. 벌써 몇 번이나 이랬다. 나는 이불을 몸에 두르고 일어나 잠시 앉아 있었다. 전기장판이라도 하나 장만하겠다고 하면서도 미루기만 했던 게 후회됐다. 거의 모든 일이 그저 생각뿐이었다. 이불을 두른 채 주방에 가서 가스렌지에 불을 켰다. 파란 불빛이 징그러웠다. 매캐했지만 온기가 더 반가웠다. 손이 좀 따뜻해졌다는 느낌이 들자 냉장고에서 남아 있던 소주를 꺼내 두어 번 나발을 불었다. 식도와 위장이 비명을 질렀고 몸이 진저리를 쳤다. 생계란을 꺼내 양쪽에 구멍을 뚫고 빨아 먹었다. 비릿해서 김치 한 가닥을 손으로 꺼내 씹었다. 그런 자신의 모습이 말할 수 없이 처량했다. 소설과 민희 앞에서 초연해야 한다는 것을 알면서도 생각보다 어려웠다.

나는 밤새 울었다. 동이 터서 내 모습이 멋쩍어질 때까지. 내 몸 속에 남아 있던 무언가가 여러 차례에 걸쳐 물컹물컹, 빠져나갔다는 것을 알았다. 영혼은 조금 맑아진 듯했다. 그러면서 뜻밖에 새로 충전된 것 같았다.

3

그동안 주로 혼자, 몇 번은 소 선생과 낚시를 다녔다. 정호길하고는 몇 주 건너뛴 것 같았다. 예전에 비해서는 반도 안 되는 횟수였다. 내 사정도 좋지 않아 그가 서너 번 전화를 걸어왔을 때 짧게 용건만 주고받았다. 그래 봤자, 어디로 떠날 사람도 아니었다. 며칠 전에도 내가 전화를 먼저 걸어야지, 하고 있었는데 정호길이 먼저 연락을 취해왔다.

낚시터 식당에서 만났다. 그의 표정에는 서글픔과 단호함 같은 게 어려 있었다. 내 마음속에 자리 잡고 있는 심리 상태가 그랬다. 죽고 싶은 마음보다는 고병도의 복수 차원에서 사패산 터널이라도 폭파시켜야 할 것 같았다.

되는대로 술과 안주를 갖다달라고 한 뒤 정호길이 말했다.

"내가 재미난 얘기 하나 해줄까?"

"너한테 재미난 얘기 듣게 될 줄은 몰랐는데."

"네가 이야기가 부족한 집안에서 살아왔다니까 하는 말이다."

"그랬지. 이야기 부족한 게 이렇게 치명적일 줄 몰랐다."

"동감이다. 오늘은 바보들이 사패산 터널 폭파시키는 얘기해 줄게."

"내가 동의했던 얘기 아냐?"

"물론 동참하겠다고 했지. 물푸레가 바로 천성산과 새만금을 넘어 터널로 이어진 거니까."

"소설 속이야, 아니면 밖이야?"

"둘 다. 둘은 하나야."

"쉽게 좀 말해 봐."

쉽게? 내가 말해 놓고도 웃기는 소리였다. 그 부탁은 주로 그가 내게 하던 것이었다. 그는 고개를 이리저리 돌리면서 어떻게 응답

할지 궁리하는 듯했다. 나는 고개를 들어 주변을 둘러보았다. 창 밖 저편, 나무 위에서 뭔가 반짝, 하는 게 눈에 들어왔다. 정호길에게 눈길을 주었다가 다시 힐끗힐끗 곁눈질해 보았다. 커다란 가물치 한 마리가 가지 위에 납작 엎드려 있었다. 낮에는 나무 위에서 쉰다고 하더니 정말이었다. 아니면 이무기일는지도 몰랐다. 다시 정호길에게 시선을 돌리려는데 눈에서 알록달록한 광채를 내는 물고기 한 마리가 숲속을 물속에서처럼 헤엄쳐 내려왔다. 나는 눈을 부비고 다시 쳐다보았다. 나와 같은 쪽을 바라보는 정호길의 시선이 느껴졌다. 가물치처럼 흑색과 갈색이 진했다. 낯선 녀석이었다. 딩딩딩. 녀석 옆으로 또 한 녀석이 지나가는 미풍에 살포시 몸을 흔들었다. 아니 뭔가에 대롱대롱 매달려 있는 모습이기도 했다. 뎅뎅뎅. 목어였다. 두세 마리가 뒤죽박죽 합체해서 한 마리 총천연색 물고기로 변하더니 이내 고병도의 모습으로 변신했다. 이어 녀석은 밝은 광채를 뿜으며 나무에 올라가 앉았다.

정호길이 기침을 하고 나를 바라보다가 힐끗 창밖을 내다보았다. 그의 눈엔 아무것도 눈에 들어오지 않는 게 분명했다. 그가 물었다.

"다른 얘기부터 하마. 내가 전에 싱크홀 얘기했지?"

"그랬지."

나는 별로 놀라지 않고 대답했다.

"이제 서울 전체가 패일 거야."

"우선 서울 전체가 밑으로 꺼질 테고?"

"그럴 수도 있고 들어 올려질 수도 있어."

나는 다시 나무가 있는 쪽을 바라봤다. 난데없이 나타난 고병도가 목어를 가리키며, 쟤는 고기가 아니라고 빈정댔다. 분명 다른 목어였다. 그러고 보니 여기저기 여러 마리가 더 눈에 띄었다. 정호길이 내게 눈총을 주었다. 나는 다시 대화에 집중했다. 그의 목소리가 낮아졌다.

"웅덩이 다음엔 물……."

"물이라……."

"조만간 벌어질 일이야. 쟤들 서울 싱크홀 작전 디데이 잡고 있어."

그는 얼굴이 달아오르는지 손으로 비빈 다음에 길게 한숨을 내쉬었다. 우리는 상기된 얼굴로 말이 없었다. 제육볶음과 소주가 날라졌다. 내가 술을 따서 정호길에게 따라 주었다. 그가 받은 술을 입술에 살짝 적셨다 내려놓으며 말했다.

"우리가 먼저 디데이 잡자."

"갑자기?"

"계속 미루면 의지가 자꾸 박약해져."

"꼭 사패산 터널이어야 해?"

"그게 음모의 중심 고리라니까. 모든 걸 거기서 조종하고 통제해. 그러니 날려버릴 수밖에."

"나도 가담할게."

"당신들 역할은 따로 있어."

"당신들?"

당신들이라니, 누구누구를 두고 하는 말인지, 둘 중의 어느 것인지 알아듣질 못했나 의아해하는 듯, 그의 눈이 둥그레졌다. 다음 순간 눈이 반짝, 했다. 고개를 끄떡이며 그가 말했다.

"아, 잠깐 네 얘기부터 먼저 하고."

"알았어, 근데 그게 뭔데."

"너는 이야기를 만들어야지."

"난데없이 이야기는? 아까 한 이야기의 연속이냐?"

"그렇지 바로 맞혔어. 네가 소설로 만들란 말이다. 한 사람쯤은 살아서 그걸 알려야 하니까."

"네가 그런 말 하는 게 신기해. 그래도 그렇지 다 죽고 나서 남기면 그게 무슨 재미냐?"

"우리들도 이미 산화한 사람들의 이야기를 먹고 살았잖아. 이제 우리 차례가 온 것뿐이야. 너는 네 역할을 해주면 그걸로 충분해. 아니, 그거 쉬운 일이 아니잖아. 앞으로도 상당히 많은 시간이 걸릴 거야."

"어떻게 그런 생각을 다 했냐?"

"오래됐다. 창작반도 그 계획의 일부다."

정호길이 마른세수를 하더니 한숨을 길게 내쉬었다. 나는 담배를 두 대 뽑아 정호길과 나눠 피웠다. 뭐라고 한마디 더할 것 같아서 기다렸지만 그는 입을 다물었다. 나도 한참 술과 연기만 들이마시며 잠자코 있었다. 불현듯 정호길이 나와 민희 사이에 다리를 놓아주었다는 데 생각이 미쳤다. 나는 가만히 있을 수가 없었다.

"그런 깊은 뜻이. 아직 더 두고 봐야지. 희망을 노래해야……."

"그런 농담 재미없거든. 희망이 어딨냐? 아직도 그런 유혹에 미련이 있다는 거냐. 참, 신기한 동물들이네. 희망 없는 이 세상에 미련 없다. 내 무덤은 사패산 터널이다."

"너는 나하고 달라. 넌 가장이잖아."

"어차피 망가진 몸이다. 뭘 어떻게 해볼 방도가 없다. 그렇다고 누구처럼 혼자 자살해 버리는 짓은 하지 않을 거다."

"우리는 이미 짝밥에 걸려들었잖아. 무슨 힘이 남아 있다고."

"가만히 있을 수는 없잖아. 바늘털이라도 해봐야지. 이 망할 놈의 세상."

"방법은 있냐?"

"답사 충분히 했다. 터널 설계도야 이미 지긋지긋하게 봐 왔다. 100킬로로 3분 거리다. 터널은 생각보다 쉬워."

"폐쇄회로로 다 들여다보고 있을 텐데."

"그치들 마비시킬 준비는 이미 끝났어. 녀석들이 동작 취하기 전에 상황은 종료돼."

나는 할 말을 잃었다. 그가 이미 사패산 터널에 대한 방대한 자료를 손에 쥐고 있다는 것을 알고 있었다.

"……."

"방법은 몇 가지가 있어. 중간중간에 있는 배선함을 부순 다음에 그 안에다 다이너마이트를 집어넣는 거야."

"다이너마이트는?"

"순진하기는. 그것도 안 구해 놓고 일을 벌이겠냐? 인터넷이라는 슈퍼맨이 있잖아. 한 궤짝이면 충분할 테니까. 광산에서 폭파면 허증 가지고 있는 사람들 수소문해 보니까 돈만 마련하면 돼. 그치들 기다리고 있던 사람들처럼 덤벼들어."

"다른 방법은……?"

"유조차 탱크로리 세 대 정도만 구하면 돼. 가능하면 앞뒤 입구와 중앙 한가운데. 두 사람은 입구에서 밀어 넣고 튀는 거야. 늦은 밤이나 새벽에 일 치르면 인명 피해 날 것도 없어. 미리 방송을 내보내거나, 터널 양쪽에서 비상사태라고 하고 출입 통제하면 돼. 순찰차 두어 대 준비하는 것도 필요하지. 꼭 경찰차 아니어도 돼. 비상등 정도 깜빡대고 있으면 다들 무슨 일 났는가 보다 생각하고 물러날 거야. 유조차 밀어 넣고 아무거나 타고 나와도 될 테고. 가운데 들어가는 사람은 살아남기 어려울 거야. 살아남아 사회적인 지탄 받느니 들어가기 전에 하직 인사해 둬야지."

나는 침을 꼴깍 삼켰다. 정호길이 건배하자고 잔을 높이 들었다. 얼굴엔 야릇한 미소가 피어났다 사라졌다. 한 잔씩 들이켰다. 손도

대지 않은 안주가 식어서 내가 사장에게 데워다 달라고 했다. 종업원이 접시를 가져가면서 그냥 있네, 중얼거렸다. 나는 괜찮다고, 눈으로 인사해 주었다. 정호길이 빤히 나를 쳐다봐서 그런지 좀 무안했다. 하긴, 심각한 얘기하다가 안주나 데워 달라고 하는 내가 한심했을지도 모르겠다. 민망했다. 나는 뭐라고 말을 해야 했다.

"앞, 뒤, 중간에서 폭발시켜?"

"도화선 끌고 나오다가 버튼 누르고 전속력으로 달려 나오는 것도 괜찮지."

"살 수 있을까?"

"하직 인사는 내가 할 테다."

"하직 인사를?"

"내가 한다니까. 제일 좋기는 시한폭탄이지. 시한폭탄에 유조차면 더 좋지. 단, 누가 무슨 의도로 폭파시켰다는 걸 알리기가 조금 애매해지지."

"그까짓 거 설치해 놓고 방송사에 제보하면 되지."

"그러네."

종업원이 접시 외에 찌개 국물을 두 대접 가져다 놓았다. 내가 먼저 몇 수저 떠먹었다. 정호길이 또 물끄러미 바라보았다. 나는, 먹어 봐, 시원해, 하는 표정을 지어 보였다. 또 다시 조금 전 상황에 빠졌다. 내가 물었다.

"그런데 사람들이 많이 다칠 텐데."

좋은 질문은 아니었던 것 같았다.

"희생을 최소화하려고 노력해 봐야지."

"그건 테러잖아?"

너무 형이하학적 질문임에 분명했다.

"사람하고는. 마음이 그렇게 약해서야. 좋아, 인명 피해는 없게 해주지. 다 방법이 있지. 터널 안에 들어가면 서울시 도로공사에서 보내는 방송이 나와. 그걸 접수하는 거야. 화재 발생했으니까 침착하게 빨리 빠져나가라고 방송을 하는 거지. 3분이면 끝나. 다음에 터널 양쪽 입구에서 트럭 한두 대 불 질러 놓고 차량이 들어오는 걸 통제시켜. 적당히 불나고 연기 나고 그러면 돼. 그러면서 탱크로리 한 대를 들여보내는 거지. 다음에 1분 30초 정도 기다리면 탱크로리가 터널 한가운데 정차하게 돼. 그건 내가 몰고 들어갈 거야. 차량이 다 빠져나오는 데 2분이면 돼. 다음에 두 대로 양쪽 입구에서 각각 3분의 1쯤 되는 곳까지 몰고 들어가는 거지. 다음에 동시에 불을 질러. 휴대전화로 연락해서 동시에 꽝. 소방차는 20분 이상 걸려. 상황 끝. 그다음에 두 사람은 알아서 살아가. 유감스럽지만 터널 안으로 몰고 들어가는 건 두 사람한테 양보할 수 없어. 내 무덤은 터널 안이야. 아니 무덤은커녕 뼈도 못 추릴걸. 그대로 산화하는 거야. 챙겨줄 사람도 없겠지만."

"바늘 빼고 줄 풀고 그래야 하는 거 아니야?"

"그런 건 터널 날리면 자연히 해소돼."

정호길이 소주 한 잔에, 국물을 그릇째 들어 마셨다. 나는 담배를 피워 물었다. 묻지도 않았는데 그가 말했다.

"지금부터 계획을 세워서 크리스마스이브쯤이면 실행에 옮길 수 있어."

"……"

"유조차와 자원병 구하는 건 그다지 어렵지 않아."

"탱크로리도 만만치 않을걸."

"그거? 외곽 밑에 가면 줄 서 있어."

"그게 무슨 소리야?"

"거기가 무기고야. 유조차, 탱크로리, 트럭, 컨테이너로 꽉 차 있어. 경기도 도지사한테 여러 의원들이 민원을 낼 정도로 위험한 곳이야. 고맙게도 모두 콧방귀 뀌고 있어. 우리가 한 방 터뜨리라고 기다려 주고 있어. 그 밑에서 소주 먹고 맴맴, 담배 먹고 맴맴이야."

"그렇다 치고 사람 구하기는 쉽지 않잖아?"

"죽고 싶어서 환장한 사람들 널렸어."

"그거야 그렇지만."

"고생하면서 사는 것보다야 그게 쉽지. 한몫 챙겨주겠다고 하면 자기 시켜 달라고 할 사람들 줄 섰어."

"그건 그렇고, 아까 말했던 거, 너하고 나. 또 한 사람은?"

"모든 게 비유고 미로에 갇혀 있지."

"무슨 뚱딴지같이."

"곧 알게 될 거야. 비유와 상징이 서서히 드러나는 날 말이다."

그래라, 까짓것, 언제든 드러나겠지. 당장 해결해야 할 문제도 많은데. 그가 담배 한 대를 내밀었다. 대답 대신이리라. 서로 한 대씩 피워 물고 깊어가는 가을 산이나, 쓸쓸한 저수지 물이나, 바라다보았다.

4

먼 데서 닭이 홰치는 소리와 개가 컹컹 짖는 소리가 번갈아 들리더니, 일몰을 바라보고 있는데 좌대가 흔들리더니……. 태양이 떠올라 아침은 마치 '붙여넣기'라도 한 듯이 갑자기 연결됐다. 납득하기 어려운 상황, 그 한가운데 앉아 있자니 안타까웠다. 그 영상과 소리들을 내가 잘라 넣은 건지 복사를 해 넣은 것인지, 또 그런 것들이 스스로의 영혼이 있어 거꾸로 나의 삶을 그렇게 삽입한 것인지 분명치 않았다. 시간의 가슴 깊이에서 생겨난 웅덩이 속에서 기억을 더듬어 과거로 돌아가는 것은, 바람뿐이었다. 시간이 제대로 굴러가지 않았다. 어쩌다 보이는 것들도 내게 데면데면했다. 내 속에 내 영혼이 아닌 것이 살아 움직이고 있었다. 이런 걸 무의식이라고 해야 하는가.

고병도가 죽은 후에 그런 일은 꼬리를 물었다. 난데없는 '붙여넣기' 같은. 수많은 영상들…… 민희, 아내, 사패산 터널 폭파 건……
영상들이 분리됐다가도 합쳐지고, 논리적으로 연결되기도 했다가
형언할 수 없는 혼란 속에 빨려 들어가 뒤섞였다 하며 나를 혼몽하
게 만들었다. 빈손인 것 같기도 하고 만선인 것도 같았다.

붕어 입질이 왔다. 아니, 내 곁에 와 있었다. 찌를 올리는 속도로
보아 묵직한 녀석이었다. 내겐 떡밥이 입 속에 쏘옥, 들어가는 게
보였다. 녀석에게는 내가 보이지 않을 테지만. 대를 채는 순간 만
사를 잊었다. 밀고 당기며, 나는 팔뚝의 힘으로, 녀석은 첨벙대는
소리로 버텼다. 씨알 좋고 힘도 훌륭한 토종붕어였다. 거의 사십
센티에 가까웠다. 채색도 누런 황금색에 비늘 하나 손상되지 않았
다. 멸종된 지 이미 오래된 생물을 보는 듯한 느낌이 들었다. 어떻
게 끌어냈나 싶었다. 바늘을 뺀 다음 손바닥에 올려놓고 요모조모
살펴보는데 녀석이 입을 열었다.

"그동안 잘 지내셨지요? 저는 마츠야 님의 사자예요."

"어, 그래?"

"드릴 말씀이 있어 왔어요."

"그랬구나, 어쩐지……."

"마츠야 님이 바늘을 찾아서 그걸 물어버리셨어요. 지금도 물고
계시고요."

"바늘을 물고 있다니?"

"서울을 들어 올리지 못하도록 떡밥과 바늘을 입에 물고 계신

거예요."

나도 집히는 게 있었다.

"혹시 종종 바늘털이도 하시는가?"

"그럼요. 아시다시피 괴로운 일이잖아요. 몸을 뒤틀 때마다 지진이 나고 싱크홀이 생기는 거고요."

"그랬구나. 그럼, 어떻게 하지?"

"우선 미봉책이나마 쓰고 계신 거예요. 뾰족한 수는 없어 보여요."

잠시 적막해지더니 다시 머릿속이 복잡해지기 시작했다. 운전하고 가려면 눈을 좀 붙여 두어야 하는데 여전히 비몽사몽이었다. 고병도가 거짓말처럼 가슴을 열어보이던 때…… 내장이 고스란히 드러났던 때가 과거였던가, 앞으로 일어날 일인가. 문장의 시제가 과거인지 미래인지 애매했다. 싱크홀과 투망, 매운탕, 지렁이와 떡밥, 휴거…….

고병도가 천천히 단추를 풀고 웃옷을 벗었다. 희끄무레한 영사막 하나가 스르르 내려와 그의 가슴을 투사했다. 고병도 아버지의 낚시터에서 열리고 닫히던 문처럼. 실물투사기를 통과한 듯한 그의 내장 영상이 빨갛게 드러났다. 화면은 점차 확대되었다. 식도를 타고 투명한 흰 줄이 내려오더니 명치끝에 이르면서부터 어느새 바늘로 바뀌었다. 실과 바늘의 경계, 실로 묶여 있는 부분까지 선명했다. 바늘은 위장과 가슴, 심장, 그리고 간을 뚫었다. 안줏감으로 쓰이는 꼬치구이처럼 살점 사이에도 바늘이 꿰어졌다. 살점과 살점 사이로 바늘이 반짝였다. 나는 아찔해서 눈을 감았다. 뚱하니 있던 정호길이 손을 쑥 내밀더니 장기를 하나씩 들췄다. 피는 그새 많이 응고되어 있었다. 다음 순간 셀 수 없이 많은 사람들의, 바늘에 꿰인 내장이 차례차례 이어졌다. 짧은 순간 대충 수많은 얼굴과 내장이 화면을 지나갔다. 신기했다. 그 작은 공간에 그토록 많은 사람들이라니. 하나하나, 모두 작은 점이 되더니 일정한 공간으로 모아졌다. 그 공간이 서울이라는 것은 금방 눈치챌 수 있었다. 색을 가진 퍼즐덩어리처럼 서울은 차례차례 한구석 한구석 채워졌다. 서울의 구역들은 색색별로 장기들의 모양대로 위장은 서대문구, 왼쪽 가슴은 용산구, 심장은 반포구, 간은 강남구, 다시 강북으로 이어져 신장은 광진구를 보여주었다. 맨 마지막으로 바늘길이 하얗게 열려 강남의 한 중심을, 마치 떡밥 사이를 한 뜸 한 뜸 꿰뚫고 있는 듯한 장면이 이어졌다. 미늘이 살짝 드러났다가 사라졌다. 어느새 다리들도 앙증맞게 한강을 가로질렀다. 정호길이 손가락으로 헤집었다. 피가 그의 손등과 손가락을 타고 흘렀다. 바늘은 피와 살 속에 묻혀 피범벅이었다……

봉헌

1

낚시터는 저수지 밖 사람들의 삶과는 무심한 듯 평온했다. 소 선생이 조금 늦겠다고 해서 혼자 좌대에 들어가는 길, 붕어를 만날 기쁨에 가슴이 뛰는 건 여전했다. 나는 뱃전에 등을 기대고 비스듬히 누웠다. 하늘이 전부였다. 배가 기우뚱할 때나 산과 나무들이 모습을 드러냈다. 난생처음 보는 하늘 같았다. 혼자 그 여백을 받아들이기엔 벅찼다. 그러면서도 왠지 마음이 허전했다. 문득 첫 출조 때 보았던 붕어가 떠올랐다. 이미 새우들의 식사로 사라져버렸을 테지만. 오늘 같아서는 한 사람쯤 더 합류하는 것도 좋겠다 싶은 생각이 간절했다. 밤낚시는 혼자 하기엔 적적하고 셋은 너무 많다지만, 그래도 그 역으로 작용하는 날이 있다. 둘보다 좋은 셋이 좋고, 오늘은 꼭 정호길이 들어와야 할 것 같았다.

배에서 내려 짐을 부리고 의자만 펴서 자리에 앉았다. 대를 펴기 전에 해야 할 일이 있었다. 더 늦기 전에 정호길에게 전화를 걸었다. 대뜸 좌대로 들어오겠다고 했다. 맑은 공기에 막혔던 코까지 뚫려서 기분이 더 상큼하게 느껴졌다. 그는 천연덕스러웠다.

"밑밥 다 줬냐?"

"이제 막 폈어."

"막걸리도 좀 사갈까?"

"좋지."

막걸리를 네댓 통 사오라고 말해 줬다. 소 선생이 합류한다는 것을 그도 대뜸 알아차렸다. 반가웠을까? 목소리는 훨씬 밝아졌다.

"그래? 그 양반 손맛에 인이 박혔구만."

전화는 끊겼지만 좋은 일이지, 하며 기뻐하는 그의 얼굴이 여운으로 남았다.

2

해는 막 붉은색으로 바뀌려 하고 있었다. 다른 좌대에는 꾼들이 아직 다 들어차지 않아 조용했다. 우리는 땅거미를 벗 삼아 닭볶음탕을 가운데 놓고 둘러앉았다. 저녁뜸의 시간을 맞이하며 느긋한 얼굴들이었다. 직장인들이 퇴근길에 오붓하게 소주잔 기울일 때처럼. 막걸리 두 병을 비우고 나자 저녁노을이 미련처럼 깔렸다. 이런저런 얘기에 식사 시간은 평소보다 꽤 길어졌다. 그만 술자리가 파하나 싶다가도 제각기 화장실에 다녀오거나 케미를 꺾어 달고는 다시 제자리로 돌아왔다. 오다가다 떡밥을 개어 놓기도 했다. 이럭저럭 나름대로 밤낚시 채비는 끝내 놓았다 싶었던지 아무도 그만 마시자는 얘기는 하지 않았다.

두 사람은 공교롭게도 같은 배로 들어왔다. 선착장에서부터 많은 얘기를 나눈 모양인지 서로 서먹서먹해 하지 않았다. 사실 걱정이 되기도 했다. 두 사람을 같이 부르는 게 잘한 일이 아닐 것 같았기 때문이다. 두 진영은 언제든 불붙을 준비가 된 화약고였다. 서로의 반감과 공격은 이해와 화해의 위력을 넘어설 것이리라. 문학적으로 말하자면, 순수 문학파와 참여 문학 사이의 간격이 있었다. 전에도 술자리에서 큰소리가 날 뻔했다. 나는 두 존재의 중간 존재쯤 되는, 아니 내겐 아무런 경향이 없었다. 그저 글이 필요로 하는 것을 그때그때 집어넣을 뿐이다. 글의 흐름으로 보아 적당하면 좋고, 그렇지 않으면 삭제해 버릴 뿐이다. 겉으로는 두 경향을 다 수용할 수 있을 것처럼 보였다. 사실 아무것도 아닐 수 있었다. 그래도 이곳에서는 그 세 존재가 모여 하나의 존재를 이루고, 그 새로 탄생한 하나의 고독한 존재가 호젓하게 낚시를 즐기며 밤을 보낼 수 있다고 믿었다. 낚시터에서는 그런 존재의 내부조차 말끔하게 하나로 통일된다. 밤의 장점이리라. 그건 나와 붕어 사이에 아무런 간격이 없는 것과 같은 것이리라.

소 선생이 먼저 구석진 자리에 자리를 잡았다. 한두 명이 올 때는 잘 앉지 않는 자리였지만 포인트로서는 뒤지지 않았다. 나와 정호길이 더 얘기를 나누어도 그가 낚시하는 데 딱히 지장을 줄 것 같지는 않았다. 어쩌면 그가 피해 앉은 것일지도 모른다는 걸, 모두 느끼고 있을지도 몰랐다.

모터 소리가 나고 나서 잠시 후에 물결이 일었다. 다른 좌대 손님들을 태우고 있었다. 배가 속도를 줄이지 않았다. 소 선생이 한숨을 내쉬었다. 서서히 다가오지 않으면 복병처럼 '물지진'이 일어나게 해서 적어도 몇 분간 낚시터는 초토화되기 마련이다. 핑계 삼아 정호길과 나는 말없이 앉아 있었다. 좋게 보면 쓰나미는 쉼표이기도 했다. 그것은 공허하지만은 않았다. 안에 무엇인가 들어 있었다. 살면서 피할 수 없는 갈등 같은 그 무엇, 그게 여기라고 예외일 수는 없다는 반증이었다. 이 시간에 이따위로 배를 모는 녀석들을 용서해 주자고 마음을 정리하자 잠시 후 물결이 서서히 잦아들었다. 정호길과 나는 각각 다른 모퉁이로 가서 자리를 잡았다.

파도가 겨우 가라앉는가 싶었는데 이번에는 배가 상류에서 내려오면서 다시 파랑을 일으켜 놓았다. 이 밤에 누가 철수라도 하는지 시끌벅적했다. 여기저기서 랜턴을 비추느라 싹둑싹둑 어둠이 베어져 물속에 처박혔다. 소 선생도 왔다 갔다 하더니 담뱃불을 붙이고 한마디 토해냈다.

"허 참!"

그러면서도 짜증이 가라앉지 않는지, 떡밥을 투척하는 게 다소 신경질적이었다. 나는 그저 그게 우리 두 사람, 나와 정호길에 대한 짜증의 발로는 아니길 빌었다. 잠시 후 지진이 가라앉으면 해소되리라 믿었다. 좌대는 덜커덕 덜커덕, 끼이익 끼이익 흔들리고 나는 여전히 그 위에서 어지러웠다. 잠시 눈을 감고 마음을 가라앉혔다. 하기야 낮과 밤, 기온차가 심하고 저수지에서 물을 빼내고 있어서 큰 기대는 하지 않고 있었다. 낚시의 천적인 이 두 가지 요건에 순응하여, 붕어 욕심은 접고 그저 마음 비우고 편안히 쉬었다 가리라 마음먹었다. 소음에 시달리고 있지만 밤은 밤이었다. 어둠, 케미만 한 크기의 담뱃불, 간간한 숨소리, 인내하고 긴장하느라 드러내는 한숨 소리, 잔기침 소리가 밤에 대응했다. 케미는 별빛의 추억이고 그 흐름은 은하수다. 내가 앉아 있는 좌대는 덜컹덜컹 시동을 걸고 있는 우주선이다. 마음이 조금 가라앉았다. 나는 정호길에게 다가가 물었다.

"어떻게 봉헌된다고 했지?"

"바늘과 실로 엮여 있는 서울을 들어 올린다고."

난데없이 나타난 정호길이 고병도의 내장을 헤집자 피가 그의 손등과 손가락을 타고 흘러내리고, 바늘이 피범벅 사이에서 하얗게 빛났던 게 생각났다. 꿈속이었지만 그게, 환각이나 환영만이 아니었음을 자각했다.

"말 되네. 그 흔적이 바로 싱크홀이고."

나는 일부러 비아냥대는 듯한 말투로 말을 맺었다. 그러자 정호길의 목소리가 조금씩 달아올랐다.

"들어봐. 멀건 떡밥이 떨어져 나가지 않게끔 낚싯줄 같은 걸 여러 가닥 넣어 놨어. 그렇게 여러 갈래 낚싯줄로 서울을 묶어서……."

오늘밤은 정호길을 부채질하든가, 아니면 정호길의 말과 화법에 말려드는 것처럼 연기하는 게 내가 맡은 배역 같았다. 그는 자기 머릿속에 있는 그림을 간단명료하게 전달하지 못하는 게 답답한 모양이었다. 천천히 주요한 것부터 설명하려 했지만 입은 혼자 떨어져 나가 제멋대로 움직였다. 음성도 거칠었다.

"들어 보라니까. 그걸로 끝나지 않아. 네 고향인 금촌은 돈[金]이라는 '나무[木] 속의 바늘[寸]'이야. 거기서 신촌과 이촌, 또 거기서 서울 여기저기를 꿰뚫고 다시 한강을 건너지. 낚싯바늘 하나가 서울을 꿰뚫고 있는 셈이지."

"그게 '바늘길'이야?"

"무슨 길?"

"바늘이 서울을 관통하고 있는 길 말이다."

"지난번에 이미……."

"그런데?"

"그래, 그런데 그걸 들어 올려야 하는데 제멋대로 흔들거리니까

실로 묶어 놨어."

"뭘 들어 올린다고?"

"서울이라니까!"

"아, 서울? 그런데?"

"왜 한 말을 반복하게 하는 건데."

이 친구, 의외로 다혈질이었다. 평상시와 약간 달랐다. 아니, 뭔
가에 지쳐 있었다. 나는 슬쩍 물러났다. 엉뚱한 질문을 던졌다. 난
데없는 질문에 예전처럼 잘 알아듣기를 바라면서.

"그럼, 내 아내는?"

"아내?"

"응, 내 아내도 봉헌된 거야?"

"웬 뚱딴지같은…… 아, 제수씨는 알아차리고 빠져나간 거야."

해오라기 한 마리가 갑자기 날아오르며 까악, 울며 어둠을 갈랐
다. 잠시 후 내가 물었다.

"탈출한 거라고?"

"빠삐용처럼."

"김민희는?"

"김민희하고는 차원이 다르지. 그 여잔 외국으로 튄 거고."

해오라기 또 한 마리가 똑같은 소리로 선문답처럼 응답하며 저
편 어둠 속으로 이동했다. 뭔가 육중한 동물이 숲속에서 후두둑,
달려가는 소리가 들렸다. 바로 고라니가 길게 울었다. 또 꿩이 황

급하게 울어댔다.

　침묵이 이어지는 사이 나는 내 마음속으로 들어갔다. 아내는 잡으려 했지만 잡지 못했고 민희는 간다고 해도 잡지 않았다는 차이 정도? 잡지 못할까 봐 두려웠던 걸까? 마음에 담아 두면 헤어질 때 공허함이 커지는 법, 다시 경험하고 싶지 않았다. 그런 감정에 나는 몹시 흔들렸다. 그 동요는 어머니와 아내에게서 이미 경험한 적이 있었다. 아내가 집을 나갔을 때 나는 아내가 어머니처럼 죽은 줄로 알았다. 그러한 두려움 때문에, 잡지 못하고 그냥 보낸 거지만 김민희에 대한 그리움이 쉽게 사라질 리 없었다. 그 그리움은 어머니나 아내를 향한 것처럼 시도 때도 없이 솟구쳤다. 나는 지금 고스란히 살아나고 있는 그 감정을 가라앉히며 말했다. 내 목소리에 미동이 느껴졌다.

　"그 발언 때문에 조금 역겨워지는데?"

　"알았다. 그만 하마."

　"근데 그 얘기는 갑자기 왜?"

　"그간 내가 너무 무심했나 싶기도 하고……."

　내가 고개를 돌리며 말했다.

　"그만 접자, 접고 낚시나 하자."

　내 언성에 각이 있을 터, 풀을 먹인 지 아직 얼마 되지 않았기 때문일 것이다. 바늘도 아직 날이 선 그대로일 것이다.

　"조오치. 구체적인 낚시, 그냥 낚시나 하자고."

속으로 안도했지만 조금 짜증이 났다. 그 마음, 브레이크를 걸지 못하고 바로 말로 이어졌다.

"너 요즘 강남 뒤지고 다닌다며?"

"나 혼자가 아니지."

그의 눈이 반짝했다. 요즘 정호길은 환경운동연합회 회원들과 서울의 지하철 지반 침하 현장을 답사 다니고 있었다.

"서울이 언제부터 들썩들썩했지?"

"들썩거리면서 웅덩이가 생기고⋯⋯. 흔들흔들, 결국 떨어져 나갈 텐데."

"그 강도가 점점 더 세지고 있는데. 그거 UFO 흔적이라고 하는 사람들도 있다던데. 유행을 타나, 그것도? 멀쩡하던 서울이 물바다가 된다고 떠들어 댈 때도 있었잖아. 근데 그 서울하며 그 살덩어리 누구한테 가져다준다디?"

"다국적 금융기업들이겠지."

"근데 슈퍼맨이 언제 쟤들 편이 됐지?"

"개종했나 봐."

"물이 채워진 서울 웅덩이, 아니 동그란 수몰지 낚시터."

완전한 어둠 속에서 정호길의 옆모습이 쌀포대 같았다. 금촌에서 시작한 바늘 얘기가 새삼스러웠다. 바늘은 그 어디에도 없지만 어디에나 있었다. 나는 대를 거둬들여 바늘을 만지작댔다. 삶은 바늘투성이다. 그 바늘에 온갖 게 달라붙었다. 싱크홀, 바늘길, 사패산 터널, 슈퍼맨, 떡밥, 봉헌 등등이 쇠붙이처럼 자석에 홀리듯.

3

　고개를 뒤로 하고 잠이 들었나 보다. 꿈속에서 고병도와 이야기를 나누다가 뭔가에 놀라서 잠이 깨었는데 발 한쪽이 좌대 밖 허공으로 나가 있었다. 게다가 몸도 상당히 옆으로 기울었다. 하마터면 그대로 물속으로 곤두박질칠 뻔했다. 주변을 둘러보았다. 정호길이나 소 선생 둘 다 의자에 앉은 채 잠이 든 것 같았다. 누군가 나를 잡아끌다가 급하게 놓았다는 느낌이 강렬했다. 혼자 낚시할 때처럼 으스스한 기분이 들었다. 얼핏 잠이 들었다가 꿈을 꾸었는데 너무 생생했다. 괜히 주변을 둘러보았다. 역시, 바로 그 목소리가 찾아왔다.

　"통장 번호 좀 알려다오."

　"웬, 통장 번호는?"

　"몇 만원씩이라도 보내야 하지 않겠냐."

　"사람 참…… 한다는 얘기하고는…….."

　어른거리던 모습이 갑자기 사라졌다. 주변을 둘러보니 소 선생이 잠에서 깨어난 듯했다. 녀석이 나타나 잠에서 깨어난 건지, 잠에서 깨니까 녀석이 냅다 도망을 친 건지 구분이 가지 않았다. 나는 고개를 흔들었다. 두통이 심했다. 이미 가을이 깊었는데 한데서 선잠을 잘못 자고 난 뒤 께름칙한 감정이 쇄도했다. 고병도의 상황을 봉헌에 빗댄 것은 좋게 말하려고 애쓴 흔적이 역력한 표현이었다. 나는 멍하니 어둠 속을 들여다보고만 있었다. 꿈속에서 본 고병도의 무서운 눈매가 자꾸 눈앞에 어른거렸다. 한참의 시간이 흘러도 그 눈빛에서 벗어나기가 힘들었다. 별의별 상념이 사라지기는커녕 오히려 마음이 점점 더 어지러워졌다. 낚시터에서조차.

소 선생은 구석진 자리에서 조용했다. 솔직히 내 속에서는 호기심이 끓어올랐다. 아까 정호길과 나눈 얘기에 대한 그의 의견을 듣고 싶었다. 혹시 그의 눈에는 바늘이 보이지 않았을까? 정호길과 나눈 대화를 그에게 똑같이 하자고 들면 불쾌해 할 게 뻔했다. 결례라면 결례다. 관심 여부와, 확실하게 대답할 수 있다거나 없는 문제와는 성격이 달랐다. 그래도 나는 그가 어떻게 생각하는지 궁금해 참을 수가 없었다. 맞다. 확신과 불안이 반반이니 일을 저지르고 봐도 괜찮을 거라는 생각이 강해졌다. 갑자기 내가 징그러웠다. 한편으로는 조금 전에 정호길과 얘기하면서 느꼈던 섬뜩한 감정이 되살아났다. 조심해야지, 경솔하게 굴지 말고…… 그에게 다가가 조용히 묻고 말았다.

"어째 입질 좀 합니까?"

"잔챙이나 징거미 같은데요."

어이쿠, 거머리 같은 놈, 이젠 나한테 달라붙네 하는 것 같지는 않았다.

"벌써 징거미 입질을 다 아시고. 자, 이리 오시지요. 오늘은 밤늦어야 오겠다고 연락 왔습니다."

"하기야 반상회 간 녀석들 기다려봤자……."

그가 주섬주섬 담배를 챙겨들고 자리에서 일어났다. 나는 그가 그렇게 빨리 움직일 거라고는 생각하지 못하고 있었다. 나는 부랴부랴 술자리를 마련했다. 그는 다가와서도 비스듬히 앉아 찌와 이쪽을 번갈아 보았다. 우리는 마주 앉았다. 내가 냉큼 잔부터 내밀었다. 그도 완전히 몸을 틀었다. 서로 건배했다. 다시 술을 따르자마자 나는 단도직입적으로 물었다.

"프로님은 어떻게 생각합니까?"

"물푸레와 사패산 터널, 그것들과 연관된 우리의 삶의 의미, 그거 괜찮아요."

우선 기뻤다. 내키지 않는데 어쩔 수 없이 하는 말은 아닐 것이다. 그의 말에 바싹 귀를 기울였다. 프로가 탐탁지 않게 여기면 내 소설은 휴지통으로 들어갈 게 뻔했다. 몇 년 동안의 노력이 물거품이 되는 것이다. 출간된 게 사장된 것보다 적다고 하니까. 그렇다고 오래 잡고 있는 게 능사는 아니었다. 소설은 시대의 산물이라니까. 내 소설이 그런 운명을 맞이하지 않기를 간절히 빌어 왔다. 그가 한 모금 더 들이킨 다음에 말을 이었다.

"분위기는 어느 정도 조성된 거고. 바늘 하나 박혀 있겠다, 그걸

채면 만사 끝난단 이 말이지."

"그렇지요."

"그렇지 않아도 내가 준비하고 있는 게 있어. 조만간 또 상의하기로 하지. 이 작가님 소설에도 조금은 도움이 되지 않을까 싶어."

"난 내 소설이 스토리로 엮는 게 가능한 것만으로 기쁜걸."

"그러게요. 너무 걱정하지 않으셔도 되겠어. 충분히 소설이 돼."

'그렇지요' '그러게요' 우리는 한 번씩 존댓말을 주고받았다.

"하하, 멋진 비유인 걸. 채도 될까?"

"가능하다고 봐."

나는 두 진영 사이를 오가는 이중 첩자 같았다. 물론 나는 성향상 소 선생 쪽에 가까웠다. 그렇다고 정호길을 멀리할 수도 없는. 신화적 관점에서 보면 존재와 사유가 실존이나 행동보다 앞섰다. 나는 중간에서 굳건히 발을 딛고 두 진영을 중재하고 있다고 둘러대면…… 양쪽에서 뺨을 맞겠지. 그가 다가와 낮은 목소리로 말했다.

"동트면 나 먼저 좀 나갈게."

"아, 급한 일이 있다고 했지?"

"그래서, 내 짐만 챙겨나갈 테니, 대는 이 작가가 정 교수 집에 좀 맡겨 두면 고맙겠는데."

"오케이."

4

한두 시간 낚시를 더 했을까. 먼동이 텄다. 수다로 밤을 새우다시
피 했다. 의자에 앉은 채 잠깐씩 잠이 들었다 깨곤 했다. 꿈속에서
줄에 매달려 꿈틀대던 고병도의 얼굴이 찾아왔다. 피곤이 몰려왔
으나 누워봤자 말똥말똥한 눈으로 아침을 맞을 것 같았다. 자리에
서 일어나 기지개를 폈다. 커피 물을 올려놓는데 소 선생이 기지개
를 폈다. 물이 끓으며 올라오는 수증기가 물안개와 닮았다. 모아 놓
으면 여지없이 안개였다. 잠깐 사이 찌는 잘 보이지 않게 투명해져
버렸다. 아침뜸의 시간이었다. 커피잔을 소 선생에게 전해주고 다
시 자리에 앉았다. 후르륵 소리를 내며 커피를 들이켰다. 뜨뜻해 좋
으면서도 속이 쓰렸다. 커피를 너무 많이 마셨다 싶었다. 그때 저
수지 사장이 저 멀리서 그물을 걷어 올리는 게 눈에 들어왔다. 어른
팔뚝만 한 고기가 하얗게 파닥댔다. 안개를 압축시켜 놓은 듯한 흰
색이 싱싱했다. 세상은 물과 흙과 나무로 이루어졌다고 말한 어느
철학자의 말에 물고기를 하나 더 추가하고 싶어졌다. 어젯밤 미운
짓 하던 사장이 새벽엔 다시 어부가 되어 신선처럼 붕어를 걷어 올
리고 있었다. 정호길도 자리에서 일어났다. 오줌을 누려는지 화장
실에 가는 그에게 커피 한잔 줄까, 했더니 흔쾌히 반겼다. 바로 그
에게 잔을 건넸다.

물 위에 피어오르는 옅은 물안개는 가을이 지나 기온이 내려갈

때 그 기온차가 가져다주는 명물이었다. 정호길은 저수지 위에서 고기를 걷어 올리고 있는 어부를 바라보고 있었다. 커피는 이미 다 마셨고 줄담배를 피워댔다. 어부가 작업하는 배경이 조금 전보다 선명해졌다. 어디서 본 듯한 풍경이라는 생각이 들었다. 야트막한 산봉우리 아래 산기슭을 연결하면 그게 바로 넓은 저수지를 둘러싼 길이고 성이며 외곽순환도로인 셈이었다. 어렴풋하던 것이 명료해지자 나는 수몰지를 외곽이 둘러싸고 있다는 생각이 번쩍 들었다. 서울을 들어 올린 다음 웅덩이에 물을 채우고 꾼들이 그 위에 서서 유유히 고기를 건지고 있는 형상이었다. 어부는 힘없는 붕어들을 괴롭히고 있는, 먹이사슬의 윗부분에 해당하는 포획자인 것이다. 으스스한 바람이 가슴을 훑었다. 나는 흠칫, 몸을 떨었다. 나는 정호길이 무슨 얘기를 할지 알고 있었다. 어쩌면 내가 앞으로 이 장면과 대사를 써먹게 되지 않을까, 하는 생각이 불현듯 들었다. 그러나 나는 그를 빤히 바라다보기만 했다. 마침내 그가 대사를 읊는 성우처럼 말했다.

"외곽순환도로 같지 않냐?"

"닮은꼴이긴 하다만……."

"외곽순환도로와 서울, 그 축소판이야."

"투망, 올가미, 고리 등등?"

"그렇다니까."

우리는 말없이 어부를 바라보았다. 사회학도가 어디서 그런 상상력이 나오는지 신기했다. 잠시 후 그가 목소리를 낮추었다.

"얼마나 큰지 볼까?"

그는 서슴없이 바로 다음 말을 이었다.

"외곽순환도로 둘레를 알면 쉽지. 그거 대략 130킬로미터쯤 돼."

그의 입에서 숫자까지 튀어나왔다. 새삼스러울 건 없었다. 사패산 터널을 폭파시킨다고 했을 때 처음에는 어안이 벙벙했다. 그러나 그 터널에 대한 설계도, 다양한 공법이며, 특히 ATM 굴착 방식, 터널 내 환풍 장치 등에 대한 자료를 가지고 있는 것을 보고 나는 깜짝 놀랐다. 나중에 이 친구 집에 가서도 책꽂이 한가운데 자리를 잡고 있던 수많은 자료들에 질려버린 적이 있었다. 이번에도 나는 입을 열지 못했다.

"2파이알(πr)이 130킬로미터인 거잖아. 그럼 반지름은 대략 20킬로쯤 되겠네. 원의 방정식도 있겠다, 원의 방정식이 엑스 제곱 플러스 와이 제곱은 반지름 알(r)의 제곱이니까……."

"적분하려는 거야?"

"그렇지 않냐? 원의 방정식을 적분하면 면적이 나올 테고, 미분하면 그 기울기까지 척척 나오지. 하하, 네 덕분에 나도 기울기며 면적을 다 산출해 봤다."

나는 여전히 입을 다물고 있었다. 그가 말을 이었다.

"내친걸음에 체적까지도 산출해 볼까."

"아직 높이를 모르잖아."

나는 내가 무슨 단어를 말했는지 알지 못했다. 그 이유는 내 앞에 앉아 있는 친구가 정호길이라고 확신할 수 없는 것과 같은 이치였다. 하물며 '높이' 운운한 나도 내가 아닌 것 같았다. 누군가가 내 내면을 차지하고 혀를 놀리게 만들고 있었다. 정호길인 듯한 사람이 또 말했다.

"그렇기는 하지. 그거 대략 브라보콘이나 밥주발 모양이 아니겠냐?"

나는 내게 수학을 가르쳐 주던 고병도를 생각했다. 잠시 후 나는 웃으면서 그에게 고개를 돌리다가 바로 웃음을 거두었다. 그의 눈엔 광기가 흘렀다. 고병도의 눈빛을 빼다 박은 그의 눈빛이 무서웠다. 정호길은 어부의 궤적을 노려보며 서 있었다. 나는 아무 대꾸도 하지 못한 채 멍하니 있었다. 이 세상에는 안갯속에서 움직이는 어부라는 타인과 나라는 자아만이 존재한다. 아직 다른 것들은 이름을 얻지 못했다. 뭔가 일어날 것만 같았다. 외곽순환도로 같으냐고 방금 물었을 때부터 마음 한편에서 내내 그 생각을 하고 있었다. 얼떨결에 답했지만 사실 그 정체를 제대로 파악하지는 못하고 있었다.

어부가 작업을 끝내려고 하는 것 같았다. 나는 조급해졌다. 정호길이 내 의도를 알아차린 게 분명했다. 나도 정확하게 알지 못하고 있는. 그가 말했다.

"고리를 찾고 싶은 거지? 그래야 폭파시키든지 할 테니까."

나는 고개를 끄떡였다.

"지금은 고정되어 있지 않아. 타깃이 움직이고 있어. 그건 저 어부며 배야. 우선 불쌍한 미물들을 풀어줘야지."

그럴듯했다. 어부에게는 그가 잡은 물고기는 상품이지만 나에겐 내 과거를 물어볼 수 있을 친구다. 물어보기 위해서라도 그 붕어들이 필요했다. 그때 정호길이 큰소리로 배에 대고 소리를 질렀다. 다른 좌대에서 미친 새끼라고 욕을 해도 할 수 없다는 투였다. 멀리 떨어져 있어서 그런지 어부는 쉽게 이쪽을 돌아보지 않았다. 그의 배에서 나오는 엔진 소리가 외침을 가로막고 있었을 것이다. 내 시야로 들어온 소 선생은 영문을 몰라 하며 물끄러미 세 사람을 번갈아 바라보기만 했다. 정호길은 악까지 써가며 여러 번 반복해서 배에 대고 소리를 질렀다. 곧이어 어부가 다가와 배를 댔다. 정호길은 아무 말 없이 배에 올라탔다. 하마터면 급하게 오르느라 넘어질 뻔했다. 그는 타자마자 곧장 고기를 담아 놓은 함지박으로 다가갔다. 뚜벅뚜벅, 이라는 표현은 배 위에서 걸을 때 내는 소리와는 맞지 않을 것이지만 나는 그렇게 느꼈다. 그는 그 큰 통을, 통째 들어 올리더니 내용물을 물속에 쏟아부었다. 갇혀 있던 녀석들이 좋아라고 함성을 질러댔다. 일부는 갑판 위로 떨어지기도 했다. 꾸욱꾸욱, 첨벙, 푸드덕, 꾹꾹꾹…… 순식간에 벌어진 일이어서 그랬는지 어부는 아무런 반응을 보이지 않았다. 그저 멍하니 지켜볼

뿐이었다.

나는 그저 담배 한 개비를 피워 물었다. 어부는 어이가 없어 했지만, 그의 눈은 한 대 얻어맞은 권투선수처럼 초점을 잃었다. 정호길은 한 펀치 더 먹여서 링 밖으로 이 친구를 던져버리고 싶어 하는 것 같았다. 그 시점은 침묵이 깨지는 순간일 것이다. 나는, 그가 만일 뭐라고 하면 우선, 지난밤 훼방 놓던 일을 구실로 삼아 어부를 몰아붙일 계산이었다. 낚시할 때 그 따위로 배를 몰았다고 둘러댈 요량일지도 몰랐다. 우리 낚시를 모두 망쳐 놓고는…… 정호길이 담배를 끄집어내 입에 물었다. 불을 붙이려고 했지만 라이터가 젖어서인지 불이 잘 켜지지 않았다. 내가 정호길에게 불을 붙여주고 어부에게도 담배를 한 대 권했다. 내가 라이터를 켜주려 했지만 어부는 스스로 자기 담배에 불을 붙였다. 안개보다도 더 독한 연기가 서로 어색해 하고 있는 두 사람 입에서 쏟아졌다. 정호길이 자기를 뚫어져라 노려보는 시선을 느꼈는지 눈을 돌렸다.

정호길이 배에서 내렸다. 소 선생이 먼저 기다렸다는 듯이 달랑 자기 짐을 들고, 그다음에는 내가 냉큼 배에 올라타 자리에 앉았다. 어부는 또 놀랐는지 주체하지 못하고 담배 연기만 뱉어내고 있었다. 내가 매점으로 가자고 말했다.

나는 눈을 감았다. 현기증이 일었으나 마음은 편했다. 투투투투, 아침을 흔드는 모터 소리조차 아득했다. 나는 보트 위에 묶여 연행되고 있는 것 같았다. 귀찮다. 그저 벌금형 정도면 좋겠다. 슬쩍 실

눈을 떠보니 멀리 좌대가 눈에 들어왔다. 안개 속에 희미한 방공호 한 개가 저수지의 눈처럼 외롭게 박혀 있었다. 나는 그만, 정호길의 비유에 안겨 졸음 속으로 빠져들고 싶었다. 외곽순환도로 같지? 이제 그 비유는 각성제가 아닌 마취제 같기를 바라고 있었는지도 모른다. 언제나 그랬던 것처럼 또 빈손이었다. 그래도 분명 건진 것도 있었다. 아까 그, 눈이 부시게 하얗던 붕어 녀석이 눈에 선했다. 무엇보다도 삶을 순환도로에 빗댄 비유 하나는 건진 셈이니까. 비유로 몸을 바꾼 녀석이 나에게 무슨 얘기를 해줄 것만 같았다. 그래, 그렇게 나에게 얘기해줄 수 있을 만큼 튼실하게 자라다오. 그렇게 되길 바랐다. 내겐 말동무가 필요하단다. 그것도 비유로 다가올 테니.

서울, 한붓그리기

1

문자가 도착했음을 알리는 신호가 띠릉띠릉, 울렸다. 소 선생이었다. 안경을 어디다 두었는지 찾기가 귀찮았다. 화면 가까이에 얼굴을 대고 읽었다. 평소 그의 필체는 지렁이가 기어 다니는 것 같았는데 반듯한 활자가 읽기에 좋았다.

— 이형. 그날 밤 나 혼자 돌아와 아쉬웠어…… 낚시터에서 하던 얘기 더 나눠 보도록 하면 어떨까 해서 문자 보내니, 까짓것…… 같이 한번 만들어 봅시다. 시간 되는 대로 연락바람. 아, 동대문 곱창집에서 보면 어떨까……. 소정섭.

천천히 무슨 내용인지 곱씹어 보았다. 고병도가 가슴을 열어 보이던 일? 멍하니 밖을 내다보는데 조수석 사이드미러 위에 잠자리 한 마리가 앉아 있는 게 눈에 들어왔던 일? 봉헌되는 붕어를 구한

답시고 어부에게서 강탈해 물에 방생하는 치기를 부리던 일? '바늘'에 대한 얘기를 나누던 일? 구체적으로 짚어낼 수가 없었다. 몽롱하게 뭔가 홀린 듯 지낸 나날이었다. 아니 고병도가 가슴을 열어 보이던 날은 같이 있지 않았고, 잠자리 한 마리가 앉아 있는 게 눈에 들어왔던 일도 나 혼자의 일이었다. 소 선생과 '바늘' 얘기를 한 적이 있었던가? 그 점은 잘 기억해낼 수가 없었다. 다음 순간 바늘이 소설로 엮여 좋은 이야기가 될 것이라고 대화를 나누었던 게 기억났다. 멋진 비유 운운했었다. 나는 마음이 급해졌다. 정호길에게는 연락을 한 걸까? 그 친구와 같이 만나자는 제안을 내게 한 걸까? 하기야 내가 연락하는 게 맞을지도 모른다. 정호길에게 함께 보자고 문자를 보내고, 나는 소 선생과 정호길, 두 사람의 대화를 듣기만 하겠다고 다짐했다. 막상 그렇게 마음을 먹고 나니까 생각했던 것보다 재미있을 것 같았다.

   나는 처박아 두었던 원고 『피시스케이프』를 꺼냈다. 한 장 한 장 넘겨보다가 독배를 마시려던 파우스트 박사를 떠올리며 원고를 가슴에 안았다가 내려놓았다. 이어 메피스토펠레스가 파우스트에게, 이미 생성된 것에서 빠져나와/ 매인 곳이 없는 형상들의 나라로 가도록 하시오!●라고 외치던 장면이 스쳐갔다. 이제, 그 미몽의 나라에서 돌아 나올 때가 다가오고 있다는 판단이 들었다.

● 괴테, 이인웅 역, 『파우스트2』, 문학동네, 2015.

2

너무 오랜만에 들른 모양이었다. 나를 보자, 주인아저씨가 얼굴 잊어버리겠어, 했다. 병도 아버지 같은 분이었다. 내가 씩 웃자 대뜸 민희와 소설가의 안부를 물었다. 민희와 왔던 건 기억나는데 소 선생과 여기서 한잔했던 일은 기억이 가물가물했다. 대학 다닐 때부터 한 달에 한두 번은 빠지지 않고 들르곤 했던 식당이었다. 평촌으로 가고 나서도 방문은 끊어지지 않았다. 주인은 막 도착한 정호길과 눈인사를 했다. 급하면 고병도의 잠자리를 부탁하려고 했던 집이기도 했다. 곱창이라도 나르면서 피신하고 있어야 했으니까. 소 선생은 아직 오지 않았다. 우리는 고춧가루가 듬뿍 뿌려진 콩나물국을 마시면서 약한 불에 곱창이 누렇게 구워지기를 기다렸다.

우리는 당면과 야채를 먼저 먹었다. 정호길이 소주 반 잔에 맥주 한 잔을 말아 내게 내밀고 자기도 그렇게 조제했다. 우리는 건배했다. 그가 생마늘 한 개를 장에 찍어 입에 가져갔다. 연기에 눈을 비비고 마른세수를 하면서 부지런히 먹었다. 배 속이 안주와 술로 채워지자 몸과 마음의 피로가 물러갔다.

어디선가 휴대전화 벨이 울렸다. 정호길의 전화에서 나는 소리였다. 그냥 우두커니 소리가 그치기를 기다렸다. 그때 소 선생이 들어와 반갑게 인사했다. 형광등 불빛에서 보아서 그런지 아직 굵은 주름은 없었다. 얼굴은 편안했지만 자연스럽지는 않았다. 마치 지금껏 우울해하고 있다가 직전에야 좋은 표정을 지어 보이려고 애쓰고 있다고나 할까. 그래서인지, 소 선생은 우리 두 사람에게 서먹서먹해하는 듯한 태도를 보였다. 나는 그게『피시스케이프』의 내용 때문은 아닐까 하는 걱정이 앞섰다. 소설 후반부의 비현실적인 내용이 마음에 걸렸던 것이다. 정호길이 낮은 음성으로 물었다.

"어디 아프셔?"

"며칠 동안 제대로 밥을 못 먹었더니……."

"낚시 못 다녀서?"

농담을 할 표정이 아니었다. 소 선생이 한참 뜸을 들였다.

"늦어서 미안. 집에서 나오다가 아내가 갑자기 급한 일이 생겼다고 그래서."

정호길이 고개를 끄떡끄떡하더니 말을 이었다.

"사는 게 힘들지?"

"뭐, 다들 매한가지지."

소 선생이 예전에 없이 한숨을 쉬었다. 가래까지 섞인 목소리로 주섬주섬 노후에 대해 이야기했다. 처음으로 그런 걱정을 했다고 했다. 그동안은 아내가 따로 부업을 하며 버텼다는 거였다. 커가는 아이들이 너무 버거워서 멍청히 앞날을 생각하는 시간이 많아졌는데 그럴 때마다 눈앞이 캄캄하더라는 것이었다.

나는 그에게 소주를 한 잔 따라주었다. 그는 한 잔을 한꺼번에 마시고는 콩나물국을 거의 반 그릇 이상 떠먹었다. 조심조심 트림도 몇 차례 했다. 다시 내게서도 술잔을 받아 놓고 곱창부터 한 점 입에 넣었다. 쩝쩝, 그가 말했다.

"역시, 이 집 곱창 맛은……."

"대단하지?"

슬슬 술이 들어가기 시작하자 그의 얼굴도 어느새 화색이 돌았다. 술이 받는 날인가 보았다. 소 선생이 가끔씩 하하, 웃기도 했다. 상대방이 기분이 좋으니 나도 정호길도 우쭐해했다. 내내 우울하다가 씨알 좋은 붕어가 걸렸을 때처럼 기분이 좋아지고 있는 참이었다. 나도 그랬다. 정말 오랜만에 웃었다.

웃어야 한다고 했다. 그래야 버텨낸다고 했다. 웃을 일이 없어도 웃으며 살아야 한다고 다짐했지만 말처럼 쉽지가 않았다. 뇌는 가짜로 웃는 척해도 진짜 웃는 것으로 여겨 도파민을 내보낸다고 한다. 뇌가 어리석은 게 아니라 스트레스를 이기고 살아갈 수 있도록 하는 생존법칙의 진화일는지도 모른다. 뇌보다 생존본능이 앞서서 개척해 놓은.

술이 몇 순배 더 돌았다. 소 선생의 얼굴이 발그스레해졌다. 나는 예전부터 하려다 하지 못했던 말을 소 선생에게서 확인하고 싶었다. 확실치는 않지만 물가에서 고병도가 내게 했던 말이기도 했다. 좀 성급하다는 판단을 하면서도 감행하기로 했다. 그의 반응을 들어보면 알 수 있을 것이기에, 정호길이 들을 수 있도록 소 선생을 보면서 내가 물었다.

"서울에 박힌 바늘 얘기는 좀 지나친 거 같지 않아?"

고병도 가슴에 박힌 바늘 얘기는 좀 지나친 거 같지 않아? 하고 묻고 싶었는데 그만 마음이 약해져 그렇게 물었다. 그랬음에도 불구하고, 소 선생이 무슨 말인지 알겠다는 듯 고개를 주억거렸다. 내가 너무 직접적으로 찔러 대서 조금 머쓱해 하는 듯했지만 소 선생이 천천히 말을 받았다.

"바늘, 그거 일제 때 박아 놓은 쇠말뚝하고 한가지로 보면 돼……."

정호길이 잠시 뜸을 들이더니 나를 가리키면서 그에게 말했다.

"하긴 이 친구 지금 사는 데 전철역 이름이 '평촌역'으로 바뀌었거든. 예전엔 '벌말역'이었어. 그거 다 일제 때 박아 놓았다는 말뚝 빼내는 작업의 일환일 테니. 실제로 그걸 캐러 다니는 사람들이 있다니까. 총독부, 광화문 모두 다 마찬가지지. 낯선 게 아니라니까."

소 선생이 또다시 고개를 끄떡끄떡했다. 정호길이 내게 고개를 돌렸다. 소주 한 병을 더 시킨 다음에 내가 응수했다.

"바늘은 박혀 있겠다, 그걸 낚아채면 만사 끝난단 말이지? 아니면 싱크홀이야 뭐, 그거에 비하면 별 게 아닐 테고?"

정호길이 즉각 응수했다.

"또 있어. 이를테면 운하 말이야. 이리저리 여러 갈래로 파려는 걸 보면 나누어서 들어 올리겠다는 발상 같다는 생각이 다 들어. 서너 조각을 내서……."

소 선생은 여전히 지켜보기만 했다. 내가 말을 끊고 끼어들었다.

"이젠 대운하까지…… 비유가 지나친 거 아냐?"

소 선생이 혼자 묵묵히 잔을 비웠다. 나는 종업원이 새로 가져온 소주를 탁자에 올려놓기도 전에 받아 마개를 따 그의 잔을 채워주었다. 그는 안주엔 아랑곳하지 않고, 다시 소주를 털어 넣었다. 나는 뒤늦게 정호길과 잔을 들어 건배하고 한 번에 들이마셨다. 느긋하게 마시다가 각자 두 병 정도 비우고 나서 2차 갈 준비를 하면 그만이었다. 뭐, 특별히 다른 할 일이 있는 것도 아니었다. 술이나 마시는 게 오늘 우리의 할 일이었다. 잠시 후에 담배도 한 대씩 피워 물었다. 다들 멀쩡했다. 정호길이 회상하듯 말했다.

"신촌을 지나 이촌에서 강을 건너지. 거기서 세촌(대치동), 석촌동, 몽촌토성, 둔촌동으로 이어지다가…… 거기서 다시 북쪽으로…… 한강을 건너…… 중랑구 서촌과 광진구 우미촌까지 가서 끝나. 거기가 바늘길의 종착지야……."

고병도가 가슴을 열어 보일 때, 나는 분명히 그것을 보았다. 소 선생이 마른세수를 했다. 속으로는 바늘의 궤적을 그려보고 있을까. 소 선생이 입을 열기 전에 정호길이 다시 말했다.

"아참, 세촌이란 곳에도 있었다고 하지 않았어. 평촌 오기 전에?"

세촌과 평촌. 나는 그 지명을 생각하면서 한숨을 내쉬었다. 두 사람이 동시에 나를 쳐다보았다. 나는 슬금슬금 벽에 기대며 두 사람의 촉수에서 벗어나고자 했다. 정호길이 내 눈치를 보면서 조심

조심 말을 이었다.

"왜 그래? 우미촌과 세촌 생각하면 고통스럽구나. 말하자면……"

"뭐, 그래도 우미촌에서 아차산성 산책하는 길은 괜찮았지."

정호길이 아차산성? 하고 들리지 않을 만큼 약하게 물었지만 질문의 의도는 가지고 있지 않은 듯했다. 우미촌 옆 산성 이름이었다. 나는 소 선생이 생소해 할 것 같아서 대충 설명해줄까 하고 그를 바라보았다. 그가 고개를 끄떡였다. 소설 속에 등장하는 곳이니 알아챘으리라. 나는 담배를 끄면서 물었다.

"해방촌은 어떠려나?"

정호길이 말을 받았다.

"해방촌? 좋지. 그래봤자 해방촌은 엑스트라로 봐야 하고. 여기서 중요한 건 주연이지."

별 상관없는 게 분명했다. 그저, 두 사람이 세촌에 대해 물어볼까 봐 둘러댄 게 해방촌이었다. 별로 떠올리고 싶지 않은 상태에서 내 머릿속에서 오랫동안 담겨 있었던 단어가 세촌이었다. 여하튼 엑스트라니 주연이니 대뜸 구분 짓는 그의 능력이 새삼스러웠다. 그가 가던 길을 재촉했다.

"말하자면 고병도란 친구, 또 민희가 살던 그곳은 미늘 부위란 말이다. 그 미늘이 서울의 혈액순환을 방해해."

그는 반나마 남은 담배를 바닥에 놓고 비벼 껐다. 무심코, 그렇게 하는 듯했다. 내가 하는 걸 따라서, 영혼 없이. 소 선생이 받았다.

"큰입배스 같은 포식자들을 없애면 될까?"

정호길이 바로 응답했다.

"그렇잖아도 우리 회원들이 석촌호수에서 배스 소탕 작전을 벌였어."

"그러니 그 NGO들이 얼마나 미웠을까. 배스가 자기네 비밀요원인데."

소 선생의 입에서 그런 말이 술술 나오고 있다는 게 믿기지 않았다. 두 사람이 이어나가는 대화를 지켜보면서 나는 관객으로서 벽에 더 깊숙이 등을 박고 숨을 돌리며 쉬고 있었다. 잠시 후 정호길이 덧붙였다.

"우리 역시 바늘의 끄나풀은 아니었을까? 싸우다 정들어 하나가 된다더니 나도 어느새 사람들에게 물신의 심을 박으며 돌아다니는 처지가 되어 버린 건 아니냐고. 빠져나갈 방법도 없으니까. 고추 먹고 맴맴……."

목소리가 흥분되어 간간히 떨렸다. 소 선생이 정호길에게 담배 한 개비를 내밀었다. 같이 고된 훈련을 받던 동료에게 건네주는 담배였다. 두 사람은 군침이 돌 정도로 맛있게 피웠다. 소 선생이 고개를 끄떡끄떡했다.

"뭐, 괜찮네. 모두 다 재밌는 발상이야."

"정말?"

정호길이 반색을 했다. 두 사람의 담배가 금방 다 타버렸다. 나는 어둠 사이로, 멀리 떨어져 있는 양 그들을 바라다보았다. 나는 소 선생이 바늘을 쇠말뚝처럼 부정할 수 없는 증거로 여기고 있다고 믿기로 했다.

3

소 선생이 종이봉투에서 그림 한 장을 꺼내들었다. 인터넷에서 다운받은 것인 듯했다. 잠시 멈칫, 하더니 그 사진을 탁자에 올려놓았다.

우리 둘은 그게 무엇인지 금방 알아차릴 수 있었다. 정호길은 주섬주섬 그림 쪽으로 고개를 뺐다. 그는 자기 눈을 의심하는 듯했다. 곧이어 눈을 크게 뜬 채 엉덩이까지 들어 올리고 그림에 바싹 다가갔다. 자석에 끌려가는 못 같았다. 나 역시 소 선생이 달리 보였다. 월척 이상, 숨은 고수처럼 보였다. 서울이라는 도시가 정체를 밝히는 듯해서 머릿속이 명료해지는 기분이 들었다.

머릿속에서 찌가 쑥 올라오는 듯했다. 그 순간, 소 선생이 갑자기 대를 채듯이 물었다.

"어때, 이 떡밥 마음에 들어?"

정호길이 답했다.

"좋은데. 떡밥에, 서울외곽순환도로까지 있네."

내가 받았다.

"꼭 아메바 같지 않아? 떡밥이 물에서 막 풀리기 시작하잖아."

정호길이 탄성 같은 질문을 던졌다.

"서울은 떡밥이다?"

"떡밥 서울은 외곽이라는 투망에 포획되어 있지."

소 선생이 단정 짓고 나서, 내가 그래, 그러네, 하고 중얼거리자 다시 말을 이었다.

"이름하여 서울 한붓그리기야."

"……"

"……"

둘 다 입을 다물었다. 소 선생이 입가에 미소를 지었다.

"바늘도 한 개 쑥 들어오고 있네. 이촌 지나 동작대교를 타고 내

334

려와서 강남을 뚫고 가다가 다시 천호대교를 타고 다시 북쪽으로 우미촌……."

정호길은 여전히 그 그림에 시선을 둔 채 새 담배에 불을 붙였다. 몇 모금 빨지도 않았는데 담배가 다 타들어갔다. 손가락 사이의 꽁초에는 길게 담뱃재가 대롱대롱 매달렸다. 소 선생이 정호길을 물끄러미 바라보더니 담뱃불 밑에 재떨이를 들이밀어 주었다. 그가 정호길의 표정을 보면서 다시 말을 이었다. 기분이 좋은 모양이었다.

"특히 외곽순환도로의 윤곽이 그래. 서울보다 크고 더 먹음직스러워. 기업가와 위정자들이 그 계획안을 꽉 틀어쥐고 일급비밀로 봉해 놓았는지도 몰라. 어쩌면 대통령도 모르고 있을지도 모르지. 시장이 하는 일이니까."

소 선생과 정호길은 서로 뒤바뀐 역할을 하고 있는 것 같은 착각이 들 정도였다. 정호길이 술로 목을 축이면서 썼던 안경을 벗어 탁자에 올려놓았다. 나는 안경을 꺼내 쓰고 들여다보고 싶었으나 그냥 그림을 흘낏흘낏 쳐다보기만 했다. 그것도 잠시 나는 냉큼 안경을 가져다 쓰고 그림에 코를 박았다. 뭔가 알 것 같아 기분이 묘했다. 소 선생이 다시 말했다. 누구의 말인지는 중요치 않았다.

"이제 잡아챌 시기만을 재고 있겠지."

엑스레이로 찍어 놓은 듯한 서울, 그 한가운데 '촌'과 '촌'을 이으니 바늘 하나가 선명하게 그려지는 듯했다. 바늘이 끝나기 직전 강남 지역에 미늘이 가시처럼 삐져나왔다. 그 옆에는 떡밥과 지렁이 몇 가닥이 흐물흐물했다. 내 삶의 궤적, 내 인생이 바늘길 위에서 파노라마로 펼쳐졌다. 나는 흠칫 놀랐다. 소 선생이 말을 이었다.

"어쩌면 이미 전국이 촌이야. 민자 구간 이미 전국 곳곳에 없는 데가 없으니까. 마창대교를 포함해 천안-논산고속도로, 인천국제 공항 고속도로 등 모두 아홉 곳이고, 투자 뒤 현재 공사가 진행 중 인 곳도 인천대교 등 모두 여섯 곳에 이르지."

내용은 정호길에게 들어서 어느 정도 알고 있었지만 그가 이렇게 일사천리로 생각을 풀어놓는 모습이 이채로웠다. 작은 목소리로 항 상 수줍게 간단간단하게 말하던 친구가 아니던가. 때론 얼굴을 붉 히기까지 하더니. 오늘은 완전히 다른 사람 같았다. 나는 그의 얼굴 주름과 흰머리를 보면서 이런 게 이 친구의 진짜 모습이겠거니 하 고 생각했다. 정호길을 힐끔 쳐다보더니 잠시 후 그가 또 덧붙였다.

"그 친구, 고병도는 이를테면 '외곽순환도로'라는 탈을 쓴 외부 기업에게 먹힌 거지."

나는 조금 전보다 쉽게 이해가 되었고 호기심까지 생겼다. 그가 무슨 말을 하려는지 알 것 같기도 했다. 그가 톤을 더 높였다.

"이름도 그렇지. 순환은 무슨. 우리를 고추 먹고 맴맴 하듯이 헷 갈리게 만들려는 거지. 구심력과 원심력이 팽팽하게 맞서서 튕겨 나갈 수도 없어."

나는 머리도 아프고 해서 화제를 바꿔보고 싶었다. 또 소 선생의 정체가 새삼스러워 장난기가 발동했다. 마침 정호길이 술잔을 입에 가져가기에 내가 같이 한잔씩들 하자고 그와 소 선생에게 잔을 들어 보였다. 그 사인에 아랑곳하지 않는 소 선생에게 내가 물었다.

"당신, 바늘 한 번 까보시지."

"그러지 뭐, 끄윽. 그런데 어떤 바늘?"

"아무거나."

"뭐, 그러지. 하던 얘기 마저 끝내고. 당장 바늘을 들어 올리지는 않을 거야. 북한쯤에 한 방 터뜨린다거나 이라크와 신경전을 펴든지 하면서 말이지. 서브프라임 위기로 혼쭐나서 멈칫대는 것도 있을 테고. 잠잠해지면 다시 시도할걸. 낚싯대를 잡았다 놨다 하겠지. 일석이조 아닌가. 멋진 찌맛과 손맛 말이야. 모두 아멘, 할렐루야!, 준비는 끝났지? 신난다. 한잔 더 하자구."

정호길이 오랜만에 응답했다.

"지금 착각하고 있는 거 아냐? 비명을 질러도 시원치 않은 마당에."

"목소리가 왜 그렇게 무서워지냐? 그냥 2차 가자고 하면 될 걸."

"내 목소리야 양반이지. 다들 땅값 오르느니 어쩌니 하면서 그저 돈돈, 하면서 질러대는 고함에 비하면. 제 살 깎아 먹는 것도 모르고."

정호길이 그를 빤히 쳐다보았다. 소 선생이 입가에 웃음을 지으며 목소리를 낮게 깔았다.

"그런데 바늘이 또 하나 있는데."

정호길이 말을 받았다.

"건 또 무슨 소리야?"

"그런 게 있어."

"무슨 소리냐니까?"

"내 바늘 보자며. 정말 궁금한가 본데. 어떤 거부터 할까?"

두 사람의 대화가 불꽃을 발했다. 나는 은근히 속이 탔다. 내가 물었다.

"그것도 원 플러스 원이야? 까뒤집을 바늘 외에, 또 하나의 바늘?"

"화장실 좀 갔다가."

정호길이 제기랄! 하며, 제법 상대방을 못 미더워하는 듯한 표정을 지어 보였다. 소 선생이 담배를 피워 물며 자리에서 일어났다. 나는 소 선생이 과연 어떤 바늘을 보여주겠다는 것인지 궁금했다. 정호길은 그의 뒷모습을 멍청히 바라보다가, 더 시켜 놓은 소주를 빨리 달라고 재촉했다. 네 병째인가 다섯 병째인가 분명치 않았다. 그가 조금 가라앉은 목소리로 말했다.

"걔들, 더 기다릴지도 몰라."

바늘에 대해서 아는 거 있으면 좀 말해 봐, 하고 물으려 했는데 그가 틈을 주지 않았다.

"어쩌면 환경미화도 좀 더 해야 할 테고,"

나는 또 빨려 들어가고 있었다.

"환경미화?"

바늘하고 미화가 무슨 관련이 있다는 말이지? 나는 묻고 싶었지만 말로 표현할 수가 없었다. 나는 그저 바늘과 미화? 하고 중얼거렸다. 그가 기어이 한마디 덧붙였다.

"그래, 미화(美化)."

소 선생이 돌아왔다. 얼굴에 잔잔한 미소가 흐르고 있었다. 그가 이 세상을 구석구석 더 구경시켜 주지, 하는 것 같았다. 파우스트를 유혹하는 메피스토펠레스가 저렇게 웃었으리라. 미소가 사라지고 입이 자동으로 열렸다. 화장실을 다녀와도 이어지는 대화엔 전혀 부재의 느낌이 없었다.

"파이를 예쁘게!"

파이는 또 뭐지? 나는 정호길의 얼굴을 보았다. 그가 응수했다.

"크기도 중요하겠지. 파이가 커야 먹을 게 많을 테고……."

"당신, 지금 뭔가 오판하고 있는 거 아냐?"

"아닌 게 아니라 그런 생각도 드는데."

"그 파이의 주인은 우리가 아니란 말이지."

"그렇군. 달랑 들어다 지들끼리만 먹겠지."

나는 두 사람의 대화를 지켜보고만 있었다. 죽이 맞았다. 나는 파이를 생각하며 거대한 포크레인 같은 슈퍼맨의 손과 발이 서울을 통째로 들어 올리는 광경을 상상해보았다. 정호길이 빈정댔다.

"빠져나갈 사람들 다 나갔겠지. 앞으로도 그럴 거고. 그렇지?"

"고병도는 목숨을 끊고…… 김민희는 튀고…… 우리는 외곽의 외곽까지 밀려나고."

민희 얘기가 나오자 뇌리를 스치는 게 있었다. 서울, 그 안에서 우글거리는 천만 마리 물고기였다. 바로 피시스케이프 그림이었다. 민희는 그걸 본 게 분명했다. 위성도시에서 들고나는 수자가 또 몇 백만은 될 테지. 좋겠다. OECD 국가 중에서 인구 밀도가 제일 높다니까, 투망질 한 번에 들어 올릴 수 있는 게 도대체 얼마인가 말이다. 슈퍼맨에게 들어 올리라고 시키고 말고 할 것도 없었다. 황인종 녀석들, 그냥 드르륵 드르륵 총으로 갈겨버리면 끝날 일이었다. 정호길이 말을 이었다.

"이현태는 트라우마에 시달리고 소 선생은 공상이나 하면서 뒹굴고 있고."

소 선생이 바로 말을 받았다.

"정호길은 테러리스트가 되고."

나는 그만 오싹해지고 말았다.

4

우리는 곱창집을 나서, 바로 길을 건너 골목으로 들어섰다. 간혹 2차를 하던 육회 집에 들어서서 탁자에 앉기가 무섭게 육회와 소주를 시켰다. 정작 관심은 다른 데 있었다. 하기야 그만한 안주가 따로 없었다. 소 선생이 사진 한 장을 더 빼들었다. 제2외곽순환도로 그림이었다. 그 둘레가 경기도 크기와 거의 맞먹었다. 밑에 사진이 한 장 더 있었다. 그걸 꺼내려하자 소 선생이 나를 저지했다. 표정은 꽤 단호했다.

"이 그림은 아직 일러."

"그럼 보기만 할게……."

"다음 소설에나 써먹을 내용이라니까."

가슴이 뛰기 시작했지만, 어느새 엉거주춤하고 있던 나는 내 자리에 앉았다. 소 선생이 다른 사진 한 장을 올려놓더니 말을 이었다.

소 선생이, 이른바 '짝밥론' 결정판이라며 설명을 덧붙였다. 2007년 10월 2일자, 남북정상회담을 앞두고 모 일간지에 실린 그

림이며, 한가운데 가로로 나 있는 선은 휴전선이었다. 지구상에서 가장 천박한 자본주의와 가장 더러운 사회주의의 경계. DMZ 중심에서 양쪽으로 실이 뻗어 있고 그 끝의 떡밥 안에는 바늘이 숨겨져 있을 것이다. 남한과 북한의, 서울과 평양은 각각 외자가 놓은 짝밥의 끝이었다. 아마도 서울을 낚는 게 먼저일 거라고 보충설명까지 했다. 소 선생이 결론을 내리듯이 입을 오물거렸다.

"침 흘릴 만하지?"

"……."

"제2탄. 서울과 평양, 한붓그리기지."

나는 애가 닳았다. 그걸 알아차렸는지 소 선생이 선심 쓴다는 듯이 계속 말을 이었다.

"말하자면 서울 또는 평양이지. 어떤 경우엔 둘 다. 값싼 노동력에 시장도 꽤 크지. 잘하면 일석이조의 효과를 볼 수 있겠지. 우선은 개성일 테고."

정석대로 짝밥은, 한 쪽은 짧고 또 한 쪽은 길었다. DMZ 위에 바로 수직으로 찌와 낚싯줄이 있고 그 위, 우주 궤도 어디쯤에 낚시꾼이 웅크리고 앉아 있는 게 눈에 선했다. 한층 명료한 목소리로 소 선생이 속삭였다.

"더 대단한 건 이 옆에 사람 사진이 하나 있었어. 그게 누군지 맞춰 봐."

정호길의 얼굴에 화색이 돌았다.

"대단한 사람이라 이거지?"

"그래, 정상회담 하러 가는 노무현 대통령이야. 반짝반짝 윤이 나는 검정 단화를 신고 걸음을 옮기고 있는 사진이 있고, 그 아래 발치께에 실린 그림이 바로 이거야."

그 이후로 셋은 술에 젖어 죽기라도 할 듯이 마셨다. 그저 술뿐, 우리를 가로막는 건 아무것도 없었다. 우리는 가난했지만 넉넉했고, 서로 반감하면서도 사랑하고 품어주었다. 존재와 참여 논쟁 따위, 지나가는 개에게나 던져 주리라 작정했다. 내게도 대통령에 대한 그리움이 진했다. 그가 그 두 가지를 다 가지려고 했던 인물이었기 때문일까.

5

눈을 떴다. 좌대, 방안에 나 혼자였다. 자리에서 일어나 밖으로 나가 이리저리 둘러보니 온통 너른 물뿐, 다른 좌대에도 사람이라곤 없어보였다. 나는 마룻바닥에서 그대로 물에 대고 소변을 보았다. 시원했다. 속이 쓰려서 무엇이라도 채워 넣어야 했다. 절반 정도 남아 있던, 작은 생수통 물을 두 번에 나누어 비웠다. 오래됐는지 물맛이 찝찔했다. 뭔가가 흐릿한 것들이 눈앞에서 어룽댔다. 혹시 귀신 녀석들? 나는 주변을 빙 둘러보았다. 녀석들은 감지되지 않았다. 내가 녀석들을 기습한 라운드였다. 녀석들, 뒤늦게 내가 와 있는 것을 알고 놀랄 꼴을 생각하니 웃음이 다 나왔다. 그런 생각하면서 실실, 웃고 있는 내가 더 우습기도 했다. 문득 정호길이 말했던 역할분담론이 머릿속을 스쳐갔다. 나 말고 또 한 사람? 하고 물은 뒤 한참이 지나서야 그가 소 선생을 두고 하는 말일 거라는 생각이 들었다. 그렇게 알게 되기는 했지만 나보다 먼저 소 선생이 그런 역할을 해낼 것임을 확신한 정호길의 안목과 통찰력이 대단했다. 나는 기분이 좋아져, 심호흡을 한 뒤 소리쳤다.

"여기는 내 마지막 영토다. 인석들아."

제법 추웠다. 버너에 주전자를 올렸다. 낚시 의자 위에 비스듬히 누웠다. 물과 숲과 하늘을 물끄러미 바라다보았다. 한기가 느껴져 파카를 걸치려고 안으로 들어갔다. 정호길에 이어 소 선생이 전달하고자 했던 것들도 조금 생각났지만, 그건 얘기가 아니라 이미지였다. 또 발화자와 그 내용이 뒤죽박죽이었다. 정호길이 소 선생의 발화법을 따르느라 그랬는지 너무 어렵게 주절대기 시작했다. 그가 툭툭 우회적으로 던진 말들은 추상화나 다소 난해한 시 한 편을 대하는 느낌이었다. 이례적이었다. 시를 별로 좋아하는 친구가 아니었는데 상징이나 비유를 한껏 구사하고 있었다. 민희와 병도에 대해 나눴던 구체적인 이야기도 간간이 떠올랐다. 고병도를 보낸 게 슬프고, 또 내가 민희를 놓치게 된 게 아쉽다고 바보처럼 중얼거렸다. 모처럼 속을 드러내는 그가 귀여웠다. 내가 사랑하는 법을 배우지 못한 탓이니 어쩌겠는가. 세상에는 그런 재미없는 연애도 있는 법이지.

물이 끓기 시작했다. 몸이 오슬오슬 떨리고 머릿속은 멍멍했다. 문득 어떤 이미지 한 조각이 떠올랐다 사라졌다. 어서 따뜻한 물을 따라 마시고 싶었지만 다른 짓을 하거나 딴생각을 하면 그대로 사라져 버리고 말 꿈 조각 같은 것이었다. 나는 그 순간을 놓치지 않으려 안간힘을 썼다. 물 끓는 소리와 수증기가 요란했다. 다행히 뭔가 서서히 머릿속에 자리 잡았는데 그것은 예전에 가지고 있던 것만이 아니었다. 기존의 것들에 새로운 것들이 달라붙어 낯선 장면이 생성되고 있었다. 내가 다이나마이트에 불을 당기려 하고 있을 때 누군가 좌대로 배를 몰아오며 소리를 질렀다. 나는 조금 전부터 찔끔찔끔 울고 있었다. 그걸 바라보는 또 하나의 나는, 고병도가 그중 한 명이기를, 또 그가 떨을 가지고 있으면 더 좋겠다며…… 아쉬워했다. 마지막 떨이라도 나눠 피우며……. 많은 사람들이 뭐라고 소리내서 웅성대고 있었다. 적어도 열댓 명은 되었다. 아직 멀었는데도, 하나하나 얼굴이 떠올랐다. 배 저쪽의 무대는 금촌이었다. 그들 사이에 아내와 아들도 있었다. 이름조차 입에 올리지 못하고 있는. 나는 멈칫, 했다. 누군가 자동차에 오르고 있었는데 그의 모습이 외로워 보였다. 어쩌면 비행기였는지도 모른다. 트랩을 오르는 것 같기도 했다. 분명한 건 평양행이었다. 누군가 그에게 다이너마이트를 다 실었노라고 보고를 했다. 늦은 게 아니냐는 질책 비슷한 여운을 남기면서 그가 보고자에게 수고했다고 격려했다. 옆모습에 비친 표정, 역시 순수해 보였다. 그게 내게 위안을 주었다. 나도 그 순박함에 그늘이 지게 한 원인 제공자라는 생각에 가슴이 아팠다. 그런데 그건 다이너마이트가 아니라, 낚싯대 가방은 아니었을까? 그렇다면 나도 따라가고 싶다고…… 나는 수십 년 만에 누군가에게 떼를 쓰고 있다는 자각이 일었다. 데려가 달라고 애원하는 그것 자체만으로도 행복했다. 다들 대통령 뒤를 따라가겠다며 허우적대는 나를 말렸다. 짝밥을 놓으러 가는 거라면, 내가 전문가이니 마땅히 내가 가야 하는 건데…… 아쉬웠다. 그가 내게 그 특유의 소박한 미소를 보냈다. 다음에는 같이 다녀오자는 듯. 나는 그것으로 족했다. 그는 그렇게 서울을 떠났다.

물이 끓고 있었다. 기억인지 꿈인지 헷갈렸다. 성호길과 소 선생이 이야기했던 것들이 꿈과 결합해서 만들어낸 것이라고 여겼다. 중요한 건 간단하게 잘 요약해 놓는 것이리라. 복기해서 머릿속에 다시 넣어 저장 버튼을 눌렀다. 나는 커피를 타서 마시고 따뜻한 물을 한 컵 더 붕어처럼 우물우물 마셨다. 덕분에 조금 개운해졌다. 나는 그대로 멍하니 한참을 의자에 앉아 공상에 빠져 들어갔다. 빛을 잃은 케미는 먼 여행을 끝내고 혼자 앉아 있는 내 모습 같았다. 새삼스럽게 그동안 지쳐온 교통표지판이 떠올랐다. 두 차례에 걸친 U턴…… 그건 그대로 또 내 이정표였다. 낚시 어때? 소설은 어떻고? 소설은 어떻고? 민희…… 여자 어때? 그다음은? 엄마는 그만 잊고, 이 친구야…….

엄마가 돌아가시던 그해 10월 이후, 나는 도서실에서 공부하고 돌아오는 밤마다, 그 골목길이 무서워 집까지 들어오지 못했지. 다시 돌아갈 수밖에 없었지. 아버지가 친구 엄마들처럼 도서실 앞에서 기다려 주는 것까지는 바란 적도 없었어. 그래도 혹시 그 길고 긴 밤과 새벽, 어느 날이고 단 하루만이라도 아버지가 마중 나오거나 그랬었더라면 이후에 내가 그렇게 망가지지는 않았을 텐데. 아이들 옆에는 누군가 있어야 하는 거 아닌가. 새엄마는 아닐 테니까. 그 망령들에 포박된 건 나 하나로 족하지. 어린아이는 더더구나 아니지. 엄마란 존재는 아이들이 다 클 때까지 버텨주어야 하는 거 아닌가. 그걸 이행하지 못하면, 아버지가 살신성인해야 하는 거고. 아버지는 나 몰라라, 하면서 자기 인생 살기 바빴지. 그러니까, 나는 부모 없이 살았던 거네. 속 편하게 나는 그렇게 생각하기로 작정했지. 나이 들어 부모를 원망하는 건 내가 아직 철이 들지 않았다는 소릴 테지. 그래도 그냥 푸념이라도 한번 해보고 싶었던 거라고 이해해 주시게나.

그리고 나는 잠시 졸았나 싶었다. 갑자기 누군가가 나타나 호통을 쳤다. 소 선생이 보여준 그림 속의 그 대통령이었다. 나는 깜짝 놀라 움찔하다가 몸의 균형을 잃었다. 미소는 어디 갔단 말인가. 그가 말했다. 안타깝다는 듯이.

문제는 이 친구야, 당신 아들일세. 그건 당신 마지막 보루니까.

맞아요. 그런데 나는 힘이 없네요. 어쩌지요? 사랑하는 사람들을 위해서라도 굳게 마음을 먹어야 하는데.

그러니까, 짝밥이니 남북한이니 생각하느라 가정사에 소홀히 한 게지. 나랏일은 나에게 맡겨두고.

나는 틈틈이 이 대화를 인용 부호 안에 넣어 잘 붙들어 두고 싶었지만 그럴 수 없었다. 망령들과 주고받던 말들이 어느새 흔적도 없이 증발되어 버리거나, 혹은 그들의 어떤 술수에 의해 마비되어 굳어버리기라도 했던 것처럼. 그런 기억은 아무리 뒤져도 찾아낼 수 없곤 했다. 잠시 딴생각을 하는 사이 대통령은 사라지고 없었다. 세상 사람들은 너무 바쁘지, 하고 내가 중얼거리는데 누군가가 또 나타났다. 얼핏 보니 미래의 나였다. 대통령만큼이나 늙수그레했다. 이 대화 역시 가둬둘 수 없으리라는 것을 알았다. 다른 사람들 눈에는 그저 헛것을 보고 있나 보다고 여겼을 터였다.

사랑이라? 그게 뭐지?

글쎄, 자신에게 물으면 같은 대답밖에는 안 나오는 법이지.

그렇군. 다른 사람한테 물어야 하는데 입이 안 떨어지던 걸.

나는 그런데, 내 자식에게 내 아버지보다 못한 늙은이가 돼버린 것 같으이.

퍼포먼스

1

외곽순환도로 J 구간에서 화재가 발생했다는 소식을 접한 순간 나는 불안해졌다. 마침 외곽을 타고 평촌으로 돌아오는 길이었다. 일산을 지날 때 북쪽으로 시커먼 연기 기둥이 치솟아 바로 라디오를 틀었다. 뉴스에서 간간이 흘러나오는 화재현장 뉴스에 귀를 기울이며 액셀을 밟았다. 제발 인명 피해가 없기를 바랐다. 정호길이 그 얘기를 할 때 더 자세히 알아두지 못한 게 후회됐다. 외곽순환도로의 올가미, 그 고리를 끊어야 한다느니 할 때 알아차렸어야 했다. 그런데 왜 이 구간이란 말인가, 하는 의구심이 솟구쳤다. 정호길이 단독으로 시도했거나, 적어도 사패산 터널로 유조차를 몰고 가기 전에 불을 냈을 가능성도 컸다. J 구간은 페인트 모션인지도 모른다는 생각이 뇌리를 스쳤다. 진짜 목표가 사패산 터널이라면?

시선을 이곳으로 집중시킨 뒤 터널을 폭파시키려고 할는지도 몰랐다. 아니다. 본격적인 폭파 작업에 들어가기엔 인력과 장비가 아직 부족했다. 휴대전화를 걸었지만 그는 받지 않았다.

어느 틈에 현장 한가운데 들어서 있었다. 비상등을 켠 차들이 갑자기 브레이크를 밟고는 서행하기 시작했다. 아직 통행이 금지되지 않은 게 이상했다. 연기를 처음 보았을 때는 저녁 무렵이라고 생각했는데 갑자기 어두워졌다. 매운 냄새가 코를 찔렀다. 상판을 타고 날름대는 불길과 열기가 좌우에서 밀려왔다. 다행히 도로 위에는 인화물질이 없어서 불길이 더 거세게 치솟지는 않았다. 속도를 올리며 되돌아가던 차량들이 다시 돌아오는 눈치였다. 그 차들이 속도를 줄이지 않고 달려오다가 미친 듯이 끼어들어 앞선 차들과 뒤엉켰다. 차창을 열고 뒤를 돌아보았다. 차를 버리고 오던 방향으로 뛰어가는 사람들도 눈에 띄었다. 옷을 벗어 얼굴과 머리를 뒤집어쓰고 있었다. 나도 그래야 하는 거 아닌가 하고 망설이고 있는 가운데 이렇게 죽는 거구나, 하는 생각이 밀려왔다. 그새 연기와 열기가 숨을 쉴 수 없을 정도로 차 안으로 달려들었다. 차에서 내릴 수 없었다. 마침 조수석 밑에 생수통이 떨어져 있는 게 눈에 들어왔다. 점퍼에 물을 부어 축축이 적신 뒤에 코와 입에 대고 간신히 숨을 쉬면서 눈을 가능한 한 크게 뜨고 서행했다. 앞으로 달려 나가기 잘했다는 판단이 섰다. 불길이 잦아들었다. 물 냄새와 물방울들이 느껴졌다. 지상에서 상판 위 하늘에 대고 물을 뿌려대는 모양이었다. 혼잡한 가운데 한 젊은 여자가 도로 위에 막 쓰러지는 게 눈에 들어왔다. 자욱한 연기와 불길이 무서웠지만 얼른 내려 뒷자리에 그녀를 태웠다. 그녀는 다행히 물에 적신 수건을 코에 대고 있었다. 뒷자리 소파에 얼굴을 묻게 하고 다시 차에 올라탔다. 매캐한 연기가 스며들 때면 정신이 아찔했다. 차선을 넘고 다른 차들과 앞서거니 뒤서거니 하면서 서행했다. 2, 3분 뒤 겨우 현장을 빠져나왔다. 그 구간을 벗어나 한참을 달려 나들목으로 빠져나왔다. 여자는 정신을 차리고 고맙다는 말을 반복하며 어깨와 겨드랑이 사이에 매달려 있던 카메라를 챙겨 차에서 내렸다. 나는 그게 있는 줄도 몰랐다. 나는 차를 아무데나 버리고 화재 구간 근처로 달려갔다.

사람들이 수군대기도 하고 고함을 지르기도 했다. 고가도로 아래에서 보니 대형 가스 버너에 프라이팬을 올려놓은 듯했다. 나는 두리번거리며 정호길을 찾았다. 조금 전 그 여자가 카메라를 들이대고 있는 게 눈에 들어왔다. 다른 남자 두 명과 함께 있었는데 기자인 모양이었다. 기자는 동료로 보이는 사람들을 만나더니 활기를 찾았다. 수많은 사람들이 카메라를 대고 현장을 찍었다. 아직 장비가 오지 않은 모양인지 발을 굴렀다. 그녀는 여러 사람의 목격을 중심으로 노트에 적기 시작했다. 나는 그 글을 훔쳐보았다. 글씨는 잘 보이지 않았다. 그녀는 아까부터 사진을 찍던 한 남자의 휴대전화를 보자고 하더니 고개를 끄떡였다. 그녀는 자기를 H신문사 기자라고 소개하고 그 남자에게 물었다.

"아직 카메라가 도착하지 않아서 이 사진이라도 데스크에 전송하고 싶은데."

"아, 그러시죠. 그런데 화면이 어두워서."

"고맙습니다. 우선 급한 대로 보내면 좋겠습니다."

"여기 동영상도 있어요."

"아, 고맙습니다. 그거부터 보내도 될까요?"

"아, 그러시죠."

"인터뷰 좀 할 수 있을까요?"

"아, 예."

그녀는 화재 현장에서 조금 뒤로 물러나 음식점 앞 밝은 곳으로 이동했다. 그 남자와 인터뷰를 하려는 것 같았다. 나도 그녀를 따라가 그 옆에 섰다. 여기자의 동료들이 달려와 그 현장을 찍었다. 열기가 느껴졌다. 기자는 전화에 대고 아까 적어 놓은 글들을 읽었다.

불은 유조차에서 시작되었다. 2만 리터짜리다. 구체적인 발화 원인과 지점은 아직 명확하지 않다. 30여 대의 차량에 옮겨 붙고 있는데 다행히 또 다른 유조차에는 옮겨 붙지 않은 상태다. 방금 소방대원들이 주차되어 있던 유조차를 옮기느라 시동을 걸었다. 소방차들이 진화 작업을 벌이고 있는 사이 시민들은 대피 소동을 벌였다. 사거리에는 연기와 화염 가운데 차량과 사람들이 엉켰다. 클랙슨 소리 고함 소리가 뒤섞였다. 근처 아파트나 상가에 있던 사람들이 대피하느라 소동이다. 상판을 가운데 두고 양쪽으로 화염이 맹렬하게 타오르고 있다.

그녀는 그 남자의 동영상을 데스크에 보냈다. 나는 사람들 사이를 헤집고 다녔지만 정호길을 만날 수 없었다. 길 저쪽에 있을 것 같아 찾아 나서려 했지만 길을 건널 수 없었다. 다시 전화를 걸었지만 불통이었다. 정신없이 뛰어다닌 동안 불은 1시간 30분 만에 진화되었다.

2

소설을 끝낼 지점에 이르러서인지 생각이 많아졌다. 금촌이나 저수지, 또 기지촌이 자꾸 생각났다. 소설의 출발점이어서 그럴 것이라는 생각은 뒤늦게 했다. 끝날 때쯤 돼서 그 시작을 생각해낸 건 어색한 게 아니었다. 며칠 전에 민희에게서 받은 메일도 한몫했다. 글을 읽고, 그녀에 대한 그리움을 따라 런던이라도 다녀오고 싶은 충동, 동시에 두나가 보고 싶고, 또 그녀가 살고 있는 곳에 가보고 싶은 마음이 나날이 간절해졌다. 가볼 수밖에 없었다. 못 갈 것도 없었다. 오랜 친구, 느닷없이 찾아오면 좋아하지 않을까. 가보기로 작정했다. 그곳에서 시작된 여행, 사패산은 그 연장선상이자 종착점이었다. 돌이켜 보면 그것들은 절묘하게 맞물려 있었다.

두나와 민희, 고병도와 정호길까지. 두 여자와 두 남자, 그 사이에 저수지와 낚시, 소설이 그 둘을 잇고 있었다. 사실, 나도 한번 차분히 정리해볼 필요가 있었다. 그 방법은? 내 소설을 하염없이 읽는 것이리라. 며칠이면 되지 않을까? 가능하면 소리 내서 읽어보자. 그래, 두나와 함께 교대로 읽어도 좋겠지? 돈을 좀 찾아서 화대는 말고 낭독비와 하숙비를 내는 거다. 섹스는 하지 말자. 글을 쓰기 위해 꼭 창작촌을 들어가야 하는 것은 아니다. 그게, 창녀촌인들 어떤가. 두나와 추억이 있는 곳인데. 아날로그와 같은. 학교엔 치질이 도져서 수술해야 한다고 둘러대고 병가를 냈다. 아이들을 떠올리며 내가 갈 곳이 창녀촌인 게 조금 찔렸다.

토요일 오후 점심을 대충 챙겨 먹고 옷가지와 담배 등을 담은 배낭 한 개와 컴퓨터 가방을 챙겨 집에서 나왔다. 지난밤에는 모처럼 잘 자서 개운했다. 나는 조수석에 짐을 싣고 차에 올랐다. 시동을 걸려다 말고 일어나 뒷좌석으로 갔다. 며칠 전에 구입해 놓은 액자에 고병도의 사진을 넣어 좌석 한가운데 세워 놓았다. 운전석에서 돌아보면 언제고 눈을 마주할 수 있도록. 영정사진이었다. 액자가 넘어지지 않도록 생수통 두 개를 받쳐 놓았다. 앞으로 며칠 함께 동행할 생각이었다. 시동을 걸고 네비에 용주골을 쳐넣었다. 검색해보니 일산을 경유하는 게 의정부를 경유하는 것보다 10킬로미터쯤 가까웠다. 드디어 가는구나, 자동차를 출발시키는데 불현듯 몇 년 전의 장면이 생각났다. 느닷없이 두나에게서 전화가 걸려왔던. 낯선 목소리였다. 민희와 저녁을 먹고 헤어질 때쯤이었다.

"누구세요?"

"마르크스."

"누구?"

"마르케스."

"아, 두나 누나?"

아득했다. 목소리가 쉬어 있어서 더 그랬다. 잠시 대화가 끊겼다.

"출판사에 전화해서 번호 알아냈어."

"……"

"내일 들어가야 하는데 갈 곳도 없고."

"왜 없어. 나 만나면 되지."

"정말?"

"그래요, 어딘데요?"

"여기, 고속터미널. 좀 전에 지방에서 왔어. 딱히 아는 사람도 없
고."

"누나 잘 했어. 거기서 택시 타고 석촌호수로 와요."

"난 네가 누나라고 불러주는 게 너무 좋아."

"알았어. 만나서 얘기해요."

한 시간쯤 지났을까, 전화가 걸려왔다. 제법 빨리 왔다는 생각이
들었다. 생각보다 반갑고 보고 싶었다. 목소리가 아까보다는 가라
앉아 있었다.

"엄마가 돌아가셔서 시골 다녀오는 길이야."

"저런, 힘들었겠네요."

한참 말이 없었다. 둘 다, '엄마' 때문에 말을 잊은 게 분명했다. 그러는 사이 나는 몸 파는 여자에게 엄마는 어떤 존재일까, 하는 생각이 스쳤다. 엄마는 그걸 알지 못할 테니 상관없지 않을까. 차라리 그걸, 미루어 짐작할 수 있는 딸의 입장을 물을 수밖에 없지 않을까. 내게, 그냥 누나건만. 왜 그런 생각이 들었는지 나 자신이 민망했다. 그런 생각을 입 밖에 내지 않고, 혼자만 되뇌인 게 다행이었다. 나는 그녀를 창녀로 여기고 있는 게 분명했다. 조금, 당황스러웠다. 내가 하는 불길한 생각을 알아차리지 못했을 텐데, 마치 간파한 것처럼 그녀의 목소리가 우울했다.

"응, 나 그냥 가야 할까 봐."

"응? 어딜."

나는 순간적으로 불안한 생각이 들었다. 하긴 전화가 왔을 때부터 께름칙했다.

"응? 어딜?"

"어디긴 집이지."

"기다리고 있으니 빨리 와. 얼굴 보고 얘기 좀 하게."

"금방 전화 다시 할게."

문자만 달랑, 들어왔다.

— 미안, 애인한테서 만나자고 연락 왔네. 시간 되면 놀러와.

—그래, 그럼. 내가 한번 갈게.

—응, 안녕.

—응, 잘 가.

버스를 타고 용주골로 돌아가고 있을 그녀가 떠올랐다. 얼굴 보자는 얘기를 꺼낸 게 성급했다는 생각이 머릿속을 스쳤다. 어머니를 보낸 지 얼마 안 됐고, 만나봤자 자신이 더 이상 싱그럽지도 않을 테고, 자글자글한 모습 보여주고 싶지 않아 핑계를 댔을 것이다. 애인이 있을 리 없었다. 마침 술도 안 마셨겠다, 쫓아가면 만날 수 있을 테니 당장 일어나고 싶은 충동을 느꼈으나 자제하는 게 그녀를 위해서도 좋을 것 같았다. 나는 문자를 보냈다.

—아, 샘 나. 그럼, 내가 양보해야겠네. 우리 데이트는 다음으로 ^^

답장은 오지 않았다. 그건, 사라져버린, 멸종 동물 같으리라. 실제로 머지않아 가볼 심산이었다. 이모티콘이 낯설었다. 난생처음으로 써보았던. 이 만남을 소설의 어디다 배치할까도 더 생각해 봐야 했다. 아무래도 뒷부분이나 '에필로그'가 되지 않을까 싶었다.

3

용주골 삼거리에 이르러서야 차나 한잔하면서 잠깐 쉬고 싶은 생

각이 짙어졌다. 두리번대며 마땅한 곳을 찾다가 그 이후로 두나를
만나지 못한 게 아니었다는 생각이 들었다. 기시감이 기억을 불러
일으키기라도 한 것일까. 몇 년 전에 한 번 찾아갔을 때 두나는 생
각보다 늙어 있었다. 자글자글한 얼굴에 핏기라고는 없었다. 며칠
피곤했다고 그렇게 보일 얼굴은 아니었다. 밤새 사는 얘기를 하다
가 새벽녘에 관계를 가졌다. 서로 쓰러져 자다가 살이 스치면서 자
극을 받아 무심결에 치렀던 일이다. 서너 시간 동안 술을 마신 뒤,
잠도 제대로 자지 못하고, 몸은 땀에 절어 있었으니 재미가 있을 리
없었다. 그렇다고 샤워를 하고 분위기를 잡으면서 할 섹스도 아니
었다. 오랜만에 의례적으로 치르는 섹스 같아서, 훗날 생각해보니
섹스리스 부부의 의무방어전 정도였다. 문제는 그다음이었다. 내
가 아내에게 임질을 옮겼던 모양이다. 어렵게 만난 자리, 그동안 아
내가 이를 악물고 내치다가도 잠깐 방심해서 나를 받아 주었던 어
느날이었다. 취중에 지친 몸과 마음을 내게 실었던, 그리고 내게 배
반당했던. 보건소의 정기적인 검진을 뚫고 두나를 거쳐 내게 온 녀
석들이었다. 자본이 촌구석의 나를 찾아내 정밀타격을 해댄 것에
대해 혀를 내둘렀던 기억이 새로웠다. 둘 다 주사 맞고 독한 약도
먹으면서 고생한 뒤에 가라앉았지만 아내가 받은 상처는 또 다른
문제였다. 당연히 불거지고도 남은 사안이었다. 별거 중에 다른 여
자와, 그것도 창녀에게서 옮은 성병과 엮인 괴로움이 이중의 기폭
제가 되었을 것이다. 고병도의 부도와 맞물렸으니 삼중고 이상이

었으리라. 나는 남편이나 선생 자격도 상실한 게 분명했다.

　다방에 들어가 두어 시간 앉아 있었다. 두나는 아직 자고 있을 테니 불편하게 만들고 싶지 않았다. 다방을 나와 분식집으로 들어가 라면을 한 그릇 시켜먹고 천천히 다리를 건넜다. 해가 아직 서쪽으로 지기 전이어서 개천 너머 마을은 아직도 조용했다. 몇몇 집은 증축되거나 개축되었지만 거의 그대로였다. 이제 조금 더 지나 저녁이 되면 개울을 따라 창녀들이 붉은빛을 받으며, 섹시한 차림으로 서성댈 거였다. 다리 쪽은 밖으로 노출되어 있어서 손님들은 잘 나다니지 않았다. 특히 혼자 오는 손님들은 다리 저편, 마을 반대편 골목으로 들고 났다. 다리 길이가 30~40미터는 됐으니까 개울치고는 좀 컸다. 장마 때 물고기를 잡아다 매운탕 끓여먹던 일이 생각났다. 언제고 여건이 되면, 물만 보면 평생 하던 버릇이지만, 비교적 깊은 곳을 골라 낚시터를 만들어보고 싶다는 생각을 한 적이 있었다. 누나들과 어울려 고기를 잡고 낚시를 가르쳐주고……. 나는 담배를 피워 물고 다시 다리 이쪽으로 돌아왔다. 한 시간쯤 개울을 타고 오르락내리락했다. 많은 생각들이 오갔다.

　멀리 있는 민희와 가까이 있는 두나, 별다른 게 없는 몸뚱이들이련만 둘 사이에는 차이가 존재했다. 내가 그곳에 있던 시절부터였을까, 그것은? 나름 행복한 구석도 있지 않았던가. 환청이나 헛것들 자리에 민희가 들어찼고, 그 이후 이곳에서의 삶은 내 생에 지대한 영향을 미쳤다. 낚시 다니면서도 늘 스쳤던 이곳, 과거의 추억이 특히 적지 않은 위안이 되었었다. 민희가 떠난 자리, 두나로 채우고 싶었던 걸까. 아니, 그저, 그냥 친구로 찾아보는 거야 뭐 어떨까 싶었다. 보고 싶으니 만나러 가서 탁주 한잔하겠다는데.

나는 은밀한 침입자처럼 골목길 으슥한 곳에 차를 댔다. 적어도 며칠을 주차할 곳을 찾아냈다. 바로 코앞에서 문자를 보냈다.

— 언제 서울 와? 한번 보고 싶은데^^

아직 영업이 시작되지 않았는지 바로 답장이 왔다.

— 아니지, 네가 한번 오기로 했지ㅎ

— 그렇던가? 내가 갈까?^^

— 아무 때나 와.ㅎㅎ

— ^^정말?^^

바로 전화가 '왔다'. 빨리 들어오라고 했다. 기가 막힌 감각이었다. 마침 어젯밤에 꿈을 꾸었는데, 혹시나 하고 기다리고 있던 참이라고 했다. 그러면서 마중은 나오지 않겠다고 했다. 내가 바라는 바였다. 나는 골목길 여기저기를 순례했다. 여자들에게 몇 차례 잡힐 뻔했다.

두나는 문 앞에 나와 서성이고 있었다. 우리는 오랫동안 포옹했다. 다들 애인이 왔다고 부러워했고, 생각보다 반기는 분위기였다. 손님이 아닌 친구로서의 남자가 찾아오는 일은 좀처럼 벌어지지 않는 진풍경이리라. 포주 생활한 지 10년가량 됐다고 했다.

"나 할머니 다 됐지?"

민희와 비교하면면 이미 할머니일 거라는 생각을 하고 있었는데, 독심술하는 사람처럼 그 생각을 기막히게 맞추었다. 그러니 지난번에도 그냥 갔을 것이다. 나도 제법 빨리 응수했다.

"내가 그런 것만 따지는 인물이었으면?"

내가 말하는 것을 직접 듣고 싶어 하는 눈치였다. 나는 말을 이었다.

"술 한잔하자고 여기까지 왔겠냐고? 나는 현장 답사를 하는 소설가지. 발로 뛰는."

첫날은 술을 많이 마셨다. 별일 없이 다음날 아침을 맞았다.

생각보다 바빴다. 대부분을 나 혼자 읽으며 수정했다. 예상을 뛰어넘는 성과였다. 다음번에도 이곳으로 와야겠다는 생각이 들 정도였다. 가끔씩, 두나가 여자애 들여 줄까? 하고 진담 반 농담 반 해댔다. 나는 그럴 때마다 지금은 아니라고 응답했다. 사실 그랬다. 그럴 틈이 없었다. 주는 밥 먹어가며 미친 듯이 탈고했다. 창작의 신이 강림하셨을 때, 끝을 내야 한다. 괜히 엄한 짓 하다가 부정타면 아무것도 아니다. 반찬이 입에 착착 달라붙었다. 집밥에 환장하는 걸, 그녀는 알고 있었다. 그 덕분에 나가떨어지지 않고 성공적으로 사흘을 머물렀다. 원고 1부를 프린트해서 두나에게 주었다. 단면 복사를 한 두툼한 원고가 듬직했다. 두나 누님께, 현태 드림. 앞으로 얼마나 더하고 빼야 할지는 모르지만. 두나는 평생 간직하겠다고, 좋은 꿈에, 좋은 선물 감사하다고 눈물을 다 흘렸다.

들어올 때처럼 한참 포옹하고 살짝 입맞춤했다. 집을 나서기엔 좀 일렀다. 주섬주섬, 가방을 뒤져 김민희와 정호길에게서 받은 글들을 끄집어냈다. 이제 소설을 끝내야 하니 혹시 빠트린 자료가 있는지 검토해서 그것들을 입력할 요량이었다. 몇 군데 흩어져 있던 글들을 입력해 보기로 했다. 느긋하게. 밥 먹으라고 할 때까지만.

이 작가님
소설 재미있었어요.

……아직 날내가 나지만 전반적으로 묵직해서 좋았지요. 나는 포기했는데 버티고 소설을 쓰고 있다니 얼마나 고마운지, 또 바로 그것 때문에 자주 아팠어요. '피시스케이프', 그 '낚시와 자본 이야기' 덕분에. 내 삶을 돌이켜 보며 그동안 받은 충격과 기쁨, 또 부끄러움에 대해 몇 자 적어 보내요. 그게 민희의 캐릭터에 맞지 않아도 양해해 주시면 좋겠지요.

귀국할 때만 해도, 또 그 후에도 현태 씨 만나서 신화 얘기할 때는 행복했지요. 그 뒷얘기와 소설에 대해 정 교수님과 얘기 나누면서도 그랬지요. 젊은 시절로 돌아간 것 같아 특히 좋았고요. '복돌이'와 '마츠야' 얘기를 소설 속에 집어넣을 때는 보람도 느꼈고요. 그게 현실의 보완물이거나 현실을 이끌어 가는 여신 같은 역할을 하고 있다는 자부심에 가슴 뛰기도 했고요. 사실 신화는 과학이 자랑하는 속도에는 역방향이지요. 그건, 아날로그를 향해 있어요. 장기적으로 보면 그 견해가 더 합리적이라고 할 수 있지요. 디지털, 과학이라고 해봤자 뭘 알아냈어요. 삶과 존재에 대한 문제는 여전히 미궁이지요. 그게 미궁에서 우릴 벗어나게 해주기는커녕 과학이라는 미명하에 우리에게 점점 더 힘든 삶을 강요하고 있고요. 신화는 시원적인 안목으로 우리를 위로해 주잖아요. 과연 그걸 미신이나 불합리라고 치부할 수 있을까요. 현실을 헤쳐 나가게 해주고, 삶과 죽음의 문제를 다루는 가장 오래되고 신선한 샘물이잖아요. 전반적인 통찰력으로 치면 신화가 더 낫지 않을까요.

그런데 '마츠야와 복돌이'에서 '피시스케이프'로 넘어가면서 내 마음에 균열이 생겼어요. 내가 제안한 것이면서도 그걸 건네주고 나서 내 마음에 큰 파동이 생겨났던 거지요. 결국은 '피시스케이프'가 현실인 거잖아요. 신화로는 지탱할 수 없는. 한 걸음 더 나아간다면 신화로 현실을 은폐하고 있는 건 아닐까요? 실상은 사살당하고 있는 물고기들인데, 같은 물고기인 '마츠야'로 그 물고기들을 신격화하면서 현실을 위장하고 있는 건 아닌가 하는 회의가 일었지요. 미화는 아닐지라도.

아이러니하지요. 정 교수나 이 작가님 만나고 행복했는데, 오히려 그 회의가 시작됐으니. 마치 다시 불행의 길로 들어선 듯한 착각이 들었던 거지요. 한국의 실상을 알게 되면서 나 스스로에 대해서도 솔직히 인식하게 됐어요. 나는 어린 여자애들 피 뽑아 먹으며 살았던 거지요. 잘 먹고 잘 살고, 미국 유학까지 다녀오고. 다 그 돈이 그 돈이지요, 우리는 호모-머니인 거지요. 다들 싱크홀에 빠지거나 심장을 빼앗긴 뒤 도륙당하겠지요. 기껏, 봉헌될 테지요. 목을 옭아맬 밧줄은 이념 혹은 외자지요. 이제 그 외자가 남한을 평정하고 휴전선을 넘으려 하고 있는 건가요?

이런 시대에 신화라니, 하는 혼란이 사라지지를 않지요. 국외에 나가 있으면서 그 점에 대해 신중하게 고민해 볼 생각이에요. 여기서는 뭘 해도 회한이 남으니 어떻게 해 볼 수가 없어요. 다시 돌아오기 위한 것이기를 함께 기원해 주세요. 미안해요.

헤이, 땡 작가

요즘 글은 잘 되시나?

그러리라 믿어.

성실하니까.

⋯⋯이미 죽어가고 있잖아. 우리들. 아니 대부분. 삼중의 죽음이 우리를 기다리지. 원래의 죽음, 재촉된 죽음, 혹은 강요된 죽음. 자연사할 것 같지 않아. 그건, 불가능해. 재촉받는 죽음과 타살 사이엔 또 노예 같은 삶이 있지. 차별과 냉대를 받으면서 연명해야 하는. 그러느니 미리 하직하는 것도 괜찮아. 다신 지구에 태어나지 말자구. 미물이라도. 그래도 다녀간 기념은 해야지.

빛의 속도는 발광의 속도잖아. 네가 소설에서 지적했듯이, 발광

(發光) 대신 발광(發狂)인 게 문제지만. 우리 유기체는 그런 속도로 못 살아. 그렇게 살지 말자구. 아날로그만으로도 충분하잖아. 아날로그 이후에 우리는 급격히 고통스러워졌어. 디지털이 주범이지. 가진 자들의 무기이고. 지들은 우리 노예들을 이용해서 돈벌이가 더 될 테니까 안간힘을 쓰겠지. 속도가 곧 돈이니까. 그 빛의 우주선에서 내리자구. 구질구질하게 연명하지 말구.

가는 길에 사패산 날려버릴 테니, 너는 작가니까, 살아서 그걸 기록해. 작가의 투쟁은 글을 쓰는 걸 테니. 끝내 소설을 써내는 너를 자랑스럽게 여기기로 했다. 현대인들이 이리저리 궁리에 궁리를 한 게 이 정도라면 고민이라는 거 해봤자지. 장밋빛 미래는 없었어. 앞으로도 묘연해. 터널이 망가지고 경제활동이 둔화되면 어떤 일이 벌어지는지 지켜보는 것도 좋잖아. 덕분에, 느리게 천천히 한 번 걸어가보는 기회를 가져보자고 입을 모으면 제일 좋은 거고. 서울과 그 외곽 사람들의 경계도 애매해질 테고. 망할, 그 놈의 외곽. 혹시 알아? 다들 자동차 두고 나오는 바람에 교통량도 줄어 그 흐름이 좋아질지. 많이들 걷다 보면 차 없는 거리가 늘어나고……대기 오염 줄어서 미세먼지 방지책도 되고. 황사만으로도 죽겠는…… 좀 덜 먹고 더 움직이고…… 마음은 좀 더 편하게 살 궁리를 하게 되지 않겠느냐고. 나 없어도 조직은 잘 굴러가게 되어 있어. 사패산 터널에, 외곽순환도로 마비된다고 시스템이 멈추지는 않아. 외곽은 멈출지 모르지만. 그래도 그 중심은 까닥 안 할걸. 최

악은 그 옆에 우회 터널을 하나 더 파는 거지. 그럴 가능성도 크지. 그거 장사 되거든. 어쨌든 그때까지는 질주 속도가 좀 느슨해지지 않을까. 우리의 목표는 속도를 늦추는 것이기도 하니까. 적어도 한두 해는. 혹시 알아, 진정으로 반성하고 돌이켜 보는 계기로 삼자고 할지. '자본의 땅굴'이라고 이름 붙이면 어떨까 하는데. 결국 생태가 그들을 이겨내지 못하겠지만.

4

나는 새들이 지저귀는 소리를 들으며 아침을 맞았다. 마을의 가로등 불빛이 아침을 맞자 투명해졌다. 이제 세상은 태양신을 목마르게 갈구했다. 해오라기 한 쌍이 울며 물과 하늘 사이를 갈랐다. 조금 높이 난다고 벌써 녀석들은 붉은 햇살을 받아 붉은색을 품었다. 고기들이 튀어 올랐다. 나는 피곤으로 끝없이 가라앉는 듯싶었다. 그래도 마음속으로는 기뻐 쾌재를 부르고 있었다. 탈고가 주는 기쁨이었다. 습관적으로 담배를 피워 물다가 고병도와 담배를 배울 때가 불현듯 떠올랐다. 영화 포스터나 잡지에서 제임스 딘 같은 배우들이 담배 피우는 모습이 멋져 보였다. 실제 피워 보니 너무 어지러웠는데, 병도와 나는 전봇대에 매달려가며 열심히 참아냈다. 공부도, 달리기도, 수영이나 낚시도 배워야 하는 과정이 있듯이 담배도 참고 인내해야만 하는 줄 알던 시절이었다. 농사일을 돕는다고, 농부들의 심부름으로 받아오던 막걸리를 마시고 취해 돌아다니던 시절도 새삼스러웠다.

새벽같이 두나에게서 이곳으로 달려와 두어 시간 앉아 있었다. 오는 길에 막걸리 네 통과 북어포를 두 개 샀다. 간간이 물을 마시고 담배를 피우면서 동이 트는 걸 보고 있는 동안 낚싯바늘은 중학교 3학년 말, 어머니가 돌아가셨던 그 겨울까지 내려가서 멈췄다. 굽이마다 찌가 신호를 보내면 대를 채면서 과거의 바닥에서 추억들을 낚았다. 그해 겨울, 엄마의 죽음, 입시 실패와 입학, 기지촌, 재수와 입학, 민희와의 만남, 독일어 학습서 집필, 결혼, 독어와 영어 교사, 고병도의 부도와 그의 죽음, 이혼, 김민희, 정호길과 사패산 터널 등등, 추억의 유에스비(USB) 용량이 한없어 보였다. 그래 봤자, 주눅 들어 살아온 30년 세월은 바늘에 꿰인 이야기 한 편이었다. 그런 것들이 새벽부터 두어 시간 만에 영상처럼 흘러왔다 가버렸다. 기지촌에서 서울로 가지 말고, 시골로 돌아와 낚시점을 하면 어땠을까? 낚시점 얘기를 차마 할 수 없어서, 민희에게 더 근사하게 둘러댄 게 곤충 연구가였는데, 낚시점이든 곤충이나 식물 연구가로 살았으면 좋았을 것 같은데…… 두나와도 마음 편히 만나면서 살 수 있지 않았을까? 나는 차에서 내려 기지개를 켰다. 옅은 안개 속에서서 산소가 모습을 드러냈다. 물가로 더 이동한 듯했다. 원래 더 아래쪽 지금의 좌대 밑쯤에 있었는데 수몰되면서 물이 차올라 산등성이로 이장했다. 오늘은 만수이기 때문에 그리 보였을 것이다.

저수지 앞. 햇살이 퍼지자 맞은편 산등성이에는 나무들 사이로 흰옷과 검은 옷을 입은 사람들이 붐볐다. 그래도 색색별 나뭇잎으로 물들어가는 나무들 덕분에 봄보다는 덜 쓸쓸해 보였다. 죽은 사람과 산 사람들이 함께 꼼지락대는데, 간간이 섞여 있는 아이들은 그래도 색 있는 옷을 입고 있어 그들은 산 자 같았다. 올 초 처음 출조하던 날, 산 자와 죽은 자들이 공존하며 왔다 갔다 하던 일, 고병도에 대한 불길한 소식을 듣고 좌대에서 나오던 새벽 물가에서 낚시하던 죽은 자와 그의 살림망에 대한 기억이 새삼스럽게 떠올랐다. 그가 정말 죽은 자였는지는 그 이후로 계속 의문이었다. 그냥 그렇게 믿고 있었지만 그 꾼이 죽은 자라고 착각하고 있기에는 정호길이 들어 올린 물고기들이 너무 팔팔했다. 그건, 첫 출조하던 날 같은 곳에서 죽어가던 월척급 물고기에 대한 기억이 너무 생생해서, 상반되는 두 가지가 자꾸 포개졌기 때문이리라. 그 이후로는 막연하게나마 죽은 자에게는 죽어가는 물고기가 어울릴 것이라고 여겼던 것 같았다. 하긴 거꾸로 팔팔한 물고기들이 산 자에게 어울리는 것이라면 내 기억을 수정해서 그를 새로이 산 자로서 입력해야 했다. 살아온 세상과 살아갈 세상, 인생은 그 두 세계의 삶 사이에 불연속점으로 끼워 놓은 듯한 윤달, 공달 같았다. 비워 놓은 달이 아닌 버려진 달, 이제 곧 그 출발이 마감되는 겨울이었다.

기다리던 정호길에게 전화를 넣어 볼까 하다가 말았다. 약속 시간에서 한 시간이 지나 있었다. 어젯밤에 알았다는 확인 문자까지 보냈으니 착각하거나 잊고 있을 리는 없었다. 다시, 혼자 시간 보내기 모드로 전환했다. 좌석을 뒤로 더 젖히고 눕다시피 했다. 속이 출출했다. 조금 더 지나자 쓰리기까지 했다. 이럴 줄 알았으면 뭘 좀 먹고 나올걸 그랬다는 생각이 들었다. 하기야 입맛도 없었다.

누가 차창 문을 두들겼다. 머릿속에서 서성이던 구절들이 홀연히 사라져버렸다. 정호길이 부스스한 얼굴로 안을 들여다보았다. 내가 타라고 손짓하자 정호길이 차에 올라타고 벨트를 맸다.

"많이 기다렸지?"

"조금. 오느라 수고 많았다."

정호길은 터널 반대 농성장에서 철야를 하고 돌아오는 길이라고 했다. 그가 그동안의 농성 경과를 짧게 설명했다. 얼굴에 피곤이 흘러넘쳤다. 크지 않은 체구지만 근육질로 잘 다듬어진 체구가 왜소해 보였다. 내가 물었다.

"할 만하냐?"

그가 고개를 끄떡였다. 표정을 보니 그건 강한 부정이었다. 내 질문을 경쾌하게 받아들일 수 없는 리얼리스트의 제스처였다. 그가 담배 두 개비에 불을 붙여 하나를 나에게 주었다. 그건 우리만의 습관 같은 것이었다. 지금은, 외곽에 대한 얘기를 한 게 자신이었으니 할 말이 마땅치 않을 분위기에서 내미는 휴전의 의미가 보태져 있을 것이다. 그가 빈정댔다.

"참, 나."

이 친구, 변질되어 가는 것 중 가장 두드러진 게 시니컬해진 것이다. 짜증이 나기는 나는 모양이었다. 긴장과 전투의 연속이니. 이겨내지 못할 것 같기도 하고, 그걸 알면서도 그런 삶을 사는 것인지. 나는 그저 수동적인데, 현실적인 대세를 거스르며 사는 삶이라는 게……. 좋은 시절에 태어나 그걸 즐기지도 못하고 싸움만 해대고 있으니 처량해 보이기도 했다. 만끽하기에 좋은 게 얼마나 많은가 말이다. 섹스, 스포츠, 게임, 여행, 쇼핑 등등. 후후, 다이너마이트를 트렁크에 훔쳐 실은 걸 알면 어떤 표정을 지을까. 그걸로 끝나지 않을 것이다. 어쩌면 나를 죽이려 들지도 모른다. 그럼 어떡하나? 같이 죽자고 할까? 새벽에 몰래 정호길의 창고에서 다이너마이트 박스를 세 개 꺼내 옮겨 놓았다. 창고 열쇠를 가지고 있던 게 권력을 쥔 듯 든든했다. 이제 디데이가 얼마 남지 않아서 우선 급한 대로 빼냈지만, 후회와 자책이 생각보다 강했다.

내가 다시 물었다.

"사패산 터널로 왔지?"

"지나다닐 때마다 울화가 치민다."

"그러게 그게 요물이다."

"이제 머지않아 날아갈 유물이려니 위로하며 다닌다."

"그런데 J 구간은 어떻게 된 거냐?"

휴대전화가 울렸지만 정호길은 받지 않았다. 벨소리가 멈추기를 기다렸다가 그가 말했다.

"왜 안 물어보나 그랬다. 발표난 지가 언젠데. 단순 기름 절도로 끝날 거야."

"기름 빼내다 실수로 저지른 화재 사건이다? 그거 금방 복구된다고 하던 걸."

"사건이 고만고만하니까 반성할 줄 몰라. 표면적인 복구에만 신경 쓰지. 본질적인 면에서는 검토할 줄 몰라. 어쨌든 나는 경고했어. 선전포고도 했고. 유나바머는 선전포고도 안 했잖아? 이번에는 아주 호되게 뒤집어 놓을 거야."

"우편물 살인마였던가?"

"그렇게 부정적으로 씹어대지 마라. 나름 고독했던 테러리스트다."

"그건 그렇고 터널 폭파 작업은 만만치 않을 텐데."

그가 나를 힐끔 쳐다봤다. 내 얼굴에서 정말 그렇지 않아? 반신반의하는 듯한 표정을 읽은 게 분명했다.

"후후, 그건 너무 쉬워."

"쉽다고?"

"홈페이지 들어가면 터널 공사 입찰 공지가 수시로 뜨거든. 낙찰받자마자 폭발물 싣고 들어가서 여기저기 쑤셔 넣고, 펑, 끝이지."

"허허."

"터널의 목줄을 잘라버릴 거다."

나는 정호길에게 생수 마개를 따달라고 했다. 짧게 두 모금 마셨다. 정호길도 몇 모금 들이켜더니 목을 달랬다. 나는 목이 말라서, 그는 말하고 싶은 게 있어서 목을 축이려고 물을 찾았나 보았다. 그는 고개를 뒤로 돌려 고병도를 쳐다보고는 피식 웃는 제스처까지 잊지 않았다. 잘 듣게나, 친구. 그래야지, 나도 고개를 끄떡여주었다. 며칠 후 사십구재가 지나면 가까운 절에 가서 촛불이라도 밝혀줄 계획이었다. 삼우제를 대충 치른 게 미안했다. 그가 목을 다듬었다.

길에서 도둑을 만나 8천 원가량 빼앗겼다. 한껏 예의를 갖춘 요금소의 여직원에게 욕을 할 수는 없는 일이었다. 방긋방긋한 미소 뒤에는 바늘 같은 경품도 숨어 있다. 바쁘게 살아가라고, 숨 돌릴 틈도 없이 달리고 달려, 가진 자들을 위한 재화를 생산하라고 몰아붙였다. 가난하고 못난 것들은 가진 자들의 불로소득을 위해 배를 주렸다. 고병도의 돈도 모자라 코 묻은 우리 돈까지 다 우려먹어댔다. IMF 때 가난한 나라들이 다국적 기업에 몰아준 돈이 4조 달러가 넘는다지 않는가. 맥쿼리는 1조 1,100억 원인가 빌려주고, 1,570억여 원이나 이자로 챙겼다고 하지 않는가 말이다. 또 론스타는 외환은행 차익으로 천문학적인 금액을 챙겼다고 했다.

5

긴 여행에서 돌아온 듯했다. 하품이 나왔다. 정호길은 차창에 머리를 대고 곤히 자고 있었다. 언제 잠든지도 모른 채 잠이 들었을 것이다. 얼굴은 편안했다. 차창을 열고 숨을 들이마셨다. 몇 차례 심호흡을 하자 기분이 한결 상큼해졌다. 차에서 내려 뒷좌석에 놓아두었던 사각봉투에서 원고뭉치를 꺼냈다. 낙엽들이 수북한 자동차 트렁크 위에 사각봉투를 깔고 그 위에 원고를 올려놓았다. 바로 원하는 문장을 찾았다. 최종적으로 지워버릴까 남겨둘까 오랫동안 망설였던 문장이었다. 나는 그 문장 두 개를 지웠다. 내가 김민희와 정호길에게 했던 말이었다. 빼내고 나니 소설이 한층 가벼워진 느낌이었다. 심호흡을 한 뒤 검정 사인펜을 꺼내 원고 첫 장에 '아버지에게 이 소설을 드립니다'라고 썼다. 소설이 다시 무거워진 느낌이었다. 정호길이 있는 쪽을 한 번 보고는 원고에 입을 맞추었다. 입에 물고 있던 사인펜 뚜껑을 제자리에 끼워 넣는데 정호길이 문을 열었다. 나는 원고를 넣고 봉투를 닫아 다시 뒷좌석에 던졌다. 정호길에게 뭐 좀 마시겠냐고 물었더니, 역시 커피를 원했다. 내가 매점으로 가려고 하자 그가 따라나섰다. 발걸음을 옮기며 그가 말했다.

"민희를 잡았어야지."

난데없는 질문이었다. 내 입에서도 의지와는 상관없이 답이 나갔다.

"보다시피 이미 끝났어."

"보내지 말았어야지."

"……."

"암만 생각해도 네가 보낸 거야."

"그런 셈이지. 아기를 갖고 싶다더라."

"싫다는 말도 했어?"

"그냥…… 말로 할 것까지야……."

"어휴, 저러니 여자들이 다 떠나지, 원."

"어떡하라고. 아들한테 배다른 동생 만들어 주라고? 난 내 아버지보다 더 못난 아비가 되잖아."

"아, 이 친구야, 배다른 동생에 새엄마면 모두 다 불행해? 사람 나름이지. 문제는 사람이지. 환경이 아니라."

우리가 매점 안으로 발을 들여놓자 낙엽 몇 장이 쓸려들어 왔다. 내가 커피 두 잔을 타가지고 와 잔을 내밀었다. 잔을 받자마자 나는 낙엽들을 주워 재떨이 위에 수북이 올려놓고 불을 붙였다. 잘 타지는 않았지만 자욱한 연기와 냄새가 퍼져 나왔다. 비릿하면서도 구수했다. 나는 잊고 있던 정호길을 물끄러미 바라보며 말했다.

"가을 다음엔 겨울이지. 봄은 그다음에 이야기해야 하지 않을까?"

"건너뛰고 얘기하면 되지. 그걸 꼭……."

나는 제법 단호하게 말했다.

"아니, 그건 안 돼!"

"하여간, 융통성 없는 거하곤…… 이제 돌아오지 않으면 어떡할래?"

"보냈다니까!"

"보내 놓고 또……!"

"오고 가고, 가고 오고 그러는 거지."

"런던이라도 다녀오지 그래?"

"글쎄. 생각 좀 더 해보고."

나는 문 밖으로 나가 잽싸게 선착장 쪽을 일별한 뒤 들어왔다. 사실 딱히 좌대로 들어가겠다는 의지가 있는 것도 아니었다. 한참 동안 창밖으로 멍하니 저수지나 바라다보면서 우리는 말이 없었다. 하늘은 한껏 찌푸려 있다. 식당에는 아무도 없었다. 하다못해 라면 하나 주문할 수가 없었다. 그냥 앉아 있을 수가 없었다. 괜히 휴대전화를 열어보고 진열장의 낚싯대를 바라보면서 그의 눈치를 살폈다. 그러다가 나는 주차장 자동차 트렁크로 갔다. 이곳에 들어오다가 산 막걸리 한 통과 북어포를 한 개 가지고 들어왔다. 그는 멍한 눈으로 나의 동선을 따랐다.

나는 막걸리를 땄다. 거품이 유난스럽다. 허우적대는 내 꼬락서니 같았다. 종이컵에 반잔이 넘어서자 그가 그만하라고 손짓했다. 그만 한 잔을 다 채우고 말았다. 그의 표정이 일그러졌다. 그는 막걸리를 들이켜고 북어포 한 줄기를 입에 가져갔을 뿐 별 말이 없었다. 아점을 대충 때우고 나왔을 것이다. 나는 멍하니 내게 던지는 그의 눈길을 피해 일어나 매점 밖으로 나왔다. 선착장에 배가 들어왔는지 확인하겠다며. 배는 들어와도 좋고 들어오지 않아도 상관없었다. 나는 화장실에 들렀다가 다시 매점으로 들어갔다. 화장실 여기저기 기어 다니던 구더기며 냄새가 몸에 달라붙어 있는 것처럼 느껴졌다. 구더기, 구데기…… 구더기라는 이름은 너무 깨끗해서 그냥 발음되는 대로 구데기, 구데기 그러면 될 것 같았다. 정호길은 여전히 생각에 빠져 있었다. 좌대에 들어갈 건지 물어보려다 방해하지 않으려고 조용히 있었다.

이윽고 사장이 씩씩대면서 매점에 들어왔다. 내가 알은체를 하자 그만 슬쩍 고개를 돌렸다. 주문받은 물건을 양손에 들고 돌아서며 다시 나와 얼굴을 마주쳤지만 여전했다. 단단히 삐친 모양이었다. 하기야 새벽부터 애써 잡아 놓은 물고기를 강탈해서 다시 풀어주는 생떼를 피웠으니 그럴 만도 했다. 또 아무도 없는 매점에서 밖에서 가져온 막걸리나 마시고 있으니 미운 짓만 골라서 하느냐고 한소리하거나 빈정댈 만했다.

정호길은 여전히 무연한 표정이었다. 나는 이대로 취하도록 마시고 싶었다. 그런 대로 고병도에게도 할 일은 다 했다는 생각이 들었다. 어디고 들고 온 막걸리나 마지막으로 뿌려 주면 그만이었다. 고병도 아버님을 모시고 저녁이라도 같이하는 게 더 좋지 않을까 하는 생각이 떠올랐다. 아니, 꼭 그래야 할 것만 같았다. 그게 더 건설적일 것이었다. 자식 같은 녀석들이 찾아가면 좋아하실 테고, 내 집 문제에 대해 어떤 해결책이라도 들을 수 있지 않을까 하는 기대도 있었다. 휴대전화를 들고 나오는데 정호길이 따라 나왔다. 읽을 수 없는 묘한 얼굴이었다. 저 멀리서 해오라기 두 마리가 끼룩대며 물가를 낮게 나는 게 눈에 들어왔다. 정호길도 무심히 그것을 바라다보았다. 그가 뭐라고 사인을 보냈다. 나는 기다리고 있던 심부름꾼처럼 달랑 그에게 달려갔다. 라이터를 달라는 소리였다. 그가 담배 한 모금을 맛있게 빨더니 다시 매점으로 들어갔다. 나는 쫄랑쫄랑 따라 들어갔다. 그가 막걸리를 두 잔에 따랐다. 그가 건배하자고 시작해서 연거푸 서너 잔씩 마셨다. 나는 얼떨결에 몇 잔 들이켰다. 곧 통이 바닥을 드러냈다. 나는 한 통 더할까? 하는 사인을 보냈다. 그가 고개를 가로젓더니 드디어 입을 열었다.

"그래, 이제 마침표 찍은 거냐? 어디 소감 한마디 들어보자."

아, 이 친구 이 얘기 하려고 그렇게 침묵을 지켰구나, 하는 생각에 마음이 찡했다.

"그거 찍으려고 여기 왔다만. 소설 얘기 안 해도 돼."

"대단해. 혼은 다 어디다 두고 허우대만 강시처럼 돌아다니는데 뭘. 아니라고 그래 봤자지. 아니면 네가 하는 짓을 너도 모르고 있거나."

"솔직히 차라리 그쪽이다. 나는 허깨비다."

"이번엔 이게 너 잡는 거 아니냐?"

"보다시피, 이미."

내가 먼저 잔을 비웠다. 그가 막걸리를 내 잔에 나누어 주었다. 각자 한 모금씩 들이켰다. 낮술에 몸은 벌써 달궈지기 시작했다. 우울한 기분은 가셨다간 되돌아오곤 했다. 트렁크에 들어 있는 다이너마이트가 내 가슴속인 양 누르고 있을 터였다. 이 친구 폭탄이 차에 들어 있는 것도 모르고 심각한 얘기를 하는 게 너무 귀여웠다. 미안하다, 친구여. 아픔을 같이해야 하는데, 오랫동안 공을 들였으니, 설혹 틀렸다 해도 편을 들어주어야 하는데, 그러기는커녕 나는 실실 실소를 짓고 있구나. 나는 담배를 피워 물며 자리에서 일어나 매점을 나섰다. 세상은 우중충하게 가라앉은 하늘과 붉게 물들어가는 산, 그 알록달록함과는 상관없다는 듯이 푸름이 한껏 배어든 물, 그것뿐이었다.

한껏 기지개를 편 다음 다시 매점으로 빨려 들어갔다. 그를 보고 내가 말했다.

"그래 봤자 터널에서 뒈지는 거밖에 더 있냐?"

그는 대답 대신 씨익 징그럽게 웃어 보였다. 한참 동안 별 말이 없었다. 나는 겨우 다시 입을 열었다.

"난 재능이 없는 거 같아."

"너한테 그게 없다고 하면 지나가던 해오라기가 웃는다, 야."

"없는 건 없는 거야."

"누군가가 그랬어. 재능은 끈질긴 인내라고. 너는……."

"플로베르였던가?"

"거봐라, 너도 알고 있잖냐."

"그까짓 거 뭐 중요하겠냐?"

나는 매점에서 나와 몇 걸음 더 떼서 물가로 다가와 저수지를 바라보았다. 꾼들이 선착장 보트 위에 짐을 옮겨 싣고 있었다. 한껏 기지개를 펴는데 정호길이 바로 뒤따라왔다. 물과 하늘, 그 사이에 낀 푸른 산 위로 해오라기 한 쌍이 날고 있었다. 정호길이 담배 연기로 도넛을 만들어 공중에 띄웠다. 하나, 둘, 셋, 넷…… 하늘로 올라가 사라졌다. 지상은 울긋불긋하고 높은 하늘에는 뭉게구름이 뒹굴고 있었다. 나도 담배 한 대를 피워 물었다. 나는 자동차로 가서 아까 넣어두었던 봉투를 꺼내와 정호길에게 주었다.

"금촌 가는 길에 부쳐주라."

"금촌…… 가는 길?"

"가능하면."

수신인이 소 선생으로 되어 있는 걸 보더니 정호길, 고개를 갸웃거렸다. 나는 혹시 뭐라고 질문을 받을까 봐 얼른 자리를 피했다.

에필로그

    답답했다. 집인지 좌대인지도 도통 분간할 수 없었다. 초라하기로는 그 집이 그 집이었다. 팔만 높이 들어 창을 밀었다. 간신히 몸을 일으켜 밖을 내다보니 바로 물가였다. 그 옛날 고병도 아버지의 낚시터려니 했다. 저수지가 어둠에 잠기고 있었다. 잠자리 두 마리가 펼쳐 놓은 낚싯대에 각각 앉아 조는 듯 앉아 있는데 지푸라기나 나뭇가지처럼 보였다. 이상한 기분이 들어 잠시 여기저기 둘러보았다. 저녁뜸이 막 밤으로 기우는 게 보였다. 잠깐 딴 데를 보다가 다시 돌아오니 조금 전에 보던 것들을 판독해낼 수가 없는, 꼭 그런 게 아니었다는 것을 곧 깨달았다. 세상이 몸을 뒤트는 것이었다. 두 세상이 한 번에 보일 리 없었다. 몇 번 더 요동치는데, 밤이 잠에서 깨는 건지 잠이 드는 건지 구분이 가지 않았다. 색이란 색은 모두 검푸른 옷으로 갈아입었다. 나무와 낙엽도, 물도, 심지어 하늘까지도. 톡, 케미를 꺾으니 푸른 원액이 꿈틀대며 퍼져나가 빛을 만들어냈다. 기억처럼. 찌에 케미를 꽂고 대를 던졌다. 촐랑, 찌가 자리를 잡고 서서히 가라앉았다. 유난히 오래 걸린 듯했다. 온몸이 축축했다. 다이너마이트를 싣느라 너무 힘을 쓴 탓이었다. 허락도 받지 않고 모터보트에 싣고 좌대까지 와서 또 한참을 쉬었다가 좌대에 부렸다. 보트는 밧줄에 매인 채 바람에 이리저리 한가롭게 뒹굴었다.

텅 비어버린 듯하면서도 머릿속 한구석에선 어떤 이미지가 자꾸 넘실거렸다. 혹시 누군가가 나를 낚고 있는 것은 아닌가 하는 생각이 들었다. 물론 확실치 않았다. 새벽이 느리게 찾아왔다. 오래전부터의 시간이, 마치 땅거미 지던 저녁부터 시작해서 새벽을 맞아, 비로소 단 하룻밤으로 응축되어 지나고 있는 듯했다. 갑자기 찌가 슬며시 올라왔다. 눈앞엔 어둠과 여명을 가르는 경계선밖에 없었다. 하늘거리는 막과 막 사이를 가만히 들추고 대를 움켜쥐었다. 난데없이 휴대전화가 울렸다. 그러나 몸을 움직일 수가 없었다. 그래도 정호길이라는 게 그냥 전달되었다. 다음 순간 몸이 풀렸다. 우두커니 전화기를 바라보다가 통화 버튼을 눌렀다. 연결과는 상관없이, 거꾸로 방금 내가 있던 공간, 막과 막 사이에서, 전화기 밖, 어디선가 목소리가 들렸다.

"J구간 불탈 때는 정말 멋졌어."

목소리가 이상했다. 정호길이 아니었다. 의도와는 달리 입이 움직여주지 않았다.

"사패산 터널 폭파시킬 때는 더 멋질 거야."

아직 멀었어, 라고 말해 주고 싶었지만, 그냥 입을 다물고 있었다. 그래도 녀석은 내 말을 알아들었다.

"어, 디데이 다 잡아 놓고 있으면서."

"다 알고 있으면서 왜 나한테 묻냐?"

어느새 나는 죽은 사람과 통화를 하고 있었다. 헛것과 이야기를 나누는 게 진저리쳐지지는 않은 걸로 봐서 내가 소설 밖에 있다는 것을 실감했다. 아쉽기는 했다. 여하튼 외곽에 대해 이제야 녀석과 의견 일치를 보고 있다는 게 새삼 사무쳤다. 모든 영혼들, 모든 주장과 발언들이여, 이제 내 손을 떠났으니 침묵해다오. 빼냈던 문장들이 삼삼하게 떠올랐지만 그것 역시 어쩔 수 없었다. 민희야, 정리하고 런던으로 갈게. 호길아, 우리 다이너마이트 신고 같이 사패산 터널로 들어가자, 그렇게 죽자, 그래!

나는 고개를 끄덕이고 말했다. 뒤늦게 살벌할 필요 없으리라.

"그래, 그래도 이 소설에 모티브를 준 건 너야. 너 헤어지면서 뭐라고 한 줄이나 아냐?"

"글쎄."

"그래, 그 외곽으로 네 목이나 매려무나, 그랬어."

"와우, 내가 한 일도 있네. 너한테 불이라도 질렀으니"

"서로 불을 지른 거지……."

"좋아, 좋아. 내가 그랬다고 치자. 그렇지만 너도 네 마음속에 그런 단초가 있었잖아. 내가 한 말을 소설가답게 각색한 거잖아. 배고픈 붕어가 지렁이 삼키듯이 말이다. 부인하진 못할걸."

"그래, 좋은 친구 둔 덕분이지."

"그래. 위로 고맙다. 이승에서 내 너한테 지은 죄가 많아 그렇다. 그래도 네가 삼우제며 사십구재 치러주고 그래서 마음 편했다."

나는 잠시 아연했다. 대충 흉내만 낸 게 미안했다. 고개를 들어 주변을 둘러보았다. 돌이켜 보니 '썩은 달'이라고도 불리는 윤달이 끼어 있던 덕분에 붕어나 다른 세계의 것 들과도 교감을 나누었다. 무슨 생각에 잠겨 있는 것을 눈치챘는지 고병도 역시 침묵을 지켰다. 침묵은 그러나 오래가지 않았다. 이제 더 이상 시간이 없다 싶은지 그가 다시 입을 뗐다.

"자, 한마디 더 하고 끝맺자. 너 좌대에 왔던 게 나냐고 물었지?"

"그 얘기는 또 왜?"

"그거 내가 맞다. 내 가슴에 박혀 있는 너에 대한 내 열등감, 그 화신이다."

"망자는 아무 말 막 해도 되냐? 그만 좀 웃기렴."

"후후, 그럴 줄 알았다. 넌 참 순진해. 나는 그게 참 좋아."

"어쭈."

순간 내 몸과 마음이 가벼워졌다. 동시에 어지럼증이 찾아왔다. 나는 쪼그리고 앉아 잠시 눈을 감았다. 내게서 계속해서 무언가가 빠져나가고 있는 느낌이었다. 고병도가 움찔하면서 외마디 소리를 냈다. 고개를 들어 그를 보니 무엇인가가 이 친구에게 가닿은 게 분명했다. 그에게서 마치 체중이 다시 채워져 산 사람으로 돌아온 듯 생기가 느껴져, 얘기를 나눠도 괜찮을 것 같았다. 귀신과 인간을 저울질하여 백 근이 넘는 것은 인간으로, 안 되는 것은 귀신으로 보내졌다고 하더니 그는 다시 인간으로 돌아온 듯했다. 창세신화 〈천지왕 본풀이〉 속 혼란처럼 '사람을 부르면 귀신이 대답하고 귀신을 부르면 사람이 대답'● 하던 상황이 아니었다. 우리는 서로를 사람으로서 부르고 있었다. 나는 꽃과 나무, 지렁이와 붕어, 날개를 접고 앉아 있는 잠자리들과도 얼마든지 대화를 나눌 수 있을 것 같았다. 고병도가 옆에 와 앉았다. 내가 말했다.

"나도 너 따라가련다."

고병도가 고개를 돌렸다.

"잘 있어."

"나도 간다니까."

그가 놀랐는지 바로 몸을 일으키더니 등마저 돌렸다. 이 친구 한마디 더했다.

"웃는 연습 좀 열심히 하라고. 안녕……."

연인을 두고 등을 돌리는 사람의 쓸쓸함이 느껴졌다. 나는 고개를 들어 바라보는 것으로 그를 전송했다. 희미해져가는 모습과 목소리의 여운이 서러웠다. 안도감과 서운함 가운데 육신이 노곤해졌다.

● 김남일·방현석, 『백 개의 아시아 2』, 아시아, 2014.

추워서 잠이 깼다. 의자에 앉은 채 잠이 들어 있었다. 새벽은 너무 고요했다. 인생이라는 소동이 사라진 듯했다. 마음속으로는 지난 며칠 디뎠던 마지막 길들, 그 풍광을 생각하고 있었다. 눈에 보이는 세상엔 아무런 소리도 움직임도 없었다. 그 경계에서 언어는 무력했고 약속 같은 건 부질없었다.

나는 천천히 옷을 벗었다. 팬티 차림으로 좌대를 받치고 있는 폴대를 하나씩 빼냈다. 길이가 10여 미터 이상이어서 조정하기가 만만치 않았다. 마지막 네 번째 폴대를 들어내자 좌대가 물에 뜨면서 따악, 하는 탁음을 냈다. 물속에서 땅과 이별하는 소리였다. 초봄에 얼음이 녹으면서 내는 소리보다 탁하고 짧았다. 1분쯤 지났을까, 이제 좌대는 배가 되었다. 우주선이 되기엔 몸과 마음을 차지한 게 너무 많다는 생각이 들었다. 배는, 갑자기 주어진 자유와 의도, 방향 사이에서 망설이는 생명체 같았다. 나는 다이너마이트 상자에 걸터앉아 신발을 벗었다. 느긋하게 담배도 한 대 피웠다. 좌대가 배처럼 저수지 한가운데 깊은 곳을 향해 떠내려가기 시작했다. 안개가 짙었다.

로마 근처에 네미라는 마을이 있었다. 그 마을에는 풍요의 여신 디아나를 섬기는 신전이 있었다. 이 신전에서 남자는 누구라도 사제가 될 수 있었고 '숲의 왕'이라는 칭호를 받을 수 있었다. 단 사제가 되기 위해서 남자는 먼저 숲에 있는 황금가지를 꺾어 그것으로 전임 사제를 죽여야만 했다. 황금가지에 그의 영혼이 들어 있기 때문이다. 왕을 자연사하게 내버려 두는 것은 최고의 금기였다. 약한 왕과 늙은 왕은 자연의 운행을 지키는 본래의 역할을 수행할 수 없고, 자연의 풍요를 위협하는 것이 되기 때문이다. 따라서 왕은 일정한 기간이 끝나면 죽임을 당했다. 신성한 정령을 쇠약한 왕으로부터 활력이 넘치는 다음 계승자에게 옮기려는 것이다. 죽음은 곧 부활이었던 것이다.

『황금가지』(J. G. 프레이저)의 서두다. 나는 3년 전 이 구절을 떠올리며 약해진 왕으로서 교문을 걸어 나올 수 있었다. 나는 학급의 왕, 교과의 왕, 즉 '숲의 왕'이었다. 그러나 학교는 내가 그곳에서 자연사하기를 원하지 않았다. 명퇴 후 잠시 심호흡을 한 뒤 여기저기에 숨겨 놓았던 내 영혼을 다시 걷어왔다. 그것은 나뭇가지 위와 물고기 배 속에, 또 그동안 틈틈이 써놓은 소설이나 번역 속에서 나를 기다리고 있었다. '숲의 왕'이 자기 영혼을 하늘도 땅도 아닌 곳, 그 중간인 나뭇가지에 걸어 놓았던 것을 흉내 냈던 것이다. 그 영혼, 생각보다 푸석푸석하고 눅눅했다. 내 영혼을 달라고 했던 그들에게 미소로 답하기 위해 열심히 소설을 썼다. 이 소설로 나는 '숲의 왕'처럼, 죽어서 부활하고자 했다.

2019년 한 해 『황금가지』를 하염없이 읽었다. 나는 위에서 인용한 구절로 작가의 말을 시작하고 싶어 했다는 것을 알았다. 이 『피시스케이프』는 3년 전 명퇴하면서 본격적으로 시작됐기 때문일 것이다. 이 소설의 끝이 『황금가지』에 맞닿아 있었던 셈이다.

나는 언어에 대해서 평생 패배자였다. 영어와 독일어, 우리말까지. 내가 옮기고 싶거나 표현해보고 싶은 세계는 언제나 저만치 있었다. 내 역량의 부족일 테지만. 많이 낙심하는 가운데서도 산복돌이와 바다복돌이가 선사한 바늘, 고통 속에서 바늘털이를 하는 마츠야, 슈퍼맨 리턴즈, 촌과 촌으로 이어지는 바늘, 소 선생이 보여준 그림들에 의지하면서 조금씩 생기를 찾아갔다. 현실의 치열함을 신화에 기대서 드러낸 셈이다. 현실과 신화는 단절된 게 아니라 변증법적 관계다. 산 자와 죽은 자가 어울려 가무를 벌이는 가운데 내 영혼이 소생했거늘. 개작 전에는 금촌의 창녀촌 에피소드가 들어 있었다. 그러니까 두나 이전에 하나가 있었다. 그녀는 이성복의 시에 나오는, 驛前에서 대낮부터 서성거리던 창녀였다. 끝까지 허전하고 아쉬웠다.

등단작인 중편 「붕어찜 레시피」는 원래 이 『피시스케이프』의 일부였다. 「붕어찜 레시피」에서 나기호는 『피시스케이프』에서 고병도다. 나기호처럼 고병도 역시 죽어서도 늘 함께 있으면서 이야기를 더 이끌어 가달라고 나를 몰아갔다. 어머니처럼. 이제 이들 모두를 불러내 한잔하고 싶다. 나기호를 불러내면 고병도는 자연스럽게 따라올 터. 병도야 올 거지? 정호길, 소정섭, 김민희 모두 너를 그리워하고 있으니 다 모일 것이다. 아, 두나 누나에게도 연락해보마. 그날 지방(紙榜)을 준비하고 문을 열어 놓을 테니. 산 자와 죽은 자, 누가 누군지도 모르게 함께 말을 섞어보자꾸나. 아저씨처럼 늙어가고 싶었는데 아버지의 DNA에서 한 발자국도 벗어나지 못했다. 그래서 아들에게 미안하다.

작가는 언어 수선공이다. 글을 쓴다는 것은 끊임없이 글을 수선한다는 의미이다. 수선을 멈추는 날 소설로 완성되었다. 그동안 그 심층에 놓인 소설 문법, 내용과 형식의 문제, 가치관의 언어화 등, 헤아리고 넘어서야 하는 것들이 너무 많아 힘에 부쳤다. 이 소설은 참으로 많은 분들 덕분에 살아남았다. 일일이 그 이름들을 나열하지 못하는 게 유감이다. 그들이 일깨워준 내용, 또 삶이 내게 일러

준 건 내가 소설에서 드러낸 것보다 더 풍요롭고 충만했을 것이다.

이 소설에 인용된 각종 자료는 대부분《한겨레신문》과《한겨레 21》, 장하준의『그들이 말하지 않은 23가지』와『나쁜 사마리아인들』을 참고하였다. 98~100쪽의 신화 이야기는 오노 야스마로의 『고사기』에서 가져왔음을 밝혀둔다.

세 분의 소설가, 김남일, 방현석, 전성태 님께 감사의 말씀을 전한다. 이 소설은 그분들이 오랫동안 붙잡아주신 덕분에 빛을 보게 되었다. 아버지, 어머니를 포함 19+1명의 우리 가족들, 친구들, 백영고의 교사들과 제자들, 함께 신화 공부를 했던 '아시아의 문'의 문우들, 몇 년 동안 신화 공부를 하고 있는 '어쩌다 마주친 신화 이야기'의 문청들, 내손도서관의 임완묵 님이 있었기에 가능했다. 아시아 출판사 편집부에도 감사드린다. 이 분들 모두 내게 '황금가지'였다. 황금가지는 아이네아스가 저승으로 아버지를 만나러 가고 다시 이승으로 돌아올 수 있게 해준 보물이다. 부디 모두들 건강하시길.

2020년 새해 벽두, 현태를 떠나보내며

주요 참고 도서

괴테, 이인웅 역, 『파우스트2』, 문학동네, 2015.
김남일·방현석, 『백 개의 아시아 2』, 아시아, 2014.
오노 야스마로, 강용자 역, 『고사기』, 지식을만드는지식, 2014.
이성복, 「그날」, 『뒹구는 돌은 언제 잠 깨는가』, 문학과지성사, 2012.
장하준, 『그들이 말하지 않은 23가지』, 부키, 2010.
장하준, 『나쁜 사마리아인들』, 부키, 2007.

피시스케이프

2020년 1월 30일 초판 1쇄 펴냄

지은이 이용준 | **펴낸이** 김재범
편집 김지연 강민영 | **관리** 박수연 홍희표
디자인 나루기획 | **인쇄·제본** 굿에그커뮤니케이션 | **종이** 한솔PNS
펴낸곳 (주)아시아 | **출판등록** 2006년 1월 27일 | **등록번호** 제406-2006-000004호
전화 02-821-5055 | **팩스** 02-821-5057 | **이메일** bookasia@hanmail.net
주소 경기도 파주시 회동길 145(서울 사무소: 서울시 동작구 서달로 161-1 3층)
홈페이지 www.bookasia.org | **페이스북** www.facebook.com/asiapublishers

ISBN 979-11-5662-423-3 03810

*값은 뒤표지에 표시되어 있습니다.

이 도서의 국립중앙도서관 출판예정도서목록(CIP)은 서지정보유통지원시스템 홈페이지(http://seoji.nl.go.kr)와
국가자료공동목록시스템(http://www.nl.go.kr/kolisnet)에서 이용하실 수 있습니다.(CIP제어번호 : CIP2019050704)